中央民族大学"985工程"中国少数民族语言文化与边疆史地研究基地文库

文学理论与民族文学研究丛书

丛书主编◎ 钟进文

WEN XUE DE CE LIANG

BIJIAOSHIYE ZHONG DE WENXUEMUTI YANJIU

文学的测量
比较视野中的文学母题研究

王宪昭 李鹏 主编

中国社会科学出版社

图书在版编目（CIP）数据

文学的测量：比较视野中的文学母题研究／王宪昭，李鹏主编.
—北京：中国社会科学出版社，2015.4
ISBN 978 - 7 - 5161 - 5935 - 4

Ⅰ.①文…　Ⅱ.①王…②李…　Ⅲ.①民族文学 - 文学研究 - 文集
Ⅳ.①I059 - 53

中国版本图书馆 CIP 数据核字（2015）第 075067 号

出 版 人	赵剑英	
责任编辑	任　明	
特约编辑	乔继堂	
责任校对	周　昊	
责任印制	何　艳	

出　　版	中国社会科学出版社
社　　址	北京鼓楼西大街甲 158 号
邮　　编	100720
网　　址	http://www.csspw.cn
发 行 部	010 - 84083685
门 市 部	010 - 84029450
经　　销	新华书店及其他书店

印刷装订	北京市兴怀印刷厂
版　　次	2015 年 4 月第 1 版
印　　次	2015 年 4 月第 1 次印刷

开　　本	710×1000　1/16
印　　张	17.75
插　　页	2
字　　数	319 千字
定　　价	65.00 元

前　言

　　"母题"是文学研究中经常应用的一个概念，也是文学比较研究的重要工具。

　　"母题"作为一个外来词，具有丰富的词源和复杂的文化语境，如英文中的"motif"和德文中的"motiv"，在中国译为汉语的"母题"，是一个兼顾音译与意译的折中做法。虽然，"母题"应用于文学研究特别是文学比较研究时，可能众说纷纭，会带有强烈的个人主观色彩，但毋庸置疑的是，即使对"母题"的真正含义不太熟知的研究者，也能够体会到它的大义或所指，并且母题分析方法正在被人们所广泛认知和接受。这也正是本书得以成行的初衷和主要意义所在。

　　一般认为，所谓文学研究中的母题分析方法，就是将"母题"作为文学叙事过程中的最自然的基本元素。这些元素可以在文学的各种类型与形态中存在，也能在文学以及其他文化产品中得以再现或重新组合。母题在一定程度上讲，具有客观性、直观性、流动性、可组合性等特点，其重要功能之一就是可以通过文学作品的叙事元素量化比较，最终实现定性研究。

　　建立在类型学基础上的母题方法，正在文学研究的实践中不断走向深入。例如，国外母题研究方面，从20世纪中前期AT（阿尔奈－汤普森）分类法的形成，汤普森《民间文学母题索引》的出版，到21世纪初ATU（阿尔奈－汤普森－乌特）文学类型与母题的进一步发展完善。在中国，像胡适、钟敬文等学术大家都非常重视"母题"方法在文学研究中的应用，并身体力行探讨了母题的意义与特征。

　　鉴于"母题"理论的复杂性和个案研究的丰富性，本书从"理论探讨"与"个案研究"两个方面，照顾到不同时期、不同文类和不同研究背景，最大可能地选取了国内一些专家学者在该领域的研究成果。这些成果都是作者在精心研磨的基础上生成的精品力作，体现出母题研究方面的真知灼见。

当然，在中国文学研究中涉及母题研究的作品数量众多，本书所选编的论文可能挂一漏万。但可以相信的是，读者一定能从中得到某些启迪或收获。

编者

2015 年 1 月

目　录

理论探讨

个案研究

理论探讨

主题学的理论方法及其研究实践

王　立

主题学（Thematics/Thematology）是一个在文学史与文化史的动态发展流程中，把握文学细胞和文学意脉的理论。作为一个非常具有反传统性、具有多重挑战性的学科，介乎比较文学、民俗学、民间故事学、国别文学观念史等交叉领域。在民俗故事学研究的基础上，它拓展为对文学主题、母题、题材、人物、意象、情境等在不同时代（国别、地区、民族）演变的研究，并推究异同表现的过程、规律、特点和成因。

一　主题学发展的若干阶段及特点

主题（Theme）作为西方义论术语，大略相当于中国古代文论的"意"、"立意"，即文学作品所体现出的思想内容。"主题学"却不是这种文章学意义上的概念，而带有明显的方法论性质。它有赖于诸如母题、意象、惯常思路、套语等一系列带有较强实际操作性的概念范畴，体现在领悟、鉴赏和研究实践中。

随着19世纪上半叶格林兄弟对欧洲民间童话故事的整理研究，主题学方法发轫并丰富充实。19世纪中叶，一些学者开始对印度梵语故事介绍和研究，使主题学跨文化影响研究臻于成熟。从1859年面世的 T. Benfey（本费）的经典著作 *Pantschatantra*（《五卷书》）德译版开始，研究印度文学在西方传播，本费被认为是借用学说的创始人，他仔细研究《五卷书》不同修订版和一些东方语言译本，认为："大量来自印度的小说和故事情节几乎在全世界范围内得到了传播。"①

　　尽管此论学界又有了新看法,但主题学这两大源头却说明,不能忽略印度古代神话（民间文学）和中国中古汉译佛经问题,后者保存着大量展示印度神话母题演变状况的资源。而法国梵·第根（Paul Van Tieghem, 1871—1948）则更细密地把主题学分为文体、风格、题材、主题、典型等,尤其关注诸多现象来源。主要由于这一研究的偏重,使主题学长期受到偏于文学来源的影响而忽视思想、艺术研究的批评。一般认为主题学发展线索为:一、19 世纪末以迄 20 世纪 50 年代——主题史（stoffgeschichte）;二、20 世纪 60 年代至 80 年代中期——主题学（thematics 或 thematology）;三、20 世纪 80 年代中期以来——主题学题目被纳入流行课题之中（如族群本体、族群性、族群中心论、女性躯体、女性隐喻、女性本体、婚姻、性欲、社会阶级和社会身份等）。主题学自 20 世纪 60 年代末至 70 年代初在西方复苏,西方研究神话传说人物如普罗米修斯、唐璜和浮士德等的著作相继面世。德国弗伦泽尔有《文学史的纵剖面》（1962）、《题材史与主题史》（1966）,而美国哈利·列文（Harry Levin, 1912—）的《主题学与文学批评》（1968）被认为具有里程碑意义,麦柯弗（Major Gerald Mcgough, 1934—）的博士论文《主题史/主题学:历史综述与实践》（1975）亦有影响。20 世纪 70 年代末以来,国际学术界已重新对主题学研究产生了兴趣。②

　　主题学在汉语文学研究中也有发展与开拓。我国主题学思想在古代类书编纂和选本编选、诗话及诗文笺注中已萌芽,从魏晋《皇览》到佛教类书《经律异相》、《法苑珠林》,直到北宋《太平广记》、《事类赋》。而元代也汇辑宋代前史传野史传奇故事编辑了普及类书《群书类编故事》,分为天文、时令、地理、人物、仕进、人伦、仙佛、民业、技艺、文学等 18 类,下细分为 832 子目③。对叙事文学题材、母题、表现模式等进行探讨,较自觉的则始于俞樾、林纾等清末学者实证式溯源考察。

　　从民间故事演变而来的主题学,有一个不断被借用、自身疆域不断扩展的发展过程。因此,主题学以其巨大穿透力而具有一种横断学科的功能。20世纪中国大陆主题学研究可分为五阶段:一、世纪初至 20 年代初;二、20

---

　　① T. Benfey, *Pantschatantra*, Leipzig, 1859: 1—20.

　　② 陈鹏翔:《主题学研究回笼——序王立的〈中国古代文学十大主题〉和〈中国古典文学九大意象〉》,《文艺理论研究》1994 年第 4 期。

　　③ ［元］王罃:《群书类编故事》,江苏广陵古籍刻印社 1990 年版,第 179—180 页。

年代初至 40 年代末；三、50 年代初至 70 年代末；四、70 年代末至 80 年代中期；五、80 年代中期至世纪末。相比于第一阶段救亡图存现实功利下的有意误读、大量译介和援西就中，第二阶段在中外比较、影响和国别文学方面并进，国别主题学方法开始成型。如胡适研究歌谣提出"母题研究法"，研究古典小说提出了"箭垛人物"，钟敬文、许地山、陈寅恪、霍世休、季羡林等人对民俗母题和中印文学主题的影响研究等。经第三阶段（50 年代初至 70 年代末）全面停滞、片面发展，沉潜中赵景深、郑振铎、孙楷第、叶德均、朱一玄等对小说题材母题源流的梳理，都使主题学作为文学史研究的重要方法被认同。1979 年钱钟书《管锥编》出版，以国别文学主题学思路为经纬，展示了中国"主题文学"基本材料脉络、意念发展和虚构文学的基本构建，辅以中西比较，浓缩了众多重要主题母题。该书显示了主题学见诸各体文学及文化史材料后的开放性理论结构、广博视野与旺盛生命力。

日本和中国港台学者主题学研究较早与欧美学术接轨。小川环树（Ogawa Tamaki）1959 年的《中国的乐园》据 51 个中世纪乐园故事归纳出八个特点：一、乐园位于深山或海上；二、到仙乡途中常经过洞穴；三、在仙乡获仙药或食物；四、在仙乡与美女相遇并结为夫妇；五、在仙乡被传授某种法术或得某种礼物；六、在仙乡忽然忆念故乡，并被劝回乡一行；七、强调回乡时间很快；八、回乡后就无法再次回归乐园①。台湾有王秋桂《中国俗文学里孟姜女故事的演变》（1977）、田毓英《西班牙骑士与中国侠》（1984）、崔奉源《中国古典短篇侠义小说研究》（1986）、龚鹏程《大侠》（1987）、王金生《白兔记故事研究》（1986）、洪淑苓《牛郎织女研究》（1987）等，其中陈鹏翔《主题学研究与中国文学》较有理论原创意义。俄罗斯汉学家李福清偏重小说母题与民间文学关系研究，在域外主题学研究中独树一帜。此外，有刘若愚《中国之侠》（1967）、丁乃通《中国民间故事类型索引》（1978）分别从侠文学主题和民间故事母题方面进行偏重中国文学的国别主题学研究实践，谢天振对主题学理论引进和阐发作出了重要贡献。

20 世纪 80 年代后，中国大陆主题学研究表现为多学科的互动整合，文学主题的超个案、跨文类研究增多。从主题史看，已不限于王昭君、孙悟空、包公、诸葛亮、杨家将等人物母题研究，也不限于纯文学题材作品，而进入叙事话语模式乃至本文接受史和阐释增殖史的动态综合研究。从中外比

---

① ［日］小川环树：《中国魏晋以后（三世纪以降）的仙乡故事》，张桐生译，见王孝廉《哲学·文学·艺术》，时报文化出版企业有限公司（台北）1986 年版，第 151—154 页。

较看，中西、中日、中印等跨文化主题研究，与国别主题学相映照。而思想史、单位观念史的主题文学研究、宗教与文学主题研究等都有很大的拓展。

二　主题母题的联系和区别

母题（Motive）与主题、意象的概念联系与区别如下：母题与主题，甚至包括题材，都是共存于特定作品及其"作品流"网络体系中，任何孤立、抽象地下定义，都难免以偏概全。而同一部尤其是同一系列作品流中，母题主题的功能是搭配一处共生互动的。

其一，母题是具象性的，思想性较强的抽象概念则为主题。尤金·H.福尔克认为："主题可以指从诸如表现人物心态、感情、姿态的行为和言辞或寓意深刻的背景等作品成分的特别建构中出现的观点，作品的这种成分，我称之为母题；而以抽象的途径从母题中产生的观点，我称之为主题。"①门罗·C.比尔兹利主张：主题是"被一个抽象的名词或短语命名的东西：战争的无益、欢乐的无常、英雄主义、丧失人性的野蛮"②；母题因其为"情节单元"，浓缩、涵摄面较大，构成元件常常是一些反复出现的词语、意象（image）。陈鹏翔先生称："我认为好几个意象可能构成某个母题（譬如季节的母题、追寻的母题或及时行乐的母题）。我用'可能'这个词表示，有许多意象未必能形成母题，因为这已涉及'母题'这个词的本义了。"③西方有人把母题（动机）分为主导性与一般性的，亦可称作"主导性动机"与"一般性动机"，将主题与中心动机分开，是很要紧的。如"两个女人中间的男子"这一母题，就未必表达爱情主题，后者也未必非要以前者作为母题，而抒情文学中的主导性母题事实上每多就是文本中的核心意象。作为具有母题功能的那个（那些）核心意象，已不限于在个别作品中的一次性意义了，而自觉不自觉地与创作者、接受者心目中该意象的主题史意蕴贯通着，沿着该意象主题史的当下与恒久、共时与历时网络凝聚整合审美功能。譬如季节母题"春"（春光、春水、春花、春风……）往往构成抒情作品核心意象，不限于何年何地之春，而多由若干具体色相、声响（春

---

① ［瑞士］弗朗西斯·约斯特：《比较文学导论》，廖鸿钧等译，湖南文艺出版社 1988 年版，第 235 页。

② 同上。

③ 陈鹏翔：《主题学研究论文集》，东大图书公司（台北）1983 年版，第 22 页。

草、春花、春鸟等）意象构成，可牵一动万、以少总多地再现物候氛围；"春恨"主题，则为中国传统文人见乐景生感伤、反思自身不遇之意义及惯常情绪的表达模式。同时春恨也具有母题的集散功能，能与相思、怀乡、伤悼等主题互动互渗（这正是母题、主题容易混同的原因之一）。

其二，母题较多地展现出中性、客观性，正由于这母题（或意象，或不止一个意象）的呈现及有机组合，而显示出某种特定意义，于是"主题"就这样融注并揭示了作者的主观性和倾向性。如"离别母题"本是一种具有伦理性的社会事象，然而怀土思乡、两性相思、挚友情深等主题，却以其伤离惜别的浓郁主观色彩将离情别绪历史化、情绪化，以致后世代复一代人们惯于将离别事象、离别母题本身等同于"伤离惜别"，虽然后者也可应用于诸多更具实质性、具体情境化了的主题。

其三，母题数目有限而主题数目不可估量。具体文本中主题是意象组合、母题营构的结晶，主题可变幻多端。有限的母题则可以变着花样地进入不同作品："主题学中的主题通常由个别的或特定的人物来代表，例如攸里息斯（尤利西斯）即为追寻的具体化，耶稣或艾多尼斯（Adonis）为生死再生此一原型的缩影等。母题我认为是由两个或两个以上不断出现的意象所构成，因为往复出现，故常能当作象征来看待。"① 换句话说，其实母题也未必非要两个以上的意象构成，如"黄昏"之于悼祭文学，"梦"之于相思别离文学，而"猿公"意象可表现多种主题，又具有母题功能，这些单个意象又何尝不具备母题的资格？它们可持续向叙事文学频繁渗透，体现的多重象征功能可以在叙事文本表达上显而易见。说起来，这些意象往往是核心意象，或曰主导性母题（leitmotifs）。正是若干旧有母题意象的系列脉络，为某一首（或多首）诗作中的主导性母题动机及一般性意象所牵引触发，构成了叙事文本当下与传统之间的互文性。

其四，进行跨民族、跨文化比较时，基于以上所述，一般来说主题的着眼点偏重在异，而母题的着眼点偏重在同。意象、母题的主题史流动传播，无疑体现了人类反映世界，表达情感、认识的诸般共通心理图式，而对其置于何种格局、何种价值判断及道德评价则难免各有差异。

---

① 陈鹏翔：《主题学研究论文集》，东大图书公司（台北）1983 年版，第 24 页。

三　主题学的反传统性质、文化积存与审美惯性

主题学理论方法具有反传统性质。与通常文学理论相比，主题学具有的较大不同表现在：（1）通常的文学理论关注发掘作品新创意义，主题学则强调在具体主题、母题流变中考察作家作品的新创，可能较多地发现当下作品的非原创性。（2）主题学的本质是在流程参照下的定位，主题学更强调"一"与"多"联系，注重当下文学现象的生成过程，不是判定个别作品的具体价值。而文学生成过程的动态把握，也离不开多重多维比较。（3）主题学研究须以实证为前提。其不以严密的逻辑演绎见长，而根据具体材料立论。主题学研究的学理根据，在渊深积厚的中国文学研究中能得到较多验证。

母题与主题往往具有深厚的社会、历史、文化内蕴的积存，带有特定文化圈的印痕。其稳定性内涵构成了文学作品创作、接受上的理解认同前提。如清人注意到《水浒传》等天书母题："《崇文总目》载《阴符天机经》一卷，注云：唐李筌撰，自号少室山达观子，好神仙，尝于嵩山虎口岩石壁得黄石《阴符》本，题云：'魏道士寇谦之传诸名山'。筌虽略钞记，而未晓其义。后入秦骊山，逢老母传授。……乃知俗伶演唱亦有所本，未可尽谓无稽也。"① 讨论《水浒传》题材特别是涉及宋江形象定位的受玄女天书一事，就不能忽略女神（女战神）授予凡夫俗子智慧法术（天书），显示神格对凡世纷争的干预。而数十部古代小说中天书接受者资质问题也体现在母题与作品的结合上。

母题有着顽强的生命力，自觉不自觉地跨时代为不同创作主体运用。审美效应上的惯性作用，体现在"伪典"却持续一仍其旧。例如谢肇淛《五杂俎》卷十二曾列举："汉嫁乌孙公主，令琵琶马上作乐以慰其心，后石季伦《明妃词》云：'其送明妃亦必尔。'已自臆度可笑。而《图经》即谓昭君在路愁怨，遂于马上弹琵琶以寄恨，相沿而误愈甚矣。今人不知琵琶为乌孙事而概用之昭君，又不知琵琶为送行之乐而概以为昭君自弹，盖自唐以来误用至今而不觉也。"从接受效果看，此"伪造典故"的接受美学价值，同伪作"苏李诗"等类似。母题一经故事话语确立，就会在文学史上发挥母题的审美功能，触发建构后人心目中的既定联系的关系存在。俞樾《春在

---

① ［清］周寿昌：《思益堂日札》（卷九），中华书局 1987 年版，第 185—186 页。

堂随笔》卷九指出种植速长母题:"《搜神记》载:吴时有徐光者,常行术于市里……杖地种之。俄而瓜生蔓延,生花成实。……按蒲留仙《聊斋志异》,有术人种桃事,即本此。乃知小说家多依仿古事而为之也。"① 由个别联系到一般,发露出古代小说创作构思的一个常用方式,而并不为古人因袭模仿讳饰。

母题沿袭僵化之弊也早有注意:"中国戏剧的取材,多数跳不出历史故事的范围。很少是专为戏剧这一体制联系到舞台表演而独出心裁来独运机构。甚至同一故事作而又作,不惜重翻旧案,蹈袭前人。……中国戏剧不能更多地从现实生活取材,而只是借历史故事来藏褒寓贬,这对于中国戏剧而言,虽由此造成一种特殊的表演形式,但许多历史人物,在舞台上已成定型,如果仍旧在历史故事上兜着圈子,则纵有新的形式,也将摆脱不了内容上的束缚。"② 王骥德《曲律》卷三称:"元人杂剧,其体变幻者固多,一涉丽情,便关节大略相同,亦是一短。③" 注意到情爱题材的具体表现中,其母题运用非常容易模式化。

四 母题种类及其与意象、情境、类型、题材等关系

观念意识母题,包括精神行为的全部领域,包括意志、良知以及某种强烈感情、情感、情绪等,如怨恨、疯狂、孤独、复仇、报恩、正义等。如中西方对正义实现的理解不同。西方,正义被认为是一种普遍性的社会义务,落实到人物形象上就是具有正直性格、强烈的责任感。中国古代"正义"牵涉的义务以家族伦理为核心,"孝"被视为一种私义(private justice),其实不等于公理正义,但因古代中国是宗法制的伦理型文化,与西方对于行使正义复仇权利的认定者便有所不同。中国古代违法杀人复仇的孝子义士的"文学正义",是"礼"的道德实现。受害者本人或亲友(舆论)就是法官和行刑人,而西方因受宗教精神影响,认定人的善恶,权柄不在于人和人世法庭,上帝才是人世恩怨的仲裁者,正义实现者体现的是上帝的意志。于是,中西方复仇主题因诸多观念意识不同,具体母题的表现也有了较大差

---

① [清] 俞樾:《春在堂随笔》(卷九),江苏人民出版社 1984 年版,第 161 页。
② 周贻白:《中国戏剧史长编》,人民文学出版社 1960 年版,第 647—648 页。
③ 中国戏曲研究院:《中国古典戏曲论著集成》(四),中国戏曲出版社 1959 年版,第 148 页。

异。当然，不同观念制约下的"人物类型化"，也会导致许多系列人物形象的差异。

人物母题。西方文学不乏一个主题或形象的历史展演。诸如普罗米修斯（Prometheus）、亚历山大（Alexander）、朱丽叶（Judith）等西方文学形象，均显示出一种持续延续下来的楷模范本功能，它通过历代不同国度读者的适应性过程一直被认同重温。但在母题旧有载体的"重写"、"重构"艺术活动中，它也不断加入了一些异质成分的、有时可以说是从根本上矛盾冲突的意义。"这个"故事母题和它的基本形象通过后起的正式的、观念性的替代物被认识。但随着岁月的推移，其有赖于不同作者、故事讲述者、某地、某时、某种文化环境，通过不可忽视的个性条件因素，将具有个性化的特征熔铸。如《圣经》里朱丽叶作为漂亮、虔诚的寡妇，孤身进敌营让敌人将军爱上了她，以超乎凡伦的器识保全了家乡。中世纪《圣经》阐释中朱丽叶经常被衍化为圣母玛丽亚形象，《死亡圣徒》一书把朱丽叶描写成一个具有美德的斗士。16 世纪朱丽叶故事世俗化为一个修女的形象在学生剧里表现。而莎士比亚悲剧中罗密欧与朱丽叶故事是一个被阻挠的爱情不可能实现的主题。20 世纪戏剧中朱丽叶却变成了一个普通妇女，她有普通人的问题需要解决。该母题表明了作家的观点是怎样改变一组与形象有关的主题和母题的，主题和母题是怎样通过后来的阐释而变化，它们的意义通过个人、时代、文化、历史和经济的诸多条件因素而被确定。①

观念母题较多地熔铸某些伦理性、正义性或特定的思想倾向，引人偏重正义的实现、秩序的重建，关注伦理价值判断或确证某种理想实现。而人物母题则引人关注人的个体命运、喜怒哀乐、悲欢离合，往往贴近某些世俗生活，如乱世遭逢的情境、客居漂泊的异乡之旅。此外还有时空母题，如特定的富有人文内蕴的地点像隋堤、灞岸、阳关、北邙等；时间方面的如季节——秋、春、日暮（黄昏）以及秋夜等。它们经常在咏怀、咏史，包括小说之中和戏曲唱段中出现。许多被看作意象的词语在此具有了母题的功能。如《三国演义》、《东周列国志》所引咏史诗，"胡曾咏史诗的通俗程度很高，故而成为沟通作为雅文学的士大夫之诗与作为俗文学的演义小说之桥梁。……可见胡曾诗的简易构思模式正是通俗小说家得以模仿假托的原

---

① ［Holand］Frank Trommler, *Thematics Reconsidered – Essays In Honor Of Horst S. Daemmrich*, Amsterdam – Atlanta, Ga：Rodopi B. B. , 1995：117—126.

因①"。文本完成者以其生花妙笔，画龙点睛式地揭示出某种带有普适性的深刻意旨，成为某种特定母题套路的一个新印痕，于是引导着小说家们也沿此诗意进行拓展延伸。于是叙事文学史上演了由雅至俗，诗人小说、通俗小说向诗意取法的一幕幕场景。

宗教经典在有些国别的文学语境中，可能不仅仅是具有一般的文学性，而是因具有更新奇的想象力而富有刺激触媒的功能。以佛教故事来说，具有先前中土文学所欠缺的一些文学特征，这对于中国文学尤其是中国叙事文学来说，是个难得的催奋和触媒。例如作品中既定构思框架下人物角色不断变化，展示了某种母题性功能。正如钱钟书《七缀集》中所言：

> 整部《生经》使我们想起一个戏班子，今天扮演张生、莺莺、孙飞虎、郑恒，明天扮演宝玉、黛玉、薛蟠、贾环，实际上换汤不换药，老是那几名生、旦、净、丑。佛在这里说自己是甥，在《野鸡经》里说："尔时鸡者，我身是也"；在《鳖猕猴经》里说："猕猴王者，则我身是。"诸如此类。那个反面角色调达也一会儿是"猕"；一会儿是"鳖"，一会儿是"蛊狐"。今生和前生间的因果似乎只是命运的必然，并非道理的当然，……②

不同文本中的不同角色，活跃在共同的母题框架里，达到一种带有重复性演述的叙事效果。于是，它是宗教的又是浅俗的，正是在一种喋喋不休的唠叨中，宗教奥义与纷呈变化的意象、程式化故事融为一体。而其间宗教经典文献的民俗故事母题特色，就凭借着人物角色这种随意性变换而突显。有的则是汉译译本不一样。像猕猴计逃恶友谋害故事，在阇那崛多罗译《佛本行集经》中是虬与猕猴，"虬"在竺法护译《生经》中作"鳖"，在郭良鋆、黄宝生据巴利文《佛本生经》转译的《鳄鱼本生》中作"鳄鱼"③，不同译本在流传中是什么效果呢？故事的特定的框架结构，又体现出了正反人物类型之间，呈现一种"一"对"多"关系。正面人物佛陀的前生，似乎总是弱者、善良无辜的受害者角色，而反面人物提婆达多（汉语又译作地婆达兜、调达等），却一再地在不同异文文本中变化，这本身就表明了一种

---

① 莫砺锋：《论晚唐的咏史组诗》，《社会科学战线》2000 年第 4 期。
② 钱钟书：《七缀集》，上海古籍出版社 1994 年版，第 180 页。
③ 《佛本生故事选》，郭良鋆、黄宝生译，人民文学出版社 2001 年版，第 127—128 页。

褒贬倾向性。而从文学接受效果看，带来了对同一母题下的不同角色灵活性的感受，这在较为关注具体个别意象象征性的中土传统中，是一个很新鲜的表现方式。于是这在接受和进一步融入中国文学传统过程中，有助于叙事母题表现的灵活度和宽容量。

主题学与意象话语的关系。意象（Image）是抒情文学中最小的具有特定意义蕴含的词语单位。而主题学意义上的意象，不同于诗歌美学上的偏重具体作品意象营构组合等共时性探讨上，而是着眼于意象的民族文化生成、文学主题史流变，被称作"意象的主题史研究"。这一研究较多关注意象同神话民俗、史书传说乃至整个叙事文学的参融整合过程，从不同时代接受心理、文化传播与文化变迁对不同意象系统的影响来考察，以期揭示某一母题性意象的文化蕴含及其历时性演变的深在动因。母题可由一个至若干个意象组成，也可由若干小母题组成，其实有些小母题即是意象。从主题学角度看，由于意象的母题化，抑或母题的意象化，许多文化内容得以蕴藏其中。于是意象及母题带有了主题的性质，这往往也正是主题与母题易混的一个原因。

意象与母题的关系。从应用范围、侧重点来看，意象运用与活跃程度同文体密切相关。意象主要运用于抒情文学中，而母题则用于叙事文学中。在主题学特别是主题史研究中，意象和母题具有类似审美功能，但它们的应用范围带有特色和侧重点，且文化内蕴的含量有差别。一般来说，文学意象的内涵要相对明确、稳定和丰富一些，而母题不一定带有明确、稳定的内蕴。母题虽也时或带有相当成分的象征意旨，但意象的隐喻象征蕴含更为突出。而且许多抒情性作品，正是借重了这种象征性之后，才得以含蓄地表现较为明确、集中与深刻的主题。意象作为一个语词构成的范畴往往也要小于母题。因此意象的排列组合，也能构成具有一定含义的母题类型。类型是大于母题的单位。

母题与情境（situation，局面、形势）的关系。情境在比较文学中指特定国别文学中某一题材中的惯常格局。一些特定的母题、意象的运用，非常有利于营构出读者心目中已有的类似旧情旧景，从而特定的情境常常包含一个特定的母题（或组合后的母题群），而同样的情境可能表现为若干个不同的主题，于是情境往往就最突出地体现出特定主题、母题与题材之间的有机联系。情境均非笼统的而是具体个别性的，往往构成相应母题发生、运作的条件、背景和前提基础。

母题与类型，虽然一般来说后者要大于前者，然而两者在具体文本中往往很难分清，都具有模式范型的特征，在文学传统中具有传递题材核心内蕴的延续性功能："旧瓶可以装新酒……倘若不信，将一瓶五加皮和一瓶白兰地互换起来试试看，五加皮装在白兰地瓶子里，也还是五加皮。这一种简单的试验……明示着'五更调''攒十字'的格调，也可以放进新的内容去。"① 题材，作为文学作品是社会生活面的反映，在传统小说中相对稳定，这需要借鉴民间故事母题类型的分类，而又不能拘泥于丁乃通先生 AT 分类法，"AT 分类法是建立在西方民间故事实际的基础之上的；东方的情况，尤其是中国的情况，有其自身的规律。是让 AT 分类法适应中国民间故事类型的实际呢，还是让中国民间故事类型去适应 AT 分类法原来设计好了的种种规则？这是每一个学者在这时候所必须作出的选择。我们不妨举一个众所周知的例子。中国古代的鬼故事非常繁荣，各种各样的鬼报恩、鬼复仇、鬼交友、鬼婚恋、鬼揶揄故事充斥在历代典籍之中，几乎到了俯拾即是的地步。"② 如探讨《聊斋志异》题材类型，除非不是站在民族化特征的立场上来考察，否则又岂可离开旧有母题！

　　母题、类型与题材的关系也非常纠结。通常母题类型带有较为具体个别的性质，而题材因其牵涉的生活面要广泛得多，可以涵括若干个母题类型。不过在特定题材疆域内，总是有一个或一个以上的母题类型是较为活跃多发、具有代表性的。如《聊斋志异》"人与动植物关系"题材，就可分设柳御蝗灾、动物引识仙草、动物求医报恩、小兽伏虎、禽鸟报仇、向猛兽复仇等母题类型；女性及婚恋题材则有侠女复仇、情人身上特征、女性保贞术、夜叉国娶妻等母题类型。而题材与母题、类型之间，时或呈现交叉重合、错综复杂的有机联系。

五　母题、类型的兴盛、老化与衰落等

　　母题的生成、盛兴要有一些必要条件和文学史过程，并非所有的意象都具有母题的性质和功能。我们知道，典故分为语典和事典。以后者为例，在中国古代的抒情文学中，一些符合事理的早期事典，为后人所不约而同地仿拟，从而构成母题。许多诗赋运用的典故，并非后代人故意因袭，而是由于母题具有套语的表达力与吸引力。如唐代赵自励《出师赋》："桓桓大将，

---

① 鲁迅：《鲁迅全集》（第五卷），人民文学出版社 1982 年版，第 259 页。
② 顾希佳：《浙江民间故事史》，杭州出版社 2008 年版，第 18—19 页。

黄石老之兵符；赳赳武夫，白猿公之剑术。"用了《史记》写张良接受黄石公兵法、《吴越春秋》写越处女与白猿公比试剑术两件事，"盖张良事指兵法，越处女事指武艺，谋勇兼到，故赋咏将士者多俪事焉，不必意中有庾信文也"。宋代诗话认为李白、杜牧吟咏出自庾信，实未必然："窃谓此等熟典，已成公器，同用互犯者愈多，益见其为无心契合而非厚颜蹈袭。"① 实际上这就是母题生成与功能发挥的问题，不约而同的集体无意识实为母题认同的文化无意识，不能仅理解为创作过程中的简单模仿。所谓"这些词语"就是频繁出现的"惯常意象"，与古代抒情文学题材与各自表达方式、意象群的相对稳定性直接相关。如古代思乡诗就常常出现陇头流水、雁、杜鹃等。所谓"旅人本少思乡梦，都是秋虫暗织成"，而边塞思乡则多闻羌管、胡笳和琵琶，实际上并非写实，而是传统意象的主题史体现。

　　母题类型的兴衰、老化和僵化，与某些社会制度有关，也同文学主题史自身的潮涨潮落分不开。文学主题史上的受众心理，也带有通常的守旧喜新双重的辩证心理。即使像"才子佳人"这样将文学题材、母题、主题与传统文人心态结合较为完美的，也经受不住过度开发："才子佳人小说在长期发展过程中，形成了一套固定的模式，而成为这一小说流派的显著特征。初起时，其结构与形象虽已常见于戏曲、话本及文言小说，但在章回说部中仍堪称新颖别致之作。后起者纷纷学步，这种模式遂成窠臼。……形象模式的形成与社会现实不无联系。至于家世，则大多出身世家，是上层社会的青年男女。然而，作者却大多是下层文人。对上层社会的生活缺乏切身感受，故笔下形象势必虚假雷同，成为作者思想观念的影像。②"此语揭示了母题与制度、社会现实的联系。不过，这也说明才子佳人母题所表达的文人处境、成长、追索和理想命运主题，其浓缩表现的思想内蕴和时代精神，恰切而成功，赢得"趋同"式的模仿认同。物极必反，受众持久的审美疲劳，还是让母题的"生产热"降了温。如果仅仅从平行研究的角度强调主题学，那么就很容易造成误解，尤其是易于把母题、意象的跨文化影响研究从主题学中割裂出去，这岂是符合实际？何以如此偏差，需要从主题学大发展动态流程中把握，也与主题学自身的某些特点有关：

　　一者，主题学主要源自题材史和民俗故事研究，因此划入平行研究，特别有利于国别研究的主题史、题材史的实际操作，同时也有利于阐发研究时

---

① 钱钟书：《管锥编》，中华书局 1979 年版，第 1530 页。
② 张俊：《清代小说史》，浙江古籍出版社 1997 年版，第 61—63 页。

不受或较少受到实证（跨文化实际接触交流的证据）的限制。二者，主题学研究不是架空的，就主题谈主题，就思想意蕴去就事论事，其必定要牵涉主题的渊源、牵涉到其所引领或赖以支撑的母题意象。可以说，渊源追索和母题运用、意象营构等，乃是主题学探讨题中自有之意，是具体切入点和研究操作的基本对象。三者，对于外来母题（包括人物母题）意象的借用、情节构思乃至核心意旨的模仿重铸，也自然属于主题学研究的范围，而且还可以说是主题学研究的重要构成。四者，从中外主题学研究实践看，有哪些具体的主题学研究论作是纯粹就主题谈主题，而不牵涉主题的表现功能进而涉及母题意象呢？而某一具体的母题意象（是惯常性的带有一定稳定性和象征意旨的）则必有自身的来源、文化属性。所以从主题学研究史来看，也不宜把主题学研究局限在平行研究之内。

可见，事实上母题研究也是主要包括在主题学、主题史研究的范围之内的。某一具体特定的主题，都有自己的题材疆域、母题（意象）群落，或者说正是这些具体的材料板块，支撑着主题成立和历史流变，20 世纪中国文学主题学研究取得了丰厚的成果①。而中国文学的这些题材母题，如同东西方许多民族文学一样，也往往并非为某一民族国别文学所独专，它们恰恰是跨文化—文学交流过程中最为活跃的因子，是文学主题跨文化传播的主要载体。

（原载《学术交流》2013 年第 1 期）

---

① 王立：《20 世纪主题学研究的价值定位》，《广东社会科学》2011 年第 1 期。

论神话学的基本概念与方法

陈建宪

多年来，神话学者们一直被方法论问题所困扰：一方面，有许多领域的学者操着不同的方法武器进入这片神秘的土地，从早期的人类学派、语言学派、传播学派、社会学派到现代的心理分析、功能学派、结构主义、符号学……都在神话的解析上一试牛刀，把神话当成了他们的靶场。另一方面，假如一个初学者想跨入神话学的大门，或者别的领域某个学者希望一窥神话学的堂奥，他们就会发现：神话学方法虽然令人眼花缭乱，却没有自己的基本方法论，让人无所适从。神话学有如杜鹃鸟，它在许多别的鸟窝中下卵，但它却没有自己的窝。长期以来，神话学专门方法的缺乏，可以说是这门学科始终难以建立起独立理论体系的阿基里斯之踵。

神话是由一个人类共同体（氏族、民族、国家）集体创造和传承的口头文学，它属于民间文学的一种体裁，在国际上，民间文艺学家们经过几个世纪的努力，逐渐形成了一种专门的方法流派——历史地理学派。这里，我们就在该方法的基础上，对神话解读的基本概念与方法作一点介绍和进一步探索。

一 神话的细胞——母题

马克思在《资本论》中谈到社会科学的方法论问题时说："分析经济形式，既不能用显微镜，也不能用化学试剂。二者都必须用抽象力来代替。"①

---

① 参见中共中央马克思恩格斯列宁斯大林著作编译局编《马克思恩格斯选集》第二卷，人民出版社 1972 年版，第 206 页。

他认为研究一件事物，必须根据研究对象的特殊性，首先抽象出它的元素形式（即它的"细胞"），以此作为最基本的核心概念，并从这个逻辑起点出发，逐步展开对该事物的层层分析和归纳。他对资本主义社会制度的分析，就紧紧抓住"商品"这个资本主义社会的经济"细胞"，并以此作为整个理论大厦的逻辑起点。马克思的研究为我们树立了运用科学方法的光辉范例。从这一思路出发，当我们探索神话学的专门方法时，首先应该确定的问题是：什么是神话的细胞？各个民族世代传承的神话故事，看上去虽然千变万化，其中也有一些类似于音符的基本元素，我们将这些基本元素称为"母题"。"母题"一词，来自于对英文"MOTIF"的音译。在国际民间文艺学界，人们对母题概念的理解比较统一。这要归功于历史地理学派的主要代表——美国民间文艺学家斯蒂·汤普森（Stith Thompson，1885—1976），他在1932—1937年出版了六大卷巨著《民间文学母题索引——民间故事、歌谣、神话、寓言、中世纪传奇、轶事、故事诗、笑话和地方传说中的叙事要素之分析》①，由于这部百科全书式的著作是民间文艺学家的案头必备工具书，所以汤普森对母题的解释，无形中成了各国民间文艺学家公认的一个标准，汤普森1946年在《民间故事》一书中，对母题的内涵进行了界定："一个母题是一个故事中的最小元素，它具有在传统中延续的能力，为了有这种能力，它必须具有某些不寻常的和动人的力量。"② 他还指出：绝大多数母题可以分为三类，一类是故事中的角色（如众神、非凡的动物、妖魔等）；一类是情节的某些背景（如魔术器物、不寻常的习俗、奇特的信仰）；还有一类是那些"单一的事件"，即一个情节单元。汤普森对母题进行分类和界定的重大意义，就是找到了民间故事的细胞。尽管由于种种原因，他没有由这一点出发对神话学方法论从理论上进行更深入的专门研究，但他却为建立神话学的方法论体系奠定了坚实的基础。

我们可以把神话看成是由一系列叙事元素组成的有机体，作为"最小元素"的母题，就是它的"细胞"，是神话中"最简单、最普通、最常见的现象"（列宁语），以母题作为观察和分析神话的基本单位，我们就有了进行神话研究的基本切入点。下面，我们就以母题概念为核心，用世界流行的

---

① Stith Thompson, *MOTIF INDEX OF FOLK LITERAURE - A Classification of Narrative Elements in Folktales, Ballads, Myths, Fables, Medieval Romances, Exempla, Fabliour, Jestbooks, and Local Legends*, Vol1 - 6, Helsinki, 1932.

② Stith Thompson, *THE FOLKTALE*, P415, Holt, Rinehart and Winston. lnc., 1967。中译本更名为《世界民间故事分类学》，郑海等译，上海文艺出版社1991年版，第499页。

洪水神话为具体事例，探讨神话学的特殊概念体系与基本研究方法。

二　文本与母题

在当代西方文艺理论中，"文本"是一个常见的概念。从广义来说，"一切传达意义的客体都可称为文本，乃至现实世界就是用语言构成的大文本"，从叙事学的角度来看，文本是"书面的叙述语言的集合"。①

神话是一种口头文学活动，它的存在方式有口语和书面两种形态，所以，神话文本应该说是口语或书面的叙述语言的集合，具体来说，每一个口头的或书面的神话故事，就是一个神话文本，神话文本与神话母题的概念不可分割。这里，我们以《圣经》中的挪亚方舟故事（原文略）②为例，来说明它们的关系。在此神话文本中，完整地讲述了一个世界性洪水灾难的故事。仔细分析此故事，可看出它是由一系列母题组合而成的：（1）上帝见人类作恶，降洪水以惩罚（A1018、作为惩罚的洪水）③；（2）在洪水泛滥之中，世界遭到毁灭（A1000、世界灾难。整个世界被毁灭）；（3）只有挪亚一家在上帝的关照下，在方舟中幸存（A1021、在船［方舟］中逃脱洪水）；（4）按上帝嘱咐，挪亚在方舟中保存了所有的物种（A1021.1、方舟中的每一对动物。所有物种放进方舟以逃脱毁灭）；（5）洪水过后，人类重新繁衍起来（A1006、世界性灾难后的再繁衍）。

按照这样的分解方法，所有的神话文本都可以看作是一系列母题的排列组合。也就是说，任何一个神话文本，都是一个存在着内在逻辑联系的母题链。这样，我们对神话文本就有了新的理解：一个神话文本，就是若干（或至少一个）神话母题按照特定的顺序与结构的排列组合。

三　母题与类型

很久以来，人们就发现各民族神话之间存在着惊人的相似，同样（或同类）的神话故事，不仅在地理相接、文化交流密切的民族间同时发现，而且在相距极其遥远、没有任何文化联系的不同民族中也普遍存在，像上面

---

① 胡亚敏：《叙事学》，华中师范大学出版社 1994 年版，第 190 页。
② 见《圣经·创世纪》，第 6—9 页。
③ 此处的 "A1018" 是汤普森《民间文学母题索引》中的编号，下同。

所说的洪水神话，就是一个典型例子。

目前，世界各大洲的许多国家和民族中都有洪水神话的发现和记录，我们来看看其中的两个文本。

（一） 巴比伦泥板文书中的洪水神话

人类是神创造的。但是有一天，不知什么原因，诸神在作出商议后，决定以洪水消灭人类。在场的知识与智慧之神伊亚怜悯人类，他将这个秘密透露给了一间芦苇。一个名叫乌塔—纳匹西丁姆的人偷听到了这个秘密，他立刻着手建造了一条高达 120 腕尺的大船，将自己的家人、财产以及地上的鸟兽放入船中。神指定的时刻来到了，"六天六夜，狂风大作，洪水猛泻"。第七天，洪水消退，"整个人类被化为一片泥浆"。

乌塔—纳匹西丁姆的大船停在尼西尔山顶上，这是唯一露出水面的地方。他放出一只鸽子和一只麻雀，但它们找不到降落的地方，重新飞回船上。后来他又放出一只渡鸦，渡鸦一去不复返。乌塔—纳皮西丁姆知道洪水已经退去，于是走出大船，将祭品置于山顶。诸神闻到祭品的香味大喜。主神恩利勒赐乌塔—纳皮西丁姆和他的妻子永生。并由他们重新繁衍出人类。①

（二） 印第安人的洪水神话

很久很久以前，地球还很年轻时，居住在塔克荷玛山雪顶上的大神对人们以及动物很是恼怒。

他为人们及动物们的罪恶以及互相算计而生气，他决定除掉他们，除了一些好的动物和一个好人及其一家以外。

于是他对那个好人说："朝山上的低云射一箭。"

那个好人射了一箭，箭留在云中。

"再往那只箭的箭杆射一箭。"大神继续说。

① 参见 ［法］ G. - H. 吕凯，J. 维奥等编著《世界神话百科全书》，徐汝舟等译，上海文艺出版社 1992 年版，第 89—91 页。

第二支箭射中了第一支箭的底部，和它连在一起了，那人不停地按大神的要求射，每支箭都和上支箭的箭梢连在一起。一会儿，就成了一条由箭连起来的长绳，从山顶的云层到达地面。

大神又吩咐道："告诉你的妻儿们爬上来，叫好动物们随后上来。千万不要让坏人和坏动物上来。"

于是好人将他的妻子和孩子们及好动物依次送上，看见他们登上云端，随后他自己也爬上去了。

当他就要进入云端时，回头看见箭绳上爬满了坏动物和蛇，于是好人就取下离他最近的箭，将箭绳断开，他看见所有的坏动物和蛇摔在山脊上。

当大神看见好动物及好人一家平安绕在他周围时，他开始下雨了。雨下了许多天，水淹没了地面，水在塔克荷玛山也越涨越高，最后达到了夏天最高的雪线上。

那时地面上所有的坏人和坏动物都被淹死了，大神命令停止下雨，他和好人一家看着水渐渐退下，地面又干了。

于是大神对好人说："现在你将你一家和动物们带回地面。"

他们从云端下来，好人带他们沿一条山道到达他们的新居，一路上他们没有看见坏动物和蛇，直到今天塔克荷马山也没有坏动物和蛇。①

上述两个故事，一个出自考古，一个出自民族学调查，时代和地域都相距遥远，但故事却与《圣经》中的洪水神话如出一辙。它们不仅主题相同，而且连细节也十分相似，故事的主要情节都是上面提到的那五个母题，它们以基本一致的顺序排列着。

民间故事的这种类同现象，是一种很普遍的情况。民间文艺学家将一个民间故事的种种大同小异的文本集中在一起，称为一个"类型"。在《民间故事》一书中，汤普森这样介绍"类型"的概念："一种类型是一个独立存在的传统故事，可以把它作为完整的叙事作品来讲述，其意义不依赖于其他任何故事。"② 神话是民间故事中的一种体裁，因此汤普森对类型的界定也

---

① Ella E. Clark, *INDIAN LEGENDS OF THE PACIFIC NORTHWEST*, University of California Press, 1953, pp. 11 – 12.

② ［美］斯蒂·汤普森：《世界民间故事分类学》，郑海等译，上海文艺出版社 1991 年版，第 499 页。

适合于神话。不过，我们从母题分析的角度，可以这样为它下定义：所谓"类型"，就是一些由大致相同（或相似）的母题按照基本上一致的顺序排列而成的故事文本的集合。

四　母题与异文

神话是一种口耳相传的叙事文学，它的这种创作、流传方式，使它的存在形态与书面文学大不相同。一个书面文学作品，它一旦写定完稿，印刷出版，也就定型了。即使修订或再版，通过版本比较，其变化也有据可查。而神话（包括其他口头文学）就大不一样了，我们既不可能知道它的始作者，也不可能知道它的原始形态。最令研究者头疼的是，任何一个神话，当它以口耳相传的"活"形态在民间流传时，往往因人、因地、因时而存在着许多不同的说法，

我们以两个在中国辽宁省记录到的现代洪水神话文本：辽宁桓仁县记录的文本（原文略）① 和辽宁省东沟县记录的文本（原文略）② 为例进行说明。两个洪水神话文本显然属于同一个类型，但由于流传在不同的地方，就多多少少有一些差异。这些差异表现为对少数次要母题的遗忘、改变或替换。例如，文本1中是哥哥念书、妹妹送饭，文本2中则是兄妹俩都在念书，自带干粮。文本1中是石狮子直接与妹妹说话，文本2则是兄妹俩做梦与石狮子说话。文本1中在洪水后，兄妹俩并未结婚，石狮子直接叫他们以黄土捏泥人，文本2中却是先兄妹结婚，再用泥土来造人。这种同属一个神话类型，然而个别母题又有些差异不同的文本，称作"异文"。

五　母题与地区变体

神话与一般的民间故事相比较，总的来说其民族性和地区性比较强。然而，一些影响较大、传承时间较长的神话，也往往流传到不同民族与不同地区。从洪水神话的例子来看，在世界各地发现的这类故事中，人们至少已经可以确定其中有一部分是文化传播的结果。

我们还是举例子来说明吧，上面提到的两篇辽宁省记录的异文，均流传

---

① 见刘益令主编《中国民间故事集成辽宁卷·桓仁县资料本》。
② 见孙传青主编《中国民间故事集成辽宁卷·东沟县资料本》。

于汉族，现在，我们再来看一篇湖北地区的汉族异文：

    古时候，地上到处是洪水，人被淹死，只剩下伏羲和女娲兄妹俩。

    伏羲对女娲说："妹呀，你看世上没有人了，我们俩成亲吧？"妹妹先是不同意，后来提出要媒人，伏羲说天下人都死光了，女娲说："没有媒人也行，这里有两根香，你在山东头点一根，我在山西头点一根，两股烟子要是在天上合拢了，就算是天作媒。"两股烟子在天上没有合拢，这时有个老乌龟向天上吹了口气，烟子就合拢了。

    女娲还是不愿意，又提出两人分别从山上滚下一扇石磨，若滚到山下合拢了，就成亲。二人一滚磨，乌龟又吹了口气，两扇磨子正好合在一起。

    女娲又提出，两人绕太阳山跑，若哥哥追上妹妹就成亲。结果，伏羲怎么也追不上女娲，乌龟叫他反过来跑，伏羲转过身来，很快就抱住了女娲。

    女娲一定要哥哥说出是谁给他出的主意才肯成亲。她得知是乌龟后，用石头一下子把乌龟砸死了。并对伏羲说，若他能把乌龟复活，就成婚。伏羲将乌龟一块块接起来，朝它撒了泡尿，乌龟就活了。从此，乌龟背上的壳成了八卦形，并且老是有臊气。

    兄妹成亲后，女娲生下一个肉球，伏羲用刀切开，里面有一百个孩子，一半是男，一半是女。伏羲、女娲给他们每人取了一姓，这就是百家姓的来历，后来，夫妻无了哪一个，另一个就哭："我的亲人哪，我的姊妹啊……"①

    在湖北省记录的这篇异文，与辽宁省记录的两篇异文相比较，在大的情节上是一致的，它们都是讲大洪水淹死了几乎所有人类，只有兄妹俩幸存，两人乱伦婚配，将人类重新繁衍起来。但是从具体母题来看，二者有着明显的不同。在湖北异文中，洪水是远古时的事情；辽宁异文的背景却似乎是较近代的事，因为已经有了学校。湖北异文中的动物形象是乌龟，辽宁异文中的动物形象是石狮子。湖北异文中人类是兄妹结合生育的，辽宁异文中却是捏泥人，两地异文中兄妹结合所通过的难题考验不同，最后所解释的社会现象也不一样。

---

    ①　见《中国民间故事集成湖北卷·荆州民间故事集》，中国民间文艺出版社1990年版，第5—7页。

同一类型的神话流传到不同地区后，由于具体母题变异而形成的不同讲法，称为"地区变体"。

地区变体的特点，是其流传有特定的地理范围，例如上引异文最后的"哭姊妹"母题，据笔者对全国 40 多个民族 400 多篇洪水神话异文的研究，就几乎全部集中于湖北地区。在实际流传的过程中，地区变体流传的范围有大有小，它们流传的区域与行政区域划分常常并不一致。将同一类型在相邻地区的各种不同变体加以排列、比较，再结合有关的历史文化背景进行细致的梳理，找出一个故事流传和变异的链环，这是一些职业的民间文艺学家孜孜不倦地从事的研究工作。

六　母题与亚型

在同一类型神话的不同异文中，有些异文之间可能由于种种原因（例如属于同一民族、同一地区，或者有直接的文化传播关系，等等），因此其中的母题链更为相似，这些异文在整个类型中形成一个具有特色的子系统，我们称这些子系统为"亚型"。

以中国洪水神话为例，就至少存在着下面一些亚型[①]：

一是神谕奇兆亚型。这个亚型的主要情节常常是：有两兄妹心地善良，神向他们透露了洪水即将到来的消息，并告诉他们洪水的前兆（常常是石龟或石狮子的眼睛出血），后来果然洪水淹天，只有这两兄妹钻进石龟（石狮）肚子里幸存。为了重新繁衍人类，兄妹二人必须乱伦婚配。为此，他们进行了一系列难题考验，试探天意并获得了证实。这些难题是：a. 分别从山头上滚下一扇石磨，两扇石磨重叠在一起；b. 分别从不同山上扔出针和线，哥哥的针穿过了妹妹的线，等等。兄妹结婚后，以捏泥人或自然生育的方式再造了人，该亚型分布在吉林、辽宁、河北、山东、河南、江苏、浙江、安徽、湖北诸省，河南北部与山东、安徽交界处是其中心区域，主要流传于汉族。

二是雷公报仇亚型。这个亚型以贵州雷公山地区为中心，向四周辐射。主要分布于贵州、广西、湖南、四川、云南等地。我们见到的这类异文共有91 篇，它们来自苗、瑶、布依、侗、仡佬、哈尼、汉、毛南、仫佬、羌、

---

① 陈建宪：《中国洪水神话的类型与分布——对 433 篇异文的初步宏观分析》，《民间文学论坛》1996 年第 3 期。

畲、水、土家、壮、黎 15 个民族，其中以苗族最多，达 39 篇。可见，它是一个发源并流传于中国西南少数民族中的亚型。雷公报仇亚型的基本情节常常是：一个女始祖下了 12 个（或 6 个）蛋，孵出龙、蛇、虎、雷公、魔鬼以及人类始祖姜央（或其他名字），他们分管天地。但雷公与姜央由于某种原因而闹矛盾，雷公下凡来劈姜央，反被姜央捉住关在笼子（谷仓）中。姜央因事外出，嘱咐孩子（名叫伏羲、女娲或其他）看管好雷公。但兄妹俩出于怜悯而帮助雷公逃脱了。雷公逃走前，送给两兄妹一颗牙齿（或葫芦子、南瓜子），叫他们赶快种下，并告诉他们，洪水即将淹灭天下。后来，雷公发下大洪水，人类全被淹死，只有兄妹俩躲在雷公赠送的牙齿所长出的大葫芦中幸存。为了再繁衍人类，兄妹乱伦婚配，婚前以难题占卜天意：a. 各在一座山头滚下一扇石磨，二磨在山下相合；b. 隔河分别扔针和线，线穿进针孔；c. 兄妹绕山追逐或其他。成婚后，妹妹生下一个葫芦（或葫芦形、瓜形的怪胎）。兄将其切碎撒在野外，第二天这些碎片全变为人类（或从葫芦中走出许多民族的始祖）。

三是寻天女亚型。该亚型流传在四川南部的凉山彝族地区、云南四川交界处的纳西族地区以及云南中部的一些地区。纳西族著名史诗《创世纪》，是其典型代表。故事梗概是：人类的第九代祖先崇仁丽恩有五兄弟和六姐妹，他们相互婚配，秽气污染了天地，天神决定放洪水毁灭人类。只有心肠好的崇仁丽恩得到神的忠告，知道洪水到来时，必须躲进牦牛皮制成的人鼓中。洪水后人类灭绝，只有崇仁丽恩在牛皮鼓中幸存。但他不听神的指点，与一个直眼睛的美丽天女结婚，结果生下了蛇、蛙、猪、猴、鸡等动物和松、栗等植物，没有繁衍出人类。后来一天女下凡与崇仁丽恩相恋，并将他带到天上。天女之父对女婿进行了种种难题考验：a. 一天砍完九十九片森林；b. 一天烧完九十九片荒地；c. 一天撒完九十九片地的种子；d. 在一天之内将撒出的种子拣回；e. 寻回五颗被蚂蚁和斑鸠吃掉了的种子；等等。崇仁丽恩在天女帮助下顺利通过考验，获得天女为妻，夫妻二人从天上迁到地下定居，天神以各种动物、植物及粮食种子为嫁妆，他们的三个儿子，分别成为三个民族（藏、纳西、白族）的祖先。

四是兄妹开荒亚型。这个亚型是寻天女亚型和雷公报仇亚型的复合，其异文分布亦正好夹杂在寻天女型和雷公报仇型的中间地带，集中在川、黔、滇交界处和云南中部楚雄、弥勒彝族聚居地区。

神话的亚型与地区变体有时是一致的，一个神话流传到某个民族或地区之后，由于讲述的文化背景发生了变化，从而发生个别母题的变异，并形成新的说法，在一定的区域和时间内流传，这种新的讲法，既可叫作亚型，也可叫作地区变体。但是亚型与地区变体的含义并不完全一致，因为有时候一个亚型可以横跨好几个不同地区，有时候则在同一个地区之中有几个不同的亚型流传。

七 原型及其他

原型一词，源于希腊文"archetypos"。"arche"本义为"最初的"、"原始的"，"typos"意为形式，所以，原型一词的意思就是指"原始的形式"，即一个故事类型最早形成时的状态。在历史地理学派的民间故事研究中，试图找到一个民间故事的原型是人们的终极目标。

然而，在长期的研究实践中，人们发现：要找到一个故事类型的原始形态，几乎是不可能的事。因为一个民间故事类型的形成，往往要经历极漫长的时间，而民间故事被记录在文献上，则常常具有相当的偶然性，要发现一个民间故事类型的原始记录，特别是想要找到某个神话的原始形态，无异于天方夜谭。所以，人们又发明了"构拟原型"这一概念。所谓构拟原型，指人们对一个故事类型详加研究后，推测或假设出的一个接近于原型的故事。

我们知道：一个民间故事类型中，往往含有好几个亚型或地区变体。它们流传的时间及传播的地域大小不一。人们将一个故事类型中与原型比较接近的、处于主导地位的讲述形式，称为"基本型"。

与其他民间故事相比，神话的形式一般都比较简单，以类型的方式存在的情况极少见。像洪水神话，就属于这种少见的特例。在大多数情况下，神话的类同，主要表现在母题的层次上。所以母题是神话分析中最为常见的基本单位，而母题分析方法就成为神话研究最基本的方法。

八 从解构到重组

拉法格在评述马克思的研究方法时曾指出："他巧妙地把一种事物分解为它的各个组成部分，然后再综合起来，描述它的全部细节和各种不同的发展形式，发现它内在的联系。"① 神话研究的母题分析方法也是以上述思想

① ［法］保尔·法拉格等：《回忆马克思恩格斯》，马集译，人民出版社1973年版，第10页。

为指针的。

神话研究的目的从总的来看，无非是三个方面：一是从历史学角度，考察一个神话发生、发展、传承、传播、演变的轨迹；二是从社会学角度，考察神话在社会生活中的作用，它们对于民族精神、民间风俗以及当代生活的影响；三是从文学角度，研究神话能具有"不朽的魅力"，使一代代人为之倾倒。

从历史学的角度来看，过去人们总是以一个神话作品作为整体的研究对象，去追溯它可能的最早产地与时间。这样的尝试容易碰到的困难常常是：即使我们找到了某个神话作品的起源地与发生时间，仍然不能确定这就是它的最早根源。因为神话作为一种民间口头文学，它的形态不像书面文学那样稳定不变，而是随着时间的推移，不断由简单向复杂、由单一的情节向复合情节发展，在一个具有两个以上的情节的神话作品中，各个情节在发生的时间、地点上常常有先有后。考虑到神话作品中最早出现的某些因素的时间与一个神话作品整体形成的时间之间的不一致，神话作品被记录到文献上的时间与其实际产生的时间之间往往存在巨大的时差（例如我国许多少数民族的神话，都是解放后才被记录下来），以神话作品整体为单位所进行的发生学研究成果，其科学性便要大打折扣。

在这里，母题分析方法显示了它的明显优势。根据这种方法，人们首先要将神话作品分拆为母题链，逐一追寻各个母题的来源与发展。这样就将神话作品的历史研究，从一开始就放在了可靠的出发点之上。

母题分析方法是一种形式分析的方法。它要求首先确定一个神话作品的形态特征，从而找出它在整个神话世界中所处的位置。它按照这样的顺序向研究者提问：这个神话是只有一个母题的简单神话呢？还是一个具有多个母题的复合神话？如果是一个复合的神话，还要看它是否具有类型性，即它是否有众多的异文、亚型和地区变体。看它是否具有普遍性，即它是一个民族所特有的呢，还是在许多民族中都有流传。如果是一个具有类型性的作品，应该先确定这个类型的母题链及其结构形式，然后推定其原型或构拟原型，再逐渐发现其辐射和分布的详情。无论是一个具有类型性的作品，还是一个民族中特有的作品，在追溯它的起源时，都需要先将它分解为一个个独立的母题，逐个寻找每个母题的来历，以及它们在传承中组合在一起的过程。

对神话的社会历史分析来说，母题分析方法仍然是一个出发点。因为我们在对一个神话作品进行分析时，首先必须判断其所代表的社会性质及其研究意义，一个只是在某一个民族中流传的神话母题，代表的只是该民族的集体意识与民族精神，而一个在世界各地都流传的神话母题，其中蕴含的则可能是整个人类都具有的某种社会的或心理的特质，在一个组合了多个母题的神话作品中，往往有的母题是一个民族或一个地区所特有的，有的母题是带有人类普遍共性的，如果我们不是以母题作为分析的基本单位的话，就可能将它们混为一谈了。另外，在一个神话作品中，并非所有母题都只与一种社会因素相关，可能有的母题需要从社会制度与社会生活的角度去理解。有的母题则需要从个人心理、本能或集体意识的角度去理解，有的母题需要从语言学或宗教学角度去理解，这里，母题分析方法就可以为上述研究提供出发的基点。

对于神话作品的文学研究来说，母题分析方法可以帮助人们进一步深化对神话中文学要素的理解。在一个复合的神话作品中，有各种各样的神话母题，有的是形象母题，有的是意境母题，有的是事件母题，有的是结构的母题……通过母题分析，我们将会更为深入的了解各个不同神话的美学特征，发掘其内在的叙事结构。

任何研究都离不开分析与综合。在神话研究的母题分析方法中，除了上述的分析部分外，也不能忘记综合的部分。在我们对一部神话作品的各个母题加以分析，逐个进行历时的追根寻源和共时的社会文化分析后，应该把各个母题重新综合起来，观察它的组合过程与结构特征，将它作为一个整体，再放在整个民族文化和世界文化的大环境中去加以考察，以找出宏观的、带有普遍性和规律性的东西。

总之，通过"母题"这一核心概念的建立，我们找到了神话研究的逻辑起点，这就为神话学专门方法的形成奠定了基础。通过概念体系的确立和对神话作品的解构和重组，再加上多学科方法的综合运用，神话学就不再是没有自己的巢的杜鹃鸟了。事实上，对神话进行元素分析的实践，许多神话学家早就做过了，我们的目的，只不过是将母题分析方法作为神话研究的一种基本方法，更明确地归纳和提倡一下罢了。

（原载《湖北民族学院学报》1997 年第 2 期）

母题（英语 Motif，德语 Motiv）

户晓辉

在民俗学或民间文学研究中，母题一般指民间叙事中的一个可记忆的和可辨识的成分。"美国民俗学之父"斯蒂·汤普森（Stith Thompson，1885—1976）在为利奇（Maria Leach）编的《民俗、神话和传说标准词典》（*Funk and Wagnalls Standard Dictionary of Folklore*，Mythology，and Legend）所写的"母题"词条里认为："在民俗中，这个术语通常指一条民俗能够被分解成的任何一个部分。"（英文版，第 753 页）后来，在 6 卷本的《民间文学母题索引》（1955—1958）中，他把母题界定为"有力量在传统中延续的某个故事中的最小成分"。但汤普森的界定和认识有含混不清的地方。比如，他认为，母题最适合研究民间叙事，如民间故事、传说、歌谣和神话；虽然母题可以指某个传统故事的任何一个成分，但并非任何一个成分都能够成为母题。也就是说，为了成为传统的一个真正组成部分，该成分还必须有某种让人记住和重复的东西。他举例说，一个普通的母亲不是一个母题，但一个残忍的母亲就能够成为一个母题，因为她至少被认为是不同寻常的。普通的生活过程也不是母题，说"约翰穿上衣服进城了"并不能给出一个独特的值得记住的母题；但如果说主人公戴着隐形帽、坐着魔毯来到太阳以东和月亮以西的地方，就至少包含了四个母题——帽子、魔毯、神奇的空中之旅和神奇之地。每个母题的存在都仰赖于历代故事讲述人从中获得的满足。实际上，正如美国宾夕法尼亚大学的丹·本—阿莫斯（Dan Ben - Amos）所指出的那样，汤普森及其学生没有清楚地意识到，"母题"这个概念是学者有关民俗的话语，即它是故事中存在的成分的符号，而非叙述成分本身。

"母题"（Motiv）这个概念最早出现在德国浪漫派的著作中，其最初的含义是动机或一种推动力。它先是被用于艺术和音乐批评，后来又由这两个领域进入了民俗学研究。显然，"母题"概念是 19 世纪西方学者把民俗学或民间文学研究变成林奈①式的自然科学这样一个意图和努力的产物。从 21 世纪开始，民俗学家们开始寻求母题的各种实例，以发现它们不同的形式和分布范围。与此同时，历史地理方法也应运而生。"母题"和"类型"概念使学者们在全球范围内研究民间叙事的规律以及异同成为可能，它们可以被看作是民间文学或民俗学最核心的两个学科范畴。尽管有学者对这两个概念提出了不同程度的批评，但它们仍然是民俗学或民间文学研究的"看家"本领和有效工具。用邓迪斯的话来说，"通过母题和/或故事类型编目来确定民间叙事，在真正的（bona fide）民俗学家中间已经变成一个国际化的必备条件（sine qua non）"（《母题索引与故事类型索引：一个批评》）。

（原载《民间文化论坛》2005 年第 1 期）

---

① 林奈，（1707—1778）瑞典博物学家，动植物双名命名法的创立者。

母题辨析

刘学金

比较文学是一门不断生长的学问，从 19 世纪的影响研究，到 20 世纪中叶的平行研究，再到近几年的文化研究，内容越来越丰富，问题也越来越多。大到学科的发展方向，小到一个名词术语，问题层出不穷。80 年代以后，"母题"（motive）一词频频出现于众多的比较文学论著中。那么，什么是母题呢？笔者翻阅了几种比较文学书籍，找到了几种不同的说法，还知道了一个事实，即"围绕着母题和主题的定义，欧美比较文学家至今都存在不同的观点"。①

根据笔者已掌握的材料，母题至少有十来种定义。这些定义不可能全部正确，全部有效。仔细辨析这些定义，找到"智慧的最后的断案"（《浮士德》），对于开展母题研究，无疑将起到奠基作用。

20 世纪 20 年代，俄国形式主义学者托马舍夫斯基指出："作品不能再分解的部分的主题称作母题。实际上，每个句子都有自己的母题。"② 托氏为母题下的定义容易导致这样的结论：主题大于母题，主题包括母题，母题是主题的一部分。这样理解母题与主题的关系显然是不全面的。从一部作品的主题中可以分解出若干个母题，例如从《俄底浦斯》的主题中，我们能分解出"避祸"、"乱伦"、"神谕的权威"、"人与命运的关系"等母题。从这个意义上说，主题包括母题。另一方面，一个母题也可以产生众多的主题，如从"乱伦"这一母题中可以产生形形色色的乱伦主题，从"婚姻"这一母题中可以产生"不幸的传统婚姻"、"自由的现代婚姻"、"浪漫的跨

---

① 陈惇、孙景尧、谢天振主编：《比较文学》，高等教育出版社 1997 年版，第 117 页。
② ［苏］托马舍夫斯基：《文学理论（诗学）》，莫斯科国家出版社 1928 年版，第 137 页。

国婚姻"等众多主题。从这个意义上说，母题又包括主题。托氏的定义容
易导致片面的结论，但定义本身没有错，这个定义启发了后来的学者。至于
托氏对母题的补充说明，却实在令人费解。"每个句子都有自己的母题"，
按照这种说法，一部由两万个句子构成的小说应该包括两万个母题。《战争
与和平》的母题超过四万个。母题的数量等于句子的数量，母题真是太多
了。有的学者估计母题的数量最多也不过一百多个。也许托氏想说每个句子
都有作者的意图吧?

A. F. 斯科特主编的《当代文学术语辞典》借鉴了托氏的定义。该书对
母题的解释是:"贯穿一部作品的一个特别的思想或者占主导地位的成分，
它构成了主题的一部分。"① 这个定义的前半部分令人困惑。"特别的思想"
是什么思想呢? 一个缺乏普遍意义的很特别的思想，比如一个怪诞诗人关于
来世的匪夷所思的遐想，能成为作品的母题吗? 一个并不特别、司空见惯的
思想，比如"骄傲""谨慎""嫉妒"等，不能成为作品的母题吗? 什么成
分在作品中占主导地位呢? 很多人（包括笔者）马上想到了作品的主题，
根本想不到母题。

比利时学者特鲁逊解释过母题。他根据德文中 motiv 这个词的含义，把
母题界定为"一种背景，一个广泛的概念，它要么是某种态度，比如反抗;
要么是指一种基本的、普遍的境遇，这种境遇中的角色还没有个性化，比如
处于两个女人之间的男人的境遇，两兄弟之间、父子之间不和的境遇，被遗
弃的女人的境遇，等等"。② 特鲁逊的定义遭到法国学者的否定。布吕奈尔、
比叔瓦和卢梭三人合著的《什么是比较文学》一书认为，特鲁逊所说的
"广泛的概念"其实就是主题。该书认为，母题首先是一种具体的成分，比
如韩波的《灵光篇》中的宝石，王尔德的《道连·格雷的画像》中的玫瑰
等，它与主题的抽象和概括性正相反。③

国内一些民间文学专家在研究母题时，有时引用美国民间文艺学家汤普
森的定义。汤普森认为，母题就是民间故事中具有"不寻常的和动人的力

---

① 转引自［瑞士］约斯特《比较文学导轮》，廖鸿钧等译，湖南文艺出版社 1988 年版，第
234 页。

② ［法］布吕奈尔、比叔瓦、卢梭:《什么是比较文学》，葛雷，张连奎译，北京大学出版社
1989 年版，第 191—192 页。

③ 同上。

量"的"最小的、能够持续在传统中的成分"。① 汤普森的定义有其局限性。民间故事包含母题，其他形式的文学作品同样包含母题。母题是否具有"不寻常的和动人的力量"？笔者认为，某些作品具有这种力量，但它们的母题既不独特，也不动人。歌德的《少年维特之烦恼》是一部不寻常的感人至深的小说，但它的"失恋"母题却不足为奇。民间故事中"最小的、能够持续在传统中的成分"是什么呢？没有读过汤普森的《世界民间故事分类学》的人恐怕很难回答出来。看来汤普森要想推广他的定义，还得做一番解释才行。

刘介民是近年来研究比较文学颇有成就的学者，但他对母题的解释却不能令人满意。在《比较文学方法论》中，刘先生两次解释母题。刘先生认为："母题是由两个或两个以上不断出现的意象所构成，它往复出现，与场面（situation），即背景中的某些事项以及事件有关。"② 问题主要出在"意象"上。笔者认为，这里用"意象"一词不妥。按照《现代汉语词典》的解释，意象就是意境；按照刘先生认同的美国诗人庞德的解释，"意象就是在一刹那间同时呈现一个知性与感性的复合体"。不论是意境，还是"知性与感性的复合体"，都打上了作者的思想感情的印记。带有特殊印记的意境或"知性与感性的复合体"，如庞德著名的《在一个地铁车站》（"人群中这些面孔幽灵一般显现；湿流流的黑色枝条上的许多花瓣。"），在作者的笔下只能出现一次，就像天上的云彩被风吹成某种形状，转瞬即逝一样，不可能毫无变化地在一部作品中多次出现，更不可能丝毫不差地在两部或两部以上的作品中反复出现。

在《比较文学方法论》后面附录的《比较文学术语小辞典》中，刘先生再次解释母题："母题指的是一个主题、人物、故事情节或字句样式，其一再出现于某文学作品里，成为利于统一整个作品的有意义线索；也可能是一个意象或'原型'，由于其一再出现，使整个作品有一个脉络，而加强美学吸引力；也可能成为作品里代表某种含义的符号。"③ 这种解释问题更多。第一，把母题与主题混为一谈；第二，意象不等于母题；第三，一个母题在一部作品中不一定多次出现；第四，母题的作用不一定是成为线索或脉络，

---

① ［美］汤普森：《世界民间故事分类学》，郑海等译，上海文艺出版社 1991 年版，第 499 页。

② 刘介民：《比较文学方法论》，天津人民出版社 1993 年版，第 246—247 页、第 531 页。

③ 同上。

作家在涉及某个母题时，也许从未想到与以往具有同一母题的作品形成线索或脉络。

在国内学者提出的几种母题定义中，谢天振的定义最具有说服力，而且能让人看懂。在乐黛云主编的《中西比较文学教程》中，谢先生这样解释母题："主题学研究中的母题，指的是在文学作品中反复出现的人类的基本行为、精神现象以及人类关于周围世界的概念，诸如生、死、离别、爱、时间、空间、季节、海洋、山脉、黑夜，等等。"① 陈惇、孙景尧、谢天振三位教授主编、国内众多比较文学精英集体撰写、1997 年高等教育出版社出版的《比较文学》在论及母题时，沿用了谢先生在《中西比较文学教程》中提出的定义，这意味着谢先生的定义得到了专家的认可。

综合国内外学者的有关论述，我们能够发现母题的三个主要特点：一、母题是作品内容的一部分；二、母题在文学作品中反复出现，数目有限；三、母题具有客观性，不提出任何问题，只有经过作者的处理，它才具有褒贬意义，演变为形形色色的主题。根据母题的特点，笔者不揣浅陋，斗胆为母题下一个简短的定义：母题，即常见的题材，如战争、婚姻、离别、嫉妒、月亮、夜莺、梅花等。色盏之议，是否可取，尚祈方家不吝指正。

（原载《青岛大学师范学院学报》2000 年第 3 期）

---

① 乐黛云主编：《中西比较文学教程》，高等教育出版社 1988 年版，第 189 页。

略论邓迪斯源于语言学的"母题素"说

王珏纯　李扬

　　在民间故事的研究史上，分类问题始终是一个众说纷纭的学术焦点。成千上万的民间故事文本，人物、情节、语言千差万别，异彩纷呈，如何科学而具普遍意义的分类，确非易事。国际学术界众多的学者根据不同的标准、从不同的角度提出了形形色色的分类法，其中，芬兰学派（Finnish School）的阿尔奈和美国学者汤普森的"AT 分类体系"影响很大，其分类法是以"类型"（type）为核心。后来，汤普森又提出了基于"母题"（motif）的分类索引，进一步将故事中的行为、行为者、物件、背景等叙述因素分类。母题在故事上下文中相对独立，可以进入无数叙述性的关系中，因而成为故事最基本的叙事单位。[①]

　　然而在结构主义学派的学者看来，故事的"类型"之间存在着互相交织、紧密联结的关系，不可随意抽取出来，加以孤立研究。类型或母题的研究，仍然是传统的历时的、线性的研究，这种研究固然有一定意义，但并未揭示出民间故事的内在叙事本质和结构。基于此，俄国著名学者普罗普在其重要著作《民间故事形态学》中，提出了自己的结构主义形态学理论。[②] 普罗普的理论传到西方后，在学术界引起了巨大的反响，成为文学批评中结构主义的先声，启迪了许多后来者。学者们也指出了普氏理论体系的不足之处，葛立玛（A. J. Greimas）和贝列门（Claude Bremond）等都提出了各具特色的改进的叙事分析模式。本文拟评介的是美国学者邓迪斯（Alan Dundes）基于普罗普"功能"说并从语言学中借用概念而提出的"母题素"

---

① 参见 Stith Thompson, *THE FOLKTALE*, NewYork, The Dryden Press, 1951。

② 参见普罗普, *MORPHOLOGY OF THE FOLKTALE*, University of Texas Press, 1975。

理论。

一　邓迪斯对传统叙事单位划分的批评

邓迪斯是世界著名的民俗学家，曾任美国民俗学会的主席，著作等身，在运用结构主义、精神分析等方法研究民俗事象上尤为突出，在国际民俗学界产生了广泛的影响。他对结构主义形态学理论的修正和发展，亦是建立在对前人学说批评的基础上的。

众所周知，民俗学传统的三大研究学派，即神话学派、人类学派和历史地理学派，其本质有相似之处，均是历时的（diachronic）和比较的（comparative）方法。民间故事比较研究的前提，是首先要确定可比的单位（units）。邓迪斯认为，无论是"母题"说还是"AT分类法"，其基本的单位，只是提供了指称故事独立部分或片断的一种方式，并不能作为比较研究的基础。首先，按照汤普森的定义，母题是"故事中维持传承的最小因素"，强调它"做"什么而非"是"什么，因而其性质是历时的而非共时的。其次，汤普森的"母题"包含三大类，即行动者（actors）、物件（items）和事件（incidents），故"母题"并非单一对象的计量，作为"单位"是不能成立的，况且三大类之间并不相互排它（"事件"必定包含"行动者"或"物件"，或兼而有之），三者之间也不具有可比性。再次，如前所述，所谓母题是独立的、可以在无限组合中自由进出的观点是不能成立的，因为这样会动摇更大的单位——类型的基础。汤普森的"类型"是指"独立存在的传统故事"，一个完整的故事（类型）是"由一组次序和组合相对固定的母题构成"，这又与母题自由进出说相抵牾。最后，汤普森曾观察到母题的一类"事件"可以构成一个真正的故事类型，如此"母题"和"类型"又混淆不清了。总之，AT类型学是基于故事的可变成分之上的学说，分类者的主观评估，甚于对故事结构本体的探寻。依据这些理论去对民间故事文本进行分类或研究，往往使人无所适从，出现矛盾混乱的结果。邓迪斯的这些批评意见，应当说是十分中肯的。

"单位"作为人为的、试图对客观事物本质描述的度量建制，是无限可分的，但有最低限度单位，在此单位基础上进行的分析是有意义的，更细的划分因丧失意义而无须进行。比起自然科学来，人文科学的单位划分难度更大，人言人殊，远未达到像分子、原子那样令人满意的划分水平。确立民间故事的最低限度叙事单位，其重要性自不待言，但难度亦可想而知。邓迪斯在批评"类型"和"母题"说的同时，对普罗普结构主义形态理论中的"功能"单位则赞赏有加，因为它揭示了故事中恒定不变的因素和可变因素之间关系，所谓人物的"功能"（function）是故事的基本构成成分，是依据在行动过程中的意义而确立的人物的行为，是恒定不变的因素，通过对功能、角色、序列的综合分析，通过研究它们之间和它们与故事整体之间的互动关系，就可以揭示出民间故事内在的叙事结构形态。作为最低限度叙事单位，"功能"不是孤立的、自由的，它的数目是有限的，它们能依据在叙述过程中的位置而定义，这就与母题有了本质的区别。①

邓迪斯不满足于全盘机械地继承普罗普的理论体系。他把眼光转向语言学领域，从中汲取灵感。在著名语言学家派克（Kenneth Pike）的理论体系中，他发现了新的理论源泉。

二　邓迪斯对语言学"母题素"的借用

与人文科学其他领域有所不同，在语言学研究中，一些有意义的基本单位已经得到确立，如音素（phoneme）和词素（morpheme）。将语言学单位应用到其他学科领域的研究，是派克在其名作《语言与人类行为结构统一理论的关系》（Language in relaton to a unified theory of the structure of human behavior）中倡导并身体力行的大胆尝试。派克并未涉及民间故事研究领域，这一空白正好由邓迪斯加以填补。他首先引入了派克体系中"母题素"（motifeme）这一最低限度结构单位名称（在一些论述结构主义著作的中译本里，motifeme 被误译成"母题"，与前述 AT 体系的母题混为一谈，是不恰当的，笔者试将其译为"母题素"），鉴于在西方学界，普罗普的"功能"在相当一段时间内未得到广泛的认同，对一些学者而言，它还是一个陌生的名词（普罗普的《民间故事形态学》问世 30 年后才被译成英文，介绍到西方学界），邓迪斯建议派克理论中 motifeme 一词来替代"功能"。又建议另一个词汇"母题变项"（allomotif）来指代母题素的变项。民间故事中母题变项与题素的关系，相当于音素变形（allophone）之于音素或词素变形（allomorph）之于词素间的关系。"母题"仍然继续沿用，只不过是作为"etic"的一个单位。所谓"etic"，在派克的理论中是指非结构的逻辑分类研究，主要针对跨文化资料的处理，而与之相对的"etic"则是单一文本

---

①　参见普罗普，*MORPHOLOGY OF THE FOLKTALE*，University of Texas Press，1975。

的、结构性的研究，它必须将特定的事件看作是更大整体一部分，与之相关并从中获得最终意义。etic 的结构并非主观臆造，它是客观现实模式的构成部分。派克进一步提出了 etic 单位的三维模式，即特征模式、表现模式和分布模式。邓迪斯将之与普罗普的体系相结合，认为可以把特征模式看成是普氏体系的功能范例，把表现模式看成是进入功能的可变因素，把分布模式看成特定功能的位置特征。① 这样，借助于两种结构主义理论本质上的契合，邓迪斯成功地将语言学中的派克学说与民间故事学中的普罗普学说进行了移植整合，强调了一些要素，发展出以母题素为基本叙事结构单位的形态分析方法。"母题素"一词的借用，使术语更为简化明晰，概念内涵更加准确，具体应用更为便利。

依据这一方法，邓迪斯对北美印第安民间故事进行了详尽的分析，② 识别出大量清晰的结构模式，如母题素缺乏/缺乏终止模式，更常见的由四个母题素（禁止/违禁/后果/企图逃避后果）构成的模式，以及缺乏/缺乏终止模式/禁令/违禁/后果/企图逃避后果模式，等等。通过研究，以往认为美国印第安民间故事是由散乱的、不稳定的母题堆积而成的观点不攻自破，美国印第安人民间故事无疑存在可辨识的结构，它们均由特殊的、稳定的、有次序的母题素构成。

三　邓迪斯结构形态分析理论的意义

邓迪斯理论的突出贡献和意义在于：在民俗学界因循守旧、囿于传统理论体系而惧于创新的背景下，振臂呼出"民俗学者研究传统，而决不能为传统所束缚"的口号，勇于接受新的理论方法，并富于创见地借鉴其他学科的成果。他的以"母题素"概念为核心的结构分析方法，融各家学说于一炉（他实际上还汲取了列维—斯特劳斯的"二元对立"模式），使形态分析理论达到了一个新的高度。更难能可贵的是，他改正了民间故事研究中结构主义方法多重文本本体、忽略外部社会历史因素的弊端，将之与文化分析联系起来，认为结构分析可以预言某一地区的文化状况，预测文化的变化：

① A. Dundes, *FROM ETIC TO EMIC UNITS IM THE STRUCTURAL STUDY OF FOLKTALES*, Journal of American Folklore, 75/1962.

② A. Dundes, *FROM ETIC TO EMIC UNITS IM THE STRUCTURAL STUDY OF FOLKTALES*, Journal of American Folklore, 19/1963.

"通过精确的结构分析，民俗学者可以了解民间传说是如何包含和联系一个社会的重要隐喻，对这些隐喻类型的分析和解释将为了解各地人民的世界观和行为提供无与伦比的见识。"[①] 他提出，母题素的序列，是否与文化的其他元素，如仪礼，在结构上有某种相应的关系？母题素结构是否还存在于其他民俗事象中？在不同的文化区域，母题素模式是否会产生变异？邓迪斯自己也在努力回答这些问题，他把受益于结构主义语言学的形态分析方法，亦运用于迷信、游戏、谜语等领域的研究，取得了相当大的进展。显然，这是受到了萨丕尔等结构主义语言学家"文化（社会生活）形态与语言异质同构"思想的影响。另一位结构大师列维—斯特劳斯，也将语言学的概念应用于非语言材料，试图在文化行为、庆典、仪礼、血缘关系、图腾制度中，辨析出与语言音位相似的结构，[②] 两位学者的研究对象不同，研究方法也不尽一致，但在对结构主义语言学的借用和寻求语言与研究对象结构同质性方面，两相参照，不乏异曲同工之处。

邓迪斯的研究方法在学界引起了较大的反响，许多学者接受并开始应用他的理论。已经有学者参照邓迪斯的理论体系，对中国传统戏剧的叙事结构模式进行分析，取得了有说服力的成果，邓氏理论的跨文化适用性已略见端倪。也许终有一日，结构主义形态学对世界各地民间故事和不同文化事象的探究，会在某种意义上印证列维—斯特劳斯"人类思维中恒定结构，产生文化系统中的普遍模式"的预言。

（原载《青岛海洋大学学报》2000 年第 2 期）

---

① ［美］邓迪斯：《结构主义与民俗学》，见邓迪斯主编的《民俗学讲演集》，书目文献出版社1986 年版。

② 参见 ［法］列维—斯特劳斯：《结构人类学》，文化艺术出版社 1991 年版。

史诗的母题研究

郎　樱

一

　　史诗研究有多种多样的方法，如历史研究、文化研究、文本研究、发生学研究及传播学研究，等等。值得注意的是，随着比较文学学科的形成与发展，史诗的比较研究已越来越引起学者们的关注。史诗的母题研究，便属于史诗比较研究范畴。

　　在进入史诗母题研究话题之前，我们首先要对"母题"的概念作一番探讨。母题是"motif"一词的汉语音译。"motif"，原是音乐用语，意为动机，是指一首乐曲中反复出现的一组音符，它是衬托乐曲主题的一个结构因素。"母题"一词最早出现于法国学者 S. D. 波洛萨尔 1703 年编纂的《音乐辞典》一书中。后被借用到民间文学之中，用以指那些在民间文学作品中经常出现的叙事单元。"母题"一词现已在国际民间文学中通用。

　　19 世纪后期，著名的德国文学史家施罗（Wlhelm Scherer）提出以母题进行分类，他认为母题是成规化的文学叙述单元，每个母题都表达一个单一的思想，而且每一母题都与产生民族的文化历史传统、经验、学问相一致。俄国民间文学理论家 A. 维谢洛夫斯基（1839—1906）认为母题是最小的情节。19 世纪末、20 世纪初，母题一词被民间文学界广泛使用。美国著名民间故事分类学专家斯蒂·汤普森（1885—1976）在对 4 万多个分布于各国及各地的故事、神话、寓言、传说、民间叙事诗等民间文学作品进行分析的基础上，于 1932—1937 年间推出六卷本的《民间文学母题索引》（*Motif Index of Folk Literature*）。他于 1946 年出版的《世界民间故事分类学》（原名为《民间故事》）一书，把所有的民间故事分成"类型"和"母题"两类。

　　汤普森关于"类型"的概念是这样解释的："一种类型是一个独立存在

的传统故事，可以把它作为完整的叙事作品来讲述，其意义不依赖于其他任何故事。当然它也可能偶然地与另一个故事合在一起讲，但它能够单独出现这个事实，是它的独立性的证明。组成它的可以仅仅是一个母题，也可以是多个母题。"①

那么，他对"母题"的概念又是怎样解释的呢？他认为"一个母题是一个故事中最小的、能够持续在传统中的成分"。在做了这样的界定之后，接着他又把母题分类三类：第一类是故事中的角色；第二类母题涉及情节的某种背景；第三类母题是那些单一的事件，这类母题囊括了绝大多数母题。正是由于这一类母题可以独立存在，因此也可以用于真正的故事类型。他认为，为数最多的传统故事类型是由这些单一的母题构成的②。

汤普森在 1953 年发表的《民间文学的深入研究》（《Advances in Folk-lore Studies》）一文中，曾这样写道："这些母题就是原料，世界各处的故事即据此而构成。因此，把所有简单与复杂的故事分析成构成母题，并据此做成一个世界性的分类是可以办到的。"

自从芬兰民俗学者阿尔奈创建了民间故事分类体系之后，汤普森在此基础之上，对民间故事进行了孜孜不倦的搜集与研究，丰富、充实和发展了芬兰学者阿尔奈的民间故事分类体系，确立了阿尔奈—汤普森民间故事分类体系，简称 AT 分类法。汤普森在民间故事类型体系的建立、母题分类的研究与实践方面，有着不可磨灭的功绩。

然而，仔细研究他对于母题的界定与分类，仍可从中发现一些欠缺之处。例如，对于母题的界定，俄罗斯著名学者鲍里斯·托马舍夫斯基（1890—1957）的阐述更为明确与详尽。这位俄罗斯学者在论及"主题"问题时，曾涉及母题的定义，他说："把作品分解为若干主题部分，最后剩下的就是不可分解的部分，即主题材料的最小分割单位。如'天色晚了'，'拉斯柯里尼柯夫打死了老妇人'，'英雄牺牲了'，'信收到了'等等。作品不可分解部分的主题叫作母题（Motif）。"他特别强调地指出："在比较研究中，母题指的是不同作品的主题统一（如"抢走未婚妻"，"帮助人的动物"——即帮助主人公解决难题的动物，等等）。这些母题往往从一个情节分布的结构中，完整地过渡到另一个情节分布的结构。至于它们能否被分成

---

① ［美］斯蒂·汤普森：《世界民间故事分类学》，郑海等译，上海文艺出版社 1991 年版，第499 页。

② 同上。

更小的母题，这在比较诗学里是不重要的。重要的只是在所研究的体裁之内，这些'母题'永远是完整的。所以，在比较研究中，'不可分解的母题'一词，可以解释为历史地不可分解的母题，是在一部作品向另一作品过渡时，那仍然保留了自己的统一的母题。"托马舍夫斯基的贡献还在于，他把文学作品的母题分为两种：关联母题（有的译作主导母题）和自由母题。他认为关联母题是不可省略的母题，否则会破坏事件之间的因果关系。而自由母题的省略，并不破坏事件的因果—时间进程的完整性①。另一位学者罗丝（Anna Birgitta Rooth）亦把母题分为主要母题和细节母题，他认为，主要母题是最不易分离的，如把它省略，必然会影响到故事的基本结构。相反，细节母题是次要的，一个主要母题与几个细节母题的结合，组成了"一个故事内容的最小组织单元"的复合母题②。列维—斯特劳斯、普罗普等结构主义大师们也都持有类似的观点，他们称文学作品中不可再分解的部分为基本质（即母题），他们认为基本质就像一个完整的句子，包括主语、谓语、宾语、状语③。我国著名学者刘魁立先生也认为，母题应表达一个完整的意思，即母题应当包括主语、谓语、宾语或状语。上述国内外专家学者对于母题定义的阐述，较之汤普森的母题定义，显然是更加严谨、更加明确、更加完整了。

值得注意的是，民间文学中的母题，尤其是比较文学中的母题，往往具备如下几个特点：

第一，在不同作品中重复出现的特点。以寄魂母题为例，此母题广泛存在于东西方的民间文学作品之中，是一个世界性的母题。在柯尔克孜族史诗《艾尔托什吐克》中，英雄托什吐克的灵魂寄放在磨石里；在另一部柯尔克孜族史诗《考交加什》中，会医百兽之病的阿勒顿恰乞姑娘的灵魂，藏于母野山羊神的蹄间。在乌孜别克族民间故事《科里契卡拉》及哈萨克族民间故事《飞汗的儿子》、《长翅膀的美人》、《朱玛凯里德》中，所有英雄的灵魂无一例外地，均藏于英雄的宝刀之中。至于英雄的对手——妖怪、魔王、女妖等，他们往往具有多个灵魂并将它们寄藏于十分隐蔽的地方，经常是藏于动物体内的一个盒子中。英雄杀死动物，取出盒子，扭下里面几只麻

---

① ［俄］维克托·什克洛夫斯基等：《俄国形式主义文论选》，方珊等译，生活·读书·新知三联书店 1992 年，第 114—116 页。

② ［美］丹·本·阿姆斯：《民俗学中的母题概念》。

③ 转引自陈翔鹤主编《主题学研究论文集》，台湾东大图书公司 1983 年版，第 25 页。

雀的头，麻雀死了，魔王和女妖的灵魂被消灭了，魔王和女妖便不攻自灭了。在蒙古史诗《江格尔》里，地下国勇士沙拉·库愣的灵魂寄藏在一只麻雀的体内，幻化成老人的骆驼精则把灵魂藏在自己的头脑里，英雄江格尔获悉此秘密，砍下老人的头，作恶多端的骆驼精终于被杀死。这一母题不仅广泛存在于阿尔泰语系民族民间文学之中，而且也频频地出现在藏族史诗《格萨尔》之中。例如，霍尔国白帐王的灵魂寄存于白野牛体内，黑帐王的灵魂寄存于黑野牛体内，黄帐王的灵魂寄存于黄野牛体内。掠夺格萨尔妃子梅萨的魔王鲁赞有九个灵魂，它们分别藏于海洋、森林和野牛身上。英雄格萨尔消灭了对手的寄魂物，对手便不战而死。值得注意的是，史诗中的寄魂母题，既出现于英雄形象的塑造之中，也存在于英雄对手—反面人物的形象塑造中，在这二者之中，后者的数量更多，出现的频率更高，程式化的特点也更加突出。

史诗中存在大量反复出现的母题。我们可以经常看到的有，英雄特异诞生母题、孤儿母题、抢婚母题、英雄外出家乡被劫母题、英雄妻子被夺母题、英雄变形母题，等等。母题所具有的在不同作品中反复出现的特点，在我国史诗中体现得最为鲜明。

第二，程式化的特点。一个母题重复地出现在不同民族、不同国度的民间文学作品之中，必然会存在某些相异之处。然而，主要母题的构成是相当稳定的，且具有程式化，即模式化的特点。在许多英雄史诗中，都有英雄死而复生的母题存在。在19世纪拉德洛夫记录的《玛纳斯》中，阔兹卡曼父子用毒酒将玛纳斯谋害死，是仙女把玛纳斯母亲的乳汁灌入玛纳斯的口中，使玛纳斯死而复生；玛纳斯之子赛麦台依被叛变的勇士所害，是仙女施以仙药使其死而复生；幼小的江格尔在抢夺阿拉谭策吉的马群时，被阿拉谭策吉的毒箭射中，昏死，是洪古尔的母亲施巫术，用神药使其死而复生；卫拉特英雄阿勒屯江中蛇毒而死，是他的姐妹用泉水救了他的性命。类似的母题在史诗中大量存在，不胜枚举。仅从以上所列举的存在于不同民族史诗中的死而复生母题，可以发现它们具有相同的叙事模式：

英雄被害（毒酒、毒箭、蛇毒、杀害）——遇到搭救者（仙女、母亲、姐妹）——她们运用乳汁、泉水、神药、巫术等搭救手段——使英雄死而复生。

按着一定规律构成的英雄死而复生母题，基本上适用于各民族史诗中英雄死而复生母题类型。尽管母题出现在不同的史诗中，所述内容也不尽相同，但是，其叙事模式却是基本一致的，程式化特点是鲜明、突出的。

第三，具有丰富的文化内涵和象征意义。民间文学作品中的母题，尤其是经常出现在史诗中的母题，所蕴含的内容是非常古老的。特别值得一提的是，这些古老母题在表层内容之下，往往深藏着丰富的文化内涵；这些母题是一些符号，在这些符号里包含着象征意义。仍以寄魂母题为例，"英雄或妖魔的灵魂寄存于一物体内"，这是此母题的表层内容。然而，在这表层内容之下，所包含的则是古老的灵魂不灭的观念、灵魂与肉体分离的观念。古人认为，一个人的灵魂越多，他的生命力也就越强。把灵魂寄存于它物，灵魂不易受到伤害，在他们的观念中，如果灵魂受到伤害，人就要死亡。因此，寄魂母题与古老的灵魂观是密切地联系在一起的。再如，死而复生母题也是个十分古老的神话母题。在先民看来，无论是神，或是英雄，谁也逃脱不了衰亡、死亡的命运，他们让神或英雄在壮年时死去，再通过巫术和乳汁、泉水、神药等具有神力之物，使神与英雄死而复生，在英雄再生的过程中，英雄补充了力量，变得精力旺盛，获得永恒的生命力。部落的人丁和庄稼畜群，也会因此而兴旺、繁盛。英雄结义母题存在于许多英雄史诗之中，这一母题的表层内容是"英雄与一个（或多个）外部落（或外部族）的英雄结为结义兄弟"，然而透过这一表层内容，所揭示的则是由部落过渡到部落联盟的社会发展进程。

母题的文化内涵及象征意义的涵盖面是很广泛的，它们所揭示的多为人类原始思维的特点，所反映的也是古代社会生活的民风民俗。母题又与民族生活、民族思维及心理特点、宗教信仰、生活境遇有着密不可分的关联。因此，世界各民族民间文学的母题既具有共性，也具有民族与地域的特点。

史诗是人类童年时代的产物，民族史诗是在一个民族形成时期产生的。因此，史诗中包含着许多古老的文化成分。值得引起人们注意的是，史诗中有不少神话母题以及许多文化内涵相当古老的母题。它们是构成史诗古老文化层的重要组成部分。深入研究这些母题，不仅能够使我们对于史诗的古老文化层有较为清晰的认识，而且有利于我们对于史诗形成规律的探讨，有利于推进史诗比较研究的开展。

二

史诗的母题数量多，内容极为丰富。为便于叙述方便，我们将英雄史诗的母题大致划分为英雄身世类母题、英雄对手类母题、神奇动植物类母题等几大类。

　　英雄身世类母题，包括英雄特异诞生母题、英雄苦难童年母题、少年英雄立功母题、英雄婚姻母题、英雄结义母题、亲友背叛母题、死而复生母题、英雄外出家乡被劫母题、妻子被劫母题、英雄复仇母题等等。我国及东方各国的英雄史诗，一般都是从英雄的诞生、童年时代开始叙述起，按照自然时序，直到叙述完英雄一生的事迹。可以说，英雄身世类母题既贯穿于英雄人物的一生，也贯穿于整部史诗。对于英雄身世母题的研究，在史诗研究中占有十分重要的位置。

　　上述各种英雄身世类母题，大多数不是由一个母题构成，而是以母题组合或母题系列的形式出现。以英雄特异诞生母题系列为例，它包括祈子母题、特异怀孕母题、难产母题、英雄诞生特异标志母题、英雄神速生长母题等等。史诗英雄大都具有非凡的来历：一束光从毡房的天窗照射到妇女身上，妇女感光而孕，生下英雄；有的妇女在林木下独居，在树的神力传感下受孕，生出盖世英雄；有的妇女喝了一滴鹰血、吃了一个果子或是一个鸟卵而怀孕，她们生下的也都是了不起的英雄。上述这些英雄虽然有一个人格的父亲，但是英雄与这个父亲没有任何血缘关系，英雄是神的后裔。至于《罗摩衍那》中的罗摩、《格萨尔》中的格萨尔，他们本身就是神。他们被天神派往凡世，平妖锄暴，拯救受难的百姓。当他们的目的达到后便又返回天界。

　　英雄来历非凡，他们的童年时代一般都显示出超人的神力。他们杀死凶恶的独角兽、勇猛的狮子或是强有力的敌人。为了求婚、他们受到未来岳丈百般刁难，历经艰险解决了各种难题。英雄少年立功母题是古代氏族部落成丁式在史诗中的折射。

　　英雄娶妻成家以后，与女妖、蟒古斯、毒龙或是宿敌较量。较量中，英雄常常遭到对手陷害，或被打入地下，或被杀害。英雄在神鹰帮助下，从地下返回地面；死去的英雄在妻子、姐妹或是仙女的帮助下，死而复活。这些母题也是相当古老的神话母题。在古代人的观念中，神王、部落首领生育能力的强弱以及精力旺盛与否，不仅直接关系着部落、国家人丁是否兴旺，而且还关系着这一地区动植物的兴盛与衰亡。因此，古代在一些国家和地区曾存在杀死神王的习俗，即当神王过了青壮年以后，便将他杀死，让一位精力充沛的年轻人接替他当王。人民期盼心目中崇敬的神、崇拜的英雄能够永远精力充沛，于是，让他们步入壮年后进入地下（重入母体的象征），或是让他们在壮年死去。然后再借助巫术之力使他们重返地面，或是使他们死而复生。先民认为通过这样的巫术仪式、巫术行为，便可使神与英雄永远精力旺盛，甚至永生不死。这种文化内涵十分古老的母题普遍存在于古埃及神话、古巴比伦神话、古希腊神话以及古老的北欧神话之中。值得特别指出的是，这一母题也频频地出现在突厥语民族和蒙古语民族的英雄史诗中。这说明，突厥、蒙古史诗包含着丰富、古老的神话层。

英雄亲友背叛母题以及英雄惩治背叛亲友的母题，在各民族的英雄史诗中经常可以遇到。希腊史诗《伊利亚特》的主人公阿伽门农没有血洒战场，却在凯旋之时死在背叛的妻子及其情夫的刀斧之下。德国中世纪史诗《尼伯龙根之歌》里的女主人公克琳希德为报杀夫之仇、找寻尼伯龙根宝物的下落，亲手杀死了自己的哥哥——勃良弟王恭太，并割下他的首级。在我国英雄史诗中，类似的母题很多。以《玛纳斯》为例，在较为古老的唱本中，玛纳斯被自己的叔叔阔孜卡曼、侄儿阔克确害死，是仙女使他死而复生的。玛纳斯的父亲加克普也一直阴谋加害亲子玛纳斯。玛纳斯死后，他指使玛纳斯的同父异母兄弟去杀害玛纳斯之子赛麦台依。他的阴谋未能得逞，仍不死心，于是，当赛麦台依长大去看望祖父时，加克普在给孙子的马奶酒中投毒，欲将他害死，幸被发现，这位英雄才免于一死。赛麦台依严厉地惩治了这些背叛的亲人，他杀死祖父和篡位的两位叔父。在《玛纳斯》中，妻子背叛丈夫（英雄杀死背叛之妻）、叔父背叛侄儿（英雄杀死背叛的叔父）、勇士背叛英雄（英雄杀死背叛的勇士）这类亲友背叛母题以及英雄惩治背叛亲友的母题，数量相当可观。《格萨尔》里处处与英雄格萨尔作对、背叛格萨尔并阴谋篡权的，是格萨尔的叔叔晁通。在蒙古史诗《纳仁汗》中，杀害纳仁汗的是他的妻子。

英雄对手类母题中英雄的对手，主要指的是英雄超自然的对手。在希腊史诗《奥德修纪》中，海神之子独眼巨人曾是英雄奥德修的对手。由于奥德修戳瞎了它的独眼，触怒了海神波塞冬，结果害得奥德修有家不能归，在海上漂泊达十年之久。在英国古老的史诗《贝奥武甫》以及德国史诗《尼伯龙根之歌》中，英雄贝奥武甫和英雄西格费里都曾征服过毒龙。印度史诗《罗摩衍那》生动地描绘了罗摩借猴兵大战恶魔罗刹的故事。在我国英雄史诗中，英雄超自然的对手更是层出不穷。格萨尔去北方降魔，他征服了三头妖魔、五头妖魔、九头魔王鲁赞；蒙古史诗中英雄绝大多数的对手是蟒古斯；而突厥语民族史诗中英雄超自然的对手最多的则是"朵"（dve，巨人）与"加勒马吾孜"（jialmauz，女妖）。巨人不仅体大如山，而且具有摧毁万物的力气，有"卡拉夺"（黑巨人）、"克孜勒朵"（红巨人）、"加勒额斯阔孜朵"（独眼巨人）等各种巨人。它们吞食活人活畜，作恶多端，每当它们与英雄交战之时，经常骑坐公牛上场。没有人能够制伏它们，只有史诗英雄才能把它们射杀死。蒙古史诗的"蟒古斯"为男性妖魔，而突厥语民族史诗的"加勒马吾孜"是女妖。女妖多头，有七头女妖，九头女妖。她们吃人肉，吸人血，样子丑恶，有变身本领，经常变作一叶羊肺，漂浮在水面。她们设置圈套，使英雄遭难，然而最终还是被英雄消灭。

神奇动植物类母题包括的种类很多，在我国英雄史诗中经常出现的动物有鹰、天鹅、狼、熊、马等。以神鹰母题为例，这一母题广泛存在于北方民族以及土耳其、匈牙利、塞尔维亚等欧洲民族的神话传说、英雄故事、英雄史诗之中。在古老的英雄史诗《艾尔托什吐克》、《阿勒帕米斯》及许多民族的英雄故事里，英雄遇难落入地下，往往都受到神鹰的保护、并由神鹰把英雄驮回地面。此外，史诗中有不少妇女形象，她们平日是美女，遇到紧急情况便幻化作鹰或天鹅飞上蓝天。尽管神鹰母题有不同的叙事模式，然而这一母题中"鹰"的象征意义却是一个，即"鹰"是人界与天界交往的使者——女萨满的象征。狼、熊等动物是凶猛的野兽，然而在神话和史诗中，它们却是具有神力的、神圣的动物。英雄们举着绘有苍狼的旗帜、高呼着苍狼的口号，在苍狼的带领下征战。在苍狼的佑护下，英雄们总是无往而不胜。史诗中的马是一种最富神奇色彩的动物。从某种意义上说，马是英雄最亲密的朋友、最忠实的助手。马具有未卜先知的神力，如有险情出现，它会提醒自己的主人，并为他出谋划策；英雄遇难，它会奋力去救自己的主人；英雄的坐骑能上天能入地，英雄骑着它去征战，无往而不胜。如果说神鹰、神狼、神熊母题带有浓厚的狩猎文化特色的话，那么神马母题则是具有草原游牧文化特色的母题。

受万物有灵思维逻辑的支配，在先民的眼中，不仅动物具有非凡的神力，大自然中的草草木木也都具有灵性和神性。在现代人看来是普普通通的树木，先民却把它视为"通天柱""天梯""神树"。他们认为，不仅树本身能生育英雄，而且无子的母亲向树祈子或在树下独居，也可受孕生下英雄。当英雄生命处于危境之时，神树常常保护英雄，使英雄转危为安。英雄的妻子吃了树木的果实（如苹果），便可怀孕，而神与英雄吃了苹果，可死而复生，甚或永生。史诗中的神奇动植物类母题，反映了先民自然崇拜观念和万物有灵的观念。

从上述史诗三大类母题的概述中，我们可以看出：史诗拥有大量文化内涵极为丰富的古老母题。研究这些母题，不仅能够推进史诗的深入研究，而且对于研究原始人类的思维、原始社会的行为方式及习俗仪典，均具有极为重要的意义。

<h1 style="text-align:center">三</h1>

史诗母题研究在国外十分盛行，有不少学者在史诗母题研究方面取得了令人瞩目的成就。著名的德国学者海希西教授对于蒙古史诗母题研究的成果，引起了国际史诗界的极大关注，并获得很高的评价。英国学者亚瑟·哈托在研究《玛纳斯》的论著中，有些是研究《玛纳斯》母题的出色篇章。俄罗斯史诗研究家日尔蒙斯基在突厥语民族史诗母题的研究方面，卓有成就。他们通过史诗母题的研究，扩大了史诗的研究领域，开拓了史诗的比较研究，推进了史诗研究的深入发展。在我国，史诗母题研究起步较晚，有关的著述也极少。然而，值得欣慰的是，随着史诗研究在我国逐步走向深入，比较文学学科在我国的迅猛发展，已有越来越多的学者开始重视史诗的母题研究，并着手进行这方面的研究，也取得了一些显著的成绩。史诗母题研究在我国正在呈现出勃发兴盛的势头。

史诗母题研究是史诗文化研究的重要组成部分。在进行史诗母题研究时，无疑首先要关照的是母题的叙事模式、母题的分类以及母题类型的研究。但是，史诗母题研究最终要达到的目的在于揭示出含蕴于母题深层的文化内涵。古代人类的思想观念、思维逻辑、原始信仰、习俗仪式等，随着岁月的流逝，绝大部分已经消失殆尽。然而，它们却较为完整地保存在史诗的古老母题之中。从这层意义上说，史诗古老的母题堪称"活化石"。它们是我们了解、认识古代人类思想意识、古代社会生活的弥足珍贵的资料。史诗母题所具有的这种认识价值和文化价值，是不容忽视的。

史诗母题研究属于史诗比较研究范畴。通过史诗母题研究，不仅能使我们对存在于不同史诗中的共性有所认识，而且有利于我们扩展视野，丰富我们东西方文化交流的知识。

东西方史诗中存在着许多类同的母题。其中，有些母题之所以类同，往往是因思维同步而致。例如，在东西方史诗中悉为常见的"英雄妻子被劫母题"、"英雄变形母题"、"英雄死而复生母题"以及"亲友背叛母题"、"魔法母题"，等等。这些母题同时出现在东西方史诗中，可以说是"不谋而合"，难以判断到底是谁影响了谁。

　　然而，有些类同母题的出现，则是在漫长的岁月中，由于东西方文化的交流，相互学习、相互影响所致。例如希腊史诗《奥德修纪》中有"英雄外出，求婚者胡作非为"以及"英雄归来惩治求婚者"的母题。这类母题不仅大量地存在于突厥语民族的史诗之中，而且连母题的细节也与《奥德修纪》的一模一样。它们出现在史诗中往往是一组母题系列。让我们将希腊史诗《奥德修纪》与哈萨克史诗《巴木斯·碧拉克》同类母题系列的共同模式归纳如下：

　　　　英雄外出征战多年——求婚人趁英雄不在之机纠缠英雄之妻并胡作非为——英雄归来扮作乞丐——返家前最先见到的均是自己以前忠实的奴仆（一是牧猪奴，一是牧羊人）——以乞丐的身份去见求婚人（一是求婚人正在作恶，一是求婚人正在强行与英雄的妻子举行婚礼）——受到求婚人的讥讽与侮辱——英雄拉开没有人能拉开的弓（原来是英雄留在家中的弓箭）——英雄杀死求婚人——英雄与久别的妻子团圆。

　　如果说，东西方史诗中的母题相似甚或基本相同，这容易理解。然而，时空上相距十分遥远的希腊史诗与哈萨克史诗，它们不仅具有完全相同的母题系列，而且连细节母题也竟如此毫无二致，这就绝非用"偶然巧合"所能解释清楚了。

　　除此之外，东西方史诗中还有许多如上例一样极为酷似的母题，如英雄遇难得神（或仙女）相救母题、瘸铁匠为英雄打制武器母题、英雄勇斗独眼巨人母题、英雄勇斗铜爪女妖母题，等等。

　　那么，究竟是谁影响了谁，究竟是通过何种媒体和渠道产生的影响，这是个非常复杂的问题，还有待于进一步深入地探讨。但是，有一点可以肯定，即东西方之间的文化交流是双向的。明确这一点，非常重要，因为国内外有些学者总是有意或无意间把希腊神话、希腊史诗视为至高无上。凡东方史诗与希腊史诗有共同之处，他们必认为这是受希腊影响所致，这种观点是有偏颇之处的。

　　我们不否认东方史诗在形成过程中曾接受过希腊文化的影响，但是，我们也须指出，希腊史诗在形成过程中同样也吸收了不少东方文化因素。以独眼巨人母题为例，它既出现于《奥德修纪》里，也普遍地存在于阿尔泰语系民族的神话和史诗之中。特别值得注意的是，它最初是北方狩猎民族崇拜的独眼山神形象，后逐渐演化成为英雄的对手。在著名的柯尔克孜族史诗《玛纳斯》中，玛纳斯家族三代英雄都有勇斗独眼巨人的英雄业绩。在古老的哈萨克英雄传说和史诗中，也有英雄射杀独眼巨人的母题。叶尼赛河流域出土的额头长眼的石雕像，距今已有四五千年的历史。而那时，不要说希腊史诗尚未形成，就连希腊人也还没有迁居希腊半岛。这表明独眼巨人的形象最初始于北方狩猎民族，而英雄勇斗独眼巨人的母题约形成于北方民族从狩猎生活进行游牧生活的时代。

母题是最小的叙事单元，然而通过对于东西方史诗的母题进行比较便可发现，东西方文化之间的交流在遥远的古代已相当密切了。在欧洲考古中发现了 4000 年前的和田玉石，东西方之间的玉石之路比横贯东西的黄金之路（草原之路）、丝绸之路还要早两千多年。东西方文化交流的历史也应追溯到更遥远的时代。

史诗母题研究在民族学、文化人类学的研究中，有时也会起到举足轻重的作用。以"英雄入地母题"与"神鹰母题"为例，这两个母题不仅频频地出现在突厥语民族的史诗之中，而且也出现在一些广为人知的匈牙利英雄传说中。令人感到惊异的是，匈牙利英雄传说中"英雄入地母题"与"神鹰"在叙事内容、叙事模式、文化内涵乃至微小的细节上，与突厥史诗的此类母题完全相同，如出一辙。突厥语民族人民生活于北亚与中亚地区，而匈牙利人则生活于遥远的欧洲大陆。为何相距如此遥远的两个地域却存在着完完全全相同的母题呢？这是一个饶有兴味的问题。然而，匈牙利语中有一百多个基本生活语汇、近一千个动词词根源于突厥语的这一语言现象，联系到匈牙利民间音乐在曲调与旋律上明显有别于欧洲民间音乐、却酷似我国西北裕固族音乐的这一音乐现象，加之长久以来流传的匈牙利人种有匈奴后裔的种种传说，我们大致可以得出这样的结论，即匈牙利民间文化与北方游牧民族的文化有着千丝万缕的联系。可以推断，在匈牙利民族形成过程中，阿尔泰语系民族的一些部落（其中包括较多的突厥语部落）陆续地融入其中。这一结论的得出不仅仅是由于母题的相同，而母题研究也是重要依据之一。

史诗母题研究属于微观研究、比较研究范畴。但是，要真正做好这项研究则必须要具有宏观把握的本领、开阔的视野和丰富的知识。这项研究虽说有相当的难度，但是，仍吸引着众多的学者来开展这一领域的研究。这表明，史诗母题研究的重要价值已被越来越多学者所认同。

（原载《民族文学研究》1999 年第 4 期）

母题何为

——文学母题和母题研究法溯源

刘惠卿

母题研究是当今文学研究领域尤其是小说、戏曲研究领域的热门话题，运用母题研究法对于梳理故事情节的纵横演变、考察不同文化的历史交流大有裨益。但是学人们在运用此研究法时常常存在着众说纷纭、莫衷一是的现象，因对母题概念理解的分歧而导致具体操作的泛化，因而对母题和母题研究法作一正本清源的工作显得非常迫切而必要，本文即对近百年来的母题研究法进行研究和溯源，以求教于方家。

一　什么是母题

母题（motif）是一个舶来词，这一术语最早是适应民间故事分类学的需要而被学者采用的，一般认为，德国学者科尔勒（J. Köhler）首先提出这一概念，后来逐渐被应用于民俗学领域①。五四时期，随着民间文学在中国学术界日益受到重视，"motif"一词开始进入当时学者的视野，著名学者胡适首先对其进行了介绍并将之译作"母题"②。但是，母题是什么？对于这一概念的界定在欧美学术界"至今都存在不同的观点"③。从历史发展看，欧美学术界对母题概念的界定主要存在如下几种观点：

---

① ［美］斯蒂·汤普森：《世界民间故事分类学》，郑海等译，上海文艺出版社1991年版，第497页。

② 见胡适作于1922年12月3日的论文《歌谣的比较的研究法的一个例》，载《努力》周刊第31期；此文后收入《胡适文存》二集，亚东图书馆1924年11月初版。

③ 陈惇、孙景尧、谢天振主编：《比较文学》，高等教育出版社1997年版，第117页。

其一，认为母题是作品主题的一部分，即作品意旨的意思。倡导这种观点的代表人物是俄国形式主义学者托马舍夫斯基，托氏在 20 世纪 20 年代提出："作品不能再分解的部分的主题称作母题。实际上，每个句子都有自己的母题。"① A. F. 斯科特在主编《当代文学术语辞典》时深受托氏影响，在该书中他对母题作了如下解释："贯穿一部作品一个特别的思想或者占主导地位的成分，它构成了主题的一部分。"②

其二，将母题界定为一种背景、一个广泛的概念，具有中性的特性。比利时学者特鲁逊持此观点。特鲁逊把母题解释为"一种背景，一个广泛的概念，它要么是某种态度，比如反抗，要么是指一种基本的、普遍的境遇，这种境遇中的角色还没有个性化，比如处于两个女人之间的男人的境遇，两兄弟之间、父子之间不和的境遇，被遗弃的女人的境遇，等等"。③

其三，认为母题是一个故事中最小的成分，由于该成分有独特的文化蕴含量，从而能够在传统中长久持续。美国民俗学家斯蒂·汤普森持这种观点，他在《世界民间故事分类学》中对母题作了详细的界定：

> 一个母题是一个故事中最小的，能够持续在传统中的成分。要如此它就必须具有某种不寻常的和动人的力量。绝大多数母题分为三类。其一是一个故事中的角色——众神，或非凡的动物，或巫婆、妖魔、神仙之类的生灵，要么甚至是传统的人物角色，如像受人怜爱的最年幼的孩子，或残忍的后母。第二类母题涉及情节的某种背景——魔术器物，不寻常的习俗，奇特的信仰，如此等等。第三类母题是那些单一的事件——它们囊括了绝大多数母题。④

落实到民间故事分类需要的层面，汤普森进一步认为，第三类母题即"那些单一的事件"，因为可以独立存在，因此"可以用于真正的故事类型"，"为数众多的传统故事类型是由这些单一的母题构成的"。汤氏接下来对母题和故事类型之间的关系进行了阐释：

---

① ［苏］托马舍夫斯基：《文学理论（诗学）》，莫斯科国家出版社 1928 年版，第 137 页。
② ［瑞士］约斯特：《比较文学导论》，廖鸿钧等译，湖南文艺出版社 1988 年版，第 234 页。
③ ［法］布吕奈尔、比叔瓦、卢梭：《什么是比较文学》，葛雷，张连奎译，北京大学出版社 1989 版，第 191—192 页。
④ 见刘魁立《世界各国民间故事类型索引述评》，《民间文学论坛》1982 年创刊号。

一种类型是一个独立存在的传统故事，可以把它作为完整的叙事作品来讲述，其意义不依赖于其他任何故事，当然它也可能偶然地与另一个故事合在一起讲，但它能够单独出现这个事实，是它的独立性的证明。……大多数动物故事、笑话和轶事是只含一个母题的类型。标准的幻想故事（如《灰姑娘》或《白雪公主》）则是包含了许多母题的类型。①

受欧美学术界影响，中国学者对母题的界定也存在诸多异说，择其要者有：

其一，把母题理解成意象或指一个主题、人物、故事情节乃至字句样式等。著名的比较文学研究学者刘介民认为："母题是由两个或两个以上不断出现的意象所构成，它往复出现，与场面（situation），即背景中的某些事项以及事件有关。"② 台湾学者陈鹏翔的解释大同小异，陈氏说："母题，认为是由两个或两个以上不断出现的意象所构成，因为往复出现，故常能当作象征来看待。"③ 在《比较文学方法论》一书的附录《比较文学术语小辞典》中，刘介民对母题有进一步的界定："母题指的是一个主题、人物、故事情节或字句样式，其一再出现于某文学作品里，成为利于统一整个作品的有意义线索；也可能是一个意象或'原型'，由于其一再出现，使整个作品有一脉络，而加强美学吸引力；也可能成为作品里代表某种含义的符号。"④

其二，认为母题是文学作品反复予以表现的人类的基本行为、精神现象以及关于世界的普遍性概念。在乐黛云主编的《中西比较文学教程》中这样解释母题："主题学研究中的母题，指的是在文学作品中反复出现的人类的基本行为、精神现象以及人类关于周围世界的概念，诸如生、死、离别、爱、时间、空间、季节、海洋、山脉、黑夜，等等。"⑤

其三，主要受斯蒂·汤普森在《世界民间故事分类学》中对母题所作界定的影响，把母题解释为叙事作品中最小的情节单元、叙述的最小单位——这与汤普森的观点几乎一脉相承。我国著名的民俗学家刘魁立在阐释

---

① ［美］汤普森：《世界民间故事分类学》，郑海等译，上海文艺出版社1991年版，第499页。
② 刘介民：《比较文学方法论》，天津人民出版社1993年版，第246—247页。
③ 陈鹏翔：《主题学研究与中国文学》，收录于《主题学研究论文集》，台北东大图书公司1983年版，第24页。
④ 刘介民：《比较文学方法论》，天津人民出版社1993年版，第531页。
⑤ 乐黛云主编：《中西比较文学教程》，高等教育出版社1988年版，第189页。

母题与情节的关系时，认为：

> 情节是若干母题的有机组合而构成的；或者说，一系列相对固定的母题的排列组合确定了一个作品的情节内容。许多母题的变换和母题的新的排列组合，可能构成新的作品，甚至可能改变作品的体裁性质。母题是民间故事、神话、叙事诗等叙事体裁的民间文学作品内容叙述的最小单位。……对于民间文学作品进行深层的研究，不能不对故事的母题进行分析。就比较研究而言，母题比情节具有更广泛的国际性。[①]

在刘魁立看来，母题是民间故事、神话、叙事诗等叙事体裁的民间文学作品内容叙述的最小单位。台湾著名学者金荣华在其所著《六朝志怪小说情节单元分类索引》中，对母题有生动的说明和界定：

> "情节单元"一词，就是西方所谓的（motif）。前贤或译（motif）为"母题"，似乎有音义兼顾之妙，但实际并未译明其意义，因为"motif"所指是一则故事中不能再加分析的最简单情节，译作"母题"使人误会其中还有较小的"子题"。有人译作"子题"，意在表明其为最基本的情节，但是译作"子题"会使人想到其上还有较大的"母题"，而一则故事固然可能由几个"motif"组成，也可以只有一个"motif"，所以仍不妥当。[②]

金荣华并不十分赞同"motif"译成"母题"，但认为母题是叙事作品中不能再加分析的最小的情节单元却不容置疑。这一观点金氏后来一再予以重申。他在后来发表的一篇论文中写道："'情节单元'是英文中'motif'一字在民间文学里的对应词，指的是故事中一个小到不能再分而又叙事完整的一个单元。""每一则可以称作故事的叙事，至少有一个情节单元，也可以有一个以上的情节单元。"[③] 显然，刘魁立和金荣华两人的观点是秉承汤普森而来。

---

① 刘魁立：《世界各国民间故事类型索引述评》，《民间文学论坛》1982 年创刊号。
② 金荣华：《六朝志怪小说情节单元分类索引》，中国文化大学中国文学研究所 1984 年版，第189 页。
③ 金荣华：《"情节单元"释义——兼论俄国李福清教授之"母题"说》，《湖北民族学院学报》（哲学社会科学社版）2001 年第 3 期。

因为母题这一术语产生之初是为了适应民间故事分类学的需要,所以母题和母题研究法传入我国之初,主要也是在民俗学和民间文艺学领域得到应用,尔后才在文学研究领域如古代小说研究中为学人所尝试。对母题和母题研究法传入国门后的学术史作一简要回顾,我们发现,不管是在民俗学、民间文艺学领域,还是在古代小说研究领域,学人们所认定的母题概念主要是借鉴美国民俗学家斯蒂·汤普森在《世界民间故事分类学》中的观点,表现出与其一脉相承的特点,同时又对汤氏的母题概念作了灵活的扩大解释,即除意指最小的情节单元外,还赋予了其主旨、主题等意义。

二　母题研究法

在中国,首倡母题研究法的当是胡适。据迄今所见资料,笔者认为胡适是中国引进和译介母题(motif)概念的第一人,其初衷是为了研究民间歌谣而将该术语引进了中国民间文学研究领域。他在20世纪20年代初写了一篇文章《歌谣的比较的研究法的一个例》,曾在民间文学研究领域产生过很大影响。胡适写道:

> 研究歌谣,有一个很有趣的法子,就是"比较的研究法"。有许多歌谣是大同小异的,大同的地方是他们的本旨,在文学的术语上叫作"母题"(motif)。小异的地方是随时随地地添上的枝叶细节。往往有一个"母题",从北方直传到南方,从江苏直传到四川,随地加上许多"本地风光";变到末了,几乎句句变了,字字变了,然而我们试把这些歌谣比较着看,剥去枝叶,仍旧可以看出他们原来同出于一个"母题"。这种研究法,叫作"比较研究法"。①

胡适提醒歌谣研究者要以敏锐的眼光去粗存精,善于剥去具有大同小异特征的众多歌谣的枝枝叶叶,直指歌谣的"本旨"即"母题"。进行这样的研究,胡适认为至少可以看出:"1. 某地的作者对于母题的见解之高低。2. 某地的特殊的风俗、服饰、语言等等——所谓'本地风光'。3. 作者的文学

---

① 见胡适作于1922年12月3日的论文《歌谣的比较的研究法的一个例》,载《努力》周刊第31期;此文后收入《胡适文存》二集,亚东图书馆1924年11月初版。

天才与技术。"①　这种研究法，胡适称之为"比较的研究法"，实即后来学者
在民俗学、民间文艺学、古代文学等领域运用的母题研究法。民间歌谣可分
为叙事和抒情两种，如是叙事歌谣，其母题当然是指故事中最小的情节单
元；如是抒情歌谣，其母题当是指其最基本的抒情主旨。胡适创造性地在民
间文艺研究领域引入母题研究法，从而使跳出文艺研究法和历史研究法这些
传统研究路数成为可能，开拓出崭新的研究境界。②

　　无独有偶，顾颉刚在 1921 年 12 月 3 日开始记的《景西杂记》里也抄录
了一段胡适关于母题的言论，唯其珍贵，全录于下：

　　　　伯祥日记记适之先生昨日谈话云：

　　　　故事相传，只有几个 motif（介泉译作主旨）作柱，流传久远，即
　　微变其辞。若集拢来比较研究之，颇可看出纵的变痕与横的变痕。譬如
　　此 motif 是明代发生的，其形容描写都用明代之习尚服装；传到清代，
　　即改变为清代之习尚服装了。又如此 motif 是江苏发生的，其形容描写
　　都是当地的风尚；传到安徽、江西、湖南、四川等处，又变成各该地的
　　风尚了。所以 motif 不变，而演化出来，可以多方。如中国有"三愿"
　　的祝告，无论小说、弹词、京腔、昆曲等都用，举必成三，各国亦均有
　　之，又如佛经肇自印度，当地尊蛇，乃译成中国文字，即因中国人之崇
　　拜，统易为龙矣。中国之龙王，固即印度传来者也。《西游记》一书，
　　可以作者集合《华严经》善才访百口城，及玄奘、法显等求经种种 mo-
　　tif 而成者也。予拟搜集此纵横变易之材料。如秋胡戏妻，可自《列女
　　传》起，至各代乐府，元曲，昆、京、秦各剧，比较观之。此等著名
　　之故事不甚多，此事颇易为也。又如《蝴蝶梦》，亦可如此勒之也。③

　　在这里，胡适提倡母题研究法就不再是专门针对民间歌谣的研究，而是

_____

　　① 　见胡适作于 1922 年 12 月 3 日的论文《歌谣的比较的研究法的一个例》，载《努力》周刊第
31 期；此文后收入《胡适文存》二集，亚东图书馆 1924 年 11 月初版。
　　② 　关于此一时期民间歌谣传统的研究法为文艺的研究法和历史的研究法，可以周作人的言论
为证，周氏在《歌谣》一文里写道："我们的歌谣研究却有两个方面，一是文艺的，一是历史的。"
此文发表于《晨报》副刊，1922 年 4 月 13 日；《歌谣》周刊第 16 号（1923 年 4 月 29 日）予以转
载；后《周作人民俗学论集》收入此文，上海文艺出版社 1999 年版。又半年之后周氏在《歌谣》
周刊的发刊词里说："本会汇集歌谣的目的共有两种，一是学术的，一是文艺的。"见《歌谣》周刊
创刊号，1922 年 12 月 17 日。
　　③ 　顾颉刚：《顾颉刚读书笔记》第一卷，联经出版事业公司 1990 年版，第 383—384 页。

将视角扩大到整个文学研究园地了。介泉（按指顾颉刚的朋友潘家洵）将 motif 译作主旨显然不够全面，因为从下面胡适认为《西游记》系集合《华严经》善才访百口城，及玄奘、法显等求经种种 motif 而写成的论点来看，motif 当是指最小的情节单元，而列举秋胡戏妻故事的演变，motif 则又是主题的意思了。胡适认为文学作品在传承演变中，其母题（motif）是不变的，但附着于其上的枝叶会随时代、地点不同而表现出丰富多样性，主张把材料集拢起来作比较研究，以见出纵横变化的痕迹。胡适本人的《中国章回小说考证》就是这样进行研究的，顾颉刚后来的孟姜女故事研究也受到了这种方法的影响。

在胡适影响下，董作宾先生率先用母题研究法研究民间歌谣，取得了很大成绩。董氏选择的研究对象是在当时流传很广的一首歌谣《看见她》，他从歌谣研究会当时已收集到的一万多首歌谣中筛选出 45 首具有同一母题的民间歌谣《看见她》，对之细加分析，从这首歌谣析出三个母题，即：（1）是"娶了媳妇不要娘"；（2）是"寻个女婿不成材"；（3）是"隔着竹帘看见她"。并对这些流传于各地、大同小异的歌谣作了深入的考订和研究，结果得出了用传统的研究法很难得出的结论，即该歌谣在地理分布上呈现出的"两大语系"和"四大政区"的特征，并进一步得出该歌谣的发源地为陕西的中部。[①]

1924 年，顾颉刚以第一等史学家独特的眼光研究孟姜女故事，先是于 1924 年 11 月 23 日在北京大学《歌谣》周刊发表长文《孟姜女故事的转变》，经过近两年的沉淀后，顾氏又于 1926 年上半年，在为《古史辨》第一册写自序时，"将二年来搜集到的孟姜女故事分时分地开一篇总账，为研究古史方法举一旁证的例"，但不料下笔已达三万余言，放在自序里太长，便将这一部分抽出，全文刊发于 1927 年 1 月《现代评论二周年增刊》上，这就是集孟姜女故事研究之大成的《孟姜女故事研究》。顾颉刚采用历史演进法研究孟姜女故事的起源和嬗变，尤其是对"哭夫墙崩"题材的考证和演变的梳理，翔实而令人信服，为自己赢得了巨大声誉，开创了我国民间文学研究的新道路。[②] 顾颉刚对于自己的孟姜女故事研究曾说过这样一段话：

---

① 董作宾：《一首歌谣整理研究的尝试》，1924 年 10 月在《歌谣》周刊第 62 期、第 63 期、第 64 三期连载。

② 顾颉刚：《孟姜女故事研究集》，上海古籍出版社 1984 年版，第 1—74 页。

现在我们所要研究的，乃是这件故事（按指孟姜女故事）的如何变法。这变化的样子就很好看了：有的是因古代流传下来的话失真而变的，有的是因当代的时势反映而变的，有的是因地方的特有性而变的，有的是因人民的想象而变的，有的是因文人学士的改窜而变的，这里边的问题就多不可数，牵涉的是全部的历史了。我们要在全部的历史之中寻出一件故事的变化的痕迹与原因，这是一件极困难的事情，但也是一件极有趣味的事情呵。①

顾氏"要在全部的历史之中寻出一件故事的变化的痕迹"，再把以上这段话与顾氏在《景西杂记》里抄录的胡适关于母题的言论两相比较，不难看出，顾氏对孟姜女故事的研究法，从另一角度看，其实亦是母题研究法。

如果说董作宾和顾颉刚的母题研究法主要还是囿于民俗学和民间文艺学领域的话，胡适、陈寅恪、孙楷第、朱光潜、游国恩等人则把该方法推进到了文学研究园地，胡适《中国章回小说考证》、陈寅恪《〈西游记〉玄奘弟子故事之演变》②、孙楷第《小说旁证》③、朱光潜《性欲"母题"在原始诗歌中的位置》④、游国恩《论陌上桑》⑤ 等专著和论文，堪称这方面研究的典范。胡适对宋江故事、生辰纲故事、黑旋风李逵故事等水浒故事和对猴王偷蟠桃故事、火焰山故事、女儿国故事等西游取经故事以及对包公故事等的演变进行了考证和梳理；孙楷第从四部古籍中辑出了有关旧话本、三言、二拍及《西湖二集》、《石点头》等通俗小说本事来历的资料；游国恩以"陌上桑"故事为切入点，对在中国源远流长的桑林故事进行了考证和梳理；朱光潜则从文化人类学和弗洛伊德的泛性论观点出发，探讨了性欲主题在民歌中的表现和位置；陈寅恪谙熟佛经，他考证出流沙河沙和尚故事、猪八戒高老庄招亲故事、孙悟空大闹天宫故事皆源出于汉译佛经，并由此总结出故事演变的三条规律即："一曰：仅就一故事之内容而稍变易之，其事实成分殊简单，其演变成分为纵贯式。如原有玄奘度沙河逢诸恶鬼之旧说，略加傅

① 顾颉刚：《孟姜女故事研究集》，上海古籍出版社 1984 年版，第 96—97 页。

② 作于 1930 年，后收入陈寅恪《金明馆丛稿二编》，上海古籍出版社 1980 年版，第 192—197 页。

③ 此为专著，约成书于 1935 年，此后，人民文学出版社于 2000 年 12 月出版。

④ 此文原载《歌谣》周刊第 2 卷第 26 期，1936 年 11 月，后收入《朱光潜全集》第八卷，安徽教育出版社 1993 年版，第 483—487 页。

⑤ 此文定稿于 1946 年，后收入《游国恩学术论文集》中华书局版，第 380—389 页。

会，遂成流沙河沙和尚故事之例是也。二曰：虽仅就一故事之内容而变易之，而其事实成分不似前者之简单，但其演变程序尚为纵贯式。如牛卧苾刍之惊犯宫女，天神之化为大猪。此二人二事，虽互有关系，然其人其事，固有分别，乃接合之，使为一人一事，遂成猪八戒高家庄招亲故事之例是也。三曰：有二故事，其内容本绝无关涉，以偶然之机会，混合为一。其事实成分，因之而复杂。其演变程序，则为横通式。如顶生王升天争帝释之位，与工巧猿助罗摩造桥渡海，本为各自分别之二故事，而混合为一。遂成孙行者大闹天宫故事之例是也。"① 这些皆为用母题研究法研究中国古代文学尤其是古代小说提供了很好的范例。

20 世纪 50 年代以来，由于众所周知的原因，在古代文学领域内进行母题研究几乎无人问津，俄国汉学家李福清在 1970 年感叹道："中国古典文学（古典小说在内）用了哪些民间文学母题，是怎么用的，这个问题据我所知迄今尚没有人予以探讨。"② 李氏说"迄今尚没有人予以探讨"固然不确，但如用作当时情况的概括却是准确的。历史进入 20 世纪 80 年代以来，形势发生了巨大变化，用母题法研究中国古代文学尤其是古代小说逐渐引起学人注目，并出现了一批有分量的著作，如黄仕忠《婚变、道德与文学——负心婚变母题研究》、王晓平《佛典·志怪·物语》、孙逊《中国古代小说与宗教》、吴光正《中国古代小说的原型与母题》、王立《宗教民俗文献与小说母题》、刘雪梅《中国文学中的谪仙母题研究》等可为代表。这些学者或针对传统中一些重要而又尚未引起足够注意的母题进行研究，从宏大的政治、文化、宗教背景上系统考证其源流和演变，如黄仕忠对负心婚变母题的研究、孙逊对遇仙母题的研究、刘雪梅对谪仙母题的研究、吴光正对高僧考验母题和下凡历劫母题等的研究即属此种情况，或者从中外文化交流、跨文化比较的角度来研究小说母题的嬗变及其文化内蕴，如王晓平、王立即属此种情况，尤其是王立一连研究了树神遭害母题、金银变化母题等十个母题，可谓新时期以来母题研究的集大成者。

从以上对近百年来文学母题研究的简要学术史回顾，我们不难得出以下结论：

1. 学者们对母题概念的理解和斯蒂·汤普森在《世界民间故事分类学》

---

① 陈寅恪：《金明馆丛稿二编》，上海古籍出版社 1980 年版，第 196 页。

② ［俄］李福清：《三国演义与民间文学传统》，尹锡康、田大畏译，上海古籍出版社 1997 年版，第 65 页。

中的观点是一脉相承的，同时根据研究的实际需要，又作了灵活的扩大解释，即除意指最小的情节单元外，还赋予了其主旨、主题等意义，有时甚至与故事类型画等号。

2. 学者们进行母题研究时，比较研究法是其常常采取的路子，在研究中，他们往往收集大量的相关材料，从纵向和横向两个角度考察母题的变和不变，视野开阔，观点新见迭出而又令人信服。

3. 近百年来，母题研究法经历了从民俗学、民间文艺学领域到小说戏曲领域的迁移，并最终在小说领域取得丰硕成果。

（原载《湛江师范学院学报》2010 年第 2 期）

谈比较故事学的方法

刘守华

一

民间故事主要凭借它新奇曲折的故事情节来吸引人，研究民间故事自然也应从分析它的故事情节入手。但"故事情节"这个概念颇为笼统，故事学家和比较文学家便提出了"母题"（motif）这个概念。什么是母题呢？先让我们从刘魁立撰著的《世界各国民间故事类型索引述评》中引述一段最简要的解说：

> 所谓母题，是与情节相对而言的。情节是由若干母题有机组合而构成的，或者说一系列相对固定的母题的排列组合确定了一个作品的情节内容。许多母题的变换和母题的新的排列组合，可能构成新的作品，甚至可能改变作品的体裁性质。母题是民间故事、神话、叙事诗等叙事体裁的民间文学作品内容叙述的最小单位。
>
> 对于民间文学作品进行深层的研究，不能不对故事的母题进行分析。就比较研究而言，母题比情节具有更广泛的国际性。鉴于科学研究的这种实际需要，汤普森于1932—1936年花费了巨大的劳动，完成了六卷的《民间文学母题索引》。这部书曾经多次翻印和再版，成为了对文学作品及民间文学作品进行艺术分析的一本常备工具书。①

母题是民俗学中独具特色的概念，母题分析是现代民俗学家和故事学家

---

① 刘魁立：《世界各国民间故事类型索引述评》，《民间文学论坛》1982 年创刊号。

所必备的技能。然而这个概念又是含糊、多变、易被滥用的。① 《述评》一文将母题解释为民间叙事作品中"内容叙述的最小单位",指明了它为学界所公认的基本含义。

比较文学里对"母题"概念的理解和使用较为宽泛,如李达三于 1978 年出版的《比较文学研究之新方向》一书所附《比较文学常用语汇》中,对"母题"的阐释为:"指的是一个主题、人物、故事情节或字句样式,其一再出现于某文学作品里,成为利于统一整个作品的有意义线索,也可能是一个意象或'原型',由于其一再出现,使整个作品有一脉络,而加强美学吸引力;也可能成为作品里代表某种含义的符号。"② 这里把主题和母题没有区分开来,而民俗学家是主张加以区分的。一种代表性的意见认为,应该把叙事作品中最低限度的叙述元素分解为具体和抽象两个方面,前者为母题,后者为主题。主题是由一个母题或多个母题结合而表达的基本思想,母题是纯粹的情节和行动;主题是母题的寓意,是从母题中提取出来的。③ 这样对它们的含义更精细地加以区别,可以避免使用概念的含混。

汤普森的《民间文学母题索引》一书,广泛搜罗口头流传的神话、传说、故事和叙事诗歌,从中提取母题两万余个(共有 23500 个编号,但有空缺留待补充),按 23 个部类编排。他对母题以及母题和类型之间的关系作过权威性的解释:"一个母题是一个故事中最小的,能够持续存在传统中的成分。要如此它就必须具有某种不寻常的和动人的力量。绝大多数母题分为三类。其一是一个故事中的角色——众神,或非凡的动物,或巫婆、妖魔、神仙之类的生灵,要么甚至是传统的人物角色,如像受人怜爱的最年幼的孩子,或残忍的后母。第二类母题涉及情节的某种背景——魔术器物,不寻常的习俗,奇特的信仰,如此等等。第三类母题是那些单一的事件——它们囊括了绝大多数母题。正是这一类母题可以独立存在,因此也可以用于真正的故事类型。显然,为数众多的传统故事类型是由这些单一的母题构成的"。"一种类型是一个独立存在的传统故事,可以把它作为完整的故事作品来讲述,其意义不依赖于其他任何故事。当然它也可能偶然地与另一个故事合在一起讲,但它能够单独出现这个事实,是它的独立性的证明。大多数动物故

---

① 美国学者丹·本·阿姆斯著有《民俗学中母题的概念》一文(译文载辽宁《民间文学论集》第 1 册),该文对此作了详尽的考辨。

② 李达三:《比较文学研究之新方向》,联经出版事业公司 1981 年增订版,第 391 页。

③ 见丹·本·阿姆斯的《民俗学中的母题概念》。

事、笑话和轶事是只含一个母题的类型。标准的幻想故事（如《灰姑娘》或《白雪公主》）则是包含了许多母题的类型。"①

因此，母题和类型是两个概念。母题是故事中最小的叙述单元，可以是一个角色、一个事件或一种特殊背景，类型是一个完整的故事。类型是由若干母题按相对固定的一定顺序组合而成的，它是一个"母题序列"或者"母题链"。这些母题也可以独立存在，从一个母题链上脱落下来，再按一定顺序和别的母题结合构成另一个故事类型。由于有了母题分析，历史地理学派才有可能把民间故事中持续不变和灵活易变的两种要素区分开来，以便追索它的原型。因而它是对故事作历史地理比较研究时的基本分析工具。

"母题"也可以译作"情节单元"。《六朝志怪小说情节单元分类索引》一书的作者金荣华在该书序文中写道："'情节单元'一词，就是西方所谓的'motif'。前贤或译'motif'为'母题'，似乎有音义兼顾之妙，但实际上并未译明其意义，因为'motif'所指是一则故事中不能再加分析的最简单情节，译作'母题'使人误会其中还有较小的'子题'。有人译作'子题'，意在表明其为最基本的情节，但是译作'子题'会使人想到其上还有较大的'母题'，而一则故事固然可能由几个'motif'组成，也可以只有一个'motif'，所以仍不妥当。"②

他把"motif"的汉语译名由一半音译一半意译的"母题"，以意译方式改称为"情节单元"，其含义就十分明确了。虽然"母题"的译名也可以约定俗成地继续使用，改用"情节单元"一词来分析故事更为便当得多。这一概念已出现在一些中国民间文艺学家的笔下。

单纯的故事由单一母题构成，如"感恩的动物"这个母题所构成的《蛤蟆救主》。这一母题再和"贪心人受惩罚"的母题结合，成为人们熟知的《贪心不足蛇吞象》。如将"仙人赐宝""洪水逃难""感恩动物"和"忘恩负义的人"这几个母题结合在一起，便成为情节更复杂曲折的《王小娶皇姑》（AT160"感恩的动物忘恩的人"）。民间故事的形态特征及其变化，常常从母题本身的构成、母题数量的增减以及母题序列的安排表现出来。这样，比较研究也就可以从分析母题入手了。

---

① ［美］汤普森：《世界民间故事分类学》，郑海等译，上海文艺出版社 1991 年版，第 499 页。

② 金荣华：《六朝志怪小说情节单元分类索引》，中国文化大学中国文学研究所 1984 年版，第 189 页。

　　俄国著名汉学家和民间文艺学家李福清 1987 年在《中国神话故事论集》的《自序》中介绍他自己的研究情况道："我研究的方法有一个特点：从作品最小的情节单元入手，作系统性的研究。例如研究故事，不仅研究情节、母题，还探讨故事的艺术世界（包括人物描写、艺术时空、颜色、数字等等），比较也要从情节单元进行分析。这方面能够代表我的特色的是我的三国故事研究和《回族民间故事情节的来源和分析》。"① 在这篇关于回族故事《张大教打野鸡》（AT560 型）的比较研究论文中，他把其中所包含几个母题——"救龙王儿子"、"水府请救命恩人作客赠送宝物"、"和隐藏在宝物中的姑娘（龙王公主）结婚"、"同企图抢夺妻子的官吏比赛得胜" 等母题提取出来，如同剥笋似地进行剖析，分辨它们的外来影响和回族文化特征，描绘出了这个故事在多民族文化交汇的背景上流传演变的清晰过程。

　　近日读到美籍匈牙利学者伊莎贝拉·霍尔瓦特所写的《匈牙利和突厥语诸民族民间故事〈白马之子〉的情节结构比较》一文，在比较方法上也颇受启发。《白马之子》是一个古老的匈牙利故事，在其他突厥语民族民间故事中也有类似作品存在，研究者把几个民族的同类型作品中的母题及其组合序列加以解析，进行精细比较，文章由表及里分析了这个故事中有关母题所表现的萨满文化内涵，"这些事件反映了萨满的种种行为。力量和上天赋予他们作为沟通人域神界的能力"。最后说："匈牙利民间故事《白马之子》和一些突厥语民族的民间故事结构是一致的，这说明匈牙利人不仅在文化上、考古上和文献上，而且在语言的一个特殊方面——口头文学上与亚洲草原文化是联在一起的。""匈牙利人可能曾是欧亚大草原文化的一个组成部分，他们后来迁徙到了欧洲。"②

　　中国学者在对民间故事作比较研究时，常着眼于人物形象特征的分析。母题或者是一个人物，或者是一个事件，人物形象特征就是通过一个或几个母题在情节进展中显示出来的。所以母题解剖也可以和人物形象的论析相结合。《白马之子》故事中的 10 个母题，就是围绕一位神奇不凡具有萨满文化特征的英雄人物按一定顺序组合起来的。

　　我曾经同加藤千代几位日本故事学家讨论过中日民间故事的形态特征，

---

　　①　［俄］李福清：《中国神话故事论集·自序》，中国民间文艺出版社 1987 年版。
　　②　［美］伊莎贝拉·霍尔瓦特：《匈牙利和突厥语诸民族民间故事〈白马王子〉的情节结构比较》，杜亚雄译，《民族文学研究》1993 年第 3 期。

他们问：日本故事篇幅比较短小，中国的长故事比较多，这种结构形态是怎样造成的？我以为这也可以从母题或情节单元的组合情况方面予以探讨。日本故事包容的母题数量少，有许多故事由单一母题构成。中国故事中由多个母题构成的故事较为流行。这不仅是因为中国民众喜爱听情节丰富的故事，还由于中国各族民间故事的母题库积累丰裕，给故事家提供了自由插入母题以增强故事性的方便条件。以关于普通人和动植物精灵婚恋的幻想故事为例，日本故事中的精灵，大都是独来独往的角色，一两个母题：人与异类相恋，美满结合或离异，即可构成一篇完整故事。中国因有道教设计的一整套鬼神精灵系统（它又是中国封建社会复杂结构的折射），动植物精灵在这个系统中活动，除了要受玉皇大帝、天兵天将或城隍土地的管辖之外，还要受降妖捉鬼的道士的驱遣。这样，故事中异类婚的母题便常常要和难题考验或者斗法、邪不敌正、历经磨难大团圆等母题结合在一起，以象征性地表现现实社会中的婚姻纠葛的复杂情态。

在有些西方学者运用母题类型分析法写成故事的研究论文中，确有脱离故事思想生活内容的形式主义倾向，但母题、类型分析本身并不是形式主义的，它是一种研究方法和手段，由母题类型入手，既可以触及作品的主题，也可以触及作品的艺术形式风格，既可以由此考察文化传播和途径，也可以由此探寻人类文化平行演进的轨迹。我们应主动灵活地加以运用，不要陷入某种模式之中。

比较故事学中的母题研究和比较文学中的主题学研究有着很密切的关系。主题学包括题材研究、人物研究、母题研究、主题研究等层次，"值得注意的是，作为主题学研究的对象，并不是个别作品中的题材、情节、人物、母题和主题，而是不同作品中，同一题材、同一人物、同一母题的不同表现以及它们之间的联系。因此主题学经常研究同一题材、同一母题、同一传说人物在不同民族文学中流变的历史，研究不同作家对它们的不同处理，研究这种流变与不同处理的根源"。① 神话、传说和民间故事的比较研究，常常是很好的主题学研究。《中西比较文学教程》在主题学这一章所引述的大都是民间文学研究的例子，其中一例是贾芝关于猫狗结仇故事的比较研究：

　　　　这种研究在民间文学范围运用得相当广泛。譬如猫狗结仇的故事，

---

① 陈惇、刘象愚：《比较文学概论》，北京师范大学出版社 1988 年版，第 247 页。

据贾芝先生收集到的不同民族、不同国家的有 15 篇之多。狗和猫一忠一奸，受到主人的不公平的待遇。忠诚老实为主人尽力的狗受到欺辱，奸诈取巧的猫反而得宠。但是形式（指情节和细节）各有差况，譬如其中提到的宝物，有的是夜明珠，有的是蛇尾巴，有的是宝葫芦，有的是金戒指，等等。故事情节，有的是猫花言巧语迷惑了主人，有的则是主人自己被猫叼宝物而归这个表面现象所蒙蔽。对这些故事进行比较研究，"一一剥离出故事的情节，辨明单一或复合的状况，立型归类，使我们更清楚地看到每个故事的流传、演变过程以及产生故事的民族、地区，有助于我们进一步地探索故事的来龙去脉"。①

在比较故事中虽然没有专门倡导主题学研究，但在对故事母题、类型、主题作比较时，却可以吸取比较文学中主题学研究的成果与方法，使之更具有理论的深度。

二

比较故事学是对民间文艺学中故事学的补充。因而它必须和故事学对民间故事的系统研究相配合。故事学的体系目前并不成熟，但已有了一个大致的轮廓。我在《故事学纲要》中对此作了初步尝试。就作家叙事文学来说，无疑应以书面文本作为研究评论中心。然而民间故事的构成情况复杂得多，它不仅是一种口头语言艺术，而且是紧密伴随人民生活世代传承下来的，在集体口头传承过程中不可避免地要出现种种变异。按照民间故事的这些特点，故事学除研究故事文本的内容和艺术表现形式之外，还要突出地研究故事的传承，故事的社会功能，故事的雷同与变异，故事的采录与研究，等等。母题和类型的分析比较，就是适应故事的雷同变异这一特殊事项而来的。对故事传承方式及其社会功能作跨文化体系和跨学科比较，则是比较故事学内容的另一个重要组成部分。

对故事传承包括它的特殊社会功能的研究，是战后近几十年故事学的新进展。本来关于民间文学传承人的理论，是由 19 世纪六七十年代的一批活跃的俄罗斯学者建立起来的，进入 20 世纪后，关于俄罗斯故事讲述人的资

① 乐黛云主编：《中西比较文学教程》，高等教育出版社 1988 年版，第 195 页。贾芝：《关于民间文学的比较研究法》，载刘守华《民间故事的比较研究》一书。

料集不断问世，1926 年阿扎多夫斯基的《西伯利亚女故事家》一书译成德文在芬兰出版。"俄罗斯学派的传承人理论，由于这一成果而蜚声世界，给国外学者以很大影响。这一理论由关敬吾先生介绍到日本，使日本的故事研究有了新的视点"。① 日本著名民间文艺学家关敬吾自己也讲，他读到《西伯利亚女故事家》一书后，"了解到除了民间故事的母题研究以外尚有诸如这样的故事家的研究"，因而在日本进一步引起了学人研究民间故事家的兴趣。② 战后，日本对故事讲述家的研究成为热潮。中国进入 80 年代后，在大规模开展民间文学调查采录的活动中，从日本引进传承人研究成果，以传承人中心推进故事学研究，也取得了丰硕成果。

　　故事传承问题包括故事讲述人和接受者两个方面，讲述人在传承过程中同样显示出自己的个性特征。听众并非被动消极地接受故事，他们也在同讲述人的情绪交流中积极参与故事内容和形式的变异。由于口头讲述故事是讲述人和听众的一项双向交流活动，便使得故事具有不同于一般书面文学的特殊社会功能，如同苏联的一位美学家莫·卡冈在《艺术形态学》中所揭示的："口头文学是以情绪、精神状态、感情趋向和思想趋向的一致性联合人们、团结人们的更有效的手段，是克服每个个性精神世界的孤立性、个性闭锁性的更有效的手段。"③ 故事传承包括故事讲述人的生活心理特征、讲述故事的时间场合及有关习俗、故事开头和结尾的惯用语，以及故事讲述活动的社会功能等，它和故事文本一样，在不同国家民族之间也是有同有异，联系相关的历史文化背景作比较研究，有着广阔的天地。中国和其他国家的著名故事讲述家，以生活贫困、命运坎坷者居多，这一具有较大普遍性的事实，表明故事讲述人喜爱民间故事首先是为了求得自我慰藉，从精神生活的孤独中解脱出来，这是与职业艺术家迥然有别之处。讲述故事的场合多在闲暇时分，然而各国习俗又有许多不同之处，英国苏格兰地区有彻夜长谈以度过漫长冬夜的，这种叫作"开伊黎"的集会，成为当地传统民俗之一。日本的一些地方则固定在正月初七和正月十四日夜晚专给孩子们讲故事，它成了孩子们的故事节。中国汉族一些地区把故事叫作"瞎话"、"白话"，它是被

---

　　① ［日］斋藤君子：《从传承人理论看俄罗斯民间文艺学》，陶范译，《民间文学论坛》1992年第 4 期。

　　② ［日］关敬吾：《日本民间故事讲述家的研究及其展望》，张雪冬等译，见《日本故事学新论》，辽宁大学出版社 1992 年版，第 4 页。

　　③ ［苏］莫·卡冈：《艺术形态学》，凌继尧等译，生活·读书·新知三联书店 1986 年版，第349 页。

排除在"圣贤"言行（主要是儒家经典）之外的娱乐消遣活动。然而在爱斯基摩人、印第安人和西伯利亚各民族中，由于没有规范人们言行的书面经典，所以民族的历史、世界观、信仰道德和日常生活都是故事讲述的内容，讲述场不仅是进行娱乐活动的场所，而且也是传授先辈智慧道德的重要场所。中国的故事讲述家一般都是把自己的身份隐藏在客观讲述之中，欧洲的故事讲述人却爱在故事结尾时出场亮相，使用这类诙谐幽默的结语："我也到了那里，喝着蜜酒和葡萄酒，酒沿着我的胡子流下来，不过，没有流进我的口中"（俄罗斯）。[①] 由故事传承情况可以更具体地揭示民间故事在社会生活中的功用及其叙述风格，而这些正是历史地理学派故事研究的薄弱环节。在民间故事的传承与社会功用上进行跨文化的比较，是比较故事学的一项既生动活泼又富有个性特征与学术价值的新课题，值得我们去努力开拓。

（原载《民族文学研究》1995 年第 3 期）

---

① ［日］通口淳等：《世界的民话》，讲谈社 1989 年第 2 版。

民国时期"母题"概念的引进及其应用

朱迪光

20 世纪的"母题"理论的引进是以民间歌谣研究为开端的。"母题"本是一个外来概念,英文为 motif,胡适在 1924 年 3 月研究民间歌谣时引进并译作"母题"。他说:研究歌谣,有一个很有趣的法子,就是"比较的研究法"。有许多歌谣是大同小异的。大同的地方是它们的本旨,在文学的术语上叫作"母题"。小异的地方是随时随地添上的枝叶细节。往往有一个"母题",从北方直传到南方,从江苏直传到四川,随地加上许多"本地风光";变到末了,几乎句句变了,字字变了,然而我们试把这些歌谣比较着看,剥去枝叶,仍旧可以看出它们原来同出于一个"母题"。这种研究法,叫作"比较研究法"。……比较研究的结果,可以看出:

(1) 某地的作者对于母题的见解之高低。

(2) 某地的特殊的风俗、服饰、语言等——所谓"本地风光"。

(3) 作者的文学天才与技术。[①]

胡适对民间歌谣的研究重点是研究歌谣在各地的变化,通过"比较"可以知道它们同出于一个母题以及作者对母题的见解的高低、某地的风俗和作者的技巧。另有一种说法称周作人是最早使用母题概念的,他的未刊稿《老虎外婆及其他》约作于 1914 年,最早在故事研究中将中国的《蛇郎》和欧洲的《美人与兽》、中国的《老虎外婆》和日本的《山姥》比较。

但周作人发表使用"母题"概念的文章却是在 1926 年。他的民间故事

---

① 胡适:《歌谣的比较的研究法的一个例》,《歌谣》周刊 1924 年第 46 期。

的研究设想为通过广泛的搜集然后加以比较可以探讨母题如何演变成各种故事以及如何因时地和文化的变化而变化。

1927 年，杨成志、钟敬文最早合译查·索·博尔尼《民俗学手册》附录《印欧民间故事的若干类型》以《印欧民间故事型式表》的篇名问世。这一基本理论与方法最初在中国民俗故事领域试用的有赵景深、钟敬文、顾颉刚等。钟敬文在《中国印欧民间故事之相似》文中讨论了《印欧民间故事型式表》中第三条"天鹅处女式"、第十五条"杜松树式"、第十六条"和尔式"、第十五条"白猫式"、第二十一条"美人与兽式"、第四十七条"报恩兽式"、第四十八条"兽鸟鱼式"、第五十四条"骸骨呻吟式"等相类似的中国民间故事。① 这是中国民间故事传说比较早的类型及母题研究。

民国时期在民间故事研究方面，顾颉刚取得的成绩是引人注目的。他在1924 年发表《孟姜女故事的转变》②、1927 年发表《孟姜女故事研究》③ 等文章，还编辑出版了三册《孟姜女故事研究集》。他的孟姜女故事研究在广泛收集材料的基础上注意将故事演变的线索与时代发展脉络相联系，并通过对情节、倾向的不同处理来了解作家的心态、意向等。

顾颉刚的孟姜女故事研究一方面是受到了西方母题理论的影响，他的恩师胡适此时对他的学术研究影响极大，母题由胡适引进而且首先在《歌谣》上发表，他不可能不受影响；另一方面还受传统的考证或者说史学研究传统的影响；再一个方面是他自己的怀疑和批判精神所致。他在《古史辨》第一册《自序》中说：

> 那数年中，适之先生发表的论文很多，在这些论文中他时常给我以研究历史的方法，我都能深挚地了解而承受；并使我发生一种自觉心，知道最合我的性情的学问乃是史学。九年秋间，亚东图书馆新式标点本《水浒》出版，上面有适之先生的长序，我真想不到一部小说中的著作和版本的问题会得这样的复杂，它所本的故事的来历和演变又有这许多的层次的。若不经他的考证，这件故事的变迁状况只在若有若无之间，我们便将因它的模糊而猜想其简单，哪能知道得如此清楚。自从有了这个暗示，我更回想起以前做戏迷所受的教训，觉得用了这样的方法可以

---

① 钟敬文：《中国印欧民间故事之相似》，《民俗》1928 年 11 月 12 日。
② 顾颉刚：《孟姜女故事的转变》，《歌谣》1924 年第 69 期。
③ 顾颉刚：《孟姜女故事研究》，《现代评论》1927 年（第二周年增刊）。

讨究的故事真不知道有多少。

……

其三，是民俗学方面。以前我爱听戏，又曾搜集过歌谣，又曾从戏剧和歌谣中得到研究古史的方法，这都已在上面说过了。但我原来单想用了民俗学的材料去印证古史，并不希望即向这一方面着手研究。①

这些都说明顾颉刚先生是用研究古史的方法研究民俗，而又从民俗学研究中得到启发去研究古史，因而他的孟姜女故事研究或者说民间文学的母题研究有了不同寻常的方法。

母题理论影响中国古典小说研究。这种研究的学术背景更应归到传统的考证研究。这种研究的典型代表是胡适的古典小说考证。他首先是对《水浒传》进行考证，他在1920年亚东图书馆出版新式标点的《水浒传》之《序》也就是后来名之为《水浒传考证》的文章中说：

简单一句话，我想替《水浒传》做一点历史的考据。

《水浒传》不是青天白日里从半空中掉下来的，《水浒传》乃是从南宋初年（西历十二世纪初年）到明朝中叶（十五世纪末年）这四百年的"梁山泊故事"的结晶。——我说这句武断的话丢在这里，以下的两万字便是这一句话的说明和引证。

……

这种种不同的时代发生种种不同的文学见解，也发生种种不同的文学作物——这便我要贡献给大家的一个根本的文学观念。《水浒传》上下七八百年的历史便是这个观念的具体的例证。不懂得南宋的时代，便不懂得宋江等三十六人的故事何以发生。不懂得宋、元之际的时代，便不懂得水浒故事何以发达变化。不懂得元朝一代发生的那么多的水浒故事，便不懂得明初何以产生《水浒传》。不懂得元明之际的文学史，便不懂得明初的《水浒传》何以那样幼稚。不读《明史》的功臣传，便不懂得明初的《水浒传》何以于固有的招安的事之外又加上宋江等有功被谗遭害和李俊、燕青见机远遁等事。不读《明史》的《文苑传》，不懂得明朝中叶的文学进化的程度，便不懂得七十回本的《水浒传》的价值。不懂得明末流贼的大乱，便不懂得金圣叹的《水浒》见解何

---

① 顾颉刚：《自序》，《古史辨》，顾颉刚编，河北教育出版社2000年版，第55—56、82页。

以那样迂腐。不懂得明末清初的历史,便不懂得雁岩山樵的《水浒后传》。不懂得嘉庆、道光间的遍地匪乱,便不懂得俞仲华的《荡寇志》。——这叫作历史进化的文学观念。①

1921年胡适作《〈西游记〉序》后又加工整理成一篇考证,先在《读书杂志》第六期发表,其后又将《序》与西游记考证并为一篇。他说:"以上猜想猴行者是从中国传说或神话里演化出来的,但我总疑心这个神通广大的猴子不是国货,乃是一件从印度进口的。也许连无支祁的神话也是受了印度的影响而仿照的。因为《太平广记》和《太平寰宇记》都根据《古岳渎经》,而《古岳渎经》本身便不是一部可信的古书。宋、元的僧伽神话,更不消说也。"②他依着钢和泰博士指引,从印度史诗《拉麻传》(Ramayana,即《罗摩衍那》)中的神猴哈奴曼(Hanuman)形象,找到了齐天大圣的原型。1922年作《三国志演义》考证,他在《〈三国志演义〉序》中说:"《三国志演义》不是一个人做的,乃是五百年的演义家的共同作品。"③1924年作《红楼梦考证》。1925年作《三侠五义》考证。他的这种研究集中在本事的考证和故事来源及流变的考辨。

1930年,陈寅恪《〈西游记〉玄奘弟子故事之演变》从汉译佛经中考证出孙悟空大闹天宫、流沙河沙僧故事来源,指出:"然故事文学之演变,其意义往往由严正而趋于滑稽,由教训而变为讥刺,故观其与前此原文之相异,即知其为后来作者之改良,此《西游记》猪八戒高家庄招亲故事之起源也。"并由此推测出演变的公例:

一曰:仅就一故事之内容,而稍变易之,其事实成分殊简单,其演变程序为纵贯式。如原有玄奘度沙河逢诸恶鬼之旧说,略加附会,遂成流沙河和尚故事之例是也。

二曰:虽仅就一故事之内容变易之。而其事实成分不似前者之简单,但其演变程序尚为纵贯式。如牛卧芯刍之惊犯官女,天神之化为大猪。此二人二事,虽互有关系,然其人其事,固有分别,乃接合之,使为一人一事,遂成猪八戒高家庄招亲故事之例是也。

---

① 胡适:《中国章回小说考证》,实业印书馆1934年版,第9页,第61—62页。
② 同上书,第337页。
③ 同上书,第382页。

　　三曰：有二故事，其内容本绝无关涉，以偶然之机会，混合为一。其事实成分，因之而复杂。其演变程序，则为横通式。如顶生王升天争帝释之位，与工巧猿助罗摩造桥渡海，本为各自分别之二故事，而混合为一。遂成孙行者大闹天官故事之例是也。

　　又就故事中主人之构造成分言之，第叁例之范围，不限于一故事，故其取用材料至广。第贰例之范围，虽限于一故事，但在一故事中之材料，其本属于甲者，犹可取而附诸乙，故其取材尚不甚狭。第壹例之范围则甚小，其取材亦因而限制，此故事中原有之此人此事，虽稍加变易，仍演为此人此事。今西游记中玄奘弟子三人，其法宝神通各有等级。其高下之分别，乃其故事构成时，取材范围广狭所使然。观此上述三故事之起源，可以为证也。

　　寅恪讲授佛教翻译文学，以西游记玄奘弟子三人，其故事适各为一类，可以阐发演变之公例，因考其起源，并略究其流别，以求教于世之治民俗学者。①

　　李满桂的《〈沙贡特拉〉和"赵贞女型"的戏剧》将宋代的《赵贞女蔡二郎戏文》、《王魁负桂英》、《王魁三乡题》、《王焕戏文》和元代的《张协状元》、《临江驿潇湘秋夜雨杂剧》、《逞风流王焕百花亭》、《琵琶记》、《崔君瑞江天暮雪》、《林招得三负心》、《王俊民休书记》、《三负心陈叔文》以及明代的《梵香记》、《金玉奴棒打薄情郎》等称之为"赵贞女型"的戏剧。② 霍世休的《唐代传奇文与印度故事》一文中将唐传奇中幻梦、魂游、离魂、龙女、幽婚及"杜子春"的故事都有源自印度的影响，他提出还要研究"狐妻"、"变形"、"幻术"等。③

　　民国时期的母题理论的引进和应用有五点是值得注意的。

　　第一，母题理论于 20 世纪 20 年代引进并应用于民间歌谣和民间故事的研究中。

　　第二，民间文学和民俗学的研究中的"母题"说，是直接接受民俗学理论，尤其是历史地理学派的影响，但并非只有西方影响，还有中国传统的治学方法——"考据"的影响。由上所引可知，胡适研究对民间歌谣的研

---

① 陈寅恪：《〈西游记〉玄奘弟子故事之演变》，历史语言研究所集刊 1930 年第 2 本。
② 李满桂：《〈沙贡特拉〉和"赵贞女型"的戏剧》，《文学》1934 年第 2 期。
③ 霍世休：《唐代传奇文与印度故事》，《文学》1934 年第 6 期。

究重点是研究歌谣在各地的变化，通过"比较"可以知道它们同出于一个
母题以及作者对母题的见解的高低、某地的风俗和作者的技巧。周作人的民
间故事的研究设想为通过广泛的搜集然后加以比较可以探讨母题如何演变成
各种故事以及如何因时地和文化的变化而变化。顾颉刚的孟姜女的研究方法
也差不多。他们的研究方法与西方民俗学历史地理学派所采用的方法差不
多，而钟敬文等人还直接翻译并应用了历史地理学派的理论。不可否认的
是，这些研究更多的还是受到中国传统治学方法——"考据"的影响。顾
颉刚先生的《孟姜女故事的转变》一发表，刘复就说"你用的第一等史学
家的眼光与手段来研究这故事"①，顾颉刚也明说是受胡适《水浒传》考证
的影响，甚至参与当年研究的钟敬文在五十多年后的总结中仍说是与考证方
法有关。也因为这一点，中国的那时的民俗故事研究有了领先西方的地方。
50 年后的台湾学者陈鹏翔也称赞道：

　　　　我要特别强调的是，顾颉刚不仅能直指杞梁妻从无名氏过渡到孟姜
　　女以至孟仲姿的演变过程，更重要的是，他能把作品与时代对看，甚至
　　据以窥测有名无名诗人的用意，而避免了西方早期主题学只考证故事源
　　流而不及其他的缺失。②

　　第三，在许多学者的古典小说研究中没有出现"母题"说，甚至连
"母题"之名都没有出现，但我认为其影响还是不可否认的。这一方面是因
为他们当中有一些学者既参与了民俗学中的母题研究，又从事小说考证研
究，如胡适，他在小说中采用的方法与在歌谣中采用的方法是比较类似的。
另一方面，此时期古典小说研究中，离不开对民间故事，有的主要就是对流
行在民间的故事的演变的研究，与民间故事研究的内容基本相同，自然也就
会采取与研究民间故事相同的方法。《水浒传》、《三国演义》、《西游记》
等都是如此。
　　第四，母题研究与比较文学研究有了联系，甚至被后来的中国比较文学
学界划到比较文学之内。当然在民国之时从事比较文学研究学者不少。北京
大学比较文学研究所编的《中国比较文学研究资料一九一九——一九四九》

　　① 刘复：《敦煌写本中之孟姜女小唱》，《歌谣周刊》1925 年第 83 期。
　　② 陈鹏翔：《"主题学"是比较文学的一个范畴》，见刘介民主编《现代中西比较文学研究》，
四川人民出版社 1988 年版。

中收有论文 38 篇，分为三部分。第一部分共 14 篇，前 9 篇涉及比较文学的理论方法及总体研究，后 5 篇大体上属于影响研究；第二部分共收 16 篇论文，其中诗论 5 篇，剧论 6 篇，小说论 5 篇；第三部分涉及文学与宗教、哲学，民间文学与神话的比较研究，共收文章 8 篇。

第五，在民国时期母题之说并未形成系统的理论，甚至其术语在 30 年代以后都很少见。

总之，民国时期的"母题"概念先由民间文学、民俗学开始使用，然后进入到古代传说故事与小说的本事考证、故事来源与流变考辨之中，再由古代传说故事、小说的本事考证到中印文学的比较研究。"母题"概念是舶来品，但它与中国学术传统——考证研究相结合，一方面使民间故事、古典小说研究都取得巨大成就，如胡适的小说研究、顾颉刚的孟姜女故事研究，另一方面也使"母题"研究得到更广泛的使用。

（原载《南华大学学报》2006 年第 4 期）

母题、母题位和母题位变体

——民间文学叙事基本单位的形式、本质和变形

丁晓辉

民间文学作品纷繁多样，研究者一直都在探索其内部构造。motif 作为一个世界通用的单位被用来分析民间文学的内部结构，是民间故事分类的基础，也是民间文学研究的一个核心概念。自汤普森对其界定以来，motif 得到了一定的延伸和发展，产生了与之相关的新概念 motifeme 和 allomotif。本文在分析这些概念及其内部联系的同时，也把作者自己的困惑展现出来，以俟得到指点。

由于本文第五部分将具体讨论 motif、motifeme 和 allomotif 这三个词的汉语翻译，所以此前涉及之处均保留英文——尽管这样会带来阅读上的不适。

一 汤普森对 motif 的理解

（一） 汤普森对 motif 的定义

motif 一词在民俗学领域的使用，早在斯蒂·汤普森之前。汤普森与 motif 联系甚密，不仅仅因为他修订了阿尔奈的《民间故事类型索引》以及编撰了《民间文学母题索引》，还因为他于 1946 年在《民间故事》一书中对 motif 这个概念给出了较为详细的解释：

> motif 是故事中的最小要素，它具备在传统内持续存在的能力。要具备这种能力，它自身必须具有某种非同寻常和引人注目的东西。大多数 motif 归属于三类。第一类是故事中的人物——神，或罕见的动

物，或女巫、吃人妖怪、仙女等非凡人物，甚至是得宠的幼子或狠毒的后母等传统化人物。第二类是行动背景中存在的特定事项——魔法物，少见的习俗，奇怪的信仰，等等。第三类是单独的事件——绝大多数 motif 属于此类。正是最后这一类 motif 能够独立存在，因之可成为真正的故事类型。传统故事类型中，最大多数的类型由这些单独的 motif 构成。①

此后在 1972 年出版的《民俗、神话和传说标准辞典》中，他撰写的词条对 motif 的范围界定略有差异：

> motif：在民俗中，这个术语用来指代一个民俗事项可被分解成的那些部分中的任何一部分。民间美术中有图案的 motif，是以独特形式重复的那些样式，或是与其他样式黏合在一起的那些样式。在民间音乐和民歌中有可识别的类似地反复出现的模式。然而，motif 得到最多研究和最详细分析的领域是民间叙事领域，比如民间故事、传说、歌谣、神话。②

但他接着强调了叙事 motif 的构成，与《民间故事》中的论述基本一致：

> 叙事 motif 有时由在传统中持续存在的、非常简单的概念构成。这些叙事 motif 可能是仙女、女巫、恶龙、吃人妖怪、狠毒的后母、会说话的动物等诸如此类的罕见生物。它们可能是奇异的世界或者是魔法强大的地方，可能是各种魔法物和异常自然现象。一个 motif 可能自身就是一个简短的故事，是一个引人注目或引人发笑、足以吸引一群听众的事件。③

在汤普森前后对 motif 的解释中，以下几点值得注意：

首先，motif 是最小的叙事单元；其次，motif 非同寻常，令人注目；再

---

① Stith Thompson, *The Folktale*, p. 415, Holt, Rinehart and Winson, 1946.

② Stith Thompson, motif, in Funk & Wagnalls Standard Dictionary of Folklore, Mythology, and Legend, p. 753, edited by Maria Leach (editor) & Jerome Fried (associate editor), copyright 1972, 1950, 1949 by Harper &Row, First Harper & Row paperback edition published in 1984.

③ Ibid.

次，motif 得以在传统中反复出现；最后，motif 可归为三类：人、物和事，而属于"事"的这一类母题可以独立存在，自成故事类型。

同时，我们又可以看出汤普森的归类范围中隐含的意思：属于人或物的 motif，必须与其他 motif 组合在一起，才能构成故事类型，或者说，才能形成完整的故事。

汤普森的解释涉及 motif 的几个方面：内在性质——最小的叙事单元；外在特点——非同寻常，令人注目；能力——在传统中反复出现；分类——人，物，事。

作为分析民间故事形态的基本单位，motif 成为民俗学理论内部的基础性概念，也为世界范围内的不同语言、不同地区的民间文学研究提供了对话的共同基础。

（二）汤普森理解的 motif 对后世之影响

《民间故事》出版至今六十多年来，汤普森对 motif 的解释影响深远，成为人们深入了解 motif 的前提。更为重要的是，motif 作为 AT 分类法的分类基础，成为世界范围内民间文学研究者划分故事类型、编撰故事类型索引时采用的最普遍的基本单位。

同时，汤普森对 motif 的解释，被多种民俗学和民间文学教材直接引用、简单重述或稍作改动。比如，布鲁范德编写的教材《美国民俗研究》一书对 motif 的解释直接来自汤普森的思想。①

与此对应的是，汤普森对 motif 的解释虽然被无数次重复和引用，但提出质疑和批评者也不乏其人。德国的汉斯—约尔克·乌特尔在《关于民间故事分类现状方面的几点意见》中批评汤普森：

> 单单对这一概念的理解汤普逊②就非常模糊不清并仅仅将它称作"分析的范畴"。他写道："每当母题这一术语被运用时，它的意思总是较为广泛并且包含了叙述结构的所有成份。"这些与故事或部分故事毫无联系的"分类机械论"必然会使各种成份孤立起来。③

---

① Jan Harold Brunvand, The Study of American Folklore, p. 179, Fourth Edition, University of Utah, 1997.

② 即汤普森。

③ ［德］汉斯—约尔克·乌特尔：《关于民间故事分类现状方面的几点意见》，张田英译，《民间文学论坛》1994 年第 2 期。

丹·本—阿莫斯在《民间故事中有母题吗?》一文中这样谈论汤普森:

> 他曾记录过所发现的一个核心问题,这是与索引有关、常引起疑问的最困难的问题,即:什么是一个母题。目前尚没有一个简易的答案。……汤普森也几乎不能期望他的母题分析法可以满足精确而严格的科学工作需要,这恰是他早年的热望。同时他也承认不管是母题的定义还是母题的分类根本就没有任何哲学原则。①

(三) 探索 motif 的意义

对 motif 这一概念的探索,体现了人们认识客观事物时从外及里的认识规律。当研究者一方面看到令人眼花缭乱的无数故事,另一方面又发现这些故事存在大量重复内容的时候,很自然地产生寻找规律、按照规律进行归类的愿望。于是,motif 被当成最小的分类单元,进而被当成民间故事分类的基础。同时,motif 的相关研究和民间文学母题索引的编撰、民间故事类型索引的编纂都是人们探索民间文学内部结构的实践。

二　邓迪斯的 motifeme 和 allomotif

1928 年,阿尔奈在 1910 年出版的《民间故事类型索引》经汤普森翻译成英语并修订后出版。

同年,在俄国,普罗普发表了俄语专著《民间故事形态学》②,但该书在国际上沉寂了 30 年。1958 年,《民间故事形态学》英文版出版,引起轰动。10 年后的 1968 年,邓迪斯在《民间故事形态学》英文版的第二版为该书写序,对普罗普的研究给予很高评价,认为"可以说,毫无疑问,普罗普的分析是民俗研究的一个里程碑"。③

---

① [美]丹·本—阿莫斯:《民间故事中有母题吗?》,王立译,《阜阳师范学院学报》2003 年第 1 期。

② 该书原名为《神奇故事形态学》,出版商为了吸引读者而把"神奇故事"更名为"民间故事"。可能是因为能够阅读俄文的民俗学家太少,也可能是因为当时人们对用结构方法研究民俗学不感兴趣,该书未在世界范围内引起重视。直至 1958 年被译为英文,这本书才终于得到世人关注。英文本把书名译作 *Morphology of the Folktale*,即《民间故事形态学》。

③ Alan Dundes, *Introduction to the Second Edition*, in Morphology of the Folktale, University of Texas Press, xvi, V. Propp, Austin & London, 1968.

1932 年，汤普森出版了《民间文学母题索引——民间故事、歌谣、神话、寓言、中世纪传奇、轶事、故事诗、笑话和地方传说中的叙事要素之分类》。① 1955 年，汤普森重新修订出版了此书，补充了新内容。

这几件事对于民间文学的结构研究都具有极其重要的意义。邓迪斯的结构分析建立在汤普森和普罗普二人的研究成果基础之上。

（一） 邓迪斯对 motif 的批评

在 1962 年发表的《民间故事结构研究：从非位单元到着位单元》一文中，邓迪斯毫不客气地指出，单位应该是量的一种标准，如热量的单位、长度的单位等，而 motif 并非量的标准。

按照汤普森的说法，motif 是"故事中的最小要素，它具备在传统内持续存在的能力"。值得注意的是，在这个定义中，起决定作用的本质差别是这个要素做了什么（即在传统中持续存在），而非这个要素是什么。这个定义因此是历时的，而不是共时的。汤普森提及三类 motif。首先是人物，其次是"行动背景中存在的事项——魔法物，不寻常的习俗，奇怪的信仰，等等"，第三是"单独的事件"，根据汤普森的观点，"这些单独的事件构成绝大多数 motif"。而事件到底是什么，根本就没有说。如果 motif 可以是人物、事项、事件，那它们就不可能是单位。它们不是同一类的计量单位。毕竟不存在既可以是英寸也可以是盎司的类别。此外，motif 下属的类别之间甚至并未互相排除。如果我们想不出既不包括人物也不包括事项的事件，难道我们就能想出不包括人物的事件吗？或者，难道我们就能想出不包括事项的事件吗？我们反复在讲，如果没有严格定义的单位，真正的比较就几乎是不可能的。难道人物可以和事项做比较吗？②

接着邓迪斯指出，把 motif 当成最小单位使用，会导致人们把 motif 当成独立于语境之外的、完全自由的实体。如果 motif 可以自由结合，那么更大的单位——故事类型就会建立在不稳固的基础之上。因为汤普森曾说，一个完整的故事或故事类型由许多 motif 构成，这些 motif 具有相对固定的顺序和结合方式。如果 motif 按照相对固定的顺序排列，那么它们看起来就不可能到处自

---

① Stith Thompson, *Motif-Index of Folk-Literature*: *A Classification of Narrative Elements in Folktales*, *Ballads*, *Myths*, *Fables*, *Medieval Romances*, *Exempla*, *Fabliaus*, Jest-books, and Local Legends, Vol. 1—6, Helsinki, 1932.

② Alan Dundes, *From Etic to Emic Units in the Structural Study of Folktales*, in Analytic Essays in Folklore, p. 63, Mouton Publishers · The Hague · Paris · New York, 1975.

由组合。按汤普森的说法，大多数的传统故事类型由那些可单独作为故事类型的 motif 组成。倘真如此，motif 和故事类型之间的区分就有些模糊。①

邓迪斯还认为，阿尔奈—汤普森的故事类型建立在内容的基础之上，而内容是可变的。② 也就是说，阿尔奈—汤普森的故事类型并未根据结构建立在不变的因素上，而是根据内容建立在可变的因素之上。

邓迪斯表示，民俗的比较研究需要已被仔细界定的单位，而如果 motif 和阿尔奈—汤普森的故事类型没有满足这样的需要，那么新的单位一定要发明出来。③

既然邓迪斯认为 motif 并不适合充当民间文学基本结构单位，那么真正的民间文学基本结构单位应该是什么呢？普罗普的理论给了邓迪斯以启示。

（二）邓迪斯对 motifeme 的借用和对 allomotif 的创造

邓迪斯的 motifeme 和 allomotif 这两个概念是普罗普的民间故事形态学理论与派克的语言学理论融合的结果。

普罗普研究了 100 个俄国神奇故事的结构，发现：

> ……故事的人物不管如何不同，总是进行同样的活动。实现功能的具体手段可以变化，因此它本身就是一个变项。……但功能，本身就是一个常项。……对于故事研究而言，故事的人物做了什么，这个问题是个重要的问题；但是，谁来做和如何做之类问题已属辅助研究的范畴。角色的功能是那些能够代替维谢洛夫斯基（Veselóvskij）的 "motif" 或贝迪耶（Bédier）的 "要素" 的组成成分。④

而且，普罗普发现，功能的数量极少，而人物的数量极多。这可以解释故事的两面性——表面多姿多彩，内部简单重复。这样，人物的功能可以作

---

① Alan Dundes, *From Etic to Emic Units in the Structural Study of Folktales*, in Analytic Essays in Folklore, p. 64, Mouton Publishers ·The Hague· Paris· New York, 1975.

② Iibd.

③ Alan Dundes, *From Etic to Emic Units in the Structural Study of Folktales*, in Analytic Essays in Folklore, p. 66, Mouton Publishers ·The Hague· Paris· New York, 1975.

④ Vladimir Propp, *The Structure of Russian Fairy Tales*, in International Folkloristics, pp. 126—127, edited by Alan Dundes, Rowan & Littlefield Publishers, INC, 1999.

为故事的基本组成部分。

普罗普把功能（function）理解为角色的行动（act），因为功能强调的是行动在整个故事的活动（action）中所起的作用。行动是可以直接观察到的表象，而功能是抽象出来的本质。所以，他进一步发现：

> 1. 人物的功能是故事中稳定的、不变的要素，不依赖于如何完成以及由谁完成。它们构成了一个故事的基本成分。
> 2. 神奇故事中，已知的功能的数量是有限的。
> 3. 功能的排列顺序总是相同的。
> 4. 就结构而言，所有神奇故事属同一类型。①

普罗普据此提炼出神奇故事的 31 个功能。他把这 31 个功能按一定的顺序排列，这个功能序列就是他发现的神奇故事的结构，即神奇故事的故事类型。这不是说每一则神奇故事都包含 31 个功能，而是说虽然会缺少一些功能，但整个故事中所有功能的排列顺序不会改变。

在 1962 年发表的《民间故事结构研究：从非位单元到着位单元》② 和 1963 年发表的《北美印第安人民间故事结构类型学》③ 两篇文章中，邓迪斯借用美国语言学家肯尼斯·L. 派克的语言学术语和理论，将汤普森的 motif 与普罗普的功能联系起来。他首先对二者进行区分：

> 旧的最小单位 motif 和新的最小单位功能（function）之间的区分可以按照肯尼斯·派克对"非位的"（etic）和"着位的"（emic）这两个词的有价值的区分来准确理解。非位方法是非结构的方法，却是分类的方法，因为分析者发明了关于系统、类别、单元的逻辑范畴，而并不想让它们反映存在于特定资料中的实际结构。对派克而言，非位单元是分析者创造出来的概念，用来处理跨文化比较的资料。相反，着位方法是单一语境的、结构的方法。"着位方法必须把特定的事件当作较大的

---

① Vladimir Propp, *The Structure of Russian Fairy Tales*, in International Folkloristics, pp. 127—129, edited by Alan Dundes, Rowan & Littlefield Publishers, INC, 1999.

② Alan Dundes, *From Etic to Emic Units in the Structural Study of Folktales*, in Analytic Essays in Folklore, pp. 61—72, Mouton Publishers·The Hague·Paris·New York, 1975.

③ Alan Dundes, *Structural Typology in North American Indian Folktales*, in Analytic Essays in Folklore, pp. 73—79, Mouton Publishers·The Hague·Paris·New York., 1975.

整体的组成部分——这些特定事件与较大的整体有联系，并且从较大的整体获得意义——来探讨，而非位方法可能为了特定的目的从事件的语境或者地方化的事件系列中抽象出事件，以便在世界范围内对这些抽象出的事件进行分类，而在本质上并不涉及任何一种语言和文化的结构。"……这一理论中的着位单元不是脱离实际的绝对事物，而是一个系统中的要点，而且这些要点是相对于系统来定义的。一个单元不能被孤立研究，而是要作为整个文化中发挥功能的整个构成体系的一部分来研究。之所以有必要把着位与非位区别看待，根本理由就在于这个问题。……"派克认为，着位结构是客观现实的模式的一部分，而不仅仅是分析者的概念。不管在这一点上是否同意派克，或者不管是否认为着位单元不过是观者眼中的美景，谁都能看出结构单位和非结构单位之间的区别是清晰的。要想知道对非位（etic，是用 phonetic 一词的最后部分杜撰出来的一个词）和着位（emic，是用 phonemic 一词的最后部分杜撰出来的一个词）之间区分的充分讨论可参看派克的著作。①

邓迪斯接着解释说：

派克对着位单元同时存在的三模式结构进行的描述对于民间故事的分析极其重要。派克的三种模式是：特征模式、表现模式和分布模式。如果不惜冒过分简化派克的精巧构思之险，我们就可以把这些模式转换为普罗普的分析，从而认为：功能例证了特征模式，能够完成功能的各种要素例证了表现模式，一个特定功能的位置特点（也就是这个特定功能在 31 个可能功能之中出现的那个位置）例证了分布模式。不顾麻烦地要把普罗普的分析纳入派克的术语之中，原因之一这是一个文字表达上的巧合。派克的特征模式的最小单元是着位 motif（emic motif）或 motifeme，换言之，普罗普的功能在派克的分析系统中应当叫做 motifeme。由于功能这个术语尚未在民俗学家当中通用，这里建议用 motifeme 来替代它。②

---

　　① Alan Dundes, *From Etic to Emic Units in the Structural Study of Folktales*, in Analytic Essays in Folklore, pp. 67—68, Mouton Publishers ·The Hague· Paris· New York, 1975.

　　② Alan Dundes, *From Etic to Emic Units in the Structural Study of Folktales*, in Analytic Essays in Folklore, p. 68, Mouton Publishers ·The Hague· Paris· New York, 1975.

邓迪斯借用派克的 motifeme 代替普罗普的 function，表示某个 motif 在整个故事结构中具有的功能，以及对应此功能它应该在整个故事序列中所处的位置。接着，邓迪斯借用语言学里的词缀 allo –（别，变体），创造出 allomotif 一词来指代可以放置在同一 motifeme 位置上的所有 motif，这些 motif 表面各不相同，但在整个故事结构中发挥同样的功能（即充当 motifeme），所以它们的内在本质是相同的，它们可被称作是一个 motifeme 的所有 allomotif。

> ……这样，普罗普的功能就变成了 motifeme。这使相关概念 motif 和 allomotif 得以成立。这样一来，民间故事就可以被定义为一组又一组的 motifeme。motifeme 的位置上可填充多样的 motif，而可放置在任一特定的 motifeme 位置上的那些具体的、可代换的 motif 都可称为 allomotif。①

邓迪斯综合这些认识并将它们应用于对北美印第安人民间故事的结构分析之中，指出北美印第安人民间故事至少有如下几种结构类型：

第一种：缺乏，消除缺乏；

第二种：禁止，违反，后果，尝试逃避后果；

第三种：缺乏，消除缺乏，禁止，违反，后果，尝试逃避；

第四种：缺乏，欺骗，受骗，消除缺乏。

每个结构类型都由 motifeme 序列构成。邓迪斯明确表示，他所发现的这些清晰的结构模式并未穷尽所有的北美印第安人民间故事，北美印第安人民间故事中现有的 motifeme 序列并未得到全部讨论。

邓迪斯还有与之相关的另外发现：在一对相关的 motifeme 之间会插入一些 motifeme，这些插入的 motifeme 的数量可以称之为 motifeme 深度；欧洲民间故事和北美印第安人民间故事的一个最为突出的结构区别是，北美印第安人民间故事的 motifeme 深度远远浅于欧洲民间故事。欧洲民间故事中，缺乏和消除缺乏被远远分隔开来，而北美印第安人民间故事中，缺乏在出现之后很快就被消除。很有可能，北美印第安人民间故事较少的 motifeme 深度可以部分地解释北美印第安人缺少程式故事的原因——程式故事常常在最初的缺

① Alan Dundes, *From Etic to Emic Units in the Structural Study of Folktales*, in Analytic Essays in Folklore, p. 74, Mouton Publishers · The Hague · Paris · New York. , 1975.

乏和最终的消除缺乏这个框架之内插入大量相互关联的有待消除的系列缺乏。

1980 年，邓迪斯在《牧兔者（AT570）allomotif 的象征性等同》① 一文中对 allomotif 有较为详尽的分析。1962 年首次提出 allomotif 这一概念时，邓迪斯已经想到它可能与象征对等的研究有关。18 年之后，邓迪斯指出，处于同一 motifeme 位置上的一组 allomotif 之间不仅功能对等，而且还可能具有象征对等关系：

> 在一个特定文化中，处在一个特定的 motifeme 位置上的所有 allo-motif 将会显示出功能上的对等。……这些 allomotif 可能在象征意义上对等。借方文化可能接受借出方文化的一个故事类型，但会换上与其自身象征系统更相协调的 allomotif。②

三　motif、motifeme 和 allomotif 三者之间的关系

当邓迪斯要用一个词来指称民间故事内部的基本结构单元时，他借用了派克的以 motif 为词根的新词 motifeme，而非直接借用普罗普的 function——虽然邓迪斯多处强调，他自己使用的 motifeme 就是普罗普的 function。这样的好处除了前面引文中所说的原因之一——"文字表达的巧合"之外，还因为它不仅能够表达出 motif 与 function 之间的区别，而且能够表达出二者之间的联系。以 motif 为词根，借用词形的变化可以直观表达 motif 与 func-tion（motifeme）二者之间的形与质的关系。而 allomotif 指代具有同一功能（motifeme）的所有 motif，它们的外在形式（motif）可能大不相同，但本质相同。allomotif 在出现之时往往用复数，因为该词指代的是同一 motifeme 的多个变形（变体），它们之间具有互可代换的关系。

这样，motifeme 一词就代替普罗普的 function，指代民间故事内部结构的基本单元。而 motif 不再是汤普森的"最小叙事单位"，而是 motifeme 的

① Alan Dundes, *The Symbolic Equivalence of Allomotifs in the Rabbit - Herd*, in Parsing through Customs: Essays by a Freudian Folklorist, pp. 167—177, The University of Wisconsin Press, 1987.

② Alan Dundes, *The Symbolic Equivalence of Allomotifs in the Rabbit - Herd*, in Parsing through Customs: Essays by a Freudian Folklorist, pp. 168—169, The University of Wisconsin Press, 1987.

外在表现形式。一方面，同一 motif 可以出现在不同位置发挥出不同的功能（motifeme）；另一方面，不同的 motif 也会因为能够放置在同一位置而发挥相同的功能（motifeme）。由于具有同一功能的 motif 往往不止一个，那么这些同质异形的所有 motif 就是同一 motifeme 的 allomotif，即 motif 的变形（变体）。因此，motif、motifeme 和 allomotif 分别代表了民间文学内部结构基本单位的形式、本质与变形（变体）。

邓迪斯虽然一再批评汤普森对 motif 认识的偏颇之处，但仍以 motif 为基础，借用新概念 motifeme，在汤普森的 motif 和普罗普的 function 之间建立了联系。他创造了 allomotif，深化了人们对 motif 和 motifeme 之间关系的认识。他在汤普森的基础之上超越了汤普森，但未能真正超越普罗普，这不得不说是个遗憾。

四　motif、motifeme 和 allomotif 在国内的影响

motif 这一概念自引入后就得到国内学者的普遍使用。相对而言，大家对 motifeme 和 allomotif 略为生疏。

（一）有关译名的讨论

自 1924 年胡适首次将 motif 译为"母题"[1] 后，国内不少学者对 motif、motifeme 和 allomotif 这一组概念进行过译介和探讨。

就 motif 一词，刘魁立、金荣华都认为译为"母题"不妥[2]。金荣华曾提出译为"情节单元"[3]，并得到了刘守华的赞同[4]。刘守华在论及金荣华的译名"情节单元"时曾经提出折中的办法，认为可以约定俗成地继续使用"母题"，但是改为"情节单元"更为便当。可以在一个短暂时期内两个译名并存，任其接受自然选择。刘守华后来又认为，"母题"这一译法已经

---

① 胡适：《歌谣的比较的研究法的一个例》，原载《歌谣周刊》46 号，1924 年 3 月。《二十世纪中国民俗学经典·史诗歌谣卷》，苑利编，第 46 页，社会科学文献出版社 2002 年版。

② 刘魁立：《刘魁立民俗学论集》，第 376 页，上海文艺出版社 1998 年版。金荣华：《六朝志怪小说情节单元分类索引（甲编）》序文，中国文化大学中文研究所 1984 年版；金荣华：《"情节单元"释义——兼论俄国李福清教授之"母题"》，《湖北民族学院学报》2001 年第 3 期。

③ 金荣华：《六朝志怪小说情节单元分类索引（甲编）》序文，中国文化大学中文研究所 1984 年版。金荣华：《"情节单元"释义——兼论俄国李福清教授之"母题"》，《湖北民族学院学报》2001 年第 3 期。

④ 刘守华：《比较故事学》，上海文艺出版社 1995 年版，第 84 页。

约定俗成，大家普遍难以接受"情节单元"，所以还是沿用"母题"为好①。刘魁立认为，"在没有被另外一个更准确、更适合的专门术语代替之前，只好屈从于约定俗成的习惯力量，继续借它来进行学术对话"。②

陈建宪、彭海斌 1990 年翻译的《世界民俗学》③，首次将 motifeme 和 allomotif 这两个概念介绍到国内。

至于 motifeme，陈建宪和彭海斌译为"母题要素"④，此后刘魁立、王珏纯和李扬、户晓辉都将 motifeme 译为"母题素"⑤。

陈建宪和彭海斌把 allomotif 译为"母题群"⑥，刘魁立译为"母题相"或"母题变素"⑦，王珏纯和李扬译为"母题变项"⑧，户晓辉译为"变异母题"⑨。

（二）有关 motif 概念本身的讨论

就有限的手头资料来看，马学良和白庚胜于 1993 年⑩，刘魁立于 1996 年⑪，陈建宪于 1997 年和 2001 年⑫，金荣华于 2001 年⑬，吕微、高丙中、

---

① 刘守华先生 2011 年春在《比较故事学》课堂上曾详细表达过此观点。

② 刘魁立：《刘魁立民俗学论集》，上海文艺出版社 1998 年版，第 112 页。

③ 即邓迪斯 *The Study of Folklore* 一书的汉译本。陈建宪、彭海斌译，上海文艺出版社 1990 年版。

④ ［美］阿兰·邓迪斯编：《世界民俗学》，陈建宪、彭海斌译，上海文艺出版社 1990 年版，第 300 页。

⑤ 刘魁立：《刘魁立民俗学论集》，上海文艺出版社出版，1998 年版，第 111 页。王珏纯、李扬：《略论邓迪斯源于语言学的"母题素"说》，《青岛海洋大学学报》，2000 年第 2 期。阿兰·邓迪斯：《民俗解释》，户晓辉编译，广西师范大学出版社 2005 年版，第 15 页。

⑥ 阿兰·邓迪斯：《世界民俗学》，陈建宪、彭海斌译，上海文艺出版社 1990 年版，第 294 页。

⑦ 刘魁立：《刘魁立民俗学论集》，上海文艺出版社出 1998 年版，第 111 页。

⑧ 王珏纯、李扬：《略论邓迪斯源于语言学的"母题素"说》，《青岛海洋大学学报》2000 年第 2 期。

⑨ ［美］阿兰·邓迪斯：《民俗解释》，户晓辉编译，广西师范大学出版社 2005 年版，第 15 页。

⑩ 马学良、白庚胜：《中国民间故事分类研究的回顾与展望》，《民间文学研究》1993 年第 1 期。

⑪ 《历史比较研究法和历史类型学研究》一文为刘魁立 1996 年在国家教委委托北京师范大学中国民间文化研究所举办的"中国民间文化高级研讨班"上的学术报告，后收入上海文艺出版社 1998 年出版的《刘魁立民俗学论集》。

⑫ 陈建宪：《神话解读——母题分析方法探索》，湖北教育出版社 1997 年版。陈建宪：《论神话学的基本概念与方法》，《湖北民族学院学报》（社会科学版）1997 年第 2 期；陈建宪：《论比较神话学的"母题"概念》，《华中师范大学学报》2001 年第 1 期。

⑬ 金荣华：《"情节单元"释义——兼论俄国李福清教授之"母题"说》，《湖北民族学院学报》2001 年第 3 期。

朝戈金和户晓辉于 2007 年①，万建中于 2010 年②，都对 motif 概念的内涵进行过讨论。

马学良、白庚胜在讨论中加入了对邓迪斯的有关 motif 的认识的理解，刘魁立在介绍邓迪斯的理论之外首次提出了中心母题、母题链、消极母题链和积极母题链等新的术语，③ 王珏纯和李扬对邓迪斯的 motifeme 有过比较详尽的介绍，④ 吕微提出功能性母题，⑤ 陈建宪提出不变母题、可变母题等相关的成对概念，⑥ 施爱东提出"节点"。⑦

（三）AT 分类法在中国民间故事分类中的应用

丁乃通 1978 年的《中国民间故事类型索引》⑧，金荣华 2007 年的《民间故事类型索引》⑨，都大体沿用了以 motif 为分类基础的 AT 分类法。

另外两部类型索引——艾伯华 1937 年用德语写成的《中国民间故事类型》⑩ 和祁连休 2007 年的《中国古代民间故事类型研究》⑪，依照中国民间故事的自身情况另行分类。尤其是祁连休的《中国古代民间故事类型研究》，故事类型的确定、命名，排列和论析，基本上未涉及 AT 分类法。

对于以 motif 为分类基础的 AT 分类法的价值的理解，可以参照陈连山的评论：

在中国追求国际化的时代，丁乃通的做法受到追捧，仿佛艾伯华有

---

① 吕微、高丙中、朝戈金、户晓辉：《核心传统与民俗学界的自觉认识》，《民间文化论坛》2007 年第 1 期。

② 力建中：《民间故事母题学研究概观》，《文化学刊》2010 年第 6 期。

③ 刘魁立：《民间叙事的生命树——浙江当代"狗耕田"故事情节类型的形态结构分析》，《民族艺术》2001 年第 1 期。

④ 王珏纯、李扬：《略论邓迪斯源于语言学的"母题素"说》，《青岛海洋大学学报》2000 年第 2 期。

⑤ 吕微：《神话何为——神圣叙事的传承与阐释》，社会科学文献出版社 2001 年版。

⑥ 陈建宪：《论中国洪水故事圈——关于 568 篇异文的结构分析》（博士论文），2005 年 5 月。

⑦ 施爱东：《故事的稳定性与随意性——以孟姜女故事的传承与变异为例》，《民俗研究》2009 年第 4 期。

⑧ 丁乃通：《中国民间故事类型索引》，郑建威、李倞、商孟可、段宝林译，李广成校注，华中师范大学出版社 2010 年版。

⑨ 金荣华：《民间故事类型索引》（上、中、下），中国口传文学学会 2007 年版。

⑩ ［德］艾伯华：《中国民间故事类型》，王燕生、周祖生译，刘魁立审校，商务印书馆 1999 年版。

⑪ 祁连休：《中国古代民间故事类型研究》，河北教育出版社 2007 年版。

贬低中国民间故事普遍价值的嫌疑；而当前时风一转，国人又从强调中国故事特殊论的艾伯华身上发现了价值，AT 分类法大遭怀疑。可是，即使 AT 分类法不适合中国故事，我们也应该参照它去重新建立更加具有普遍性、更加完善的世界民间故事类型，毕竟目前还没有一个比它更好的类型体系。假如我们想要建立民间故事研究的世界视野的话，AT 分类法是无论如何也绕不过去的。①

五 motif、motifeme 和 allomotif 译名的确定

借鉴、使用外来概念的前提是确定它们的汉语译名。如前文所述，国内对于 motif、motifeme 和 allomotif 的汉译，研究者众说纷纭，尚未形成一致。本文作者尝试给出较为合理的汉语译名。

（一）motif 的译名

胡适的译名"母题"由于会导致歧义和误解受到批评。金荣华译为"情节单元"。他将"情节单元"的"情节"释义为在生活中罕见的人、物或事，但通常意义上的"情节"往往指的是事件，这样就会让人误以为 motif 不包含人与物。这与汤普森的原意也不太符合。

"母题"这一译名自产生以来，已在众人心中根深蒂固，更改起来实属不易。所以，保持"母题"译名更易为大家接受。

（二）motifeme 和 allomotif 的译名

如前所述，motifeme 为邓迪斯从派克之处借用，相当于普罗普的术语功能（function），随后，邓迪斯又进一步创造了新词 allomotif。

邓迪斯称，普罗普的功能（function）被纳入派克的分析系统中之后，就应该叫 motifeme。由于功能这个词当时尚未在民俗学家当中流行，所以邓迪斯提出用 motifeme 来代换普罗普的功能。②

---

① 陈连山：《普遍性与特殊性之争——确定中国民间故事类型的两种思路》，《河南教育学院学报》2008 年第 6 期。

② Alan Dundes, *From Etic to Emic Units in the Structural Study of Folktales*, Analytic Essays in Folklore, p. 68, Mouton Publishers · The Hague · Paris · New York, 1975.

　　紧接着，邓迪斯又说：

　　建立了结构单位 motifeme 之后，我们可以考虑用 allomotif 这一术语来表示那些出现在任一特定 motifeme 语境中的母题。allomotif 与 motifeme 之间的关系等同于音位变体与音位、词素变体与词素之间的关系。motif 这个术语应该继续使用，但仅仅是作为一个非位结构（如音素或形素）来使用。民间故事的非位分析与着位分析之间的区别，即母题分析和 motifeme 分析之间的区别，是非常大的。……民俗学家们习惯于把出现某一特定母题的所有情形都当成是具有同等或相同的意义。在派克的理论中，这等于是认为同音词或同形词意义相同。[1]

　　此处涉及音素、音位和音位变体这三个语言学术语。

　　语言学中，音素（phone）与音位（phoneme）关系密切。音素是根据语音的自然属性划分出来的最小的语音单位。音位是一个语音系统中能够区别意义的最小语音单位，是根据语音的社会性质划分出来的。表义作用一样的一组音素，可归纳成同一个音位，所以，一个音位往往包括几个不同的音素。一个音位中包含的几个音素，叫这个音位的音位变体（allophone）。音位和音位变体之间的关系，是一般与个别的关系。

　　motif、motifeme 与 allomotif 之间的关系，等同于音素（phone）、音位（phoneme）与音位变体（allophone）之间的关系。

　　邓迪斯用 etic（素的，非位的）和 emic（位的，着位的）这两个词区分 motif 和 motifeme。motif 对应 etic，motifeme 对应 emic。motif 与 motifeme 的根本区别在于，motif 是非位结构，motifeme 是着位结构。

　　对应关系可以这样表示：

phone（音素）	phoneme（音位）	allophone（音位变体）
phonetic（音素的）	phonemic（音位的）	
etic（素的，非位的）	emic（位的，着位的）	
motif	motifeme	allomotif

　　根据语言学中 phone、phoneme 与 allophone 之间的关系类推：具有相同

　　[1]　Alan Dundes, *From Etic to Emic Units in the Structural Study of Folktales*, Analytic Essays in Folklore, p. 68, Mouton Publishers · The Hague · Paris · New York, 1975.

功能（function）的多个 motif 可归纳为一个 motifeme。相应地，一个 mo-
tifeme 中包含的多个 motif，是这个 motifeme 的变体 allomotif。

由于 motifeme 和 allomotif 脱胎于语言学术语 phoneme 和 allophone，为了
清楚地表达 motifeme 与 allomotif 之间的关系，将二者翻译成汉语时应尽量保
持与相对应的语言学术语的一致性。

这样，为了突出 motifeme 的"着位"特征，可将 motifeme 译为"母题
位"；为了强调 allomotif 的"变体"特征，可将其译为"母题位变体"。这
两个译名可以一方面体现 motifeme、allomotif 分别与 motif 的关系，另一方面
体现各自的特征。

需要注意的是，因为 motifeme 对应的是语言学中的音位，邓迪斯将它与
对应音素的 motif 区分，所以如果将 motifeme 译为"母题素"，就抹杀了 mo-
tifeme 和 motif 的区别，是不恰当的。

（三）motif、motifeme 和 allomotif 的译名

如前所述，对应语言学术语，这一组概念的汉语译名表示如下：

phone 音素	phoneme 音位	allophone 音位变体
motif 母题	motifeme 母题位	allomotif 母题位变体

六 一个实例：星星丈夫故事

为了尽量避免枯燥，可以借助一个具体的故事类型来演示母题、母题位
（功能）和母题位变体之间的关系。

汤普森和邓迪斯都曾对北美印第安人专有的星星丈夫故事作出分析。汤
普森在 1953 年发表的《星星丈夫故事》[1] 一文中，详尽分析了星星丈夫故
事的 86 则异文，抽取出该故事的要素（即母题），确定了该故事的原型。
十年后，邓迪斯在 1963 年写成的博士论文《北美印第安人民间故事形态

---

[1] Stith Thompson, *The Star Husband Tale*, The Study of Folklore, p. 414, edited by Alan Dundes,
University of California at Berkeley, Prentice - Hall, Inc, Englewood Cliffs, N. J., 1965.

学》① 中，以汤普森确立的故事原型为基础，分析了该故事的母题位序列结构。现以星星丈夫故事为例，按照汤普森和邓迪斯的分析，将相互对应的母题、母题位和母题位变体列表如下，以期能够具体展示三者的关联与区别。为方便对照，特将母题位变体与母题并置。

母题②	母题位变体③	母题位④	
		第一回合	第二回合（可选择）
		禁止⑤	
两个姑娘	一个； 三个； 五个		
睡在野外，	挖根茎； 拾柴		
许愿嫁给星星。	许愿嫁给豪猪	违禁	
她们睡着时被带到天上，	被豪猪追赶上树梢，树有魔力， 把她们带上天； 被旋风带上天； 被装在篮子里上天	后果	
并且嫁给了星星。	嫁给太阳； 嫁给月亮； 嫁给豪猪		
这两个男人一个年轻一个年老。	两个男人披着颜色不同的毯子； 暗星是主人，亮星是仆人； 两个男人都是猎人		
男人警告姑娘不许挖地，	不许挖根茎； 不许移动大石头； 不许往帘子外张望		禁止（新的禁止）
姑娘不顾警告，偶然在天上挖了违禁洞，看到了下面的家乡。	姑娘在老太婆的帮助下发现了一个天洞		

---

① Alan Dundes, *The Morphology of North American Indian Folktales*, FFC, No. 195, Suomalainen Tiedeakatemia, Academia Scientiarum Fennica, Helsinki 1980.

② 此处以汤普森抽取出的故事主要特征为依据。

③ 此处以汤普森分析的 86 则异文内容为依据。因篇幅问题，列举出的母题位变体的数量以 1—3 为限。

④ 此处完全以邓迪斯的分析为依据。

⑤ 此处为隐含的禁止，即不能希望嫁给星星。

续表

母题	母题位变体	母题位	
她们想回家。		后果	缺乏①
在无人帮助的情况下，	受到蜘蛛的帮助； 受到鸟的帮助； 受到老太婆的帮助	后果	缺乏
她们沿着一根绳子落地。	坐在篮子里落地； 沿着梯子从天上下地； 从天上跌落下地	逃避	消除
她们安全回家。	两个姑娘被杀； 一个姑娘被杀； 一个姑娘被杀，后来又复活了		

邓迪斯一再表示，他的母题位就是普罗普的功能。但是可以看出，母题位实际上比功能更为抽象。从母题到功能，再到母题位，我们看到了一个从具体到抽象的发展演变过程。这表现了研究者从表面到内部、从具体到抽象的认识进步，但认识的深入仍不能解决我们的疑惑。

邓迪斯认为母题是分类的单位，而不是结构的单位，所以提出用母题位（功能）代替母题；吕微认为功能和母题位都过于抽象，对故事类型划分的有效性值得怀疑，"很难对具体故事的多种类型做出有效的区分和分析"。②

那么，民间叙事结构的基本单位到底应该是什么呢？

七　结语

汤普森、普罗普和邓迪斯的研究成果是民间故事结构分析的重要内容。他们分别提出的母题、母题位（功能）、母题位变体这三个概念代表了民间叙事结构基本单位的形式、本质与变形，也代表了结构分析的三个层次。

邓迪斯赞许普罗普的结构分析理论，将其具体应用于自己对谜语、谚语、北美印第安人民间故事等的结构类型学分析之中，甚至扩展到了对游戏、迷信等非口头民俗的类型学分析。但是，这并不意味着他对汤普森的母题和 AT 分类法的彻底否定。一方面，他极力推举的母题位、母题位变体等

---

① 邓迪斯认为，"她们想回家"是违禁的后果，同时也是一种缺乏，即回家的渴望；"她们安全回家"既是与后果对应的逃避后果，也可以理解为与缺乏对应的消除缺乏。

② 吕微：《神话何为——神圣叙事的传承与阐释》，社会科学文献出版社 2001 年版，第 11 页。

概念实际上都建立在对母题的认识基础之上；另一方面，他在批评 AT 分类法的同时也充分肯定了 AT 分类法的价值。他对 AT 分类法有这样的评价：

> 要点在于，以结构为基础的故事类型学绝不消除实用类型索引（如汤普森的类型索引）的必要性，正如航蒂所建议的那样，综合的、形态的类型学不应该用来代替分析性的索引和系统，而应该作为它们的补充。假定不同种类的故事或不同文化区的故事存在着不同的程式化的母题位序列，那么，当然就能够创造一个基于形态学标准的故事类型索引。但这个索引应与 AT 类型索引互相补充并互相参照，这样，一个民间故事学者就可以一眼分辨出什么样的 AT 故事类型属于哪些形态学的故事类型。正如派克所说，非位分析一定要在着位分析之前。显然，二者都是民俗学家所需，而且，民俗学家不该将二者混同。[①]

AT 分类法固然有其不足，但它依然难以替代。我们需要的是一个可以与之互为参照的以形态学为基础的故事类型索引。这个新的故事类型索引应该建立在正确的哲学分类基础之上。它的基本单位是否就是普罗普的功能（即邓迪斯的母题位）？如果是，那么该如何以此为据编纂新的故事类型索引呢？如果不是，那又该是什么呢？

普罗普、邓迪斯都未在有生之年继续深入各自的研究。这个在半世纪以前引起民俗学家关注的问题，至今依然没有明确答案。

---

① Alan Dundes, *From Etic to Emic Units in the Structural Study of Folktales*, Analytic Essays in Folklore, p. 71, Mouton Publishers · The Hague · Paris · New York, 1975.

创建中国神话母题研究的新体例

——以《中国神话母题 W 编目》为例

王宪昭

王宪昭的专著《中国神话母题 W 编目》，由中国社会科学出版社 2013 年 12 月出版发行。该书是一部以中国各民族神话母题编码体例为研究对象的神话学著作。

一 《W 编目》概说

《中国神话母题 W 编目》的神话母题编目参照了民间叙事 AT 分类法、ATU 分类法以及汤普森（TPS）《民间文学母题索引》等关于叙事类型母题的有关内容，同时更注重中国神话母题的特点和内在逻辑，建构出便于检索和使用的中国神话母题编目体系。从本书的创作理念上讲，"W 编目"能够适用于中国或国外任何一部神话作品的母题分析。

（一） 书名题解

《中国神话母题 W 编目》全称可表述为"中国各民族神话类型划分与母题体系基本层级编码目录"，是关于中国各民族包括一些中国古代民族的神话母题的工具书，也是中国第一部全面提取中国各民族神话母题名称与系统拟定母题代码的神话学著作。下面对书名中包含的几个关键词作出解释。

1. 中国。指本书神话母题涉及的范围。包括中国各民族神话、中国古代典籍神话和中国近现当代采集的民间口头流传的神话。中国神话包括汉族神话和少数民族神话两个部分。为增强母题研究的针对性，本书强调了中国神话的"民族"因素，神话的民族归属信息将在编目中标示。编目信息中标注的"民族"主要是新中国成立后民族识别后的各个民族，同时也涉及一定数量的目前已经消失的古代民族和未确定的族群。跨境民族的神话以中国国内搜集整理的神话文本为主体。

2. 神话。我国传统学术分类将"神话"归属为民间文学。事实上，其悠久的历史积淀和繁杂的文化内蕴使之呈现出文史哲兼顾、宗教道德律法等多学科贯通的特色。神话跨文化、跨学科的综合特质彰显出该学科的博大精深与独特研究价值。本书从母题学本质出发，认为"神话"是以神以及神性人物的事迹为主体的叙事作品的统称。在特定的语境中，神话会有原生神话、再生神话、拟神话等不同情形。鉴于神话受众的不确定性和动态性，本书不对神话文本的上述类型进行区分。

3. 母题。所谓"母题"，即神话叙事过程中的最自然的基本元素，这些元素可以在神话的各种传承渠道中独立存在，也能在其他文类或文化产品中得以再现或重新组合。母题作为对各民族神话进行定量和定性分析的特定单位，具有典型性、普适性和关键词、检索词功能。

（1）本书将母题作为神话研究中最自然的可分析元素，共划分出三个层级。中国神话母题 W 编目中"母题"可以大致划分为如下三种类型。

a. 情节性母题。这类母题一般与叙事主题密切相关，语言形式上表述为一个词组或含有主谓语的短句，有较为明确的含义，可以视为较强的叙事单元，其结构功能较强，往往可以在不同类型的神话中使用。如"人类的产生"、"人与动物婚"、"动物感恩"、"植物变形"等。

b. 名称性母题。这类母题主要是神话传承中积淀的特定的人或事物，语言形式上表述为一个名词或名称性词组，在特定的神话语境中使用。如"女娲"、"虎"等。

c. 语境性母题。这类母题一般是为"情节性母题"和"名称性母题"服务，含义具有普适性，如与"产生时间"、"发生地点"等相关的一些母题。

（2）母题的特征。不同的母题应用者会拟构出说法不一的母题特征。本书认为主要有如下几点。

a. 母题具有客观性和直观性。母题是可以分析的有意义的表意元素，这些表意虽然在提取时会不可避免地附加主观色彩，但其本质反映出文本的客观性。

b. 母题具有组合性和流动性。母题的组合即形成母题链，母题也可以在其他文类或文化产品中反复出现，能够在不同的语境下进行组合，但它的本义或内核不会发生根本性的变化。

　　c. 母题具有典型性和普适性。母题的典型性指母题的表述应该简单明确，具有检索关键词功能；普适性则要求一个母题能够作为多种语境的分析工具。

　　（3）母题与几个相近的概念的异同。目前公开发表的成果中，常常出现"母题"的概念与其他文学批评概念混淆的情况。举例如下。

　　a. 母题与主题。有些主题可以以"母题"的形式出现，有些母题则可以按一定的顺序（如大多数受众潜意识中形成的母题链）排列后表达固定的主题。

　　b. 母题与原型。有些人认为，文学现象有一个最原始的生发点，作品中一些形象或事件的创作往往会源于这个最早的参照，即原型；母题则有意识地淡化时空溯源，更关注它作为表意元素的平行比较功能。在数量方面，母题的数量也会远远多于原型。

　　c. 母题与类型。类型一般是一个完整的故事或情节，母题则是具体而微的分析元素。二者在文本分析中相辅相成，类型由若干母题按相对固定顺序组合而成，而不同的母题组合则会形成不同的类型。

　　4. W。该字母是王宪昭设计的中国神话母题编码的版权标志，也是一个兼具多种符号缩略功能的特定符号，以示与汤普森母题索引和其他一些母题分类代码的区别。其表意为：

　　（1）"W"，为王宪昭姓氏"Wang"的首字母代码。根据国际冠名通则，是个人创作成果的汉语拼音缩略标识。据此可以显示出本母题体系与"AT"、"ATU"（阿尔奈—汤普森、阿尔奈—汤普森—乌特）等西方民间故事类型中母题编码的不同。

　　（2）"W"，为汉字"万"（"wan"）的拼音首字母代码。本母题编目的一级母题编码（自然数编码）共划分出 10 分类型的 10000 个母题，"W"可以作为 1 万个基本母题的标记。

　　（3）"W"，在具体类型的标记中，与汤普森《民间文学母题索引》23类母题中的"W"（"品格"类母题）类型具有编码的不同规则，不会与汤普森母题的 W 产生任何交叉。

　　5. 编目。古希腊毕达哥拉斯学派曾提出"数是万物的本原"的观念，今天看来"数"体现着许多学科门类成为科学的规则，对于神话知识体系的建构也不无启发。中国神话母题编目体系的设定也基于这种理想。本编目采用在"归纳"与"演绎"基础上，对所有神话三个层级的母题进行了小数点数位表示方法。

（二）本书适用对象与范围

神话自身具有的多学科兼具的特点，本书作为神话综合研究成果，对其他学科研究的学术具有支持作用。因此本书适用于所有神话爱好者和研究者，并试图在以下若干领域对研究者有所帮助。

1. 神话学研究。读者可以通过神话母题的类型与具体语义观察诸多神话叙事情形或规则。

2. 母题学研究。母题分析是当今文化解读的重要方法之一，本编目通过构建系统的神话母题编码，展示了中国神话母题的丰富性和系统性，同时与汤普森民间故事类型的母题编码作出全面对照，成为母题学学科建设的重要基础。

3. 文学研究。通过 W 编目可以观察文学创作的某些特定经验或规律，特别是在情节分析、叙事结构分析、主题分析等方面，通过若干母题的组合，可以推导出相应的叙事类型与相应母题的结构功能。

4. 宗教学研究。神话往往是宗教经典的注脚，编目中收入的许多神话母题与历史上甚至当今奉行宗教有密切的联系，特别是民间宗教的许多神灵及叙事都与神话有关，通过有关母题可以对宗教现象加以分析研究。

5. 民族学研究。在母题来源方面通过本编目可以观察一个民族的文化传统，也可以比较分析多个民族口头文化特别是神话的共性与个性。同时本编目提供的大量的神话母题信息对较系统地研究一个民族的历史也有一定的裨益。

6. 民俗学研究。通过 W 编目可以较完整地观察民间信仰、节俗形成等民俗事象在神话叙事中的解释。

7. 其他一些相关学科研究。如传播学研究，通过 W 编目可以对神话中广泛流传的某些文化符号进行捕捉提取和深度分析，借此对相应文化现象进行历史的、地理的、民族的、语言的等多学科关联性方面的传播学研究。

二　如何查找母题

为帮助读者迅速查找所需要的母题，需要说明如下两个方面。

（一）本书的主要构成

1. 基本组成部分。本书正文的构成包括两个部分，即十大类型母题的

"类型说明"和"母题编目图表"。

2."母题编目图表"。"母题编目图表"包括了中国神话母题的"W 编码"、"母题描述"和"参照项"三个方面。其中,

(1)"母题描述"划分为"一级母题"、"二级母题"和"三级母题",本书三级母题以下不再细分,但对一些值得关注的更小层级的母题以"关联项·引例"的形式表示。

(2)"参照项"包括"汤普森母题编码"和"关联项"两个部分。"汤普森母题编码"只标出汤氏母题与 W 母题编目母题描述相对应的代码。

(3)"关联项"包括相对应母题实例的民族归属、其他类型母题中与之相联系的母题编码及描述、该母题的例证等。

3.正文内容的相关信息。该信息采用了附表的形式。本书为方便读者从不同的角度的查找相应的母题,设定了"目录"、"母题基本编码检索(母题检索)"、"关联性母题提示"等不同的方式对所需要的母题编码或母题描述进行查找。

(二) 查找母题的方法

1.通过目录查找母题。目录主要适用于主要层级的类型母题的查找,通过目录中提示的母题类型,读者可以从该类型包含的子项中查找所需要的母题。

2.通过母题基本编码(母题检索)查找母题。该检索以本书附录的形式列在正文之后,该检索中的母题是本书"目录"的进一步扩展,主要列举的是近 10000 个自然数编码的母题,通过这些母题的提示,可以查找到相关的其他特定母题,包含这些"自然数编码母题"之下的第二级、第三级母题。母基检索有如下几个特点:

(1)本检索表可以帮助读者较为便捷地查找各类母题。

(2)通过相应的标记显示母题类型间的从属关系。

(3)一些重点母题标注相应的页码,除具有帮助读者在正文中检索相关母题的页码提示外,还有上下文母题类型变化方面的提示作用。

(4)本索引也可以与《目录》中的母题基本条目配合使用。目前,在母题语素难以采用音序检索的情况下,"母题检索"可以暂且代替"母题音序检索"的功能。

3.通过关联项查找母题。关联性母题的提示主要出现在正文的脚注中。通过关联母题的标记与提醒,可以查找到其他类型中与该母题相关的特定母

题，进而扩展对神话叙事元素或结构的多方位了解。

4. 通过母题其他潜在的检索功能查找母题。根据目前母题编目的实际，只做到母题检索，不再对所有母题进行检索性质的编排。这不仅源于大量母题的交叉，而且在不同类型母题表述方面也有结构体例的变化，这种情况会导致一个极其庞大的检索系统，因此，建立一个纸质的全方位的具体母题检索索引是相当困难的。解决这个问题的方法是，利用当今数字化信息检索平台，采用软件或网络检索的方式，通过输入相应"母题"或母题"检索词"迅速查找出需要的母题或母题关联。

三　W 编目的特点与功能

W 编目中的母题类型与典型母题的设定，基于作者搜集的中国各民族12600 余篇神话文本，提取了近 40000 多个神话母题及典型母题个案。这些母题在中国神话叙事中具有较强的涵盖性，能够基本上满足分析任何一篇神话叙事的需要。

（一）W 编目的特点

1. 母题编目的包容性。本书涉及"中国"、"民族"、"神话"、"母题"、"编目"、"代码"等关键词以及与之对应的各类文化现象。事实上，上述概念的界定在当今乃至今后任何一个阶段都不会有完全统一的结论。因此，"中国神话母题 W 编目"的提取与拟定，主要目的在于"展现"，并不强求任何一个神话研究者或阅读者在理念上或结论上保持一致。

本编目关注神话母题普适性与个性的有机结合。与其说，"中国神话母题 W 编目"是一部供读者全面审视中国神话的母题系统，不如说它是针对社会需求和文化研究需要所开设的"集市"或"商店"，在此设列并展示着各种五谷杂粮、干鲜果蔬、日用百货以及精神娱乐等方面的东西，各种口味各异或不同需求的人们只要到此一游，也许会索取或者找到自己想要的东西，犹如买双鞋袜，是否合脚心中自知，完全没有必要削足适履。

本书最大愿景是包容。在这个母题编目平台上，作者并不强行推介哪一类母题如何精深奇妙，相反，本编目更希望有更多的神话研究者和爱好者各取所需，也许更接近维护学术自由、推进学术争鸣的真髓。

2. 母题编目的开放性。本书中的神话母题编目是一个开放性的母题体系。就本书母题编码体系而言，虽然针对中国各民族神话叙事进行了系统性梳理，但这个体系不是封闭的，具有明显的兼容性，并能够实现自我修补和完善。虽然由于个人认识的局限，即使提炼出数量再多的神话母题，也是有限的。因此，本书在母题编码过程中根据开放式的特征，为今后母题的增加保留了空间。每一个神话研究者可以根据自己的经验或判断将新发现的母题增加到合适的位置，以便使中国神话母题数量变得越来越丰富，母题结构变得越来越合理。

3. 母题的个性化。由于母题分析和母题产生的背景在不同的研究者那里存在很大的差异，在母题的适用与使用方面会有很大的差别，如绘画中关于"颜色"的母题，一般关注的是作用于的人的视觉，而神话中的"颜色"，除借助于人们的视觉经验之外，更注重人的文化活动中形成的对"颜色"观念的判断，暗含着"颜色崇拜"、"颜色象征"等价值经验，成为思想中一种抽象的色彩，而不再是与视觉发生最直接关联的绘画中的"颜色"母题。其实，对于"颜色"观念的判断在不同的民族文化中也会有不同的文化含义，甚至会同时存在截然不同的审美价值观，这就像有的民族文化中以"白色"为圣洁的色彩，意味着崇高与崇敬；有的民族认为"白色"只是一种中性的色调，没有褒贬色彩；而有的民族则认为"白色"为不详，是衰败与死亡的象征。如此，本编目虽然在母题提取方法上带有个人经验或主观因素，而在表述与展示特定的母题时，却尽可能以神话文本的客观表述为依据。这也是本母题编目使用时的一个较为明显的特点。

（二）W 编目的功能

中国神话是世界神话的不可缺少的构成部分。神话这个亘古仅存的时空通道，我们可以与已经远去的祖先对话，也可以感知人类千年未泯的本质精神。神话作为人类早期重要的艺术形式，也是人类重要的口头传统，起源于民间，传承于生活，作用于信仰。神话不仅是人类漫长的发展历程中积淀出的不可再生的文化遗产，也是人类历史文化信息的重要载体，神话研究自然成为中国乃至世界各国的文学与文化研究中一个备受关注的课题。

1. 母题有利于神话比较研究。神话就像文物，文物本身并不表现价值，价值在于解读。神话母题解析是解读神话的利器之一。"母题"作为神话的分析元素，一方面有其自身所具有的典型含义，另一方面也具有结构功能的相对稳定性。在研究过程中把"母题"作为神话的基本分析单位，即从作品基本元素或叙事单元入手进行梳理识别，不仅具有较为成熟的理论基础，而且会使各民族神话的比较更为方便直接。利用母题类型化的母题编码，可以洞察各民族神话发生、发展和变化的轨迹，有助于各民族神话间的横向或纵向比较分析，有助于中国神话的宏观研究与比较分析，也可以促进中国神话与世界各民族神话的对话与沟通。

2. W 编目有利于神话系统性研究。本神话母题编目区别于母题索引，其本质是一个编码体系。本书以确定的 10 大类神话母题类型为基础，对各类型母题力求作出符合形式逻辑或内容逻辑的划分，通过这些编码能迅速查找并比较各民族神话的关联性、神话创作的规律性和多学科的兼容性。神话母题编目的问世，对进一步梳理神话类型与体系具有重要的作用，也将成为目前比较神话学、神话类型学推向深入的最为便捷的方法。

3. W 编目的分析功能。以类型学方面的分析为例。母题的提取与表述表象上看带有随意性。但其本质却体现出神话包括叙事文学内在的类型结构。通过 W 编目的母题设定与排列，我们不仅会归纳出母题排列的规则，还会发现母题的组合必然形成类型。以"8.2 洪水"中的洪水神话母题为例：

8.2.1　洪水时间、地点

8.2.2　洪水原因

8.2.3　洪水预言

8.2.4　洪水制造者

8.2.5　洪水的情形

8.2.6　避水方式与工具

8.2.7　洪水幸存者与丧生者

8.2.8　洪水的消除

8.2.9　与洪水相关的其他母题

上述 9 个基本类型具有洪水事件本身所显现出的逻辑性，这种逻辑性为母题的自由选择和组合提供了最大程度的便利。每个类型中分别列举出若干具体母题，表面上看这些母题具有客观独立性，而一旦放在洪水神话的大语境下加以审视，这些母体的"类"的功能就会很明显地展现出来，如"8.2.2 洪水原因"的一级母题中就有：

W8115　自然形成的洪水

W8116　自然界变化造成洪水

W8129　洪水源于神的指令

W8133　洪水源于惩罚

W8137　洪水源于失误

W8146　洪水源于发怒

　　W8150　　洪水源于矛盾冲突

　　W8162　　洪水源于报复

　　…………

　　那么，以下各基本母题类型中的母题与此相同。我们从下文的"8.2.1"、"8.2.2"、"8.2.3"、"8.2.4"直到"8.2.9"各基本类型中任意选择一个母题，就能组成一个完整的神话叙事。事实上，这也体现出不同民族或地区神话创作的一个基本规律，南方有些民族选择"洪水制造者"可能是"雷神"，北方有些民族选择"洪水制造者"可能是"天神"，无论怎样的情况，都不过是为了表现出一个符合接受心理的叙事结构。所以，通过本母题编目的总体体例设计，阅读者可以较好地发现各种神话类型的组合规律，这对进一步了解和批评 AT 民间故事分类、艾伯华中国民间故事类型、丁乃通中国民间故事类型乃至 ATU 民间故事分类都将起到重要的鉴别作用。

　　4. 通过 W 编目可以解析神话叙事结构模型。参照 W 编目母题的描述，众多母题可以组合成不同的神话叙事类型，即具有普遍性分析意义的"神话叙事结构模型"，依据这些模型，理论上可以对任何一篇神话进行量化分析、定性分析或比较研究。

　　该分析模型可以划分出不同的组合方式，主要有以下几种：

　　（1）链条式叙事结构模型

　　（2）发散式叙事结构模型

　　（3）嵌入式叙事结构模型

　　（4）平行式叙事结构模型

　　（5）复合式叙事结构模型

　　（6）其他形式叙事结构模型

　　5. 为神话数据库建设提供编码和检索词支持。

　　（1）神话数据库建设。目前，信息传媒与网络新技术的迅猛发展导致社会科学研究方法的根本性变革，同时也为神话作品的搜集与保存提供了便利，各种视频与音频技术已能够承担神话演述向"超文本"记录形态的转化，同时，媒资或网络技术对神话资料的呈现提供了硬件环境，在这种学术平台的构建过程中，亟须解决数据处理的"软件"支持，在神话数据的梳理与神话数据的检索方面，"母题编码"恰恰可以发挥这方面的功能。

　　（2）母题编码的"检索词"功能。通过母题代码，可以在神话类型、神话文本、神话的民族属性、神话流传地区、神话图像与文本、中外神话比较等多个领域建立快捷的关联，这种新的数据分析方法，会为中国乃至世界神话学学科建设作出突出贡献。

四　研究方法

（一）资料学研究方法

对中国神话母题编目研究而言，资料学研究是处理数量浩瀚的神话作品的有效手段之一。由于各民族神话资料的丰富性和民族语言的多样性，大量的资源难以根据目前的学科分类标准和现成的关键词（检索词）表进行精细加工，为此，应用资料学方法，强化神话文本的分类与梳理，研制资料的版块结构，经过资料理论建构和研制数据模型，建立起现代信息技术条件下系统性的资料数据库，使神话母题信息的组织体现出表述功能的整体性和关键词语交互检索的便捷性。

1. 神话资料界定。研究神话采用什么样的材料，不仅仅是一个简单的方法问题，而且直接关系到研究的效果和深度。W 编目中母题的来源主要是神话文本，但这些神话资料不局限于概念意义上的"单纯的神话"文本。根据本书设定的神话母题的本质和特点，它可以出现在史诗、传说、民间故事等叙事文学或其他宗教典籍、仪式之中，毫无疑问，诸如史诗、传说、民间故事等的文学中自然会保存一些神话母题。

许多学者试图对神话文本作出相应的界定，这是正常而且必要的，也是任何一项科学研究应该遵循的规则。但事实上，我们又不可能强求所有的人按照同一个标准去分析所有的问题。因为任何一个看似简单的研究客体，都是以特定的时空形态而存在，因而是立体的、演变的，即使是一个看似固化了的文本，也会由于时代的变迁而滋生出与鉴赏者相适应的新含义，那么，神话文本及其界定也亦然。好在本书的主导意图不想执意于关注任何一部作品的精细语境，也没有必要机械地局限在辨析它究竟是不是一个真正的"神话文本"中而消磨时间，只是观察这部作品是不是具有"神话元素"，即我们所界定的"母题"。由此，会有一些暂时的超脱或轻松。如不少研究者在研究晋代干宝的《搜神记》时，认为这部带有志怪性质的作品集辑录的文本不是神话，而是文人对社会中流传的一些虚幻故事的加工整理。事实上，对于干宝本人而言，似乎更多表现出对这些事件深信不疑的观念。据史料记载，干宝本好阴阳术数，甚至自述了不少"神遇"，如他的父亲的侍婢随其父入葬数年不死，干宝的兄长死亡之后几天后复活，等等。这些事情的真假我们暂且搁置起来，但不能否认的是，魏晋时期的巫术之风一定混杂着神话成分，这些神话母题无论是在民间还是在当时的文人创作中都有时隐时现的反映，隐也好，现也罢，它提示我们，绝不能因为它是后世的作品就认为没有神话母题。

这些神话从不同的角度可以划分出不同的类型。大致有以下几种主要情形：

（1）口头神话。大多数少数民族在漫长的历史发展过程中，虽有悠久的历史，却没有固定的文字形式，神话作品全靠民间口头的形式代代相传。如新中国成立前，在我国55个少数民族中只有蒙古族、藏族、维吾尔族等共21个少数民族有文字，还有34个民族没有文字。不仅这些没有文字民族的神话需要口耳相传，即使有文字民族的神话也往往靠口传形式流传下来。这些民间口传的神话具有流传的不稳定性，也可以称之为"活态神话"。

（2）文献神话。所谓"文献"，现在通常理解为图书、期刊等各种出版物的总和。"文献"是记录、积累、传播和继承知识的最有效手段，是人类在社会活动中获取信息的最基本、最主要的来源，也是神话保存和流传的基本手段之一。当文字产生以后，有的民族往往把自己的神话用文字固定下来，于是就形成了文献神话。从这个意义上来说，口头流传的神话一旦用文字固定下来，就会成为文献神话。

（3）文物神话。文物是人类在历史发展过程中遗留下来的遗物、遗迹。各类文物从不同的侧面反映了各个历史时期人类的社会活动、社会关系、意识形态以及和当时生态环境的状况如何利用自然、改造自然，是人类宝贵的历史文化遗产。在这些遗产中往往隐藏着丰富的神话因素。如岩画、古代雕刻、绘画、宗教器物、民族服饰等都有神话的印记。

（4）民俗中的神话。众所周知，在目前许多民间祭祀、集会等民俗活动中都会包含一些神话的内容。此外，许多其他民间叙事体裁也保存着大量的神话。这些民间文体包括传说、故事、歌谣、叙事诗等，也会有许多神话情节或神话元素，神话母题就包含在其中。

2. W 编目神话资料的主要来源。母题的来源渠道是多元的，本书主要涉及如下一些基本资料。

（1）国内外公开出版发行的相关出版物。如《中国民间故事集成》、《中华民族故事大系》以及相关神话专题作品集、神话学著作。

（2）未公开出版的但具有权威性的出版物。包括各地方编印的《中国民间故事集成》（县卷本），各地文化部门编印的地方性文化资料。

（3）学术期刊。一些权威学术期刊收入的神话学论文中所列举的神话文本实例，往往包含着有价值的神话母题。

（4）个人田野调研搜集的材料。当今一些民族仍有神话在民间口头流传，所以近 30 年来对中国所有少数民族均做过相应的田野调查，这些第一手材料有助于母题的提取。

3．W 编目神话资料的使用。在本项目的研究实际与本书的写作实践中，共涉及目前国内外公开出版的中国神话文本 12600 余篇，其中个人田野调查采录 300 余篇。这些神话文本兼顾了一些重复的神话文本的异文，主要包括以下几种情况：

（1）流传于不同地区的同一部作品。

（2）不同讲述人讲述的同一部作品。

（3）不同搜集者搜集的同一部作品。

（4）不同出版物收集的表述上有差异的同一部作品。

（二）母题提取方法

本书抽取了常见神话的一些典型母题，并非是完全归纳。关于本神话母题编目中的各类母题的"归纳"，不再赘言。在此，简单说一下各类母题逻辑关系中的"演绎"。

被黑格尔称为"现代哲学之父"的法国哲学家笛卡儿在建构知识体系时，曾把本体论与方法论通过设定的"理性"有机联系起来，以探究确定性的知识。其中一个重要的指导思维的原则就是"马特席斯"（Mathesis Universalis），即"普遍科学"。借助这一理念，我们可以推测出，任何一类事物的本来的天然秩序会决定认识事物的秩序，进而从最简单容易的事物逐步深入到复杂事物，形成一个具有精确度量关系的自然的序列。当然，"马特席斯"理论在神话母题编目的设定方面，同样可以作为一种理性思维方式和认识论原则，也会成为引导人们运用"直观—演绎法"的指导性规则。母题提取过程中的"直观"不是感性经验意义上的直观而是理性直观，理性直观可以使我们从神话文本纷繁复杂的现象中通过知识经验（这里可以认为是一种理性）抽取出最基本的母题范畴，并运用相应的符号予以确定，形成直观的命题式的母题描述和编码。据此，又可以进一步推论演绎出其他一系列母题。其基本过程是，先从复杂神话文本中分析出最简单母题项，然后进行若干母题项的归纳再逐步探讨各类型母题项间的关系。因此，神话母题的演绎推论中涉及的母题顺序是先验的，这种"先验"会努力考虑到各类型母题项特别是同一类型母题项间的环环相扣和因果关系。

（三）主要研究过程

本编目从母题文本研究到最终母题编目表述是一个复杂而艰辛的过程。一方面要准确记忆与反复论证，另一方面要积极应用现代技术手段。整个过程大致可以分解为以下几个相互交织的阶段：

（1）采集神话或与神话相关的文本。包括古代文献文本与田野调查采录整理的文本。

（2）借助于现代技术手段，将神话文本转化为便于检索与摘录的电子文本。在计算机上形成自己的神话数据库，并随着积累不断梳理和调整类型，为下一步母题类型的建构做好资料准备。

（3）在大量的神话文本阅读基础上，提取一定数量的核心母题或基础性母题。母题提取时，应注意母题信息的完整性，即任何一个母题的注脚都应包括作为母题来源的"作品名称、讲述人、讲述人民族、采录者、翻译者、作品形成时间、流传地点、语境、作品析出的出版物名称、出版者、出版时间、母题在出版物中的页码等"，有些信息不全的文本可空缺相应项。这些信息将成为此后母题价值判断和真实性查证的重要依据。同时系统阅读国内外关于母题的学术成果，去粗存精形成自己的母题理论。

（4）利用相应的自然科学方法建构母题体系。如利用微积分、拓扑学知识对母题排列进行预测，利用统计学方法对母题概率进行统计等，据此不断调整母题类型间的均衡性，逐步达到较为丰富的母题数量。

（5）在形成自己的母题资源之后，全文翻译美国民俗学家斯蒂·汤普森《民间文学母题索引》（以下简称 TPS 索引）6 卷本。将自己提取的母题与 TPS 索引中的全部母题进行逐一对照，查遗补缺，进一步调整或修正母题类型与母题描述。

（6）使用"Microsoft Excel 工作表"对各类型已有的母题进行自然排序与编码，该工作表中应带有上述（3）中所说的"母题来源信息"。通过观察与分析进一步修正与调整。

（7）将"Microsoft Excel 工作表"转化为便于操作的"word 文档"格式。在"word 文档"格式下，每一个大类下面的母题按照一定的逻辑关系进行三级划分。这个阶段应该进行类型间的跨类调整，并对一些关联项作出必要的标记，以免某些母题在不同的类型中反复出现或重复编码。

（8）在不断充实母题和修正母题编码的基础上，通过设置计算机模块检索改进母题类型编排与表述，努力实现母题类型的规范化和母题表述的科学性。

五　母题编目的类型

（一）W 编目 10 大类型母题的设定

本 W 编目针对中国各民族神话的特殊情况和神话元素细分的复杂性，在对神话母题进行全面分析比较的基础上，将母题划分为 10 大类型。为了便于了解这些类型的设定，先列举出汤普森关于神话母题的分类。

（1）TPS 索引中的神话类母题（A 类）细目①

序号②	编号范围	名称	序号	编号范围	名称
1	A0 – A99	造物主	8.3	A1400 – A1499	文化的获得
2	A100 – A499	众神	8.4	A1500 – A1599	习俗的产生
2.1	A100 – A199	神的概说	8.5	A1600 – A1699	民族的分布与差异
2.2	A200 – A299	上界神	9	A1700 – A2199	动物的创造
2.3	A300 – A399	下界神	9.1	A1700 – A1799	动物创造概说
2.4	A400 – A499	地上的神	9.2	A1800 – A1899	哺乳动物的创造
3	A500 – A599	半神和文化英雄	9.3	A1900 – A1999	鸟类的创造
4	A600 – A899	世界与万物起源	9.4	A2000 – A2099	昆虫的创造
4.1	A600 – A699	宇宙	9.5	A2100 – A2199	鱼和其他动物
4.2	A700 – A799	天堂	10	A2200 – A2599	动物的特征
4.3	A800 – A899	地球	10.1	A2200 – A2299	动物特征的各种原因
5	A900 – A999	地貌特征	10.2	A2300 – A2399	动物身体特征的原因
6	A1000 – A1099	世界灾难	10.3	A2400 – A2499	动物外貌与习性的原因
7	A1100 – A1199	自然秩序的建立	10.4	A2500 – A2599	动物的其他特征
8	A1200 – A1699	人的创造与特征安排	11	A2600 – A2699	树和植物的起源
8.1	A1200 – A1299	人的创造	12	A2700 – A2799	植物特点的起源
8.2	A1300 – A1399	人生命特征的安排	13	A2800 – A2899	其他母题

① 汤普森在《民间文学母题索引》中，将神话母题列为 "A" 类。汤普森编码共包括 2877 个一级母题（自然数母题，中间存在若干空号），如果包含 5 个层级的母题，母题总数为 5707 个。

② 序号，原书中并无编号，此处是本书根据表述的需要加的，没有序号的栏目是原书中列出的母题类型，这些类型在目的上属于对上面大类的具体阐释。

（2）W 编目的 10 个类型的设定。针对中国各民族神话叙事的丰富性和特殊性，根据中国神话母题编码和编排的需要，将母题分为 10 大类型，列表如下：

类型序号	类型代号	类型描述	W 类型代码范围
1	W0	神与神性人物母题	W 0 – W999
2	W1	世界与自然物母题	W1000 – W1999
3	W2	人与人类母题	W2000 – W2999
4	W3	动物与植物母题	W3000 – W3999
5	W4	自然现象与自然秩序母题	W4000 – W4999
6	W5	社会组织与社会秩序母题	W5000 – W5999
7	W6	有形文化与无形文化母题	W6000 – W6999
8	W7	婚姻与性爱母题	W7000 – W7999
9	W8	灾难与争战母题	W8000 – W8999
10	W9	其他母题	W9000 – W9999

上表中的每一个大类的自然数母题数量为 1000 个，本书共提取出 10000 个自然数编码的母题（在编排过程中，有部分自然数编码母题空缺）。这些自然数母题一般为"一级母题"或"二级母题"。每一个自然数母题之后根据母题内容或意义方面的联系，又分为下一级的"二级母题"或"三级母题"。

10 大类型母题的划分考虑到其中的区别与联系。如"0. 神与神性人物"，排列在最前面，通过对各类神的优先浏览，可以对神话文本描述的对象有一个先决式的判断。此后的第二类"1. 世界与自然物"，主要关注的是创世神话的"天地日月、山川河流"等的起源与特征，这样就为第三类"2. 人与人类"中人的产生与特征的形成做好了铺垫，然后第四类"3. 动物与植物"转向了人类对动植物的关注，接下来就是对"秩序"、"文化"、"婚姻"、"灾难"等类型的设定。可以说，这样设置从一定程度上减少了 TPS 索引中母题类型编排的随意性。关于各类母题内容自身的逻辑关系，例证可参见上文中的"8.2 洪水"神话母题示例。

（二）母题归类中的几种特殊情况

1. 交叉母题的处理。一些神话叙事中出现母题的交叉和杂糅是非常普遍的情况。一部作品可能同时存在不同类型母题或交叉母题，为了索引结构的完善和版面的清晰，索引中一般不重复选择例证，但要标出其中曾出现过的母题代码，以便对照。

2. 母题代码的标注。一般只标出具有比较价值的典型代码，其上一级母题不再进行标注。

3. 母题描述的复杂性。在各个民族甚至同一个民族的神话中对于同一性质的神或神话现象的命名、神话事件元素的设定等，可能会有不同的名称。

（三）W 编目母题数量统计

本 W 编目的 10 大类型，采用了三级类目逐级划分的方式。其中一级母题近 10000 个。三个层级的母题总数为 33409 个。统计如下表。

《中国神话母题 W 编目》10 个类型层级母题数量统计表

序号	母题代码	类型名称	一级母题	二级母题	三级母题	合计
1	W0	神与神性人物	566	1989	2142	4687
2	W1	世界与自然物	398	1602	2604	4604
3	W2	人与人类	421	1488	1448	3357
4	W3	动物与植物	510	1880	2281	4681
5	W4	自然现象与自然秩序	290	1010	1179	2479
6	W5	社会组织与社会秩序	243	873	1088	2204
7	W6	有形文化与无形文化	443	1471	1422	3336
8	W7	婚姻与性爱	347	956	1008	2311
9	W8	灾难与争战	376	1143	1136	2655
10	W9	其他母题	403	1393	1298	3094
10 个类型层级母题数量合计			3997	13805	15606	33409

六　母题编目的编排

本书作为中国神话研究带有通约性质的学术成果和工具书，在体例编排方面采用了国际通行的数表形式，力求简便易行，适合广大读者和研究者进行快速检索。在结构方面，注重形式与内容的内在逻辑关系，尽可能做到神话类型和不同类型母题之间关系的清晰。

（一）母题编目表述规则

为展现《中国神话母题 W 编目》的逻辑性、直观性、检索便捷性以及便于对照性，本编目在形式上采取了表格与注释相结合的表述方式。

（二）母题编目表述的构成

可以分两个方面说明。（1）宏观编排结构方面，母题编目的主体由"类型说明"、"母题图表"和"注释"3 个部分构成。（2）具体母题表述方面，一个具体母题一般包括"W 编码"、"母题描述"、"参照项"与"注释"4 个部分。各部分表达了相应的母题信息。

（三）各类型神话母题的表述

神话母题可以划分为形象母题、情景母题和情节母题等不同情形，由于这种表征事象的复杂性，很难使用同一种句式结构程式进行概括。本书在尽可能避免因文害意的前提下，照顾到如下几个方面的通约性。

（1）母题一般为一个名词、名词性词组或名词性短语。

（2）同类母题表述为名词性词组时，采用相同的语法结构。

（3）同类母题表述为名词性短语时，尽量采用主谓语法结构，保持表述主体的一致性。

（四）各类型神话母题的编排

了解本书母题类型的编排规则和内在逻辑，对熟练使用本书母题检索系统具有很好的帮助。

1. 10 大类型母题分类编排的内容关系。

10 大类型神话母题类型的排列具有内在的逻辑关系。如本编目正文的第一类设置为 W0："神与神性人物母题"。这些"神"或"神性人物"是神话叙事的主要对象，对此进行全面梳理与展示，是我们了解神话的基本前提和主要基础。所以放在本母题编目的第一部分。

第二类型"世界与自然物母题（W1）"是创世神话的重要内容，也是第三类型"人与人类母题（W2）"涉及的重要背景，也符合一般神话叙事中"先有万物再产生人"的表述顺序。第四类型"动物与植物母题（W3）"则是第三类型"人与人类母题（W2）"的自然延伸，人们关注自身之后，还要关心与自身密切相关的动植物世界。

接下来，第五类型"自然现象与自然秩序母题（W4）"和第六类型"社会组织与社会秩序母题（W5）"，表现的是人们在神话中对周围世界和社会形态的认识和把握，其中"自然现象与自然秩序母题（W4）"也在另一个侧面进一步补充了"世界与自然物母题（W1）"中一些不便于勉强编排的内容。如第四类型中的"4.6.2 日月的秩序"，这类内容更多地体现出人类对自然现象规律性的认识和解释，若放在第二类型"1.4.1 日月的产生"或"1.4.2 日月的特征"中，就会显得有些不伦不类，过于生硬。所以，第五、第六类型更侧重于人类在神话中对自然和社会知识、规律的探索。

然后，第七大类"有形文化与无形文化母题（W6）"、第八大类"婚姻与性爱母题（W7）"和第九大类"灾难与争战母题（W8）"，从三个不同的侧面展现了神话中人类文明的产生、家庭道德的进程以及与人类命运休戚相关的重大事件。三者从宏观、微观以及不同的时空视角审视着人类漫长的历史，编织出一个反映人类生存与发展的立体平台。

最后，在第十类型"其他母题编目母题（W9）"中，对一些难于归为上述类型的母题进行了编排。

至此，总的来看，《中国神话母题 W 编目》在考虑到神话叙事完整性的同时，也注重了母题表述的内在结构和逻辑规则。与汤普森《民间文学母题索引》中的 23 类母题的设计与编排相比，本书摈弃了汤氏母题类型过于繁杂、各类型之间缺乏严格逻辑、母题检索规则有失统一的不足。

2. 10 大类型母题分类编排的形式逻辑。

神话母题类型代码的排列采取了 0—9 的代号顺序，将母题划分为 10 个单元。每单元设定自然数母题 1000 个。每个单元母题的编排总体上采用了形式服从内容的原则。根据母题编排的实际，自然数母题以一级母题为主体，包含部分二级母题。

3. 每个类型内部关注到叙事的逻辑关系。如类型"W2：人与人类母题"中的"造人母题"，在具体表述中会按一定的叙事逻辑顺序，把其所包含的母题依次表述为：

（1）造人的时间

（2）造人的原因

（3）造人者

（4）造人的材料

（5）造人的方法

（6）造人的结果

（7）与造人有关的其他母题

同样，在其他类型的母题中也会发现类型的逻辑关系，如类型"W8：灾难与争战母题"中的"洪水"母题也是如此。一级母题之下可以划分出二级母题、三级母题等。不同层级分别用小数点的多少加以区分。

（五）母题编码编排中的其他问题

1. 编码空号现象。在母题编码中，根据实际情况或因为母题调整，会出现极少数母题的空号。

2. 页码脚注。一些不便于在表格中呈现的其他内容，在本页中采用了脚注的形式。

在脚注中，也照顾到读者进行相关信息检索时的某些习惯或逻辑关系。举例如下：

（1）【关联】对"关联母题"说明有多个母题时，按母题代码编号的数字大小排列。

（2）【引例】中的"示例"或"引申例证"涉及 2 个或 2 个以上民族时，一般按这些例证的民族属性的音序排列。当然，中国各民族是平等的，不应有特定的排序。根据研究以及表述的需要，我们会以不同的观察视角，拟定出不同的民族排列顺序。本书 56 个民族的排列顺序如下表：

中国各民族排序表（音序排列）

序号	民族名称	序号	民族名称	序号	民族名称	序号	民族名称
1	阿昌族	15	鄂温克族	29	傈僳族	43	水　族
2	白　族	16	高山族	30	珞巴族	44	塔吉克族
3	保安族	17	仡佬族	31	满　族	45	塔塔尔族
4	布朗族	18	哈尼族	32	毛南族	46	土家族
5	布依族	19	哈萨克族	33	门巴族	47	土　族
6	朝鲜族	20	汉　族	34	蒙古族	48	佤　族
7	达斡尔族	21	赫哲族	35	苗　族	49	维吾尔族
8	傣　族	22	回　族	36	仫佬族	50	乌孜别克族
9	德昂族	23	基诺族	37	纳西族	51	锡伯族
10	东乡族	24	京　族	38	怒　族	52	瑶　族

序号	民族名称	序号	民族名称	序号	民族名称	序号	民族名称
11	侗族	25	景颇族	39	普米族	53	彝族
12	独龙族	26	柯尔克孜族	40	羌族	54	裕固族
13	俄罗斯族	27	拉祜族	41	撒拉族	55	藏族
14	鄂伦春族	28	黎族	42	畲族	56	壮族

3. 未来增补新母题编码的编排。《中国神话母题 W 编目》是一个开放的母题代码体系。尽管书中对所有的母题均作出唯一性的编码，但这并不影响今后发现的其他新母题编入该母题编目体系中。主要有以下几种方法：

（1）有的母题类型预留了相应的编码。

（2）每个母题类型的最后一个自然数母题一般采用"与 xxx 有关的其他母题"的表述，一些新发现的母题合适时可以作为该母题的下一级母题增加到其中。

（3）一些新发现的母题也可以根据编排的逻辑关系，放置到任何一个原设定母题之后，采取原母题代码之后"＋（1）""＋（2）""＋（3）"的编码形式。

七　W 编目与 TPS 索引比较

（一）借鉴 TPS 索引中的合理成分

TPS 索引中许多神话母题类型和非神话母题类型均可以作为中国神话母题 W 编目的有益参考。

汤普森（TPS）民间文学母题类型表

序号①	代码	编号范围	类型名称	一级母题类型划分示例②
1	A	A0 – A2899	神话	造物主（造物者）、神、半神半人和文化英雄、宇宙起源、地形地貌、世界灾难、自然秩序、人类起源与生活秩序的建立、动物的起源与特点、植物的起源与特点、其他神话母题等。

① 序号，原书中并无编号，此处是本书根据表述的需要加的，以便读者观察汤氏母题类型的次序。

② 因 TPS 母题分类设计的每一个大类之下的基本类型较为庞杂，此处只采取示例的方法，选取一些具有代表性的类目加以说明。

序号	代码	编号范围	类型名称	一级母题类型划分示例
2	B	B0 – B899	动物	神话动物、魔力动物、人性的动物、友好的动物、人与动物婚、动物的特性，其他动物母题等。
3	C	C0 – C999	禁忌	神性生物禁忌、性的禁忌、饮食禁忌、窥视禁忌、言语禁忌、接触禁忌、等级禁忌、特殊的禁律、其他禁忌、犯禁受罚等。
4	D	D0 – D2199	魔法	变形化生、祛魅解咒、魔物、魔力及其表现等。
5	E	E0 – E799	死亡	复活复生、鬼魂亡灵、投胎转世、特定的灵魂等。
6	F	F0 – F1099	怪异	遨游异界、精灵鬼怪与奇人异物、反常的境地与事件等。
7	G	G0 – G699	妖魔	妖魔的种类、陷身魔网、降服妖魔，其他关于妖魔的母题等。
8	H	H0 – H1599	考验	识别身份、检验真相、婚姻考验、智力考验、能力考验、探寻考验、其他考验等。
9	J	J0 – J2799	智慧与愚蠢	智慧的获得、明智之举、愚蠢行为、智者与傻瓜、其他智与愚方面的母题等。
10	K	K0 – K2399	欺骗	骗术获胜、虚假交易、连偷带骗、诡计逃脱、诓骗诱捕、弥天大谎、自欺欺人、骗财骗色、骗取财物、骗子自取其辱、骗子自食其果、造假行骗、谎言诬告、背信弃义等。
11	L	L0 – L499	命运颠倒	幼者胜出、末路英雄、谦卑得赏、以弱胜强、倨傲失尊等。
12	M	M0 – M499	注定未来	命运天定、许愿、誓言、契约、承诺、预言、咒语等。
13	N	N0 – N899	机遇与命运	打赌博彩、好坏运气、旦夕祸福、意外遭遇、贵人相助等。
14	P	P0 – P799	社会	皇室贵族、社会阶层、家庭亲属、各色行业、政府政治、民风民俗、其他社会类母题等。
15	Q	Q0 – Q599	奖励与惩罚	受奖的善行、奖赏的性质、受罚的行为、惩罚的种类等。
16	R	R0 – R399	被俘与逃脱	身陷囹圄、设法营救、脱逃与追捕、避难与再次被捉等。
17	S	S0 – S499	残虐	残忍的亲属、叛逆谋害、野蛮祭献、弃婴与杀子、非人迫害等。
18	T	T0 – T699	性爱	爱情、婚姻、婚姻生活、贞洁与禁欲、不正当性关系、怀孕与生育、抚养后代等。
19	U	U0 – U299	生命之本	生命有别、其他有关生命本性的母题等。
20	V	V0 – V599	宗教信仰	宗教仪式、宗教场所、神职人员、宗教信仰、仁慈宽容、宗教戒律、其他宗教类母题等。
21	W	W0 – W299	品格品质	优秀品格、恶劣品行、其他品质类母题等。

序号	代码	编号范围	类型名称	一级母题类型划分示例
22	X	X0－X1899	笑话幽默	尴尬受挫类幽默、残障无能类幽默、社会各界笑话、族群族体笑话、黄色笑话、醉酒笑话、骗子笑话等。
23	Z	Z0－Z599	其他类型母题	规则、象征、英雄、特例、历史、家谱、传记、恐怖故事等。

值得注意的是，虽然 W 编目借鉴了 TPS 索引的关系。全部神话母题编目与目前国际通行的汤普森"民间文学母题索引"中的民间文学母题索引均作出一一对照，并在编目中将汤氏母题编码对应列出，以便于研究者对照使用。

（二）TPS 母题索引存在的缺陷与问题

毫无疑问，汤普森在 20 世纪编制完成的包含世界上五大洲许多国家著名民间故事的母题索引，是一个庞大的创造性工程，但由于涉及民间故事、叙事诗、神话、寓言、中世纪传奇、逸事、幽默笑话以及地方传说等众多文类，内容过于庞杂，再加上当时研究条件和信息技术手段的限制，在繁杂类型的母题编制中难免出现众多纰漏，主要表现在：

1. 类型关联性方面。汤普森母题索引设计的 23 个类型过于繁杂，各类型之间缺少规则性的关联。如 A 类为神话类母题索引，这个类型中设定的 2877 个一级母题只划分出"造物主、三界神、半神、文化英雄、世界起源、世界灾难、自然秩序、人类起源、动植物起源"等一些基本神话母题类型。事实上，每则神话都可以作为人类传统文化记忆的经典，具有叙事的完整性和典型性，那么 就必然会涉及与人类早期生产生活，对诸如"禁忌"、"性与婚姻"、"社会秩序的产生"、"生命与死亡"、"宗教"等问题做出必要的解释。由于汤普森母题索引的类型过于庞杂，这些神话文本的重要母题，则被列入其他类型之中，如"C"类"禁忌"，"E"类"死亡"，"P"类"社会"，"U"类"生命的本性"，"V"类"宗教"等。这样必然会人为地割裂神话母题分析的完整性和针对性。

汤普森母题索引设计的类型与母题之间的关联性过于松散，检索母题时往往会忽视"母题"与"类型"的联系。如汤普森母题索引在"A"类神话母题中已经列举出了"动植物起源"母题，却又在"B"类整个类型中专项列出"B0－B899"为"动物"母题，划分出"神话中的动物、特异的动物、有人的特征的动物、友好的动物、人与动物婚、想象的动物"等具体的下一级类型。同样,"动物"作为叙事文学的重要内容,在汤氏索引中虽然在"A""B"两个类型中都有所体现,但仍难于自圆其说。于是在"U"类母题"生命的本性"中又列出了"动物的不同本性的来历"等母题类型。这样,当我们据此去分析一篇关于特定的"动物特征来源"的神话时,就很难在汤普森的神话母题索引中找出对应项。

2. 汤普森母题设计的随意性较多。一是许多同类型母题的排列过于随意。如汤普森"A"类神话母题索引中"A600 – A699"母题段为"宇宙","A700 – A799"母题段为"天堂",但汤普森却把本该属于"宇宙"的"太阳"母题列为"A710 – A739",归类在"天堂"母题段。接下来对"太阳"母题的细分中,更显示出层级的随意增添,如"A736"母题名称是"太阳像人类",此母题细分出二级母题:A736.1"日月是一对男女"。此母题再分出三级母题:A736.1.1"太阳妹妹和月亮哥哥",A736.1.2"太阳哥哥和月亮妹妹"……A736.1.4"日月结婚"等。三级母题"A736.1.4"之下又细分出四级母题:A736.1.4.1"当日月生的孩子被太阳吃到只剩下2个时,日月发生争吵"。接着,又分出第五级母题:A736.1.4.1.1"月亮杀死太阳的孩子"。显然到这里我们会感觉到"A736.1.4.1.1"这样的母题编码与它所属的A736"太阳像人类"并没有很强的关联,反而与汤普森非神话类的"S"类型母题"残虐"中的"残忍的亲属"或"谋杀与残害"更为接近。

不再累举,上述问题正是本书母题编排与编目中尽力避免或改进的内容。

(三) W 编目对 TPS 索引的修正与改进

原因如上,W 编目并没有采用 TPS 母题索引的母题类型代码与母题编码。本编目主要对 TPS 索引中的母题作出如下几个方面的修正与改进。

1. 增加神话母题数量。根据中国各民族神话母题的实际情况,增加了大量的复合中国神话特点的母题,并作出相对概括的母题描述和数字代码,W 编目提取的中国神话母题的数量是汤普森神话母题总数的 6 倍。需要说明的是,W 编目对 TPS 神话母题的扩展并非泛神话观。有些读者在使用本母题时,可能会觉得有些 W 编目中有些神话母题似乎过于宽泛,其本质不能成为神话母题。出现这种分歧有很多原因。其中之一是神话感知经验。由于人们感知世界的经验千差万别,会使他们面对同一个文化对象时,往往产生截然不同的判断,这类情况表现在人类生产生活的各个方面,甚至人类进入文明社会以来，对于真善美的标准也在一直争论不休。如"大禹"到底是"人"还是"神"，在历史学家那里，当然是实实在在见于史册的历史人物，而在"大禹化黄熊"的讲述人和大禹庙前虔诚的祭祀者那里，则会把他视为神灵。所以是否列举为神话母题并不能完全取决于文本，本编目更关注的是这个母题有没有针对于神话叙事的分析价值。

2. 界定神话母题范围。根据神话叙事与母题分析的需要，将 TPS 索引中一些非神话母题调整为神话母题；将 TPS 索引中神话母题中的一些非神话母题剔除。

3. 调整神话母题排序。通过对"母题"的识别、类型结构的系统建构建立新的排序，划分为便于整合和调整的 10 大类型，这些类型进一步增强了中国神话母题间的时空逻辑性和形式逻辑性。

八　母题编目的实证

（一）关于《中国神话母题 W 编目实例》

作为《中国神话母题 W 编目》实证的是《中国神话母题 W 编目实例》。本书作为一部重点展示母题编码与表述的工具书，增加了"汤普森母题索引全文对照"、"神话母题民族属性示例"、"母题例证"等附加信息，同时还关注了与之相关的其他内容。鉴于中国神话母题 W 编目的丰富性和复杂性，必须有相应的中国神话母题各类型编目实例作为各个母题的例证和补充。为此，本书作者将陆续出版《中国神话母题 W 编目实例》系列丛书。

（二）《中国神话母题 W 编目实例》篇目名称

与 W 编目中的 10 大类型母题相对应，该丛书共分 10 卷，分别是：

第 1 卷：神与神性人物母题 W0 编目实例。

第 2 卷：世界与自然物母题 W1 编目实例。

第 3 卷：人与人类母题 W2 编目实例。

第 4 卷：动物与植物母题 W3 编目实例。

第 5 卷：自然现象与自然秩序母题 W4 编目实例。

第 6 卷：社会组织与社会秩序母题 W5 编目实例。

第 7 卷：有形文化与无形文化母题 W6 编目实例。

第 8 卷：婚姻与性爱母题 W7 编目实例。

第 9 卷：灾难与争战母题 W8 编目实例。

第 10 卷：其他母题 W9 编目母题实例。

在神话母题实例中将全面显示母题的属性、原文出处等相应信息。

九　其他事项

（一）W 编目创新之处

（1）《中国神话母题 W 编目》是国内外第一部系统的关于中国神话母题的表述、编码与检索的书籍。

（2）本编目正文的表述采取了直观的图表形式。不同层次的母题序列能展示出各类母题的层级关系，增强了母题外在表现形式的逻辑性和系统性，便于读者从不同的序列对母题加以比较分析。

（3）本编目设置了与汤普森全部民间文学母题对照的栏目，便于国际间叙事文学的关联性研究。

（4）本编目图表对一些母题附加了注释，丰富了母题的内涵与外延。

（5）《中国神话母题 W 编目》的所有母题均为王宪昭个人对中国各民族神话母题的提取和归纳。

（二）W 编目的局限

（1）本母题体系在采集过程中，涉及了数万神话、传说、民间故事以及其他相关文本。由于我国民族成分自身的多样性，一个民族之中可能流传一些截然不同的观念或母题；或者由于神话传说作品搜集时间、采录背景、翻译等方面的原因，有时对每种图书观点的可信度进行鉴定比较困难，对此，作者采取了客观辑录的方式。再加上作品的浩瀚与复杂性，因条件限制难以进行系统考证，会出现母题提取不准确或挂一漏万的情况，不能较准确地反映一个民族的神话传说母题传承的主流，这类情况将根据信息反馈及时更正。

（2）中国各民族神话情形非常复杂。本编目建立在作者个人的神话资料积累基础上，在母题提取、表述及结构编排方面主要依赖于个人主观理解，难免有其他不完善之处。

（3）本编目尽管容纳了 10 大母题类型的 33000 多个母题，但有些层级母题的列举只能是有选择的例证，难以完全归纳。对此本编目设定了相应的开放式表述结构，读者可以据此进行必要的修订或增补。

（三）其他补充说明

1. 著作版权。《中国神话母题 W 编目》以及实例系列中的全部母题代码、母题描述、关联项设定、实例选取、图表设计、编排体例、出版版式等均为王宪昭的研究成果。

2. 使用授权。《中国神话母题 W 编目》以及实例系列中所有内容凡经正式出版发行，读者将获得正式出版物的所有权利，包括各种形式的引用、批评等。

3. 解释与修订。本书所有母题编码及其表述具有代码的唯一性和永久性，作者将根据研究的不断深入作出相应的增补和修订。

（原载　王宪昭《中国神话母题 W 编目》，中国社会科学出版社，2013年版）

个案研究

《乌古斯传》的叙事母题

毕　桪

　　《乌古斯传》又汉译为《乌古斯可汗传》、《乌古斯可汗的传说》①。《乌古斯传》是现存为数不多的古代突厥语民族非宗教文献之一。它是包括维吾尔、哈萨克、柯尔克孜在内的突厥语民族共同拥有的古代文化遗产。《乌古斯传》是一部在古代突厥神话的丰厚土壤上长成的英雄史诗，它向我们提供了许多重要的神话主题和线索，而且它的内容涉及同哈萨克族源相关的某些古代部落，可以为哈萨克神话、传说提供许多弥足珍贵的参证材料，对哈萨克文化研究具有重要意义。

　　《乌古斯传》记述了英雄乌古斯一生的不平凡经历和光辉业绩。有关乌古斯的故事在 14 世纪波斯史学家拉施特的《史集》里也有过记述。不过，《史集》所述情节既简单，又染有浓烈的伊斯兰教色彩。《史集》作者拉施特在叙述乌古斯故事的时候，把乌古斯这位突厥语民族传说中的神奇可汗装点成了从事伊斯兰教圣战的英雄，并且说所有突厥各部的祖先本是伊斯兰教先知挪亚的子孙雅弗。拉施特叙述说，乌古斯诞生三日，都一直不肯吃他母亲的奶，还给他母亲托梦，说是只有当母亲皈依了真主之后，他才吃母亲的奶。而他的母亲竟冒着可能被"异教徒"族人诛杀的危险虔诚地皈依了伊斯兰教，乌古斯这才"抓着母亲的乳房，开始吮奶"。乌古斯成人之后，先后娶了两个妻子，都因为她们坚持不皈依真主，乌古斯便拒绝同她们往来。后来，他又娶了遵从他意愿而信奉真主的女子为妻。乌古斯还因他的父亲、叔叔及其他亲属们都是"异教徒"而断绝了同他们的往来，并且同他们刀枪相见，直至杀死了拒不改信伊斯兰

---

　　①　有关《乌古斯传》的写本、语言、内容、研究等情况，请阅耿世民汉译本《乌古斯可汗的传说·导言》，新疆人民出版社 1980 年版。

教的父亲。在拉施特的笔下，乌古斯天生就是一个狂热的伊斯兰教信徒，他为传播伊斯兰教而四处征战①。突厥语民族民间的乌古斯英雄已经被肆意篡改得面目全非了。除《史集》之外，在 17 世纪中亚史家阿布勒哈孜的《突厥世系》等著作里也记有乌古斯的传说故事。比较起来，《突厥世系》所记较为接近回鹘文本《乌古斯传》的内容。据说，阿布勒哈孜所据原本和巴黎所藏回鹘文本应共同出自一个更古老的本子。

《乌古斯传》被认为是一部古老的英雄史诗，尽管语文学者们在公布它的抄本的时候时常以"传说"名之，但它所包括的许多重要的神话主题和线索，都可以同哈萨克民间口耳相传的神话材料相互补充，相互印证。

有理由认为，史诗英雄最初本不是一个具体的真实人名，它原本是指"乌古斯部"。《乌古斯传》也就是以乌古斯部的起源神话为基础，又从古代突厥诸部的其他各种神话、传说、故事、歌谣广泛吸取精华而逐渐发展形成的。神话为这部史诗提供了素材，也给了史诗夺目的光彩。

《乌古斯传》现存回鹘文抄本的开头部分首先叙述了史诗英雄乌古斯的诞生。因为目前仅见的回鹘文抄本缺首尾部分，所以人们还无从知晓故事是怎样开始的。不过，根据目前已经掌握的突厥语民族，其中包括具有生活史特点的哈萨克英雄史诗，《乌古斯传》的开头部分似乎应该讲述乌古斯的父母，讲述他们盼子、向神灵求子，神灵允诺他们即将有一个儿子，甚至向他们暗示了未来英雄的形象，所以现存抄本开始才有这样的话：

> 人们都说：
> "愿他就是这样"，
> 这就是他的样子。②

在这三行之后，抄本上是一个出自三条水纹线的似兽似畜的图形。在这

---

① ［波斯］拉施特：《史集》（第一卷第一分册），余大钧、周建奇译，商务印书馆 1986 年版。
② 文中所引《乌古斯传》汉语译文，均据耿世民汉译本《乌古斯可汗的传说·导言》，新疆人民出版社 1980 年版。

三行句子之前讲述的可能依次是无子嗣者受歧视母题和求子母题①，当神灵允诺他们即将有一个儿子之后，因为他们的愿望即将如愿，所以图形之下便继续叙述说：

> 从此以后他们生活得很愉快。

学者们说，图画上画的图形是一头公牛②。此说或许有它的道理：一是形似，二是哈萨克民间就有"牛为水之造化"一说，图形正与此说相合。不仅如此，在突厥语民族当中，牛是图腾动物之一。"北虏之先索国，有泥师都，二妻生四子，一子化为白鸿，遂委三子，谓曰：'尔可从古旃。'古旃，牛也，……"③唐代段成式撰《酉阳杂俎》载：黠戛斯先人"所生之窟，在曲漫山北，自谓上代有神与牸牛交于此窟。"古老的神话里又说，神牛驮载着大地④。

但是，故事接下去说到乌古斯诞生时，对于乌古斯初生时的形象却是这样叙述的：

> 这男孩的脸是苍色的，
> 嘴是火红的，
> 眼睛是鲜红的，
> 头发和眉毛是黑的。

如此说来，那图形画的并不单纯是"牛"的形象，而是由多种动物特征复合而成的神兽形象。而且特别值得注意的是乌古斯的"脸是苍色的"。

---

① "求子"是突厥语民族勇敢征战者故事和英雄叙事诗里的常见母题，通常也是英雄叙事诗情节的基本构成之一。在突厥语民族勇敢征战者故事和英雄叙事诗的开头，通常有这样的叙述：英雄的主人公未诞生前，他们的父母总会因无儿无女而苦恼、悲伤不已。于是便舍弃财产向神灵求子，直到神灵答应他们会得到子女为止。这就是所谓"求子"母题。之前往往还会有"无子嗣者受歧视"母题，即在英雄的主人公诞生前，父母已年老，虽富有，却无儿无女，因此备受歧视，以至于受到污辱。这也是突厥语民族英雄叙事诗和各种勇敢者故事里的常见母题。这种母题通常是英雄叙事诗情节的基本构成之一。以上这两个母题在具体作品里或繁或简：繁，可能是一个完整的情节；简，也可能只是用一两句话来交代。

② 耿世民：《乌古斯可汗的传说·导言》（汉译本），新疆人民出版社1980年版。

③ （唐）段成式：《酉阳杂俎》（前集卷十六）。

④ 《地球与神牛》《神牛支撑大地》《公牛驮大地》，均见满都呼主编《中国阿尔泰语系诸民族神话故事》，民族出版社1997年版，第30页、第57页、第80页。

"苍色"原文是"柯克"。"柯克"的意思是"天、天空"和"蓝色"。古代碑铭文献上,在腾格里之前常有"柯克"一词,"柯克腾格里"可以汉译为"苍天",表示天神。天是人们崇拜的神灵,因而天之蔚蓝也成为神圣之色。所以古突厥又常被称作"蓝突厥",其意为神圣、伟大的突厥,表示突厥为天之骄子不可战胜。史诗描述乌古斯的"脸是苍色的",无疑是告诉人们,乌古斯不是一个普通的凡人,而是神之子,是神界下凡到人间的未来英雄。

史诗所述乌古斯英雄诞生时的相貌当来自于狼的形象。我们注意到,柯尔克孜族史诗《玛纳斯》的《阔阔托依祭典》里,就有异文说玛纳斯"……脸色铁青,是一只大公狼"[1]。它们的叙述如出一辙。史诗在以后的叙述里也暗示了乌古斯同狼的关系。乌古斯自己也说:"让苍狼做我们的呼号。"无独有偶,哈萨克的沙甫拉西部也把狼作为部落的呼号[2]。以英雄祖先的命名作为自己民族的呼号是突厥语民族的传统。这个传统在哈萨克民间一直保持到近世。人们相信,在战场上呼唤英雄祖先的名字,自己就可以获得英雄祖先的勇敢灵魂,可以得到英雄祖先的护佑。以苍狼为呼号,表明乌古斯人也曾以苍狼为自己的始祖。后文叙述,在天光中出现的苍狼为乌古斯征战引路,乌古斯因而所向披靡,也是对这种以苍狼为呼号的注解。苍狼之色为苍,乌古斯面色也为苍,二者正相合;乌古斯本为苍狼,即指乌古斯人为苍狼之后。古代突厥人自以为是狼种,以狼为标志,相信狼主兴亡盛衰,狼成为古代突厥人的保护神。在古代突厥语碑铭文献上也多次提到苍狼护佑着古代突厥人能征战胜利。史诗关于乌古斯身世与诞生的叙述同古代突厥人的这种信仰观念相合。

史诗的这些叙述当来自乌古斯部的起源神话。如同其他古代诸部的起源神话一样,乌古斯人也把自己的始祖同某种动物联系起来。所谓史诗英雄乌古斯的诞生,实指乌古斯部的起源,是人们对乌古斯部起源的神话记忆。

但是,史诗英雄的乌古斯其相貌虽以狼为原型,却有发眉,这又是人的相貌特点。因此,乌古斯具有人兽参半的相貌,而他的形体就更以人兽合一为特征。《乌古斯传》现存回鹘文抄本上绘有乌古斯的图形,那是一个有双足的"兽",表明乌古斯有一个人兽合一的形体。他既然是"人",当然应

---

① [哈萨克斯坦]乔坎·瓦里汗诺夫:《论丛和书信》,哈萨克斯坦新生活杂志出版社 1956 年版,第 146 页。

② 阿·哈里:《哈萨克神话》,《遗产》(哈萨克文)1986 年第 2 期。

该是双足。《乌古斯传》该抄本中另有一帧独角兽的图形，清清楚楚地画出
了独角兽的四足。两图相对照可知，把乌古斯画成双足而不是四足，并不是
绘图者的疏忽。

　　史诗英雄乌古斯为神之子，他不同于凡人，所以他诞生之后：

> 这孩子只吮吸了母亲的初乳，
> 就不再吃奶了。
> 他要吃肉、饭和喝麦酒，
> 并开始说话了。

　　这里无疑是突厥语民族英雄史诗中常见的英雄神奇降生母题的一种变
异①。乌古斯是肩负着神的使命来到人间的，所以史诗英雄乌古斯来不及逐
日逐月逐年地慢慢成长。他成长得很快：

> 四十天后他长大了，
> 走路了，玩耍了。

　　史诗英雄乌古斯曾是人狼合一的形象。但是史诗在叙述乌古斯长大以后
的形象时说：

> 他的腿像公牛的腿，
> 腰像狼的腰，
> 肩像黑貂的肩，
> 胸像熊的胸，
> 全身长满了密密的厚毛。

　　这种叙述并非后人所理解的文学比喻，应该是长大后的乌古斯的实实在
在的形体。他"全身长满了密密的厚毛"，当然不是"人"，而是"兽"。
他是一个人与公牛、狼、黑貂、熊等多种兽形合一的形象，他的躯干还是狼

---

　　① 英雄神奇降生是突厥语民族史诗常见母题，也是突厥语民族史诗的基本情节构成之一。英
雄神奇降生通常会讲到英雄的母亲怀孕时必须吃特殊食物，英雄降生前后自然界会有异象出现，英
雄出生时可能手握血块、可能一降生就能走路、可能说着话来到人世等。

的。这种形象同样是一种神话的象征，表明了当初乌古斯部狼起源神话的解体，以及被征服者氏族图腾神话的融入。这时，乌古斯已经长大了。无疑，当初讲述乌古斯部起源神话的蜕变，导致了史诗英雄乌古斯的诞生，而这一神话的信仰内核逐渐化解，又促成了乌古斯的成长。但这位人间的英雄却未能完全摆脱神的羁绊，他还只能是个半人半神的英雄。

史诗《乌古斯传》现存回鹘文抄本在叙述乌古斯诞生形象的时候，特别绘有乌古斯诞生时的画图：三条水纹线上有一个人兽合一的形体。这帧画图中足以引起人们兴趣的，不仅仅是乌古斯形象本身，还值得注意的是：所画的水纹线不多不少正好是三条，而那兽是出于水。从画面上看，绘图者似乎在很认真地向人们暗示：史诗英雄乌古斯的诞生还有着更丰富的神话含义。不过，我们至少可以根据哈萨克民间的神话材料把它理解为：三条水纹线的底层含义不但指天地未开时宇宙的茫茫大水，也指世界及万物均出自于水。所画水纹线是三条，其实代表出自于水的上（天）、中（地上）、下（地下）三界。这三界均由水相连通，天为上界，是水之源，地下界为水之下游。人兽合一的乌古斯出于最上一层的水纹线，表示乌古斯来自于上界，也就是来自于天。乌古斯最初为狼形，面青。青色为蓝天碧水之色，是神灵的标志。哈萨克民间传说，狼为腾格里的宠物，是天神腾格里的使者。乌古斯因受命于腾格里而从天界降临人间，所以史诗里又有乌古斯的自白："在腾格里面前我履行了自己的职责。"

腾格里是突厥语诸民族古老神话里的伟大神灵，腾格里神话是突厥语民族古老神话的核心部分。"腾格里"的表层含义是指对于天神的信仰。在突厥语民族的神话传说和古老的故事里，通常用天光隐喻腾格里。

《乌古斯传》在叙述乌古斯第一个妻子来历的时候是这样说的：

> 有一天，乌古斯可汗正在祈祷上天，
> 这时，夜幕降临了。
> 忽然，从天上降下一道蓝光，
> 这光比太阳还光灿，
> 比月亮还明亮，
> 乌古斯可汗走近一看，
> 蓝光中有一位少女，

独自坐着。①

史诗里说，乌古斯情不自禁地爱上了她，并且娶她做了第一个妻子。后来，她一胎生了三个儿子，分别是日、月、星。哈萨克神话材料里说，天神腾格里创造了世界，并且创造了日、月、星②。乌古斯的这第一个妻子是在天光中显现的，就是说她是神女。天光代表天神，即腾格里。她一胎生下日、月、星，正是来源于腾格里创造日、月、星的神话叙事。

话题仍然回到天光。《乌古斯传》在叙述为乌古斯引路的苍狼出现时说：

> 翌日黎明时候，
> 乌古斯可汗的营帐里，
> 射进来像日光一样的一道亮光，
> 亮光里出现一只苍毛苍鬃的大公狼。
> ……
> 次日天亮时，
> 乌古斯可汗看到公狼在大军前面走着，
> 心中十分喜悦，
> 于是率军继续前进。

在史诗的叙述里，这只苍毛苍鬃的大公狼引导着乌古斯所向披靡，百战百胜。

如同在突厥语民族的其他神话材料里一样，在《乌古斯传》里，"天光"成为一种神话象征，隐喻着天神。有趣的是，这种神秘的天光不是出现在黎明时分，就一定会出现在夜幕降临的时刻③。

但是腾格里神话的深一层含义是指对水的崇拜，即民间所说的，世界出

---

① 史诗还描述了这位神女的容貌，说她笑，蓝天也笑；她哭，蓝天也哭。这不能不使人想到维吾尔族神话材料《爱瑟玛美女》，据说自然界的各种自然现象都是起因于女天神爱瑟玛喜怒哀乐表情的变化。参见满都呼主编《中国阿尔泰语系诸民族神话故事》，民族出版社1997年版，第30页。

② 《太阳和星星》，引自满都呼主编《中国阿尔泰语系诸民族神话故事》，民族出版社1997年版，第61页。

③ 在突厥语民族，乃至阿尔泰语系民族中表现君权神授的感生神话里都会叙述到天光不是出现在黎明时分，就是出现在夜幕降临之际。例如后文提到的《亦都护高昌王世勋碑》里，天光就是出现在夜幕降临时分。

自于水，生命来自于水，腾格里其初本为水。所以不但乌古斯的双腿同水纹相融，而且乌古斯第二个妻子的出世也是：

> 又有一天，乌古斯汗出外狩猎，
> 看到前方湖水中间有一棵树，
> 树窟窿中有位少女独坐。
> 她是个非常漂亮的姑娘。
> 她的眼睛比蓝天还蓝，
> 头发好似流水，牙齿好比珍珠。

树是生命的象征，它不长在陆地上，却长在水中，因为那水是生命的源泉。哈萨克的神话材料里说，世界生成于水。从水中生成了天地，上、中、下三界由水相连。中界为水的中游。又说，最初的陆地无异于一个小岛或小山。乌古斯的这第二个妻子生下天、山、海，正是这种神话观念的叙事表达。

不仅如此，乌古斯第二个妻子是出自树窟窿。史诗里还叙述说，克普恰克部族名也同树有关。这些显然是基于树生人神话的叙述。学者说，关于"克普恰克"的解释在现存抄本里似有缺文。不过，依 17 世纪中亚史家阿布勒哈孜的《突厥世系》的叙述，乌古斯可汗麾下有一名官员在战斗中死去，他的随军妻子在野外一个树窟窿里生下一个男孩。当人们把这件事情告诉乌古斯可汗的时候，乌古斯可汗给他取名克普恰克[①]。事实上，"树生人"是突厥语民族，乃至阿尔泰语系民族重要的神话母题之一。阿尔泰人的神话材料里说，腾格里一声呼唤，树上就有了九条树枝，再一呼唤，九条树枝就生出了九个人，他们就是最初的人类[②]。满族神话材料里更有柳叶生人的神话。《亦都护高昌王世勋碑》记载说：

> 考高昌王世家，盖畏吾儿之地有和林山，二水出焉：曰秃忽剌、曰薛灵哥。一夕，有天光降于树，在两河之间，国人即而候之。树生瘿，若人妊身然，自是光恒见者越九月，又十日，而瘿裂，得婴儿五，收养

---

① 耿世民：《乌古斯可汗的传说》（注释 38）（汉译本），新疆人民出版社 1980 年版。
② ［土耳其］阿·伊南：《萨满教今昔》，土耳其历史学会，1995 年。

之。其最稚者曰兀单卜古可罕。既壮，遂能有其民人土田，而为之君长。①

值得注意的是，兀单卜古可罕的神奇出生，既提到了生于树，提到了那树在两河之间，也提到了天光降于树。这是一则君权神授的神话，是来自古老的树生人神话在后世的变异和附会。此外，我们还注意到，哈萨克民间就有所谓拜铁列克神树。据说拜铁列克神树是通向上界的天梯，其顶端通达上界，根部是通往下界的出入口。但拜铁列克实为来自自然界的杨柳科乔木，生命力极强，在多水潮湿地带生长得尤其旺盛。史诗《乌古斯传》关于乌古斯第二个妻子的来历和"克普恰克"族名的解释恰与哈萨克民间的这种观念相合，与突厥语民族，乃至阿尔泰语系民族神话观念相合。

树不仅是生命力的象征，同时还是连通上、中、下三界的天梯。既然它通往天界，在神树下祈天便是萨满教重要的仪式。汉文史书《周书·突厥传》在记述古代突厥人的狼种起源传说之后，还有另一段文字，即：

……（突厥先世）纳都六有十妻，所生子皆以母族为姓。阿史那是其小妻之子也。纳都六死，十母子内欲择立一人，乃相率于大树下，共为约曰："向树跳跃能最高者，即推立之。"阿史那子年幼，而跳最高者，诸子遂奉以为主，号阿贤设。②

所谓"相率于大树下，共为约曰：'向树跳跃能最高者，即推立之。'"应是在宇宙树下所做的萨满教祈天仪式。在后世民间，萨满教仪式要立神杆。神杆是宇宙树的象征。在后世哈萨克民间，萨满巫师作法时则有神绳，他们把白色羊毛搓成的绳子从天窗垂直吊到地面，钉进地下，以此象征宇宙树。萨满巫师一般又选择枣树枝系在象征宇宙树的绳子顶端，它象征宇宙树枝叉，供神灵栖息用。史诗《乌古斯传》结尾部分说到晚年乌古斯召集大会：

把国土分封给儿子们：

---

① 黄文弼：《亦都护高昌王世勋碑复原并校记》，《文物》1964 年第 2 期。
② ［唐］令狐德棻等著：《周书》（卷五十列传第四十二·异域下），中华书局 1971 年版，第908 页。

乌古斯可汗坐在大帐里，

在大帐右方立了四十庹长的一根木杆，

杆顶上挂着一只金鸡，

杆下拴着一只白羊。

在左方也立了四十庹长的一根木杆，

杆顶上挂着一只银鸡，

杆下拴着一只黑羊。

　　史诗所叙述的显然是乌古斯分封国土时所举行的萨满教祭典仪式，所谓"四十庹长的一根木杆"即为象征宇宙树的神杆，而所谓"金鸡"、"银鸡"① 当为萨满巫师的灵魂，至于"白羊"、"黑羊"或许是象征萨满巫师所呼唤的神灵。而萨满教的巫术又有黑巫术和白巫术之分，所谓"白羊"、"黑羊"似乎同所实施的这两种巫术有关。但它同时或许也暗示着我们，乌古斯所举行的萨满教祭典包括着祭祀天神和地神。"白羊"为祭祀天神，"黑羊"为祭祀地神②。这里可以引用一则蒙古族材料作为佐证。据称，在太古时，世界是一片混沌。后来，在长时间的胎动中生出了黑白和清浊。不久，清的和明亮的部分飘浮起来变成了天；浑浊的阴暗的部分沉积下来变成了大地③。也就是说，白与天认同，黑与地认同。因此"白羊"祭天，"黑羊"祭地。

　　史诗《乌古斯传》的叙事有丰富的神话内涵。这里还应该提到史诗里出现的神秘数字。《乌古斯传》全文并不是很长，却 7 次出现了"40"这个数。例如"四十天后他长大了"，乌古斯"让人打制了四十张桌子和四十条凳子"，"四十天之后，来到了慕士塔格山下"，在乌古斯可汗坐的大帐左、右方各"立了四十庹长的一根木杆"，等等。"40"其实是"4"的十倍数。也就是说，"40"所具有的某种神秘意义来自于同神秘数字"4"的互渗。

---

　　① 在突厥语民族的萨满教信仰中，通常以"鹰、天鹅、鸽子"而不是以"鸡"为圣鸟。在同属阿尔泰语系的满族，也只有《尼山萨满》中提到萨满教祭品里有"三年的公鸡"。史诗《乌古斯传》里的木杆上何以挂鸡，有待查考。不过，古突厥人曾信奉过起源于古波斯的拜火教。在古波斯，鸡为神圣鸟禽。史诗《乌古斯传》里木杆上的鸡或许受此影响。

　　② 据载，契丹"国有大事，则杀白马灰牛以祭"。见《契丹国志》，上海古籍出版社本，第 1 页。文献中有关于满族"对天杀白马，对地杀黑牛"以祭的记载，见《朝鲜李朝实录中的中国史料》，中华书局本，第 3048 页。

　　③ 《天地之形成》，引自满都呼主编《中国阿尔泰语系诸民族神话故事》，民族出版社 1997 年版，第 145 页。

"4"是"40"的根据，是一个基本的神秘数。而"4"之所以成为神秘数字，是因为它是从四方位空间观念里抽象出来的宇宙数。哈萨克的古老神话里说，大地初始，摇撼晃动，以致洪水漫溢，是创世主用山和巨石压住大地四极（四角），大地不再晃动，人类才有了安定的生活空间。这是神话对确定四方位空间意义的隐喻性说法。"4"曾经被原始先民用于统合宇宙万物，是观念范畴稳定的结构数，并由此成为神秘数字而影响到后世。

在《乌古斯传》中还有一个数，就是"3"。它在《乌古斯传》中重复出现了13处，比"40"出现的次数还多，"3"并且还是这部文献一再重复出现的基本叙事模式数。诸如文献里说，乌古斯不再吃母亲的奶后，"他要吃生肉、饭和喝麦酒"，所述饭食为"3"；乌古斯长大以后，"他放牧马群、骑马、打猎"，所述行为数为"3"；乌古斯的第二个妻子貌美："她的眼睛比蓝天还蓝，头发好似流水，牙齿好比珍珠"，从3个方面描述她的美貌；乌古斯在出征的路上见到一座房子，"房子的墙是金子做的，天窗是银子做的，门是铁做的"，墙、天窗、门共有3样；"乌古斯可汗的军队，侍臣和人民"获得无数战利品，所述结构成分也为"3"；为了运载战利品，以至"马匹、骡子和犍牛不够用"，所述结构成分又为"3"；如此等等，以上是几个明显易举的例子。另外，乌古斯为了捕获独角兽而连续3次出猎；乌古斯虽是在苍狼引领下百战百胜的，但是传说里只有3次提到乌古斯由苍狼引领着出征；又如关于日、月、星三子和天、山、海三子的叙述等。"3"成为神秘数字依然是来自于对具体空间方位的抽象。但"4"所由以抽象的具体空间方位是从中心向四方的延伸，即四个方位；"3"所由以抽象的具体空间方位则是从中心向上下的延伸，它的神话表述就是宇宙三分之说①。

史诗里叙述说，在乌古斯为分封国土而举行萨满教祭典之前，他身边的乌鲁克·吐尔克梦见一张金弓和三支银箭：

> 这张金弓从东方一直伸延到西方，
> 三支银箭则指向北方。

乌鲁克·吐尔克梦醒之后，把这"上天在梦中的启示"告诉了乌古斯，于是第二天清晨，乌古斯命令他的儿子们：

---

① 毕桪：《关于突厥语民族的神秘数目》，见《突厥语言与文化研究》，中央民族大学突厥语言文化系、中亚研究所编，中央民族大学出版社1996年版。

太阳、月亮、星星你们三人去向黎明之方，

天、山、海你们三人去向黑夜之方！

　　乌古斯的儿子们奉命出发了，太阳、月亮、星星在路上得到了金弓，天、山、海在路上得到了三支银箭。这里所叙述的是东西南北四个方向，也就是指乌古斯的儿子们继承乌古斯伟业，征服了世界四方。所谓"黎明之方"即东方，"金弓从东方一直伸延到西方"，即从东到西；所谓"黑夜之方"即指北方，"银箭则指向北方"，即从南到北。完成征服大业之后，乌古斯便举行分封国土的萨满教祭典。哈萨克以右为南，以左为北。祭典上所立神杆一个在乌古斯大帐右方，即南方，上有金鸡，与金弓相认同；另一个神杆立在乌古斯大帐左方，即北方，上有银鸡，与银箭相认同。这种以右为南，以左为北的四方位观念有着古老的神话底蕴。日出东方为黎明；日中为南方，是太阳升至空中最高的正午；然后西移，至西方日落。按照原始思维的逻辑，太阳隐没之后必然还有一个去处，那里并且也应该有一个与日中相对的空间位置，太阳经过那里之后才能又从东方升起。那太阳从西方隐没后的去处便是北方，为"黑夜之方"，是地下"空间"。于是，东南西北四方和上中下三界相统合，乌古斯的儿子们继承了父业，威震宇宙，乌古斯最终在腾格里面前履行了自己的职责。

（原载《伊犁师范学院学报》2007 年第 4 期）

"盗食"与"长生"

——一个东方神话母题的比较研究

那木吉拉

　　古代社会盛行"万物有灵"和"灵魂不死"的观念，后来人们同样希望肉体不死，人永远年轻、返老还童或死而复生。但这只是一种本能的美好祈望而已，历史上从来没有一个人体验过这种愿望。从而古人把未能长生的原因转嫁于一些"长生不老"的动植物、特殊的人或鬼神身上，勾织出了一个神话母题：原本人类所享用的不死水或不死药等被一些动植物或特殊的人"盗食"，从而动植物等长盛不衰，人类却遭衰老而死的命运。我们称之为"盗食"与"长生"母题。该神话母题产生较早，流传甚广，在巴比伦神话、印度神话以及中国和亚洲其他民族如汉族、日本、朝鲜、突厥语族民族、蒙古语族民族神话中登场。它又往往与死的起源神话母题、印度著名的"搅拌乳海"神话母题和汉族嫦娥飞天神话母题结合起来。

一

　　"盗食"与"长生"神话母题最早出现在美索布达米亚史诗《吉尔伽美什》中。该史诗所载死的起源神话被认为是现存同类神话中出现最早的，其相关内容如下。

　　《吉尔伽美什》主人公英雄吉尔伽美什为寻找永恒的生命进行了长期的冒险旅行。他通过可怕的怪物撒索尔把守的太阳所运行的地下隧道，到达大海彼岸的乐园，在那里遇见了客栈女主人西蹈尔——一个怪诞神女。她忠告吉尔伽美什，人类拥有不死是痴心妄想，应当死心，而去享受人生！但是吉尔伽美什无视劝诫，继续旅程。他得到船老大乌鲁舍纳庇的帮助渡过死的海洋。在海岸上的两条河合流处，居住着当年发大洪水时得到智慧之神叶阿指点而乘船余生的乌托那比秀赤穆夫妇。他们是现存人类的始祖，他们从神那里获得了永恒的生命。吉尔伽美什拜见乌托那比秀赤穆夫妇，并经过一番周折，终于得到了他们的同情，了解到海底有返回青春的灵草。于是吉尔伽美什沉入海底寻找灵草。他在海底取到了灵草。但是在返回途中，他在一眼泉水里沐浴时，蛇出来偷吃灵草后脱掉外壳逃走了。由于这个原因，蛇以蜕皮来返回到年轻，而人则年老而死。①

以上死的起源神话中显然包含着"盗食"与"长生"母题，因为神话中蛇"盗食"灵草而得到"长生"，由于灵草被"盗食"而人类难逃死的命运。日本冲绳宫古岛流传的神话《"变若水"与"死水"》称：

> 月亮神和天帝神让人类长生不老，派一名男子将长寿之药带到人间。他肩挑一桶"变若水"（šijimizu，意即"返老还童之水"）和一桶"死水"向凡间走来。临行前神嘱咐他把"变若水"浇人身上，而把"死水"浇蛇身上。男子从天界长途跋涉来到人间，由于路途遥远，疲惫不堪，准备在草地上歇息。他把两桶水放在路上，自己到路边小便。这时，蛇突然窜出来乘他不备，将"变若水"浇在自己的身上逃跑了。为此男子非常懊恼和伤心，但也没有其他办法，只好把"死水"浇在人身上，返回天界。天帝听了男子的报告，非常生气，惩罚他永远肩挑两桶水站在月亮上面。从此，蛇因为身浴"变若水"，每年蜕皮而返老还童，而人类由于遭浇"死水"，未能逃脱死的命运。②

以上的日本神话和古巴比伦神话之间存在相通之处，两者都解释在人间出现死亡的原因，而且两者中均出现"盗食"与"长生"母题。只是前者中的不死之灵草在后者中变成了不死之水，从而前者的"盗食"在后者中自然而然地变成"盗浇"。虽然"盗食"被"盗浇"置换，但是蛇蜕皮"长生"的结果仍没有变化。日本神话中存在"盗食"与"长生"母题的变体。

---

① ［日］大林太良、伊藤清司、吉田敦彦、松村一男：《世界神话事典》，角川书店（东京），平成六年（1994年），第109—110页。
② ［俄］N. ネフスキー、［日］冈正雄：《月と不死》，平凡社（东京），昭和五十一年（1976年），第11—13页。［日］大林太良、伊藤清司、吉田敦彦、松村一男：《世界神话事典》，角川书店（东京），平成六年（1994年），第124页。

除上述之外，在日本奄美地方又流传一则死的起源神话，从前人类不老不死，因为神为人提供"若水"（Wakamizu，意即"返老还童之水"）。但有一次人从神那里迎来"若水"的途中不小心把"若水"倾洒在地上，而"若水"恰好浇在"哈不"（饭匙倩①毒蛇）和"猿滑"（さるすべり）树②上。由于这个原因，"哈不"和"猿滑"树年年蜕皮、返老还童，人则年老而死。③ 该神话中蛇和"猿滑"树同样用蜕皮的方式返老还童，长生不死。但值得注意的是，与巴比伦神话相比，日本神话中的蛇并不是主动接受不死灵物。这种被动接受不死灵物而"长生"的母题，在阿尔泰语系蒙古、突厥语族民族神话中频繁登场。

蒙古文《苏勒哈尔乃传》（Sulharnai yin tuuji）里称，主人翁苏勒哈尔乃可汗为了长生不老，历尽艰辛寻找长生水，最终得到了它。但是臣民劝阻他饮用长生水，因为一旦饮用长生水会永远不死，而其亲人及臣民会全部死光，他一个人留活在世界上，寂寞难耐，欲死不能。苏勒哈尔乃可汗接受下属的规劝，放弃长生，把长生水随手泼洒过去，而长生水恰好浇在杜松（Arča）之上，从此杜松常青不败，永远绿色。④ 此外，松柏、麻黄等植物或乌鸦、鹿等动物被动接受长生水而"长生"的母题存在于哈萨克、蒙古、阿尔泰等阿尔泰语系民族神话中，在此不赘述。我们认为，这种被动接受长生灵物神话母题在发生学上与主动接受灵物母题即"盗食"母题之间可能存在某种关联。

二

"盗食"与"长生"母题在印度与其他东方诸民族神话中也存在，而包含这个母题的神话中印度著名的"搅拌乳海"神话是最早的，其主要内容如下。

---

① 饭匙倩为一种毒蛇，属锁蛇科，在日本分布于冲绳、奄美地方。身长达2米，头略显三角，仿佛饭匙，故称。头部和背部有少许鱼鳞，隐藏于树上或草丛里，攻击性强，具剧毒。

② "猿滑"树，顾名思义，是树皮光滑，连猴子都很难爬上去的树，汉语称百日红或紫薇。属千屈菜科落叶灌木。"猿滑"树的最显著特点是夏季旧皮蜕皮，冬季生长出新皮，如此循环往复，长生不老。

③ ［日］稻田浩二等：《日本昔话事典》，弘文堂（东京），昭和五二年（1977年），第1032页。

④ 道布（整理转写注释）：《回鹘式蒙古文文献汇编》（蒙古文），民族出版社1983年版，第421—453页。

天神和阿修罗达成协议搅拌乳海以取长生甘露。甘露搅出，大神毗湿奴（又译"维休奴"）为了使阿修罗喝不到甘露，安排天神和阿修罗分而就座，而他自己则化作美女跳舞，与好色的阿修罗调情，天神乘机在一旁畅饮甘露。但是有一个叫做拉呼（Rahu，旧译"罗睺"）的阿修罗混进天神队伍中盗饮甘露，被日神和月神发现，告知大神。大神立即抛出神盘，把拉呼拦腰砍断。然而，拉呼已偷饮甘露，他的头不死。为了报仇，他经常咬噬日神和月神，这时即发生日食月食。①

上述神话中由于拉呼"盗食"长生甘露而获"长生"，它为报复，不时吞噬日月，致使发生日食月食。印度这个神话随着佛教的向外扩散，飘移至东方很多地区诸民族中。而在传播过程中，有的神话的"盗食"与"长生"母题悄然隐去，而有的神话中则原原本本地保留下来。随着藏族和蒙古族中佛教的盛行及佛经的大量翻译，"搅拌乳海"神话也在他们中以书面和口头形式传承。17 世纪以后的一些翻译历史文献中已经比较完整地出现"搅拌乳海"神话。如察哈尔·格布西·罗桑楚鲁德木（1740—1810）的《如意之饰》（Čandamani - yin - čimeg）中记载了 一则完整的变体，且称《腾格里（Tengri，意即天神）之可汗一霍尔母斯塔（Hormosta，相当于"帝释天"）迷惑阿索日（Asori，即"阿修罗"的同名异译）》。其大致内容如下：

　　从前，腾格里和阿索日协议，用须弥山为搅拌器，以长蛇龙王南丁（Nan din）和达克沙克（Dakšaka）为绳索，毕沙库（Bišaku，即"维休奴"或"毗湿奴"之同名异译）紧拽"绳索"的一头，以转动"搅拌器"，开始搅拌大海。第一、二次分别浮出了火焰城堡和水城堡。腾格里大神派太阳神和月亮神分别乘坐火焰城堡和水城堡，去照明四大部洲。大家继续搅拌，浮出一杯毒汁，毒汁对生灵有害，故哈洋阿尔瓦（Hayangriva，即马头明王）佛自己喝掉。接着又搅拌一次，浮出了满满一杯酒，阿索日立即拿走了。再搅拌一次，浮出一杯长生甘露（Rašiyan），又被阿索日抢走了。为此霍尔母斯塔怨恨阿索日，于是他自己化为美女，接近阿索日，以其美貌和智慧与阿索日周旋，终于把长生甘露拿到手，于是众腾格里分饮甘露。腾格里可汗怕阿索日来抢甘

---

① 《中国大百科全书·外国文学》（第 1 卷），中国大百科全书出版社 1982 年版，第 487 页。

露，就派太阳和月亮放哨，并把火光闪烁的刀轮（Mese – yin – hördu）交给手持金刚杵的雅克西斯（yagšis），以防万一。这时一个名为拉呼（Rahu）的阿索日，佯装腾格里，混进众腾格里之中，盗饮甘露，被太阳和月亮发现，太阳发出某种暗示，警告拉呼偷饮甘露，但没出声；而月亮却高声呐喊："拉呼偷饮甘露了！"雅克西斯立即用刀轮把拉呼的头砸成九块。但拉呼已喝了甘露，不死，头的九块化成九个脑袋。从此，拉呼与太阳和月亮结仇，发誓每当月圆时遮挡其光，并每年遮太阳光一次，以施淫威。①

上述书面神话与印度"搅拌乳海"神话之间除了译名不同和少量情节、母题有差异之外，其余部分非常相近。尤其是"盗食"与"长生"母题完整地出现在神话中。《如意之饰》为察哈尔·格布西·罗桑楚鲁德木于1779年译自藏语故事集，上述神话为其中之一。在蒙古文《宝贝之饰》（《Erdeni – yin čimeg》）中也载录了上述神话的一则完整变体。两者不同之处在于后者中化为美女与阿修罗调情并从阿修罗那里获取甘露的是日神；名为朝日布格泰（Corbugtai）的拉呼魔鬼化为月神混进天神之列偷饮甘露，月神发现并告发于瓦其尔巴尼（Wačirbani，梵语 Vajradhara 的音译，即金刚持）。瓦其尔巴尼把拉呼砍成两半。但由于拉呼已饮甘露不死。从此拉呼与日月结仇，他经常吞噬日月，从而发生日食月食。②

《宝贝之饰》成书于17—18世纪，是由一名为彻辰·沙布鲁克（Sečen šabrog）的喇嘛学者译自藏语故事集。除上述之外，还有阿格汪丹丕勒的《Toru yosun – nu šastir – un tailburi》和闹木图·仁沁的《宝贝净水壶》（《Erdeni – yin sain homha》）等译自藏文的蒙文文献，也采录了上述神话变体。据策·达木丁苏荣的考证，在《Nor – buỉ rgy – an dpe chagsum》、《Gsal – baỉ sgron me dpe chagnyi》和《Dpernamdoˋgrelˋgtams – panorbuˋirgyande chagsum》等藏文献中也有上述神话故事。③ 这些信息充分证明在藏族中广为传承着印度"搅拌乳海"神话。

<hr>

① ［蒙古］Д·策仁苏德那木：《蒙古神话》（基利尔蒙古文），国家出版局（乌兰巴托）1989年版，第154页。
② ［蒙古］策·达木丁苏荣：《蒙古古代文学一百篇》（第三册，蒙古文），内蒙古人民出版社1979年版，第1207—1209页。
③ ［蒙古］策·达木丁苏荣、达·呈都：《蒙古文学概要》（上册，蒙古文），内蒙古人民出版社1992年版，第578页。

　　值得说明的是，以《如意之饰》为首的《宝贝之饰》、《Toru yosun - nu šastir - un tailburi》和《宝贝净水壶》等蒙古故事集都与古印度大乘佛教中观派创始人龙树（Nāgārjna）大师所著的《养民甘露点滴》（《Arad - iy tejigehui rašan dosol》）有关。这些故事集解释了《养民甘露点滴》所引用的古印度典故。龙树大师大约生活在 3 世纪，相传是他创作了 90 首箴言诗集。《养民甘露点滴》诗文中大量引用古印度神话、传说和民间故事之典故，以宣传佛教思想，阐释待人处世的道理。《养民甘露点滴》首先被译成藏文，然后从藏文译成蒙古文。它在藏、蒙地区传播后，喇嘛学者们纷纷作《〈养民甘露点滴〉注解》之类的文章，讲解诗中的典故或故事片段。上述日食月食神话为蒙译《养民甘露点滴》第 13 首诗文中的"腾格里之可汗霍尔母斯塔迷惑阿索日"[①] 之句的注解故事。

　　印度"搅拌乳海"神话影响了蒙古神话，并在民间传承的过程中产生了多则变体，而且保留了"盗食"与"长生"母题。在卫拉特蒙古民间传承的变体里说：

　　　　古时候宇宙间漆黑一团，保尔肯·巴格西（Borhon bagši，意即"佛师"）命扎雅其（Jayači，萨满教牲畜保护神）用神奇搅拌器搅拌大海，以取日月，扎雅其按神的旨意用神奇搅拌器搅动大海两下，果真在海面上浮出月亮和太阳。扎雅其觉得好玩，再搅一次，却出现了阿拉海（Arahai，拉呼的同名异译）。阿拉海趁保尔肯·巴格西不在家，偷饮甘露之后逃之夭夭。保尔肯·巴格西立即追杀阿拉海，路上遇见太阳和月亮，他们报告了阿拉海的去向。保尔肯·巴格西追上阿拉海，用金刚杵把他戳成两半。但由于阿拉海已经喝了甘露，上半身不死。它从此与日月结仇，吞食日月，发生日食月食。[②]

　　这是一则受印度"搅拌乳海"神话影响的日食月食起源神话，该神话的一则题为《日食月食的起源》的变体也在卫拉特蒙古民间流传。这些神话变体虽然掺杂了一些后人加工改造的痕迹，但其中仍然存在"盗食"与"长生"神话母题。

　　①　[蒙古] 策·达木丁苏荣：《蒙古古代文学一百篇》（第三册，蒙古文），内蒙古人民出版社 1979 年版，第 1162 页。
　　②　旦布尔加甫、乌兰托娅：《萨丽和萨德格》（蒙古文），民族出版社 1996 年版，第 655 页。

总之，公元二三世纪时在印度已经流传"搅拌乳海"神话及其诸变体，然后随着佛教的传播，在藏、蒙地区流传。而该神话中的"盗食"与"长生"神话母题与神话一起在藏、蒙民族中传承。所以，"搅拌乳海"神话及其"盗食"与"长生"母题在藏、蒙古民族中传承是文化传播的结果。

三

中国汉族古代神话中也有"盗食"与"长生"母题，而且这个神话与汉族古代昆仑神话母题和飞天神话母题是联系在一起的。汉初刘安撰《淮南子》卷九《览冥训》载："羿请不死之药于西王母，嫦娥窃以奔月，怅然有丧，无以续之。"关于"羿请不死之药于西王母，嫦娥窃以奔月"之句，高诱注曰："嫦娥羿妻，羿请不死之药于西王母，未及服之，嫦娥盗食之，得仙奔入月中为月精"；关于"怅然有丧，无以续之"之句，高诱注曰："羿怅然失志，若有所葬亡同，不能复得不死药以续之。"① 所以，该神话的意思是羿的妻嫦娥"盗食"其夫不死之药而"长生"，而原本得到不死之药的羿却衰老而死。

自古以来，汉籍多记载西王母居于昆仑山，而昆仑山是汉族古代神话所描述的不死药产地。《山海经·海内西经》："海内昆仑之虚，在西北，帝之下都。……开明东有巫彭、巫抵、巫阳、巫履、巫凡、巫相、夹窫窳（传说中的食人怪兽名）之尸，皆操不死之药以距之。"②

除此之外，其他汉籍中也对昆仑山及其不死药有所描写。屈原《楚辞·涉江》称："登昆仑兮食玉英，与天地兮同寿，与日月兮齐光。"③ 据屈原的描述，昆仑山上有玉英——玉树之化，吃了它就能够与天地同寿，与日月同存。

宋李昉《太平御览》引《尸子》："赤县洲者，实为昆仑之虚。玉红之草生焉，食其一实而醉卧三百岁而后窹。"④

《吕氏春秋·本味篇》："菜之美者，昆仑之蘋（一种生长在浅水里的水草），寿木之华。"高诱注："寿木，昆仑山上木也。华，实也。食其实者不

① 国学整理社：《诸子集成》（第七册），中华书局 1954 年版，第 98 页。
② 马昌仪：《古本山海经》（下卷），广西师范大学出版社 2007 年版，第 889—893 页。
③ ［战国］屈原等：《楚辞》，诚举等译注，云南大学出版社 2003 年版，第 76 页。
④ ［宋］李昉：《太平御览》（卷三八·地部三），中华书局 1960 年版（第一册），第 182 页。

死，故叫寿木。"①

上述记载都说，昆仑山上有不死之灵物，有寿木、神泉、灵草、神果等，这些不死药，人吃喝饮用便可长生不老或返老还童。昆仑山上有不死灵物，但不是人人都能去取。《山海经》载："昆仑之虚，方八百里，高万仞。上有禾木，长万寻，大五围。面（上）有九井，以玉为槛。面有九门，门有开明兽守之，百神之所在。在八隅之岩，赤水之际，非仁羿莫能上冈之岩。"② 这就是说只有英雄羿才能完成上昆仑山取不死之药这个使命。羿是古代汉族神话中的文化英雄，据《淮南子》卷八《本经训》记载，羿上射烧焦世界的十个太阳，下灭残害人民的窫窳、修蛇、封豨等妖魔鬼怪，为民除害。③ 总之，羿从昆仑山请不死之药并非易事，但是所请灵药被嫦娥"盗食"，并飞向月宫，在那里过着长生不老的生活。

自古至今各家不停地解读嫦娥飞天的故事。笔者认为，"盗食"与"长生"是该神话最原始的母题。除了中国之外，亚洲的其他国家也有流传含有该母题的神话传说。如日本流传一则叫作《八百比丘尼》的长命女性传说，传说称：

若狭国有一位叫做八百比丘尼的女孩，他的父亲在山里结识了一个怪人。父亲和怪人一起到一个非常奇特的地方。怪人给了父亲一样东西，并解释说，这叫作"人鱼"，吃了它就长生不老，父亲回到家里，女儿出来迎接，并乘父亲换衣服之机，偷偷地从衣兜（和服袖子下面的小袋子）里拿出"人鱼"吃了。从此女儿长寿到四百多岁。八百比丘尼就是指她。

该传说分布于日本的北海道、九州以南地区以及日本的其他地区。日本福井县流传的该传说的一则变体称，父亲把"人鱼"藏在抽屉里，但是其女儿还是发现了，而且偷吃了"人鱼"。从此女儿长生不老，嫁给了几个丈夫，但丈夫都比她早死。她在各地流浪，后来到一个山洞里生活，活到了八百多岁。

上述日本传说同样流传于朝鲜，朝鲜平壤永明寺的"子授祈愿塔"的传说称，渔民的父亲从龙宫带来"人鱼"在家里的柜子里藏起来，但是他的女儿偷食"人鱼"，从此女儿长生不老，到了百岁还是年纪轻轻。日本学者松田博公认为，该神话是从朝鲜半岛传播到日本的。④

---

① 陈奇猷：《吕氏春秋校释》（第二册），学林出版社1984年版，第741页，第757页。
② 马昌仪：《古本山海经》（下卷），广西师范大学出版社2007年版，第889页。
③ 国学整理社：《诸子集成》（第七册），中华书局1954年版，第118页。
④ ［日］大林太良：《海の道海の民》，小学馆（东京）1996年版，第130—132页。

很显然，日本和朝鲜故事中仍然保留了"盗食"与"长生"母题，"女儿"偷吃了"父亲"得来的"人鱼"而长生不老，而原本获得"人鱼"的"父亲"却一无所有，他像普通人一样不能逃脱病老死的命运。日本、朝鲜故事中的"父亲"、"女儿"和"人鱼"分别与嫦娥飞天故事的羿、嫦娥和不死之药相当。所以，中国嫦娥飞天神话故事与日本和朝鲜神话故事之间的相通性是显而易见的。当然，日本和朝鲜故事的情节母题显然发生了一些变化，它更能为后世所接受。

结　　论

"盗食"与"长生"母题是在东方很多民族神话中存在的一个古老的母题。该神话母题在古巴比伦、古印度、汉族、藏族、佤族、蒙古族、哈萨克等突厥语族民族、日本、朝鲜等国家的民族神话中存在。而古巴比伦神话和古印度神话以及我国飞天神话中的该母题是最古老的。这些神话母题有的与世界范围内广泛传播的蜕皮型死的起源神话关系密切；有的则与印度著名的"搅拌乳海"神话母题关系密切；有的与中国汉族嫦娥飞天神话有瓜葛。正是由于这些原因，该神话母题分属这三个神话系统：一是古巴比伦死的起源神话系统，二是古印度"搅拌乳海"神话系统，三是汉族嫦娥飞天神话系统。古巴比伦神话"盗食"与"长生"母题与日本和阿尔泰语系蒙古、突厥等民族神话的该母题关系密切；古印度"搅拌乳海"神话中的该母题与藏族、蒙古族等信仰佛教民族神话的该母题之间关系密切，可以说印度神话母题影响了藏族、蒙古族等民族神话母题；嫦娥飞天神话的该母题与日本、朝鲜以及国内一些民族神话同类母题相近，它们之间可能存在传播关系。至于三大系统神话"盗食"与"长生"母题之间的相通性，有的是诸民族之间文化传播的结果，有的可能是平行发生的结果。但这些结论是初步的，还有待于进一步挖掘资料，并在此基础上做深入探讨，做出说服力更强的结论。

（原载《中央民族大学学报》（哲学社会科学版）2011 年第 4 期）

《格斯尔传》中的死亡与复生母题

呼日勒沙

死亡与复生母题在神话、传说和史诗中普遍存在。这一母题在"格斯尔"史诗中不仅成为人物性格形成、情节发展的关键,而且还关系着自然崇拜、图腾崇拜和灵魂观、宗教观诸问题。

一 死亡母题

(一) 杀死生命指示物—杀死化身—杀死离体灵魂

《十方之主格斯尔可汗传》(以下简称《格斯尔传》)里镇伏蟒古斯的过程最能说明问题:十二头蟒古斯的化身是一只魔鹿,格斯尔可汗直射魔鹿前额;蟒古斯的化身是条妖魔变成的大河,格斯尔可汗用神鞭点三下跳过河去;蟒古斯的化身是一棵杈杈丫丫的妖树,格斯尔可汗把树根砍断推倒;蟒古斯的化身是两只蜘蛛,格斯尔用拐把蜘蛛打死;蟒古斯的神姊藏着一坛子蜣螂,那就是蟒古斯的灵魂,格斯尔将蟒古斯灵魂放在一间矮平房里焚毁;蟒古斯的灵魂是一根铜针,藏在三只鹿中间那一只的肚子里的金匣子里,格斯尔一箭射穿了三只,从中间那只鹿的肚子里的金匣子里取出针折断;蟒古斯的灵魂是在他肩上游玩的两条小金鱼,格斯尔把两条金鱼连同蟒古斯的两个肩膀一齐砍掉……格斯尔可汗杀蟒古斯的上述化身与生命指示物,最后才砍掉蟒古斯的十二颗头颅。

从《格斯尔传》里镇伏蟒古斯的许多情节分析,可以看出如下一些问题:蟒古斯的身体上、生命指示物和灵魂,有动物,有植物,还有其他物

体，有的附在蟒古斯的身，有的离开蟒古斯的身体存在于远处。格斯尔可汗
镇伏蟒古斯时一般先铲除远处的化身，然后铲除附体的灵魂，最后才砍掉
头颅。

　　蟒古斯的灵魂和生命指示物不止一个，而且许多灵魂和生命指示物被层
层封闭起来。《格斯尔传》里描述蟒古斯灵魂的处所——"在一个黑色石头
里面有白色石头，白色石头里面有蓝色石头，蓝色石头里面有黄色石头，黄
色石头里面有红色石头。红色石头里面是五彩匣子，匣子放在金银铸成的桶
里。匣子有个头盖骨碗，碗里有水，水里有金鱼，黑蜣螂，鳄蜂，金蜘蛛，
角蛇，白元尾兔，金针和银针。这些都是蟒古斯的生命指示物和灵魂。"
《阿拜格斯尔传》中也有类似的记述。

　　蟒古斯不但有真实灵魂，而且还有虚假灵魂。这些灵魂与其实体分别存
在。《格斯尔传》里，蟒古斯把真魂派到外面，而让虚魂留在身边。《色旺
格斯尔》里蟒古斯的离体灵魂往西去，而实体却往东去。

　　蟒古斯的生命指示物经常被说成"金蜘蛛"、"金蛇"、"金鱼"、"金青
蛙"、"金针"、"银针"、"铜针"，全是由金属构成。把这些生命指示物与灵
魂说成金银铜铁铸成，目的是用这些当时奇缺的、坚实的、神秘的、富有魔
力的东西神化蟒古斯的顽强生命，进而说明灵魂的永生。把这些生命指示物、
灵魂放在"金银桶"、"黑石头"、"白石头"、"青石头"、"黄石头"、"红石
头"匣子里层层封锁，又放在"五彩匣子"里用"五彩缎子"层层包裹，又
用"岩石箭筒"、"黄金箭筒"等层层封闭，说明灵魂的秘不可测。《格斯尔
传》里出现金银器物，说明是属于人类发现使用金属器物时代的文化产物。
因为金永不生锈，被相信有不朽的魔力。"其久存不变，……因此乃用其为王
求取永生。"①《格斯尔传》里以金银铜铁来做生命指示物与灵魂，目的也在
这里。

　　用五种颜色的匣子存放，用五种颜色的缎子包裹，表示色彩齐全，方位
齐全，力量齐全，珍贵高尚。蟒古斯的生命指示物和灵魂有蛇、鱼等水生动
物，有鹿、鹌鹑等山地动物。这些动物同狩猎生活时期的图腾、偶像崇拜有
关。这些生命指示物的处所大都在"银孙布尔山"、"上特伯罕山"，南北东
西都是山，这与古代的山地生活相关。

　　《格斯尔传》里灵魂观起源于野蛮时期的狩猎文化和萨满教的灵魂观
念。萨满教的灵魂观认为：人有永生的灵魂，人活着时同人并存，死后灵魂

---

① ［英］史密斯：《文化起源论》，周进楷译，商务印书馆 1950 年版。

不死；人有心理的或临时的灵魂，这个灵魂不完全离开人体，萦绕在人体周围，灵魂离开躯体轮回转生。萨满教还认为，人有生命之主宰——生命圣物，若杀死生命圣物，人就会死亡；人死后灵魂都是永生的。

（二）砍掉蟒古斯的多头颅—杀死多灵魂—削弱巨大威力

《格斯尔传》中的蟒古斯有多个头颅。《格斯尔传》里记述："他是个有十五个头颅、不畏惧任何东西的巨妖"；"能七十二变，有十七颗头颅的蟒古斯之汗"，"有十二颗头颅的蟒古斯"，"有十五颗头颅的妖魔之汗"，等等。《格斯尔传》的另外几个版本里的蟒古斯也是多头颅的。

格斯尔杀死蟒古斯的生命指示物之后，必须全部砍掉他的诸多头颅，剩下一颗也会遗患无穷。《格斯尔传》里格斯尔砍掉十二头蟒古斯的十一颗头颅的时候，蟒古斯用谎言欺骗格斯尔，将自己的身躯变成铸铁，刀枪不入，立于不败之地。因此，杀死蟒古斯时必须使他的头颅全部落地。

砍掉蟒古斯头颅的原因，同认为他的灵魂在他的头颅里这一观念有关。蟒古斯的生命指示物和灵魂，与他的头颅有着直接联系。每杀死蟒古斯的一个生命指示物，他都感到头疼。当砍倒蟒古斯的九棵红树、焚烧他的城池时，他在外感到头疼而归。

野蛮人认为，人的灵魂在人的某一个器官里面。蟒古斯的生命指示物和灵魂一般被说成在他的头颅里。《布里亚特格斯尔》里有这样一段文字："射穿察尔嘎拉诺颜的头颅，发现他的生命指示物在他的脑子里面。"《格斯尔传》里有这样一个情节，格斯尔战胜三可汗后，砍剁他的全身都不死，原来生命在他的眼中。从蟒古斯的耳鼻等器官中窜出蛇、爬出蜘蛛、飞出苍蝇蚊子的例子也有很多。由于认为灵魂在头颅里或与头颅有关的器官里，因此杀死蟒古斯时都把他的头或与头有关的部位作为要害处。

蟒古斯的头颅不但同他的生命指示物和灵魂有关，而且同他的力量也有关。仿佛头颅越多，与头颅相关的器官越多，他的力量也就越大。

（三）镇伏蟒古斯的尸体——焚烧尸体

杀死蟒古斯的生命指示物，砍掉他的头颈之后，还要镇伏尸体，以火焚烧。《格斯尔可汗传》里描述镇伏蟒古斯的情景：格斯尔"抽出九丈黑铁扦劈蟒古斯，劈了二三下而不入，又举起六十丈铸铁大斧，将蟒古斯的头颅砍伤数处而不死。于是搬来一座山峰镇压，蟒古斯将山峰扛了起来，接着又用三座山峰镇压，仍然压不住。最后格斯尔把五座山峰叠起来，上面写上六字真言，这样才把蟒古斯镇压住"。用山峰镇压的目的，是不让寄托灵魂的躯体复活。这实际上是人的灵魂不死观念的具体体现。

认为人的灵魂存在于人的躯体中而形成了焚烧蟒古斯的母题。烧掉生命指示物以削弱蟒古斯灵魂的生命力。《格斯尔可汗传》里格斯尔可汗在蟒古斯的魔窟里放火，每烧掉一个生命指示物，蟒古斯的力量就减退一步，相应地灵魂的生命力也减弱一步。《色旺格斯尔》里格斯尔把蟒古斯的生命指示物铸铁锅、青草等烧掉，又把作为蟒古斯的生命指示物的黑叶、黄叶扔进火堆。《布里亚特〈阿拜格斯尔〉》里烧掉巨魔后，把骨头装入九十九个大口袋里，再用风碾成粉末后扬掉。杀死蟒古斯时烧掉生命指示物、灵魂和尸体的现象，在蒙古族英雄史诗里也普遍存在。起源于印度、西藏的蒙古族故事《喜地呼尔》里也有焚烧蟒古斯尸体的情节。

死亡，在人的生活与生命过程中具有最大的破坏性，所以人类从思维和生理方面对此历来有各种各样的解释。认为人有生命指示物和永生的灵魂这一观念，不仅在民间文学中流传，而且在殡葬习俗中也有遗存。蒙古族当中有用火驱逐妖魔的习俗。人死后用火净化住宅，送殡人从燃烧着的两堆火中间通过。这是怕阴魂不散，死而复生。杀死蟒古斯或仇敌时，烧掉生命指示物、灵魂和尸体，同这一习俗有联系。据考古学家和人类学家的发现，旧时器时代的葬礼中已经有了关于灵魂的观念。著名史诗《伊里亚特》里，杀死敌人后折断死尸的脊梁骨、割下拇指，希腊人割下死尸的手脚，这些都是怕死尸复活后举刀再战。在英国，把自杀的人的尸体用一根尖利的木棍钉在墓穴底下，认为这样灵魂就不能从坟墓里出来。原始民族和部落的人认为，人死后灵魂融化在尸体里，因而在殡葬中非常重视尸体的完整。古埃及人在灵魂的寄托物——尸体上涂上香料，以防腐烂。柏吕威人认为，灵魂存在于尸体里。上述各种崇拜躯体的举动，实际上是死而复生观念的具体体现。古代蒙古族也信仰死者的尸体。蒙古族英雄史诗中把战死的勇士的尸体先埋葬在一地，而后从坟墓里将骨头取出来进行起死回生。这是古代蒙古族保护尸体之习俗形成的原因。《格斯尔传》里镇压蟒古斯的尸体，这与旧石器时代的筑墓、掘墓、装棺、掩埋等殡葬习俗有关，都是发源于人的灵魂停驻于人体这一观念。

从人类的殡葬习俗看，铜器时代形成的火葬，代替了原来的土葬。这是因为人们对灵魂的观念发生了变化，从认为灵魂停驻于尸体，转变为人死后灵魂离体而去，到专门的停驻地——天堂或地狱。火化就是要让灵魂升入天堂或地狱。在这一点上，印度和希腊的宗教信仰是最好的例证。特别是印度的婆罗门教,在它的产生时期就出现了转世轮回的说教。这一说教产生后,人们开始轻视躯体。格斯尔将他的叔父楚通"用大火焚烧,让灵魂升天",这就是轻躯体而重灵魂的表现。

宗教信仰和神话故事的产生,几乎都同"死"有关。整个神话故事和史诗都否认"死",认为人不能死,死仅仅是肉体活动的终止,而灵魂是永生的。在原始人的思维里,死不是不可避免的,死只是特殊的、偶然的、魔法所致的现象。《格斯尔传》里蟒古斯的死亡母题也是这样,是魔法使然。《格斯尔传》里人物的生命没有时间和空间的制约,他们在坚信"人不会死"的时代里,通过杀死仇敌蟒古斯来努力使自己起死回生。

二　复生母题

(一) 用灵魂复生——收回灵魂、输入灵魂、灵魂变形、使灵魂变形、轮回转世

《格斯尔传》里由于认为人的灵魂不死,因而有收回灵魂、输入灵魂、灵魂变形、使灵魂变形和轮回转世的情节记述。人死后把灵魂附到某一个动物身上。《格斯尔可汗传》里哲萨死后将他的灵魂附到一只鹰身上;《色旺格斯尔》里有把死者离去的灵魂收回,附到两只鸟身上的情节。由于死者的灵魂被附到鸟兽身上,因而复生后就变成了鸟兽。"伊赫达尤、巴嘎达尤等六人的灵魂变成了六条狼"①。类似变形的例子,在《格斯尔传》里不胜枚举。

《格斯尔传》里的灵魂复生,同古代蒙古萨满教的灵魂观有联系。蒙古萨满教认为,人死后灵魂不死,或萦绕尸体,或离尸附到别的物体上,或轮回转世重新出生。从灵魂不死、灵魂离体观念,形成了为病人或濒临死亡的人"叫魂"、"招魂"及人死后举行"引魂"仪式等习俗。

古代人类对灵魂认识的演进过程是:起初认为灵魂停驻在坟墓的木碑、石碑上面,后来认为坟墓上的动植物都是灵魂的化身,进而产生出人的灵魂从原尸体转移到另一个物体上的观念,从灵魂转移观念形成灵魂变形、变形复活的观念。萨穆叶特以及北西伯利亚的民族,相信死者的灵魂停驻在棺材里。西伯利亚的雅库特、通古斯人和阿尔泰的塔塔尔、吉尔吉斯、鄂伦春、

---

① 《乌素图召格斯尔》抄本。

都鲁干等民族,把死者安葬在树上,认为人的灵魂停驻在树上。起源于印度的蒙古故事《喜地呼尔》里有关于招魂、灵魂变形的记述。故事里讲到,给一只鸡的模型招魂后,鸡立刻复活了。

从灵魂变形观念产生轮回转生观念。《故事的海洋》里有关于鸟转生成人、狗转生成人、人转生成上帝等故事。随着宗教的发展,关于灵魂的观念更加具体化了。人死后转生之前或者超升极乐世界,或者坠入地狱苦海,产生了灵魂停驻的专门去处。灵魂只有通过阴间,才能转生。《格斯尔传》里说灵魂的停驻地是天堂和地狱。灵魂不死、灵魂转生观念影响了《格斯尔传》里的复生母题。

(二) 以尸骨复生—集全骨头—骨头里停驻灵魂

关于借尸骨复生,《格斯尔传》里有多处记述。《格斯尔可汗传》里格斯尔的三十勇士、三百先锋战死后,格斯尔敕令找回尸骨,而后使他们一一复生了。《乌素图召本格斯尔》里有一个情节,抓住茹格穆的灵魂———一只黄头盖鹊鸽,然后把支离破碎的尸骨集聚起来使她起死回生。起死回生,骨是必备条件。有骨才能复,骨头完整,复活后也才能完整。《乌素图召本格斯尔》里,格斯尔食完牛犊肉后,把骨头装进口袋,扯着牛尾巴抖了三下,便变出一个活牛犊跑了。格斯尔按着原来的办法,又杀了一个牛犊,这回荣萨将一节尾骨揣到怀里。食完肉格斯尔把骨头包在皮里,按着原来的办法抖了三下,立刻变出一个秃尾巴牛犊。由于认为骨头完整才能复生,所以杀死蟒古斯后"折断他的脊梁骨……砸碎他的胫骨","拆散他的盆骨抛撒到野外"[1],"把所有的骨头剁碎,抛到四方"[2],"把坚硬的骨头放在太阳下晾晒,直到连狐狸都嗅不到气味为止"[3]。

尸骨复生的母题起源于灵魂停驻于尸体、皮肉腐烂后灵魂进入骨头里这一观念。因此蒙古族当中有敬仰骨头的习俗。《格斯尔可汗传》里把骨头称为"后代的徽记"。古代蒙古族有的把著名萨满的尸体晒干后供放在家里。这种习俗在蒙古达尔息特地区一直保留到近代。中亚和北亚的萨满教徒,视骨头为生命的本源。西伯利亚的萨满认为,在秘传仪式中,能使因灾难神秘死亡的人借助于骨骼还原而回生。西伯利亚和北欧有存贮普通动物骨的习

---

① 《英雄史诗集》,内蒙古人民出版社,1980 年蒙文版。
② 《三十二个木头人的故事》,内蒙古人民出版社,1985 年蒙文版。
③ 《宝玛额尔德尼》,内蒙古人民出版社,1959 年蒙文版。

俗。野蛮时代的人以为死者有精灵，于是将死者的遗体或一个指甲或一个牙齿保存起来，这是为了接近祖先的精灵。加勒伊伯人将死者的骨头包起来，对骨头诉说、祈祷。希腊人将死者的肩胛骨保存起来，相信这样就会接近死者的精灵。所有这些都同灵魂停驻在骨头里，骨骼完整能复生等观念有联系。《格斯尔传》里借助骨头复生的母题也是这样。

（三） 用圣水复生—圣水—圣水食—永生的黑水

将死者的骨头聚全之后点圣水起死回生，在《格斯尔传》里有多处记述。《格斯尔可汗传》里，"十方之主格斯尔可汗起身九拜释迦牟尼，又向玉帝行过九拜之后，在三十勇士的尸骨上点上圣水，立刻健全了骨骼、长出了皮肉；再点，灵魂附体、盘腿坐起来；饮过圣水，游离的灵魂一一回归"。《乌素图召本格斯尔》里的记述也与上述基本相同。《格斯尔传》里的三十勇士，都以圣水使之复活。《格斯尔可汗传》里多次出现"圣水食"之说："十方之主格斯尔可汗圣谕，如今我们吃过了圣水食，乘骑的身体得到了休息，现在我们该出征了。"《布里亚特格斯尔》里提到"永生的黑水"，此水"能使死去的东西重新站起来"，喝了此水的孩子"将会永生"。死去的呼林阿拉台用白银勺喝了永生的黑水复活了。用永生的黑水复生时，"将那水从脚点到头，再从头点到脚，往复三次，即恢复生命"。复活后"用九泉之水洗礼，用森林中的侧柏净化"。用圣水起死回生，在蒙古族史诗中也比较常见。

古代蒙古族起初用"九泉之水"净化、复生，后来受到印度、西藏文化影响，改称为梵文中的圣水——救命水。从人类的巫术习俗的记载看，魔法、巫术仪式中一般把水、云、蒸气、雷电用于施法。巫术同水有直接或间接联系，同喷水、洒水、用水洗、用水浸泡等举动相关。这些仪式大多在河边、池畔、湿地举行。蒙古族大多居住在干旱地区，环境少水，因此水与他们的生活、生命紧密相连，甚至被视为救命物。蒙古族古代萨满教把水神化，用于巫术。圣水是活佛赐福的水或饮食。称释迦牟尼赐福，是佛教传入蒙古之后的说法。蒙古族英雄史诗里有许多用圣水食、圣水酒使死者起死回生的故事。《格斯尔传》里用圣水起死回生的母题，同蒙古族的史诗、故事一样，是与蒙古族传统习俗相联系的。

（四） 用药复生—洪根大夫的药—白药—不死药

《格斯尔传》里常常出现用药使死者复生的情节。《格斯尔可汗传》里写道：大量调制格斯尔从上天取回的能使死人复生的洪根大夫的药。此药"比羽毛轻、比箭镞快"。制成后祈祷格斯尔的各方神灵和上天，而后收回离去的灵魂，点燃香火，在死者尸体上敷上药，使死者复活。从起死回生过程来看：Ⅰ调制妙药，Ⅱ焚香祈祷格斯尔的神灵和上天，Ⅲ祷告、叩拜、敷药复生，Ⅳ口服洪根大夫的药，使复生后的躯体恢复得与原来一样。这个过程恰是巫术施法的仪式程序。

蒙古族史诗里用灵丹妙药起死回生也比较普遍。史诗《阿拉坦孙布尔夫》里，阿拉坦孙布尔夫复生时，仙女将白色药物洒到他的身体上。史诗《阿纳莫尔根》中，勇士死后，他的妹妹把"白色粉面"敷到尸体的拇指和头上使之复活。史诗《仁沁梅尔根》里出现"速效白药"，阿苏嘎拉台老人把白药放入生奶里灌入弟弟的口中，使他的弟弟复生。起源于印度、西藏的蒙古族故事《喜地呼尔》里也有用药起死回生的情节。

汉族古代神话里有不死的母题，也出现过"不死药"。《山海经》里载"昆仑山"上有不死木、西王母有不死药、月亮有不死药、嫦娥故事里有不死药、吴刚故事中有不死桂树。"不死药"是指能使人死而复生的药物，蒙古族、藏族、汉族以及印度都有起死回生药的传说，这是由于各民族民间文学相互影响和经过同一文化发展阶段的结果。回生药之说影响着《格斯尔传》里的复生母题。

（原载《民族文学研究》1989 年第 3 期）

裕固族民间故事母题初探

李建宗

　　裕固族作为中国人口较少的民族之一，居住分散，东部裕固族主要聚居于甘肃省的肃南裕固族自治县，西部裕固族主要居住在甘肃酒泉市的黄泥堡乡。东部裕固族使用阿尔泰语系蒙古语，西部裕固族使用阿尔泰语系突厥语，有一部分裕固族用汉语。裕固族背负着沉重的历史，有着复杂的族源关系，这些历史和经历都反映在裕固族民间故事之中。本文主要以东部裕固族民间故事为研究对象。

　　在民族历史的长河中，裕固族经历了一段漫长的"无字"时期。以口头传承为主要特色的民间故事，积淀着丰富的民族文化内涵。重新发掘、搜集和整理裕固族民间故事，研究其中的母题，把其置于世界民间故事研究的视野之中，在整个裕固族研究中具有重要的意义。

　　"母题"（motif）是一个音译词，最早为音乐术语。在 20 世纪中期，美国著名民间故事研究专家斯蒂·汤普森（S. Thompson）在《世界民间故事分类学》中把所有的民间故事分为类型和母题，并且指出："母题是一个故事中最小的，能够持续在传统中的成分。"他还认为："绝大多数母题分为三类。其一是一个故事中的角色——众神，或非凡的动物，或巫婆、妖魔、神仙之类的生灵，要么是传统的人物角色，如像受人怜爱的最年幼的孩子，或残忍的后母。第二类母题涉及情节的某些背景——魔术器物，不寻常的习俗，奇特的信仰，如此等等。第三类母题是那些单一的事件——它们囊括了绝大多数母题。正是因为这一类母题可以独立存在，因此也可以用于真正的故事类型。显然，为数最多的传统故事类型是由这些单一的母题构成的。"①
后来芬兰民俗学者阿尔奈（A. Aarne）创建了民间故事分类体系，汤普森在
此基础上确立了阿尔奈—汤普森分类体系，简称 AT 分类法。从此之后，母
题便成为民间文学研究中的一个通用范畴。母题作为"文学的叙述代码"，
在研究民间故事的过程中，"如能将它们与某种原型和母题结合起来，就能
更加深刻地认识到作品的意义，发现其中积淀的某种特定的历史内容、人类
经验和文化心理。②"

一 英雄故事：神圣人生历程的"书写"

因为在生产力尚不发达的社会，人类在自然面前无能为力，只能把一
切希望寄托在万能的英雄身上。裕固族是一个剽悍善战的民族，长期以来
流转迁徙的生活以及沉痛的民族历史，使其形成了强烈的民族英雄崇拜。
再加上部落之间的频繁战争以及与其他民族的冲突，他们越发渴望在本民
族内部诞生顶天立地的英雄。同时，由于自然条件的严酷和生存环境的艰
难，裕固族人更需要能够在灾难中拯救人类的英雄。因此，在裕固族中流
传着许多关于英雄的民间故事。长期以来英雄情结作为一种人类的集体无
意识行为，使人们不断生发出关于英雄的神话，经过精心美化和大力渲
染，为英雄戴上神圣的"光环"。从奇异的出生到曲折不凡的经历，都烘
托出英雄的神性。在裕固族英雄故事中蕴含着奇生异貌、降服魔鬼、暴力
复仇和救美完婚等母题。

（一）奇生异貌母题

英雄奇特的出生和怪异的相貌是区别于凡人的明显标志，使其具有一
种超人的特性。这一母题包含在中国汉族和各少数民族的民间故事中，像
汉族中流传的包公故事，柯尔克孜族的《玛纳斯》讲述玛纳斯在密林深
处出生时一手握着油、一手握着血块。在裕固族口头流传的几个格萨尔故
事的不同"文本"中，都出现了格萨尔奇特出生的母题，有的是青蛙，
有的是巨人。

---

① ［美］斯蒂·汤普森：《世界民间故事分类学》，郑海等译，上海文艺出版社 1991 年版，第
499 页。

② 杨经建：《论明清文学的叙事母题》，《浙江学刊》2006 年第 5 期。

"世界所有的民族经过同样的历史阶段,从原始社会到现在的社会演变,从简单的社会到发达的社会,原始人的思维全世界是统一的或类似的,所以同类的神话母题是同类的心理产物。"①人类想象中的英雄是神与人的"复合体",神人交感的母题经常出现在世界各民族的民间故事之中。太阳和月亮是裕固族人所敬仰的最高神灵,《格萨尔的故事》中格萨尔的母亲梦见太阳和月亮飞入自己的肚子里,自己便怀孕了。佛教是裕固族人信仰的主要宗教,佛祖和观音也是裕固族信仰的主要神灵。《斩龙记》中观世音菩萨投胎转生为王太子,充满着神秘的色彩和怪诞的气氛。

(二) 降伏魔鬼母题

人类在欠发达社会面对频繁的自然灾害,总是显得束手无策,于是通过自发的想象把其嫁接于神魔,魔鬼通常被认为是灾难的起源。出自一种减轻灾难程度和缩短灾难周期的本能想法,魔鬼的相对应物——英雄便产生了。在"二元对立"认识论的影响下,英雄身上体现出的神性和正义及其英雄身份的确立,正是通过与魔鬼的斗争来实现的。

在斗争过程中,法器是英雄战胜魔鬼的主要凭借,使英雄最终降伏了魔鬼。《莫拉》中的英雄莫拉去降伏雪妖时,别人送他宝马、避水宝衣、神箭和羊鞭等法宝,这些法宝使其一路克服魔鬼所设置的种种关卡,顺利地到达目的地。"这一切使莫拉成为英雄,也使裕固族先民得到了最大的精神安慰。"②《斩龙记》中王太子用宝剑斩断蛇身,为国为民除害。在斩除妖魔的过程中,宝剑是他的唯一法器。"神助"是英雄降魔过程中的一个重要环节,在双方势均力敌时,经常会出现神灵相助。《杨安续录的故事》中在杨安续录和阿卡桥东的斗法过程中,就多次得到赞塔勒天神的点拨和相助。《莫拉》中太阳神借给莫拉一个宝葫芦,莫拉用其烧死了雪妖。

(三) 暴力复仇母题

如果说英雄降魔强调的是过程的话,英雄复仇则更为注重的是结果。在某种意义上,自然灾害是人类最大的敌人,饱受磨难的人们对其疾恶如仇,百般痛恨。因此人类想象中的英雄复仇,释放了人们内心的一种仇恨,使其达到一种心理的快感。裕固族人生活在祁连山区,常年过着游牧生活,在严

---

① [俄] B. 李福清:《神话与鬼话》,社会科学文献出版社 2001 年版,第 23 页。
② 武文:《裕固族文学研究》,甘肃人民出版社 1998 年版。

寒的冬天，一旦大雪封草原，便有大量的牲畜冻死，人们深受其害，于是便有了牧民们的集体想象——雪妖的故事。《莫拉》中的英雄莫拉杀死雪妖，为草原上的裕固族人进行了复仇，消除了自然灾害，受到裕固族人的爱戴和崇敬。

　　长期以来在中国民间形成了一套伦理体系，正义和邪恶的二元对立成了人们认识世界的一种基本方法。在一个正义和邪恶相互交织的世界中生活的人们，正义战胜邪恶是人们发自内心的一种本能，这种本能以一种集体无意识的形式反映在民间故事之中。在中国传统民间伦理中，人生最大的耻辱莫过于妻子被别人占有，所以在民间故事中存在一个抢夺英雄妻子的母题。《杨安续录的传说》中杨安续录的妻子白公主被仇人阿卡桥东霸占多年，最后杨安续录杀死阿卡桥东，夫妻终于团圆，实现了复仇。《格萨尔的故事》中三姑娘寻夫过程中遇到魔鬼，偶然找到丈夫格萨尔以后，在妻子的协助下格萨尔杀死了魔鬼。《火种》讲述了一个做丈夫的无名英雄复仇的故事，三头妖吸了妻子的血，最后复仇的丈夫射杀了三头妖。

（四）救美完婚母题

　　英雄在人们心目中的地位是至高无上的，在民间故事中的美女经常是英雄的陪衬和点缀，美女的出现使英雄身上显示出更多的"亮色"。"才子佳人"是中国通俗小说的一个重要模式，事实上它是民间故事中救美完婚母题的延续。在裕固族民间故事中经常出现这样一个情节，英雄/王子救美，其后男女双方完婚。《苏克尔和齐纪》中姑娘齐纪去遥远的地方看赛马会，结果遭人抢劫，被压在石头下面，体魄健壮、英俊潇洒的猎人苏克尔营救了美丽善良的姑娘齐纪之后，结为夫妻。《玛哈木王子狩猎记》讲述了一个叫卓玛的姑娘被草原上专靠偷盗过日子的豺狼扎实骗进了山洞里，准备谋财害命，恰好玛哈木王子跟踪受伤的老虎到洞口，吩咐随从把卓玛救出，最后，玛哈木王子和卓玛结成百年之好。

　　民间流传的英雄故事存在着一个程式，从最初才貌兼备的女子受难，引出英雄救美，最后双方完婚。这种婚姻形式既反映了对人类童年时期外婚制的一种历史记忆，又表现了对自由婚配的一种内心向往。

二　幻化故事：超凡民族想象力的映现

　　幻变在某种意义上是一种巫术行为，当原始人类无法解释自然现象时，就出现了巫术这种沟通自然和人类的仪式活动。巫术试图解释和解决当时人类还无法企及的问题，这注定只能是一种人类的幻象。巫术这种仪式活动神奇变幻的性质尽管不可能解决现实的问题，却可以提供解释现象的答案，这使巫术在整个社会的存在和传承具有了一种可能性。于是巫术成了人类社会的一种传统，正如马林诺夫斯基所说："科学生于经验，巫术成于传统。"①

（一）动物幻化母题

在"泛灵信仰"和"泛生信仰"深入人心的年代，人们对频繁出没于自己周围的动物，觉得神秘叵测，并产生种种想象，于是离奇善变的"童话式"动物故事便产生了。裕固族民间故事中包含着许多动物故事，在这些故事当中会经常出现一些幻变情节，包括动物之间的幻变、动物与人的之间的幻变、动物相助等次级母题。

1. 动物之间的幻变。基于对动物的集体经验，裕固族人用"相似律"、"矛盾律"和"接触律"来联系动物的幻变。在《猴媳妇的故事》中有猴媳妇送给丈夫的坐骑猫变老虎这一情节，不言而喻，运用了"相似律"，因为猫和老虎在体型上有许多相似之处。而且在同一"文本"中还有猴媳妇的丈夫和父亲之间进行"斗法"的情节，丈夫变麻雀飞走，父亲变成了鹞子去追。在人们的日常生活中，总是会发现麻雀的天敌是鹞子，符合"矛盾律"。《阿克萨哈勒》中的八条腿乃热勒合马变成黄牛，很显然马和牛是裕固族人经常在一起放养的家畜，与"接触律"相联系。

2. 动物相助。在人类信仰历程中普遍存在原始图腾崇拜，他们把一些动物看作自己种族的来源，便有了人们信仰的神兽、神鸟和神虫等。这些动物图腾是人类想象中的保护神，每逢灾难降临时，人们对其寄予很高的期望。在民间故事中存在的动物相助母题，正是这种图腾崇拜的反映。

在裕固族民间故事中，存在一个关键时刻会出现动物救助的情节单元。《萨尔木拉》中一对狠心的老年夫妇把自己的孩子从山崖上扔下去，结果老山鹰却把他喂养成人，为当地人做了许多好事。《古吉玛》中美丽贤惠的姑娘古吉玛被婆婆虐待得奄奄一息时，叫百灵鸟给自己的丈夫贡达报信，丈夫回来后惩罚了婆婆。《自食其果的妖魔》讲述了在树上的亚鹅吉和马尔建在被三头妖把树快要啃倒时，狼给老树拉尿，狐狸给树拉屎，使树干变粗，两

---

① ［英］马林诺夫斯基：《巫术科学宗教与神话》，李安宅等译，中国民间文艺出版社 1986 年版。

姊妹最终得救。《阿克萨哈勒》中蟒古斯考格西要吃爬上赞旦树的小儿子时，喜鹊、乌鸦、狐狸、秃鹫先后骗走了蟒古斯砍树的工具。

（二）离魂寄魂母题

人类面对突如其来的死亡，在悲痛欲绝的同时还对其寄予荒诞离奇的想象。民间故事是民族想象的载体，在民间故事中存在着一个死亡的母题。随着灵魂观念的深入人心，人们开始以一种坦然乐观的心态来对待死亡，把死亡看作不同生命形态之间的过渡，离魂和寄魂成了对死亡的一种解释。

1. 灵魂复归。灵魂复归即复活。裕固族是一个富有想象力的民族，每当人们看到民族的英雄、自己的亲人等死亡时，痛苦、愤恨、羞愧各种情感交织在一起，只能把一切希望寄托在复活上面。在《贡尔建和央格萨》中哥哥央格萨被妻子害死后，喜鹊和乌鸦给央格萨用翅膀在夏天扇风，在冬天保暖，最后央格萨复活。《珍珠鹿》中的妻子玛尔建在丈夫萨卡失踪以后，把死去的孩子放到海子边，在珍珠鹿的救护下，孩子居然复活了。

2. 灵魂转化。裕固族是一个信仰佛教的民族，深受佛教生死轮回思想的影响。裕固族民间故事中的灵魂转化的故事情节，是裕固族人的思想感情和善恶观念的表现。《白天鹅与天鹅琴》中白天鹅被毒鸟吃掉，它的骨架变成天鹅琴，肠子变成琴弦，白天鹅的灵魂也变成了美丽的姑娘。《格格首纹》中尧乎尔姑娘被野狼吃掉以后，变成了一只叫格格首纹的鸟。《贡尔建和央格萨》中哥哥央格萨被妻子害死后，贡尔建的嫂嫂变狗。裕固族人用自己的伦理体系和善恶观念来审视日常生活，在灵魂转换的过程中显示了因果报应的思想。

三　婚恋故事：怪异婚姻爱情的讲述

在世界各民族的婚恋故事中，有相当一部分讲述的是奇特怪异的婚姻爱情。这些故事一方面体现了人类天真烂漫的想象，另一方面反映了远古社会的民俗形式。从人类学的角度看，这些故事不仅用神奇和浪漫构建了一个想象的空间，还阐释了人类原始的自然崇拜和生殖崇拜。

（一）神奇婚恋母题

在北方少数民族婚姻史上，掠夺婚、买卖婚、收继婚等婚姻形式曾一度占正统地位。对许多青年男女来说，自由的爱情和婚姻只是一个奢望而已。

实质上，人们通过对种种奇特婚恋的想象，来表现对自由恋爱的向往和与现实社会的抗争。在裕固族神奇婚恋故事母的题中，包括人妖之间的恋爱婚姻和人与动物之间的恋爱婚姻。

1. 人妖之间的婚恋。在中国婚恋故事中，人神恋、人鬼恋等奇特的婚恋母题的故事比较多。在《封神演义》、《聊斋志异》等明清小说中大量运用了人神恋、人鬼恋等母题。在裕固族民间故事中，出现了人妖之间的婚恋母题。这种人妖之间的婚恋与中国汉族和其他少数民族中流行的故事有一定的区别，人妖之间并没有缠绵的爱情和美满的婚姻，只是由于丈夫暂时的离去，妻子被妖魔占有，给妖魔充当生儿育女的工具。《格萨尔的故事》中三姑娘寻夫时遇见了魔鬼，被魔鬼霸占，并且为魔鬼生了一个儿子。在《杨安续录的传说》中也有这样一个故事情节，新婚不久的杨安续录暂时离开自己的妻子白公主，阿卡乔东趁机抢走了白公主，白公主也为阿卡乔东生了一个孩子。

2. 人与动物之间的婚恋。在人与动物之间的婚恋母题中，凸显人类想象力的同时，从中也可以发现一些可贵的人类学资料。无论是南方少数民族中流行的盘瓠传说，还是北方少数民族的狼故事，都反映了人们的动物崇拜。

"青蛙丈夫"型。在中国的民间故事中，有一类青蛙与美女婚恋的故事。"神奇婚姻母题作为故事的核心，寄寓了我国民众的审美思想。青蛙外表丑陋，但他勇敢、勤劳、善良、孝顺，并且具有超人的胆识和力量，这些特点不自觉地转移了民众的审美视线，使民众注重'青蛙丈夫'美好的品格。"① 美籍华裔学者丁乃通的《中国民间故事类型索引》将中国该类型故事取名为"神蛙丈夫"。②裕固族民间故事《格萨尔的故事》中讲述了"青蛙丈夫"格萨尔和黑头人的三姑娘的婚恋。无独有偶，在裕固族中流传的《猴媳妇的故事》和前一个故事的情节大致相同，只是倒置了性别角色，具有很强的"互文性"。前者中的三姑娘烧掉蛙皮以后，发生了惊险曲折的寻夫经历（遇到魔鬼）；后者中三儿子烧掉猴皮后，遭遇了四处觅妻的艰辛和坎坷（被怪物抓获）。

"天鹅仙女"型。如果"青蛙丈夫"型故事反映了蛙崇拜，那么"天鹅

---

① 林继富：《青蛙美女的婚恋——"神蛙丈夫"故事论析》，《湖北民族学院学报》（哲学社会科学版）2001 年第 3 期。

② ［美］丁乃通：《中国民间故事类型索引》，中国民间文艺出版社 1986 年版。

仙女"型则显示了鸟信仰。正如陈建宪教授所说:"鸟崇拜、人鸟合体的神、人与鸟的互相转化、妇女在沐浴时吃鸟卵以致怀孕,这些原始文化因素的长期发展与融合,自然而然地产生出'天鹅(鸟)仙女'的母题。"① 裕固族民间故事《白天鹅与天鹅琴》中一个在草原上放牧的穷小伙子身边总是有一只白天鹅伴随着他,后来天鹅变成美女后,与小伙子一起走遍尧乎尔故乡。《蜜蜂姑娘》是"天鹅仙女"所属的一个亚型,一只蜜蜂变成一个如天仙一般的美丽姑娘之后,嫁给了一个裕固族小伙子。

在裕固族人与动物之间奇特的婚恋故事中,"青蛙丈夫"型故事中的男性主人公尽管在当初长相怪异,但是内心善良、勇敢机智,最终伴随他的是贤惠漂亮的女性;"天鹅仙女"型故事里的美貌女子也得到了英俊的丈夫。在奇特的婚恋母题的背后隐匿的是中国传统的"郎才女貌"的集体无意识,同时还显示了一种男性/女性中心主义的性别意识。

(二) 难题考验母题

难题考验母题在中国民间故事中普遍存在,通常是在双方婚配问题中,女方的家长总是设置一些奇异的难题,最后却被男方一一解决。首先,他们提出一些怪题进行故意刁难,企图阻挠这桩婚姻。其次,通过这样的做法可以如愿以偿的得到有才华的女婿。

弓箭是中国古代战争中的主要武器,历史上的裕固族作为一个游牧民族,战事频繁,而且狩猎也是裕固族人的日常活动,所以射箭本领的高低是评价一个男子能力的重要标准。《阿木兰汗》中的铁木尔汗故意设难题,要求阿木兰汗王子在七个着装相同、面部遮纱的姑娘的袍摆上射箭,如果能够射准七姑娘,将答应婚配。《骑神马的巴特尔》中的部落人头目苏勒都斯连三年通过赛马射箭的方式为女儿选婿。《猴媳妇的故事》中的射箭定亲,在《神箭手射雁》中国王为自己选了一个武艺高强的英雄做驸马,也是用射雁的方式。

裕固族民间故事中的求婚程序中除了射箭考验以外,还用其他的难题进行考验。《聪明机智的"尧乎尔格斯"》中的汗王在部落中为已婚女子招亲,提出在一夜之中用生羊皮做衣和海螺穿线的难题,最后难题被穿着朴素的尧乎尔部落巧妙破解,汗王的公主最后嫁给了尧乎尔部落王子。在《阿木兰汗》中,铁木尔汗提出自己拿出一个"金尧达",要求阿木兰汗王子拿出一

---

① 陈建宪:《论中国天鹅仙女故事的类型》,《民间文学论坛》1994 年第 2 期。

个"银尧达"作为婚娶的定信之物，企图刁难对方，最后这些问题都迎刃而解，两个部落首领的和亲使裕固族人停止了战争，过上了安宁的生活。在这些难题考验母题的民间故事中，体现的是裕固族人的英勇和机智，反映了裕固族对力量的崇尚和对智慧的注重。

裕固族民间故事中包含的一些母题，既显示了裕固族的历史风貌和民族风情，也反映了裕固族的民族心理和文化意蕴。含有相同母题的裕固族民间故事，不但有重要的文学价值，而且还是翔实、鲜活的民族志和民俗志材料。探讨裕固族民间故事的母题，对研究裕固族民间故事的渊源和演变有着重要的意义。

（原载《燕山大学学报》2009 年第 3 期）

布洛陀经诗文本与母题浅析

李斯颖

　　壮族的摩（巫）信仰历史悠久，内涵精深。在民间，摩信仰有其专门的神职人员布摩（"布"为壮语"人"），敬奉以布洛陀为首的诸多神祇，有专门的摩仪式，有其信仰的经典"布洛陀经诗"。布洛陀经诗是壮族中规模最为宏伟、内容最为庞杂的民间文学部分，享有"壮族百科全书"的美誉。它以古壮字为载体，涉猎广泛，色彩斑斓。壮学专家梁庭望先生曾将其内容概括为布洛陀的四大类活动：开天辟地、创造万物、安排秩序、排忧解难。布洛陀作为民间信仰中智慧的老者、头人，在经诗中或是叙事的主角，或是各种矛盾最终的公正裁决者，或是解决关键问题的指点者，地位无可动摇，威力不可忽视。民间流传的经诗文本异文众多，囊括的内容多寡不同，甚至连名称也不统一，如《摩请布洛陀》、《吆兵全卷》、《摩叭科仪》①　等。目前，已出版了两种布洛陀经诗影印译注集——《布洛陀经诗译注》②　和《壮族摩经布洛陀影印译注》③，二者开前启后，为研究布洛陀和壮族文化的学者提供了丰富的基础资源，形成了一股解读经诗文本和研究布洛陀文化的热潮。笔者将以布洛陀文化为整体背景，在自身田野考察的基础上重读经诗文本，综述自己对布洛陀经诗的一些思考。

　　布摩在各种摩信仰仪式上都要念诵布洛陀经诗，主要为了实现两种功能：祈求福祉和禳解冤怪。在各种仪式上，两种功能并非绝对泾渭分明，它

---

　　①　张声震主编：《壮族摩经布洛陀影印译注》第 1 卷，广西民族出版社 2003 年版。

　　②　广西壮族自治区少数民族古籍整理出版规划领导小组主编、张声震任执行主编，广西人民出版社 1991 年版。

　　③　张声震主编，广西民族出版社 2005 年版。

们常常同时并存，主次不同而已。祈求福祉时需要禳解冤怪，禳解冤怪后继续祈求福祉，二者往往相辅相成，体现仪式的完整性和人们追求完美的憧憬。祈求福祉，大到整个寨子、小到一家一户都可以举办，祈福的目的也大小不一——可以祈求全寨的富庶，也可单求自家的五谷、禽畜丰产丰收。禳解冤怪，则多为殇死（如因落水、跌崖、火烧、刀砍、枪杀、难产等而死）之人举办，也有梳理父子、婆媳、兄弟姐妹等诸多人际关系的。相应地，不同大小、目的的仪式上，喃唱的经文也不同，文本与仪式之间的对应关系较为明确。

"赎魂"则是实现摩仪式两个基本功能的主要手段。"万物有灵"是壮族民间的基础信仰，甚至破碎而飞出的瓦坛片也有灵魂，能变幻为各种灾害。因此，"赎魂"是壮族人的普遍观念，贯穿于经诗篇章之间。经诗中常常出现"赎魂"字样，"赎"字在壮语中念为 cux、caeu，是"接回、迎接"的意思，而非汉语字面的"用财物把抵押品换回"、"抵消、弥补"① 的意思。经诗篇章中又有"luh hoen"② 的说法，"luh"在壮语中含义为"捞"③，仪式中布摩发挥神性，到泥坑中、墙角边打捞逃逸的灵魂带回，达到仪式的最终目的。无论是造出的万物，还是需要搭救的冤魂，都通过布摩的"赎魂"来救助，否则灵魂逃逸，万物难以成活，冤魂无法归祖成仙。因此，我们看到经诗文本中有关造稻谷、造牛等的内容章节常冠以"赎谷魂"、"赎牛魂"等篇名，即以仪式手段和对象代称文本篇章。此外，摩信仰仪式中还有"所"（soq，意为"梳理"）、"罪"（coih，意为"修整"）、"和"（hoz，意为"调解"）等其他手段，配合拆小梯子、破蛋切肉、抬衣筐等各种仪式步骤，达到布摩进行某一具体仪式的目的。

笔者将依据上述摩信仰仪式中的两个基本功能（祈求福祉与禳解冤怪）、若干主要手段（"赎魂"、"所"、"罪"、"和"）为基本思路，对经诗文本与其中的母题进行剖析。

一　祈求福祉

布摩祈求福祉时演唱的经诗主要属于创世类史诗，包括"开天辟地"、

---

① 《现代汉语大辞典》，商务印书馆 1994 年版，第 1066 页。
② 张声震主编：《壮族摩经布洛陀影印译注》第 1 卷，广西民族出版社 2003 年版，第 297 页。
③ 《壮汉词汇》，广西民族出版社 1984 年版，第 480 页。

"造人"、"造火"、"寻水"、"造雷雨"、"造皇帝土司"、"造文字历书"、"造稻谷"、"造牛"、"造猪"、"造鸡鸭鱼"、"造干栏粮仓"以及"造田地、渔网、果树"等，栩栩如生地描绘了布洛陀如何领导众神和人类开创出一个美好的世界，内容古朴神秘，色彩奇幻，映现了早期人类独特的思维方式，刻上了早期社会的鲜明印记。如"造牛"篇章记载，古时候没有牛，人亲自拉耙拖犁。造物神"用杨乌木做大腿，用酸枣果做乳头，用紫檀木做牛骨，用野蕉叶做牛肠，用鹅卵石做牛肝，用红泥做牛肉，用马蜂巢做牛肚，用鹅卵石做牛蹄，用刀尖做牛角，用枫树叶做牛舌，用树叶做牛耳，用苏木做血"①，造出了牛模型，放到土坑壅埋，九天后长成活牛。布洛陀、摩渌甲指点人们用麻绳穿牛鼻，把牛牵回饲养，牛繁殖很快。人们用牛耕田地，开塘养鱼，卖牛娶妻，生活日渐兴旺。后来牛魂逃散，人们延请布摩"赎牛魂"，牛重新繁殖、兴旺，从此民间定下"赎牛魂"的仪规。

布摩祈求福祉、演唱创世史诗主要在以下两种场合中进行：大型的村祭仪式（又称为"扫寨"）和小规模的祈福仪式。

村祭时，壮人根据全村近年的情况举行小祭或大祭，间隔为三到七年不等。在田阳一带，壮语的大祭念作"cax"，开始的时间一般为农历十月初十或春节，历时七天。小祭一般历时三至五天。祭祀分两种原因，一是庆祝五谷丰登、生活富足，祈祷来年更比今年好；二是村里灾祸不断、六畜不兴、庄稼收成差，需要清扫村寨的晦气，重新迎接新的一年。大型的村祭仪式上，布摩祭祀布洛陀与众神，嗬唱部分布洛陀经诗。其中最典型的祭仪是红水河中上游东兰、大化等县"杀牛祭祖宗"的仪式。这一大型仪式往往在岁稔丰登、人畜安宁之年末岁首，以整个村寨、同姓宗族或大户人家为单位举办，请当地最有名的布摩来主持，念唱布洛陀经诗——如《布洛陀孝亲唱本》、《呼社布洛陀》、《占杀牛祭祖宗》等。这一场合下嗬唱的经诗涵盖的经诗篇章较齐全，以创世内容为主，从"开天辟地"到"造万物"，茫茫古话，气势恢宏，娓娓道来，令人神思。手抄本中亦收录了一些以禳解为目的的篇章，体现了祈福与禳解并行不悖，多多益善。

小规模的祈福仪式一般以家庭为单位，以稻禾、家禽、家畜等为主要对象，有明显的针对性。如哪家水稻长势不好，则请布摩择吉时到田间举行简单的仪式，并诵唱经诗"造万物"中的"赎谷魂"篇章。届时，布摩祭神并嗬诵经诗，中途到田间剪取一穗稻谷带回，以示将谷魂收回。如哪家耕牛

---

①　张声震主编：《壮族摩经布洛陀影印译注》第 1 卷，广西民族出版社 2003 年版，第 281 页。

屡屡生病、死亡，则请布摩到牛栏举行简单仪式，并诵唱经诗"造万物"中的"赎牛魂"篇章。其余的"赎猪魂"、"赎鸡鸭鹅魂"、"赎鱼魂"等，皆依此理。按照壮族民间信仰，举行仪式、喃诵经诗后，这些动植物的魂将被布摩收回，它们也就可以安然无恙地继续生长发育了。以此类推，经诗文本与仪式之间具有很强的契合性。

云南文山州壮族中流传的布洛陀经诗"摩荷泰"较为特殊。人们在年老寿终者的隆重丧葬仪式上，延请布摩喃诵它。收录于《壮族摩经布洛陀影印译注》中的手抄本《摩荷泰》分为恭请诸神降临祭场、铜源歌、汉王与祖王、接头领魂、洪水淹天地、鸡卜由来六个部分，以布洛陀和摩渌甲创造万物、制定仪规的内容为主，叙述了民间丧葬如何送死者灵魂成仙归祖，赐福保佑子孙后代平安兴旺发达，多为创世、解释万物起源的内容，具有文山侬支系壮人的文化特点。在广西搜集到的布洛陀经诗中，亦有关于老者丧葬仪式的，叙述丧礼的准备及过程，请亡者归祖登仙，护佑子孙幸福安康。笔者曾采访的布摩告知我们，"摩管生，道管死"。为寿终正寝者举办道场是广西道公的一项重要法事，布摩主要的法事活动则是赎魂、求再生，包括替殇死者禳解求福也是赎其魂。因此，笔者认为广西的这一经诗抄本，亦是在道教的影响下逐渐形成的。它的形成年代不一定很晚，其中叙述的民俗事象与冥界信仰具有浓厚的壮族传统特色。这是壮汉文化交流的一个收获。

此外，祈福仪式中还有壮族特征浓郁的祝寿仪式。按壮人观念，人在世上要经历一个出生—成长—强壮—衰弱的过程，灵魂亦如是。日久经年，一个人的灵魂随着体力的支出被损耗，它便无法稳定地依附于身体之中，甚至逃逸体外，使缺少了灵魂的身体变得愈加虚弱。因此，当一个人年老体衰、感觉精力不足时，逢61、73、84周岁等大寿则举行祝寿仪式，请布摩念诵"祝寿经"祈祷老人高寿，同时往老人专用的"寿米缸"里添加子女敬献的白米。那些带有魔力的"寿粮"能让老人的身体和灵魂变得有力量。"祝寿经"以赞颂和祝福主家寿星为主，多为美誉之词，不以完整的情节为重点。这一类经诗在仪式过程中不断被修改、添加，语言精粹，字字珠玑，主要表达了亲朋好友对寿星的诚挚祝福，给人以美的享受，制造了仪式上的热烈气氛。如诗中唱道："长寿像天像地，长寿像火铁匠，圆得像十六的月亮，长寿像四方的印，管天下不怕乱，长寿像石头枕着水车，怎样跌落也不破，长寿像莲花山，高像山坳燕子鸟，长寿像城里皇帝，长寿像四角的天柱，风吹也不倒……"① 寓意深远，排比生动，故能广泛流传，得到了普遍认可。笔者在广西田阳作调研时，曾遇道公为人祝寿，所用经书为道经，可见今日民间信仰日益多元，摩、道文化在法事活动上的交错。

二　禳解冤怪

在禳解冤怪的仪式上，布摩通过吟唱布洛陀经诗，与神鬼交流，理顺人、神、鬼三界之内以及之间的关系，禳解殃怪。这一部分经诗主要包括"摩汉王祖王"、"摩王曹摩塘"、"解父子冤"、"解婆媳冤"、"解妯娌冤"等，分别化解兄弟之怨、殇死之结、父子之结、婆媳之结、妯娌之隙等，理顺生者、死者的人际关系、人神关系等，铲除各种冤怪，解开诸多冤结，平息事端，求得安宁。该部分经诗风格与内容呈现出与"创世"类经诗迥异的色彩，笔者将择重探索。

"摩汉王祖王"讲述了汉王、祖王兄弟斗争的激烈情节。"壮族民众认为，兄弟之间因争吵结怨最深的，莫过于从前的祖王汉王两兄弟，所以，现世的社会家庭中，兄弟姐妹之间的任何纠纷，只要请布摩去喃诵《摩汉皇祖王一科》或《汉皇一科》经书，都可以一一化解，和好如初。"② 目前在百色地区、云南文山已发现了"摩汉王祖王"经诗的若干手抄本。中国社会科学院民族文学研究所罗汉田教授、中央民族大学时国轻博士与笔者在田阳县右江河谷地区进行田野考察时，亦偶然间发现了该经诗的一个手抄本——《汉皇》。该经诗诸多异文关于汉王、祖王兄弟斗争的基本情节大致相同，从后母进家—兄弟斗争、汉王受欺—出逃被害—伸冤报仇—解怨和好，发展脉络较为分明，情节较为完整。

《壮族麽经布洛陀影印译注》出版了"摩王曹"的两种异文——《摩王曹科》和《吆王曹吆塘》，"摩王曹"叙述了壮族鬼王王曹奇异的一生，主要情节为：女孩在石头上吹禾笛——水神图额与之相恋，生下王曹——王曹寻父，获赠弓箭、兵马——王曹领兵征"反贼"——王曹战死沙场、身首异处——亲人为之赎魂，王曹成为阴间掌管殇死者的鬼王。此后，凡是有殇死者，都将困于王曹的地府，必须请布摩来赎魂，解救冤魂。

无论是汉王、祖王之争，还是王曹的传奇经历，都带有英雄史诗的色

---

① 《壮族麽经布洛陀影印译注》第 1 卷，广西民族出版社 2003 年版，第 209—210 页。
② 《壮族麽经布洛陀影印译注》第 7 卷，广西民族出版社 2003 年版，第 2491—2492 页。

彩，具备英雄史诗的一系列母题。① 此处所谓"母题"，是文化艺术研究中的常用术语。汤普森曾对母题做过权威性的解释："一个母题是一个故事中最小的，能够持续在传统中的成分。"他把母题分为三类，故事中的角色、母题涉及情节的某种背景和单一的事件。②我们以下涉及的经诗母题多为单一的事件。在《布洛陀孝亲唱本》、《呼社布洛陀》、《占杀牛祭祖宗》中，另有"女人部族史"的篇章，其情节类似于家族史，母题多源自英雄史诗，因而在此单独提出与"摩汉王祖王"、"摩王曹摩塘"进行参照分析。这一篇章的主要情节为：女人部族迎风受孕，生下浑沌—祖宜婆在河下游吸进了混沌的"淫水"，生下十个儿女—小女儿囊娘被嫁到江那边，怀上彩虹种，生下彩虹儿—彩虹儿寻父得到五角刀，与任其联手斗败交人—任其受交人诅咒，灾难不断—请教布洛陀、摩渌甲，杀牛祭祖宗，灾难消失。

"摩汉王祖王"、"摩王曹"、"女人部族史"的史诗母题分析如下：

英雄特异诞生母题：（"女人部族史"）女人部族的母王到山上坡迎风受风孕，生下一个人仔，"'呱'的一声落竹榻，生的儿不像儿，头部似个长石条，身体像块磨刀石，没有颈联头，手上没块肉，少了喉管不会哭，被丢弃在田峒的花草壅中，被留在水田的稗草壅上。鸟儿纷纷从天空飞下，鸟儿纷纷从云端落下，鸟儿认识王儿，用翅膀来遮盖他；黄牛、水牛在山坡上吃草，黄牛认识王儿，用牛峰来保护他；彩虹认识王儿，用舌头来舔他。（母王）三天后回去看，九天后回去看，头颈相连接，手上长了肉，喉管长出会哭了。"③ 取名叫混沌。混沌的女儿囊娘甚至与无生命的彩虹接触生下彩虹儿。"摩王曹"中，一个女子在石头上吹禾笛，悠扬的笛声引来岩洞地下河里的水神图额（可化身为鳄、鱼、美男子、天鹅等）。水神变成美男子，每当夜深人静时就悄悄地从菜园里爬上木楼与姑娘共度良宵。后来，姑娘怀孕生下王曹。

无论是特异怀孕，还是人神结合，都映现了早期壮族先民特殊的万物有灵、图腾崇拜观念。彩虹的出现与壮族先民彩虹信仰紧密联系。壮族人民视彩虹为天神，东兰壮家把彩虹挂空称为"天神下凡喝水"，彩虹落到哪村哪

---

① 母题内容均引自张声震主编《壮族摩经布洛陀影印译注》第1—7卷，广西民族出版社2003年版，在此不一一注明出处。

② ［美］斯蒂·汤普森：《世界民间故事分类学》，郑海等译，上海文艺出版社1991年版，第499页。

③ 张声震主编：《壮族摩经布洛陀影印译注》第6卷，笔者译，广西民族出版社2003年版，第2085—2086页。

户，该地的人们必须进行祭祀，祈求避灾添福。① 鳄也是越人图腾中的重要一支，在经诗中兼有天鹅、鱼等多种动物形象。汉文典籍载昔日"九嶷之南，陆事寡而水事众，于是民人赞发文身，以像鳞虫"②，又说粤人"文身断发，以避蛟龙之害"。③ 蛟龙也就是壮语里的图额。汉王也带有图腾的色彩，"汉"的拼音壮文为 hanq，原是鹅、雁的通称，后引申出天鹅的意思，"汉王"也就是天鹅王的意思，是天鹅图腾的代表形象。这些奇异诞生的母题与名称中的图腾含义，标明了英雄特殊的神性血缘。

英雄神速成长母题：女人部族的母王生下一个王儿，"太阳亮闪闪，王儿'呀'一声落竹榻，王儿长大壮，王儿长大快，三朝会骑马，五朝会拿弓，七朝比母高，和外婆去打鱼，和外公去打猎……"④

英雄苦难童年母题：（"摩汉王祖王"）"汉王（是）前妻子，餐时泪淋漓，菜是草拌醋，野菜浸笋水……旧衣过正月，腊月穿破衫，年年破衣服，脏衣无可换"。⑤ 寒冬腊月还被后母驱赶出门，为祖王做仆役，干重活、粗活，生活苦不堪言。

少年英雄立功母题：（"摩王曹"）王曹从小能骑善射，百步穿杨，在集体围猎中表现出色却得不到族人的认可。他获得父亲给的宝剑和兵马后，率兵四处征讨造反之人，屡战屡胜。（"女人部族史"）彩虹儿在泉水中捞得威力无比的五角刀。他用五角刀与交人斗法，迫使交人逃到百猪百象国。

英雄出逃、结义母题：（"摩汉王祖王"）汉王遭祖王陷害，被迫逃出家门，来到交趾地盘，和交人做老同（结义兄弟），在交人的地方招兵买马，创立家业，并经常带兵马回故乡攻城劫寨，搅得祖王鸡犬不宁。

亲友背叛母题：祖王骗汉王说父亲病重不醒，孝顺的汉王立即日夜兼程回到故乡。病重的父亲想吃活的黄肉，汉王到高坡深谷围猎，狠心的祖王趁机射出暗箭欲杀汉王，被汉王察觉逃过一劫。父王吃了黄肉又想喝深井里的泉水，汉王、祖王打井取水。水太深要制九级绳梯下井舀水，祖王不肯下井，汉王只好先下去，刚下到第五级，祖王就叫人拿刀砍绳梯，扔下石头，

---

① 吕大吉、何耀华总主编，李绍明等主编：《中国各民族原始宗教资料集成：土家族卷·瑶族卷·壮族卷·黎族卷》，中国社会科学出版社 1998 年版，第 499 页。

② 《淮南子·原道》。

③ 《汉书·地理志（下）》。

④ 张声震主编：《壮族摩经布洛陀影印译注》第 6 卷，广西民族出版社 2003 年版，第 2199—2200 页。

⑤ 张声震主编：《壮族摩经布洛陀影印译注》第 7 卷，广西民族出版社 2003 年版，第 2418—2419 页。

欲把汉王埋葬井底。（"摩汉王祖王"）

英雄死而复生母题：汉王在井底呼天叫地，向天上的雷神求救，向水中的水神图额求救，于是水神托他上岸，雷神用翅膀载他上天。（"摩汉王祖王"）王曹战死沙场、身首异处，他的母亲为他赎魂，王曹得以魂归故里，与祖宗同住，同享人间烟火，"天生两条命"。（"摩王曹"）

英雄复仇母题：汉王在天上控诉三年，申冤三载。汉王先制造三年干旱，祖王用三千水车车水进田；汉王又制造大水淹没大地，祖王用百千只船来浮渡；汉王派老鼠和鸟咬田禾，祖王用三千铁夹来夹、用百千弓箭来射杀；汉王派野猪、山羊、猿猴糟蹋田地，祖王用刀剑去埋伏砍杀；汉王制造红痢、霍乱、麻疹、天花，祖王杀猪羊还愿祭花婆求天地祖神；汉王让天下三年黑洞洞、七年夜漫漫，祖王点十万支枫树火把、百万只松树火把；最后汉王做柜装太阳，做箱装星星，到处黑沉沉，地上人死绝。祖王无计可施，同意将官印、财产、地方退还给汉王，并设神台禳解祭供，兄弟俩才和解，天下才恢复正常。（"摩汉王祖王"）

这一系列母题展示了布洛陀经诗中存在着较为特殊的英雄史诗雏形。"摩汉王祖王"、"摩王曹"篇章以汉王、王曹为主要人物，以他们的活动为线索，情节较为完整，斗争亦比较激烈，人物个性特征较为鲜明，折射了壮族早期社会的思维特征与社会状况。这两个篇章描述了私有财产的争夺，凸显了有关阶级压迫的斗争，产生了强弱的对抗，与"布洛陀创造世界万物"中强调和平、平等、群体利益的格调相差异，这时私有制已经产生，英雄纷争，社会剧变，弱肉强食，胜者为王，其产生的时间应为原始社会末期至奴隶社会初期——中国各民族英雄史诗萌芽、发展的初期。"女人部族史"则描述了部族几代子嗣的经历，情节简洁古朴，篇章开头对几个部族——水牛部族、鸡部族、穿树叶部族、辣椒部族、茅草部族、女人部族等的介绍，凸显了图腾崇拜阶段母系氏族社会的特征。随后"混沌—布洛陀、摩渌甲、任其、囊娘—彩虹儿"的世系及其中的英雄事迹，逐渐出现了财富的抢掠、地盘的争抢等，带有更多父系氏族社会的色彩，显现了英雄史诗的雏形，篇章形成时间的跨度亦比较长。篇章中关于婴儿的奇异诞生以及被弃的情节与被誉为"尊祖"之诗的《诗经·大雅·生民》里的记载十分类似：姜嫄"履帝武敏"，"载震载夙，载生载育。时维后稷"。后稷平安出生后，姜嫄以为不祥，"诞寘之隘巷，牛羊腓字之。诞寘之平林，会伐平林。诞寘之寒冰，鸟覆翼之。鸟乃去矣，后稷呱矣。实覃实吁，厥声载路"。从接触怀孕、见弃获救到婴儿那一声响亮的啼哭，其过程何其相似！笔者认为这是壮、汉文学中母题的吸收与借鉴，二者都保留了各自民族文化特质，日后再深入探讨。

　　然而，纵读"摩汉王祖王"、"摩王曹摩塘"、"女人部族史"三大篇章，受布摩加工的内容叙述过于简单，情节有诗化倾向，英雄的形象与事迹遭到分解和模糊，强调了"摩"信仰中布洛陀、雷神、水神图额等神祇的力量，英雄的光芒被壮人农业民族性格的掩盖，趋向于生活化、个人化，缺乏英雄史诗应具备的恢宏气势和完整情节，缺少对英雄事迹的宏大叙事与细节刻画，留下了一些缺憾。"女人部族史"篇章中按谱系来逐一刻画人物的手法类似于柯尔克孜族的英雄史诗《玛纳斯》，而较之玛纳斯一家八代、二十多万行的叙事结构，壮族这一寥寥几百行的篇章则停滞在了萌芽的初期阶段。这种不稳定性正说明了经诗本身所具备的变异性，它仍处于初始的发展阶段，离高度规范的英雄史诗还有相当的距离。

　　此外，从母题的发展结构观察，从"到水边（河边、潭边、泉边）（寻父）—获赠宝物—大显身手、出人头地—遭到挫败"，有关王曹与彩虹儿经历的母题链如出一辙，它们应为同一母题链变异、发展结果。王曹的父亲为鳄神，彩虹儿的父亲为彩虹，二者同属水系信仰；有一个搜集于东兰的异文记载的谱系为"混沌、祖宜婆—八男二女——女与图额（鳄神、水神）结交—生王儿"①。另有手抄本《呼社布洛陀》搜集于东兰县坡峨乡，其中关于"女人部族"的情节分为两个部分，其一，母王迎风受孕—王儿受外家辱骂；其二，仙王混沌洗澡—他的汗水和"淫水"使祖宜婆怀孕，生下十二个儿女（任其、布洛陀、摩渌甲等）—任其与交人打仗，受报应，请教布洛陀、摩渌甲—杀牛祭祖宗，灾难消失。其中缺少关于彩虹儿的若干母题。另外，"摩王曹"的手抄本《摩王曹》、《吥王曹吥塘》分别搜集于广西巴马瑶族自治县燕洞乡、百色市田阳县玉凤镇玉凤村亭怀屯，有关"女人部族史"的手抄本《布洛陀孝亲唱本》、《占杀牛祭祖宗》分别搜集于广西原东兰县板升乡升平村、东兰县四合乡长洞村，这些手抄本都在桂西地区流传，东兰、巴马、田阳处于由北向南的交通线上，有利于口头传统的传播与流动。因此，我们看到的"摩王曹"、"女人部族史"（彩虹儿的经历）属于民间口头传统异文的正常演绎与变化。受限于手抄本的数量，我们无法轻易地依据这么几个版本断定情节的源流关系，判断缺失的母题是脱落了还是未被粘连上。但通过辨认这些母题，我们可以感受到，布洛陀经诗的异文较

---

① 《壮族摩经布洛陀影印译注》第 1 卷，广西民族出版社 2003 年版，第 219 页。

多，拥有若干固定的基本母题，处于缓慢的发展期。

综合"摩汉王祖王"、"摩王曹"、"女人部族史"三部分经诗篇章的特点，笔者认为它们是"摩"信仰化的壮族英雄史诗，是布洛陀经诗的有机组成部分。在古壮字产生后，它们以文本的形式得到较好的保存。遗憾的是，"摩"信仰的发展和文本化的经书限制了它们像其他民族的英雄史诗那样，继续沿着口传史诗的方向丰富、发展，因此它们仍停留在英雄史诗发展的早期阶段，展示的主要是早期英雄史诗色彩。较之布洛陀经诗中的创世类篇章，它们则显得篇幅短，描述单薄，缺乏气势。这种情形也与中国南、北方的创世史诗、英雄史诗分别相对发达的大气候亦有密切关系。南方地区以农耕文化为主，自然环境恶劣，民族交往和谐，史诗多以表现人与自然的抗争为主旋律，以创世类为主，体现人们开创人类生活的坚忍不拔、勤劳智慧，这势必会抑制英雄史诗的发展；而北方以游牧文化为主，历史上族群征战频繁，史诗多体现各族群之间的抗争与统一，强调英雄的正义与力量，以英雄史诗为主。布洛陀经诗中并存的创世、英雄类史诗生动地证明了南方史诗的特点，创世类篇章的结构较完整，过程描述细腻，前后呼应更严谨，体现了壮族稻作民族的文化与性格特征，而英雄类史诗则受到一定制约，描写粗线条，情节较笼统、模糊，这是壮民族历史发展的选择，也是口头传统的趋向与必然。

"解父子冤"、"解婆媳冤"、"解妯娌冤"等经诗篇章，倾向于证明"摩"仪式的有效性，说教的成分浓重，情节较为零碎，艺术性稍显不足。如某一"解父子冤"文本说，古时候社会没有伦理，家庭中常出现违反常理违反孝道的现象。父亲劝说儿子去干活，儿子不但不听从，反而做出不礼貌举动，进而与父亲顶嘴，甚至痛打父亲，父子结下冤仇。父亲对天地诅咒儿子今生绝后、五谷无收、六畜不发。天神施法于儿子，咒语灵验。儿子通过布洛陀、摩渌甲指点，认识到自己的行为触犯了诸神，须备茶备酒，杀猪供糯米饭，举行禳解仪式，修正言行，化解冤怪，父子重归于好，生活恢复正常。又如另一"解兄弟冤"的文本说，古时候，王家三兄弟争夺黄莺鸟印、斑鸠印、青铜钱箱，争夺美貌女子、聪明男子，相争斗碰破酸笋坛，坛片飞到树林、泉口、稻田、牛栏等，变成了各种冤怪祸害王家。王家撒网不得鱼、打猎不得野兽，王家才意识到做错了事，经过布洛陀指点，王家祭供神台，兄弟和好，一切才顺利。此类经诗中截取的社会片断带有早期壮族先民生活的影子，反映了早期不同阶段的社会形态，从群居的"只知其母，不知其父"到父系社会，从财产的集体公有制到土司、阶级的产生……经诗恍若时空的容器，浮光掠影，都是壮族人民从古至今一路走来的印记。

综上，祈福类经诗以创世史诗为主体，禳解类经诗以早期英雄史诗为特色，二者之间的内容也有交叉与演绎，这是由口头传统发展过程中的变异性所决定的。除了大量的创世史诗、早期英雄史诗外，经诗中亦存留了一些神话、动植物寓言、传说等民间文学的片断，如叙述铜鼓的来源、鸡卜的来源和使用方法，等等。在目前已搜集到的布洛陀经诗手抄本中，篇章的构造亦体现了以仪式目的、叙述内容为基本标准的排列组合。随着"摩"信仰仪式的发展，经诗中用于串联不同篇章的专门章节日臻成熟，如《摩请卷首》、《请吃叭》、《进献酒》、《吆抬衣筐》、《摩绞》等。这些章节多与仪式的步骤有着密切关系，是配合仪式念诵的请神、送"叭"怪、砍断冤根、献酒祝寿、提衣筐驱灾纳福等具体操作步骤，体现出"摩"信仰仪式已具备了相对固定的程式，经诗文本与仪式之间的吻合程度不断提高。

纵观布洛陀经诗整体，最明显的一个篇章构造特点是，口头传统片断与"摩"信仰仪式的灵验描述前后呼应，形成哲学上"肯定—否定—否定之否定"的三段式辩证结构，从某种行为打破规则—招致灾祸—布摩化解、规则恢复与完善，体现了壮族人朴素的螺旋上升的哲学观念。经诗篇章的开头部分，或为开辟世界、造万物的创世类史诗，或为解释某种现象来源的神话，或为英雄史诗的雏形，以口头传统的内容为基本核心。篇章中间从灾祸产生到布摩化解，宣扬了布洛陀以及布摩的神力，以此验证了举行"摩"信仰仪式的必要性。经诗的最终形成，与壮族本土"摩"信仰的不断发展有很大关系，带有宣传这一民间信仰的浓重色彩。如"造火"篇章说，古时没有火的时候，人们只能像野兽一样吃生肉生鱼。经过布洛陀、摩渌甲的指点，人们把樟树、枫树砍成段，搓木取火，用艾绒燃起了火苗。可是古人不会保管火种，致使火苗蔓延烧了寨子。布洛陀、摩渌甲指点人们建灶、祭灶王，让布摩进行禳解仪式，火这才真正为人所用。① 这种结合，既向年轻人传播了壮族的传统文化，同时也促进了人们对"摩"信仰的接受与信仰，实现了民间宗教本身所固有的震慑、劝解、教育等多种功能。这同样使经诗呈现出口头传统的多样化色彩，为我们研究早期壮族社会提供了丰富的信息。

布洛陀经诗实现了壮族民间信仰对口头传统的保存、发展等重要作用，

---

① 《壮族摩经布洛陀影印译注》第 1 卷，广西民族出版社 2003 年版，第 219 页。

同时又以口头传统这一媒介达到了宣传"摩"信仰的良好效果，二者相辅相成，在壮族社会内部和谐发展。而关于二者最初产生及存在状态的疑问，则正如刘亚虎教授指出的，"许多神话、神歌、原始性史诗以至一些英雄史诗萌发于或就是各种祭祀、巫术仪式上的祭词和咒语，又有赖于一代又一代祭司巫师歌手的辛勤劳动才得以成型，依附于种种带原始宗教意味的仪式才得以传播。一些以祭词和咒语形式出现的原始性史诗、英雄史诗，还是不少民族运用本民族文字或借用汉字记录的'书面文学'（或称经籍文学），它们构成了南方少数民族文学的重要一翼。"①壮族民间有关于布洛陀、姆六甲的各种神话、传说。在田阳地区，关于布洛陀、姆六甲下凡人间、繁育人类的神话与当地的山水景物都联系在了一起，形成了具有当地浓郁特色的诸多传说。对于布洛陀经诗产生、发展及其与其他口头传统的深层关系，有待我们进一步考察。至今，布洛陀经诗仍以布摩为主要传承人，主要在各种摩信仰仪式上吟唱。依靠古壮字为媒介，它从口传状态发展为摩信仰经典，文本的变异性逐渐降低。虽然保留了诸多异文，但已处于缓慢发展期，尤其是创世类经诗部分，已达到了定型前的发展期，在仪式中多依照文本来吟唱，鲜有即兴发挥。罗汉田教授、时国轻博士与笔者等在田阳偶然发现的一位周姓布摩，他是纯粹意义上的"布摩"，自述只会做摩不会做道，前面提到的《莫汉王》就是他仪式上所用的经书，抄自祖父的经书。他还可以口述布洛陀经诗中的"造万物"等创世篇章，这部分内容的经书由于诸多原因已丢失。他在仪式上吟唱的经诗都牢记在心，不容有错。由此可见，现今布洛陀经诗的发展、发挥余地已相对很小。

经诗篇章中保留和延续了一些作为壮民族文化核心的原型和母题，成为壮族民间文学的鲜明烙印，展示了他们独特的文化，起到了凝聚民族精神、增强民族自我认同意识的重要作用。荣格认为，"原始意象即原型——无论是神怪、是人，还是一个过程——是在历史进程中反复出现的一个现象，在创造性幻想得到自由表现的地方，也会见到这种现象。因为它基本上是神话的形象。我们再仔细审视，就会发现这类意象赋予我们祖先的无数典型经验以形式。因此，我们可以说，它们是许许多多同类经验留下的痕迹。"②如经诗中"鱼"（水神）这一个特殊的意象，屡屡在民间故事中扮演了重要的

① 刘亚虎：《〈南方史诗〉论》，内蒙古大学出版社1999年版，第294—295页。
② ［瑞士］荣格：《论分析心理学与诗的关系》，见冯川主编《荣格文集》，改革出版社1997年版，第226页。

角色，壮族"灰姑娘式"故事《叶限》里"二寸余，赪鳍金目"、给了叶限许多温暖和帮助的小鱼；托着壮族歌仙刘三姐升天的鲤鱼，化身鲤鱼峰，至今仍屹立于柳江边。如英雄奇异诞生母题的延续——壮族英雄史诗《莫一大王》的主人公莫一大王，在母亲的肚子里待了三年，等待合适的时机到来后，撬开母亲的一条肋骨自己蹦了出来。如英雄"寻父"母题（"摩王曹"）的发展——莫一大王的父亲被丢入深潭，他长大后到潭中寻父并得到一颗宝珠，吞入口中后力气大增，具有神奇的力量，为今后入朝为官、反抗皇帝打下了基础。在壮族先民上古口头传统中，诸如此类的原型与母题还有很多，它们犹如一粒粒的珍珠，在不同时代更换上不同的外衣，光泽动人，晶莹美丽，在民间文学的历史长河中闪耀着永不磨灭的光芒，成为壮族人民精神世界的特殊明灯。

综上所述，在摩信仰仪式的具体情境下，布摩通过"赎魂"等手段，分别吟唱布洛陀经诗文本中创世类史诗与英雄类史诗，达到祈求福祉、禳解冤怪的基本目的。英雄类史诗的诸多母题展示了壮族特殊的民族文化内涵与实质，生动地再现了不同历史进程中的丰富内容，具有独特的价值和魅力。

（原载《广西民族研究》2007 年第 1 期）

柯尔克孜族英雄史诗《玛纳斯》母题探析

马 莉

诞生于一千年前的《玛纳斯》，是柯尔克孜族的英雄史诗，长达两千万字，一直被视为神思天纵的人间奇著。它的神圣性、神秘感和神力崇拜意识，散发出独特的撼人魅力，而其中充盈的英雄气概也同样撼人心魄。

狭义的《玛纳斯》是指史诗的第一部《玛纳斯》。史诗第一部的内容最为古朴，结构十分完整，艺术上亦最为纯熟。它在 8 部史诗中，气势最为磅礴，篇幅也最长，占到整部史诗的四分之一。它描写了英雄玛纳斯一生非凡的经历与辉煌的业绩。玛纳斯的一生由"神奇的诞生"、"少年时代的显赫战功"、"英雄的婚姻"、"部落联盟的首领"、"伟大的远征"、"壮烈的牺牲"几部分构成。本文选取的则是由《玛纳斯》演唱大师居素甫·玛玛依演唱，刘发俊、朱玛拉依、尚锡静翻译整理的版本，选取史诗的第一部中的一部分母题作一定意义上的分析，为这一领域的史诗研究提供一个新的视角。

"母题"是英文"MOTIF"一词的汉语音译。19 世纪后期，著名的德国文学家施罗（WLHELMSCHERER）提出以母题进行分类，他认为"母题是成规化的文学叙述单元，每个母题都表达一个单一的思想，而且每一个母题都与产生民族的文化历史传统、经验、学问相一致。"俄国民间文学理论家 A. 维谢洛夫斯基（1839—1906）认为母题是最小的情节单元。19 世纪末 20 世纪初，母题一词广为流行。美国著名民间故事分类学专家斯蒂·汤普森（1885—1976）在对四万多个分布于各国及各地的故事、神话、寓言、传说、民间故事等民间文学作品进行分析的基础之上，于1932—1937 年间推出六卷本的《民间文学母题索引》。他指出："一个母题是一个故事中最小的、能够持续存在于传统中的成分。""绝大多数母题分为三类：其一是一个故事中的角色——众神，或非凡的动物，或巫婆、妖魔、神仙之类的生灵，要么是传统的人物角色，如像受人怜爱的最年幼的孩子，或残忍的后母。第二类母题涉及情节的某种背景——魔术器物，不寻常的习俗，奇特的信仰，如此等等。第三类母题是那些单一的事件——它们囊括了绝大多数母题。"①

　　本文将对史诗《玛纳斯》中与英雄有关的一部分母题作一定意义上的分析研究，以使人们对《玛纳斯》的母题类型有进一步的了解与认识。

一　关于英雄诞生、成长的母题

（一）　英雄特异诞生的母题

　　在英雄史诗中，英雄具有非凡的神勇之力，挽救濒临灭亡的部落和民族，屡立战功，使民众安居乐业。这样的英雄诞生时，必定不同凡响。而在这之前，英雄的父母由于老年无子，受人歧视，苦恼而且悲哀。通过举行祭天祈子，感动了上苍，使年迈的妻子神奇般地受孕。这一祈子母题，在《玛纳斯》中有着充分的体现。

　　加克普汗应邀参加宴会，由于他无子女，被安排与儿童在同一毡房，别的客人吃着肥美的羊肉，给他的却是没肉的骨头，受尽了侮辱与歧视。无子女的痛苦折磨着年迈的老人，于是他牵来一头黑牛，将妻子绮依尔迪送进密林里边，让她过着孤寂单调的生活，对她表示冷漠和埋怨。他不顾疲劳地向人们打听"为了得到心爱的子嗣，应该做些什么事情"。有几位知识渊博的老人劝慰他去做"额尔木（柯尔克孜族人的祈子仪式）"，他的妻了神奇般地怀孕了，生下了一个女儿；三年后，他又用此方式使妻子怀孕，诞生了玛纳斯，"柯尔克孜人中要出现的英雄"。这里便体现了无子迁怒于妻子、冷落妻子这一母题。

　　当英雄的母亲艰难地生下孩子时，竟然发现孩子是个青色的皮囊，正当众人思绪纷乱时，英雄的伯父用一只金耳环划开皮囊，取出了一个白胖的婴儿，一只手紧握着鲜血，一只手紧攥着乳汁，这预示着玛纳斯将使敌人血流成河，人民丰衣足食。打开孩子的右手掌时，手心上呈现"玛纳斯"的字

---

　　① ［美］汤普森：《世界民间故事分类学》，郑海等译，上海文艺出版社1991年版，第499页。

迹。孩子的重量需要巴克多吾莱特使尽全力才能抱起，而当婴儿张开口哇哇
哭叫时，洪亮的哭声震得地动山摇，野兽都吓得逃出了草原，各种飞禽也仓
皇飞掉。

由此不难发现，难产是英雄特异诞生母题系列中的又一个母题。英雄是
神授之子，在母胎中他的母亲又吃了猛兽的内脏，使英雄获得了狮虎的神
力，因此他们不会像普通婴儿一样顺产。母亲绮依尔迪怀上玛纳斯，足月却
难产，"整整过了十五个日日夜夜，绮依尔迪才把孩子降生"。

玛纳斯的诞生不易，产生了撼动世界的巨大威力，"天空落下阵阵冰
雹，湖水荡漾掀起滚滚波涛"。

由此可见，这里的英雄特异诞生母题严格说来是个母题系列，它由祈
子、特异怀孕、孕期其母吃猛兽肉与内脏、难产等多种母题构成。

（二） 英雄神奇成长的母题

玛纳斯出生后以非凡的速度神奇地成长，"胸部宽阔体魄健壮，两个肩
膀足有一尺长"、"五岁时到处跑动"、"六岁时，长成男子汉模样"、九岁时
就已发育成熟，跨马出征。诗中唱道："木盆里的肉像个小山，他只抓着吃
了三次，倒在肉末上的汤像个小湖，他一下子把它喝光。""他有青鬃狼一
样的胆量，有雄狮一样的性格，有巨龙一样的容颜，有大山般的体魄和力
量。"幼年的他就已经颇具英雄气概，慷慨好施，乐于助人，同情穷苦人民
的疾苦，和牧工们共同品尝家里的美味佳肴。他将家中的牲畜、财产分送给
贫苦牧民，遭到父亲加克普的反对，被赶出家庭。他又到吐鲁番去开渠引
水，耕种庄稼，并且得到了阿克库拉骏马，得以会见了巴里塔、加木额尔
奇。这时他已经神奇般地拥有了日后的挚友和神奇成长的雏形。

二　关于史诗中英雄助手的母题

（一） 智慧型助手的母题

在史诗《玛纳斯》中，玛纳斯身边有七位汗王、四十名勇士。其中的
巴卡依汗是位骑着白马、褐发银须的智慧长者形象，他在史诗中顾全大局，
德高望重，担任七汗之首，其权势在玛纳斯之下、万人之上。玛纳斯对待巴
卡依老人，一向恭虔尊敬。巴卡依老人来历不明，具有未卜先知的神力，是
玛纳斯家族三代英雄——玛纳斯、玛纳斯之子赛麦台依、玛纳斯之孙赛依台

克的谋士和保护人，他活了三百八十多岁，消失于冰山雪峰之中，是个具有神话色彩的人物。

而玛纳斯的"左膀右臂"——阿里曼别特，则是玛纳斯做了一个神奇的梦，梦到猛虎、雄鹰齐集到雄狮面前，当阿吉巴依解开疑惑的时候，预言将会有英雄出现，辅佐英勇的玛纳斯。这里则是典型的梦兆母题。阿里曼别特具有无敌的英雄气概，说出的话犹如宝剑般锋利，运用智慧使人民过上富足的生活，英雄对他真诚以待。他的智慧突出反映于玛纳斯率领众勇士远征的过程当中。

（二）勇猛果敢型助手的母题

年轻的英雄楚瓦克，是四十勇士之一，在玛纳斯首次征战空托依的战争中，由他首先迎战塔塔依。只见他扬鞭跃马挺起巍巍长矛，像一名身经百战的勇士，用矛尖轻轻一拨，就将敌人塔塔依戳翻倒地，充分展现了英雄的丰姿。而在萨尔阿尔卡之战中，他则带领额尔奇吾里闯进肖鲁克汗的宫廷，指派手下驮着战利品返回撒马尔罕，又展现了他英俊潇洒的一面。在远征过程当中，他由于听信了谗言，嫉妒阿里曼别特，但是经过一番长谈，二人之间的嫌隙终于消失，成为挚友。

英雄阿吉巴依，不但英勇果敢而且"能言善辩，口齿伶俐，说出的话儿十分有趣"，这一点在他为英雄玛纳斯向卡妮凯求婚的过程当中得到了充分的展现。他"头上戴着海狸皮的帽盔，笑容满面，神采奕奕，骑着骏马朝布哈拉飞奔，风餐露宿来到了卡腊汗的门庭"，当卡腊汗问起他的使命时，他的回答委婉动听——"我的汗啊，我有只鹞鹰，我的汗啊，你有只小天鹅，我的汗啊，让你的天鹅飞起来，我的汗啊，让我的鹞鹰把它擒！我的汗啊，我有只黑鹞鹰，我的汗啊，你有只鹅雏儿，我的汗啊，让你的鹅雏飞起来，我的汗啊，让我的黑鹰把它擒！"他的彬彬有礼，已经使卡腊汗心动异常，只可惜后来由于加克普的吝啬没有成功，但最终玛纳斯还是拥有了卡妮凯。

（三）武器、骏马型助手的母题

史诗中，英雄们都拥有称手的兵器，巴卡依老人送给玛纳斯阿克坎里坦枪，乃是穆罕默德的遗品，"要说这支神枪啊，枪口是用花纹钢铸成，枪头像苹果，枪口是圆的，枪膛里布满螺旋花纹。枪弹射中时，开一个大洞，谁若被命中，休想活命。"还有宝物千里镜，"是五位哈吉从麦加带来，镜筒里镶嵌着金银珠宝，镜套缝制得精致美丽。用它来观察远方的敌人，七天的路程近在眼底。"铁匠波略克巴依又做成了长矛和战斧，送到了玛纳斯手中。阿依巴恰又为玛纳斯把宝剑献上，"这一把宝剑来历不凡，但当你把它装进鞘里的时候，它仅仅只有七拃长短；但当你把它拔出了剑鞘，它会延伸到四十步之远。当你把它刺向敌人的胸膛，敌人的脑袋也会被震烂；当你把它砍向山上的大树，树下的岩石也会被震断。剑刃上火星红光闪闪，削铁好似削泥一般。"其他的英雄也有诸如此类的兵器，这里就不再一一论述。

关于骏马成为英雄助手的叙述，在史诗中有充分的展现。诗中写道："骏马是英雄的翅膀。"先听听这些骏马的名字：阿克库拉（黄骠马）、白走马、黄花马、黑花马、枣骝马、白斑马、追风马、黑健马等，这些骏马不仅毛色不同、体态各异，而且各有性格，甚至能通人性、会说人话，在战斗中骏马成了英雄的左右臂，尤其在英雄遇到危险时，骏马会使英雄从枪林弹雨中突围出来，转危为安。玛纳斯得到了阿克库拉神驹，它富有十分神奇的色彩。原来它是一匹骨瘦如柴、满身胎毛都未脱净、四条腿像打羊毛杆子般细而被人瞧不起的劣马，当英雄玛纳斯的手从它的额鬃一直顺着背脊抚摸时，马呋呋地叫了一声，全身胎毛一下子掉光，身躯也伸长长大，变成了一匹大山般的高头骏马。在以后的战斗中，英雄如虎添翼，非凡无穷，即使在英雄受伤之后，它都可以通人性，给英雄无尽的帮助，成为英雄东征西战、共度患难的伙伴。英雄逝去后，它便销声匿迹。骏马阿克库拉为英雄的业绩建立了汗马功劳，而阿里曼别特的黄花马，不但神勇，而且颇有灵性，在他遭人暗算战死沙场之后，驮着他回到了自己的阵营，并且悲伤呜咽，发出阵阵悲鸣！

三　关于英雄结义的母题

有一次，玛纳斯睡觉，梦见自己捡到一把锋利的宝剑，将它挂在腰间，宝剑忽然变大，划破地面进入地下，变成一只猛虎来到他身边，它大吼一声，各种野兽从四面八方云聚于他身边，向他致敬，这时猛虎又变为一只雄鹰，落到他的手臂上。玛纳斯醒后让人们圆梦，人们告诉他，这预示着他将结交一位勇士。后来玛纳斯在山中打猎，果然遇到了离家多年的克塔依王子阿里曼别特。玛纳斯将他邀至家中，结拜成兄弟。为此，柯尔克孜人民举行了隆重的仪式、丰盛的宴席、群众性的娱乐活动以示庆祝。玛纳斯的母亲绮依尔迪干瘪的乳房在见到阿里曼别特时充满了乳汁，玛纳斯与阿里曼别特同吮她的乳汁，从此他们亲如手足，形影不离。他们被称为"同乳兄弟"。而玛纳斯与四十勇士，也进行了结拜，在以后的征战途中，他们成为英雄强大的后盾。

四　关于美丽贤淑妻子们的母题

《玛纳斯》中的妻子们不仅美丽、温柔而且聪慧、勇敢。玛纳斯的妻子卡妮凯是柯尔克孜人民心目中理想的女性：容貌美丽动人，性格温柔善良，才干出众，是丈夫得力的内助和高参。为了赶做玛纳斯和勇士们出征时的战袍、皮裤，她和媳妇姑娘们彻夜不眠，连牙齿都咬碎了，她们付出了多大的辛劳啊！每当英雄出征，她又出谋献策，筹划再三，临别时出自肺腑的忠告，情意绵绵，感人至深。她还拥有预感的神力，当英雄准备远征空吾尔时，她感觉会有危险，因此劝告玛纳斯胜利后马上班师回朝，但英雄们沉浸在胜利的喜悦里，将她的叮咛置之脑后，酿成了后来的灾难。

而当阔克确酒后痛斥阿里曼别特，阿里曼别特愤而出走时，阔克确的妻子阿克艾尔克奇历数阿里曼别特到来后所做的好事，他辅佐阔克确汗振兴哈萨克民族、使人民过上美好生活的大段叙述，句句言之在理，把丈夫阔克确说得无言以对，显示了女性阿克艾尔克奇为民担忧、关心大事和全局的胸怀。

阿里曼别特是从克塔依人中投奔玛纳斯的外来者。在英雄玛纳斯的帮助下，与柯尔克孜姑娘阿茹凯结婚。他们相敬如宾，互相爱护。当阿里曼别特要随玛纳斯远征时，她并不以缠绵的爱情所纷扰，而是为英雄们的远征日夜操劳，做好一切准备。他们是生活中的夫妻，同时也是心灵上的伙伴。

五　关于坏父亲的母题

英雄玛纳斯是位顶天立地的英雄，然而他的父亲加克普汗却是一个贪婪、鄙俗、心术不正的人。玛纳斯慷慨大方，把父亲的畜群分给贫苦的牧民，为此悭吝贪财的加克普汗把儿子赶出了家门。玛纳斯从家里出走后到吐鲁番去种麦子，由于他勤劳耕种，麦子获得丰收，加克普汗闻讯立即带着驮队赶来把麦子全部拉走。玛纳斯少年时代战功显赫，每征服一个地方，都把缴获的战利品带回分给柯尔克孜百姓，加克普汗为此耿耿于怀，怏怏不乐。在阿吉巴依为玛纳斯向卡腊汗求亲时，他则因为聘礼过多推延了玛纳斯与卡妮凯的婚事，最后使玛纳斯无礼地抢走了卡妮凯，酿成了一定意义上的隐患，为后来阿里曼别特迎娶阿茹凯制造了障碍。不过，这样的坏父亲母题，是对英雄的异质衬托，更能体现英雄的气概，很有其存在的必要。

　　这部气势磅礴、规模浩瀚的民间英雄史诗，蕴含的母题类型纷繁多样。这里，笔者仅选取一部分与英雄相关的母题进行分析研究，以资对这些母题深刻的文化内涵和象征意义进行阐释，从更深层意义上凸显史诗的价值，也为史诗研究提供一个可资参考的研究视角。

（原载《伊犁师范学院学报》2007 年第 1 期）

地陷型传说的禁忌母题

万建中

地陷型传说属中国洪水神话的一个亚型。最早且较完整的形态，当推《吕氏春秋·孝行览·本味》记载的一则传说：

> 有侁氏女子采桑，得婴儿于空桑之中，献之其君。其君令（烊）人养之，察其所以然。曰："其母居伊水之上，孕，梦有神告之曰：'白出水而东走，毋顾！'明日，视白出水，告其邻。东走十里，而顾其邑尽为水。身因化为空桑，故命之曰伊尹。此伊尹生空桑之故也。"①

这个传说又见于《论衡·吉验篇》，《伊子·天瑞》"伊尹生乎空桑"句的张湛注引传记，《水经注·伊水》及《楚辞·天问》"水滨之木"句的王逸注中。

此型传说皆包含一个禁忌母题，即"白出水"或"臼水出"而东走，毋顾。这一禁忌是通过神谕的形式发出的。伊尹母因违背了禁忌，"顾望其邑"，而遭到惩罚，化为空桑。惟《论衡》所载传说中，未言及伊尹母违禁后的厄运，大概是在流传中，字句脱落的缘故。

龚维英先生曾提出，"桑树既然是伊母所化，桑树的空洞即等同于女性生殖器。"原始思维里"类似联想"或"互渗"作用往往将植物、动物及其形态与人的生殖器官作"只取一点，不计其余"的"随机对位"，葫芦（瓜）与子宫，与女阴（或男阴）；树沿与母腹，与女阴；树干与男阴，鸟

---

① ［东汉］高诱注：《吕氏春秋》（卷第十四，孝行览第二·本味），《诸子集成》（第六册），中华书局 1954 年版，第 139 页。

（卵）与女阴（或男阴）等，都可以因其形态或某一功能的相似而发生比附。正是这生殖崇拜的渊源关系，伊尹出自空桑，乃是十分自然的事情。然而故事却十分巧妙地嵌入了一个禁忌母题，将伊尹出生的情结归因于其母的违禁行为，其生之空桑似乎是超自然力惩罚所致。而有莘恶伊尹从木中出，也可能是伊尹母子触发了洪水之故。禁忌母题自然而然地引导出空桑这一生殖象征意象，并将伊尹的诞生注入了天谴劫难的意味，更加突现了伊尹身世之不同凡响。

遇灭顶之灾而不可"回顾"的禁忌母题，也出现在西方并非同型的故事之中。钟敬文先生翻检到希柏来与《旧约·创世纪》有异的一种灾难故事。其中与伊尹传说关系最大的一节是：亚伯拉罕祈求发怒降灾的耶和华饶恕所多玛城的 10 个善人。天命叮咛 10 人中的罗得说："逃命吧！不可回头看！也不可在平原站住，要往山上跑，免得被剿灭！"他们便向近处小城奔逃。他们刚离开了那里，硫黄与火便从山上降下，把所多玛及蛾摩拉两城和全平原及其间所有的一切物类，都毁灭了。罗得和家人逃跑时，妻子落在后边，因回头一看，便变成了一根盐柱……

除了水火表面的不相容之外，禁忌母题的结构及其内涵完全一致：设禁者皆是神灵，违禁者都为人之母，受惩的方式亦是违禁者变化为物，只是一为空桑、一为盐柱而已。正像钟先生所说："这和伊母的不守神谕，回头一顾，变成空桑，是何等令人惊异的吻合啊！"

地陷型传说的禁忌母题在汉代渐变，《淮南子·俶真训》"夫历阳之都一夕反而为湖"句，高诱注云：

> 昔有老妪，常行仁义。有二诸生过之，谓曰："此国当没为湖。"谓妪："视东城门阃有血，便走上北山，勿顾也！"自此，妪便往视门阃。阃者问之，妪对曰如是，其暮，门吏故杀鸡，备涂门阃。明旦，老妪早往视门，见血，便上北山，国没为湖。与门吏言其事，适一宿耳。①

历阳是秦置县名，地在今安徽省和县。和县以前是和州。汉初属淮南国，是淮南王刘安所辖之地，刘文典《淮南鸿烈集解》注曰："有注云：汉明帝时，历阳沦为湖。"现在的历湖可能就是当年历阳所在。

---

① ［东汉］高诱：《淮南子注》，上海书店 1986 年版，第 33 页。

　　故事原有的"勿顾也"这一禁忌母题在这里只是一个象征性摆设，因为后文根本没有让老妪违禁的意图和情境。此故事容纳两个禁忌母题，显然带有过渡的性质。在此前此类禁忌主题中，神谕只告知守禁的途径，却没有晓示缘由。故而老妪不可能意识到违禁的严重性，违禁在所难免。而在此故事中，明确道出了"此国当没为湖"，老妪当然要恪守禁忌以避免葬身鱼腹的厄运。既然违禁的可能性被排除，设禁便成多余。因此，"勿视"这一禁忌母题是建立在"国当没为湖"灾难基础上的。也就是说洪水肯定会到来，"臼出水"或"臼水出"即是预兆信号。而"血涂门阃"禁忌母题则不同，它将洪灾发生诱因的重负从神灵交付给了凡人，若没有门吏故意杀鸡，"血涂门阃"的有意行为，城是否会陷没为湖还当另论。纯粹是记录自然灾害现象的民间传说，由于掺入了这一新的禁忌母题，不仅事态的发展更为跌宕曲折，更富文学味道，而且还将传说的寓意从图腾崇拜和始祖信仰（伊尹自空桑生出，暗示他个人或其小氏族以桑为图腾），转回对民间现实社会的关注。传告禁忌信息的再不是另一世界的神灵，而是由凡俗之人所取替。传告的方式由虚幻的梦境进入了现世的话语。决定人物命运的洵非自然灾害破坏的程度，而是人物的道德水准和伦理状况。老妪因"常行仁义"，方成为唯一幸免于难的人。

　　魏时的记载，这个传说又转移地点，变成由拳县事。地在今浙江省嘉兴县南。《水经注·沔水》"谷水出吴小湖，迳由卷县故城下"引《神异传》曰：

　　　　由卷县，秦时长水县也。始皇时，县有童谣曰："城门当有血，城陷没为湖。"有老妪闻之，忧惧。旦往窥城门。门将（侍）欲缚之。妪言其故。妪走后，门将（侍）杀犬，以血涂门。妪又往，见血，走去，不敢顾。忽有大水长欲没县。主簿令干入白令。令见干，曰："何忽作鱼？"干又曰："明府亦作鱼！"遂乃沦陷为谷矣。①

　　这里的"不敢顾"处于极不显眼的位置，且已基本上消淡了禁忌的色彩，让人觉得似乎是由于害怕所致，与禁忌没有牵连。而"门将（侍）杀犬，以血涂门"的禁忌母题则被挪至前面，显得十分突出，成为整个故事情节的中心环节。在它强有力的排挤之下，旧有的禁忌母题已基本失去了生

---

① ［北魏］郦道元：《水经注》（卷第二十九，沔水），岳麓书社1995年版，第438页。

存的空间，残喘于禁忌的边缘，沦落为一个可有可无的附带行为。

"由卷县"地陷传说在晋人干宝《搜神记》中亦有详录，与《水经注》所载内容几乎完全一致，只是将"勿顾"的禁忌母题脱落得一干二净。从此以后，地陷传说中就再也寻觅不到其踪影。

梁刘之遴《刘之遴神录》亦辑存此传说，文字稍有增益，更为丰润，并新添了"老母牵狗北走六十里，移至伊莱山得免"的细节。老妪与狗相依为命，亲密无间，说明她获救亦在于善行。从内容看，两则传说可能形成于秦王朝或以后不久时代，因为禁令的发出是秦代的一首童谣。违禁的方式也大致相类，皆为以犬血涂城门。

《搜神记》卷二十还有另一则地陷型传说：

> 古巢，一日江水暴涨，寻复故道。港有巨鱼，重万斤，三日乃死。合郡皆食之。一老姥独不食。忽有老叟曰："此吾子也，不幸罹此祸。汝独不食，吾厚报汝。若东门石龟目赤，城当陷。"姥日往视。有稚子讶之，姥以实告。稚子欺之，以朱傅龟目，姥见，急出城。有青衣童子曰："吾龙之子。"乃引姥登山，而城陷为湖。①

从禁忌母题的角度来看，这又是一个具有转折意义的文本。"以犬血涂门"的禁忌母题蜕变为"以朱傅龟目"。据有的学者考证，"龟"的出现，是由于其与"臼"、"闉"有同音关系。龟目代替城门（闉）标志着禁忌对象的改换。由血而为朱乃皆为红色之故，意义未变。另外，此传说还首次提供了对地陷为湖起因的诊释：合郡食龙之子的肉，遭龙王的报复，城陷为湖。明确指出了设置禁忌的动机。设禁不再是空穴来风，也不是肇端于不可避免的自然灾害，设禁与违禁一样，都是人为的，是人的恶行所致，而出场的先知者似乎只充当了一个传报洪水信息的角色。古巢老姥仅因不食巨鱼之肉，便得到厚报，这就更包含着"不因善小而不为"的思想。禁忌母题所张扬的伦理观念，较之以前更为具体了。

到梁，任昉《述异记》卷上也记载了这个传说：

> 和州历阳沦为湖。昔有书生遇一老姥，姥待之厚。生谓姥曰："此县门石龟眼血出，此地当陷为湖。"姥后数往视之。门吏问姥，姥具答

---

① ［晋］干宝：《搜神记》（卷二十），中州古籍出版社 2010 年版，第 352 页。

之。吏以硃点龟眼。姥见，遂走上北山。顾城遂陷焉。今湖中有明府鱼、奴鱼、婢鱼。①

与《搜神记》所载相较，在地名上稍稍移动一下，又回归到"和州历阳"。内容上显然遗弃了合郡食龙肉、龙惩罚郡人的情节，而是被姥待书生之厚取代。但"以硃点龟眼"这一破坏禁忌的行为则完全一致，即两故事的禁忌母题是同一的。至此，禁忌母题最需要阐释的意象当为"龟"了。"龟"大摇大摆地闯入地陷型传说，成为禁忌的对象并与洪水结下了不解之缘。显然这绝不仅仅是发音上的原因，还有着更为深层的文化内涵。

中华民族从原始龟图腾崇拜开始，就形成了一个牢固的信念：龟是解危避难、消灾降福的吉祥神灵之一。它曾因助禹治水而闻名。《洛阳记》载："禹时有神龟于洛水，负文列于背以授禹，文即治水文也。"《拾遗记》："禹尽力沟洫，导川夷岳，黄龙曳尾于前，玄龟负青泥于后，玄龟，河精之使者也，龟颔下有印，文皆古篆，字作九州山川之字。禹所穿凿之处，皆以青泥封记其所，使玄龟印其上。今人聚土为界，此之遗象也。②"传说在禹疏九河中，惟淮河屡治不效，常常泛滥成灾，百姓叫苦不迭。禹亦一筹莫展。原来是水神在作梗，是龟化作大山镇住了水神，才使淮河驯服入海。《南村辍耕录》载："水神在临淮县龟山之下，形若猕猴，缩鼻高额，青躯白首，金目雪牙，颈伸百尺，力踰九象。禹获之，锁其颈于龟山之足，淮水乃安流注海。"又："禹治水三至桐柏，获淮涡水神曰无支祁，乃命庚辰制之，锁于龟山之足，淮水乃安。"③ 由此可知，禹在治水过程中，每遇艰难险阻，均由龟为其排忧解难。在汪洋大海里，龟还专门在狂风恶浪的险要地方为人解危。《孙公谈圃》载："言东海洋，龙宫之宝藏所也，气如厚雾，虽无风亦有巨浪，使人卧木匣中，虽荡而身不摇，食物尽呕，唯饮少浆。舟前大龟如屋，两目如巨烛，光耀沙上，舟人以此卜之，见则无虞也。"④ 古籍多有关于神龟救人于水难的记载。既然有了这么坚厚的历史积淀，龟被奉为保护神，在地陷型传说中以洪水预言家的身份出现，就不难理解了。

然而，自元代以降，龟的声誉一落千丈，成为了污秽邪淫的代名词：它

① [南朝梁] 任昉：《述异记》（卷上），参见马俊良编《汉魏小说采珍》（下册）上海中央书店 1937 年版，第 102—103 页。

② [晋] 王嘉：《拾遗记》（卷二、夏禹），中华书局 1981 年版，第 37 页。

③ [元] 陶宗仪：《南村辍耕录》，中华书局 1959 年版，第 368 页。

④ [宋] 孙升：《孙公谈圃》，中华书局 1991 年版，第 3 页。

因之也渐渐失去了在此型传说中的神圣位置,远离了禁忌母题。取而代之的是越来越走红的石狮。

在明代无名氏小说《龙图案》里有一篇《石狮子》,首次出现了石狮子眼中流血预兆水灾的情节,并有洪水泛滥、广大生灵受害以及善良人因善行得到救助的情节。钟敬文先生指出:"我以为现在汉族中流行的这种类型的神话,部分记录中石狮子及其预告灾难等情节,是从较早时代地陷传说中的石龟角色及其作用所蜕变而成的。而明代小说中的石狮子及其预兆作用的叙述,正是现在这种故事有关情节的较早形态。在现代同类型神话的另外记录里,那角色仍是乌龟,这是原始说法的遗留。"① 这一论断是与地陷型传说发展的轨迹相符的。

自石狮加盟此型传说的禁忌母题之后,传说骤然变得活跃起来,异文猛增。陈建宪先生收集到此型传说的 39 篇异文,洪水前兆以石狮子眼中出血(发红)最多,共 29 例;其次为石龟(乌龟、金龟)5 例。石狮子占据了石龟在禁忌母题中的位置,成为了禁忌的对象,禁忌母题的基本内容并没有明显的改变。20 世纪 40 年代,民族学家陈志良先生在上海收集到几个地陷的传说,其中一则比较典型:

> 从前东京城里有个孝子,只有一位老母在堂,他非常孝顺她。有一晚,他梦见一个仙人对他说:"这个城头快要沉没了!你如果见到城隍庙前石狮子的眼睛里出了血,此城马上沉没,赶快驮了你的母亲逃走!"那孝子信以为真,每日在天未亮之先到城隍庙前看看石狮子眼睛有没有出血。一连好几天,天天碰到杀猪的。杀猪的奇怪他的行动,盘问明白那孝子的原委。于是在第二天大清早,杀猪的把手上的猪血预先涂抹了狮子的眼睛。等到孝子一到,看见石狮子的眼睛果真出了血,马上回家驮了老母就逃。他的前脚跨出,后脚已沦而为湖了。于是那东京城就沉没而为湖,崇明岛却渐渐地余了起来。②

从所发现的此型传说的文本中,禁忌者大多为杀猪的屠夫。他们实际为故事的反角。因以杀牲为业而容易被视为心狠手辣、不仁不慈之徒。他们手

---

① 钟敬文:《从石龟到石狮子》,参见巴莫曲布嫫、康丽编选《谣俗蠡测——钟敬文民俗随笔》,上海文艺出版社 2001 年版。

② 陈志良:《沉城的故事》,《风土什志》1944 年第 1 卷第 3 期,第 77 页。

上常沾满鲜血，并随手擦抹，在不知晓或根本不领会禁忌严重性的情况下，给附近的石狮眼睛抹上一点，是很自然的事。让他们充当冒犯禁忌之人，既符合现实生活的逻辑及佛家好生恶杀的信条，也使故事情节的进展合情合理。倘若不是以鲜血来作为违禁的媒介，那违禁者绝不是屠夫。有民间故事说，老师偷偷用红铅笔涂红了石狮的眼睛及小学生用红颜色涂石狮子的眼睛等。这是由于老师和学生经常使用红笔的缘故，并无其他的隐喻。

以血作为违禁的媒介物，有着远古信仰的依据。《中国原始社会史话》引述我国考古学成果写道："考古发现表明，山顶洞人在人死后，要把死尸埋进本氏族的公共墓地（山顶洞的下室），并举行一定的仪式，他们在尸骨上撒赤铁矿粉末。这种习俗在世界上许多古老民族中很流行，他们也许用赤铁矿代表红色的血液，作为生命的象征。动物和人一旦失去鲜血，生命即告完结，这是原始人经常看到的现象。在死者身上撒红，似乎是希望死者能够继续保持生命力。①"云南沧源佤族地区发现的庞大崖画群，均属红色崖画。崇尚红色，是采用红色颜料的直接原因。在原始人类看来，用红色颜料绘制的人及动物，能"注入"活力，使复制在崖壁上的动物及人类获得灵性，从而令祈望的感应效果产生。同理，给石狮眼睛涂上红色，其灵气便被重新激活，恢复了预报人间灾祸的能力。

然而，在所有的此型禁忌母题中，涂红色即违禁者无一例外都葬身湖底，并没有因给石狮注入了生命的"血液"而幸免于难。何故？血为崇拜的对象，按禁忌的原理，也就成为禁忌的对象。尤其是猪血，显然带有不洁的性质，刘锡诚先生在探讨这一问题时指出：它"既具有禳灾的功能（如用来作奠基之用），也作为禁忌用于模拟巫术，致害于他人，速来灾难"。把它涂在神圣石狮的关键部位，本身就是一种恶劣的亵渎神灵的巫术行为，理应受到惩罚。

地陷型传说以对始祖的刻意神话为起始，转而致力于宣扬知恩图报及好心必有好报的劝善思想。洪水灾难中死里逃生的多是老妪，她们既是传说中的主角，又实际上是中转禁忌消息的信使及孤独的禁忌捍卫者（似乎没有其他人相信这一禁忌）。就男女老少而言，老妪以其特有的善良与慈爱最有资格也最适合在传说中充任主角。有了她们的出场，故事便可毫不犹豫、直截了当地切入禁忌母题，不必为寻求因果关系而挤出篇幅来叙说她们的种种积善积德之举。

---

① 黄淑娉等著：《中国原始社会史话》，北京出版社 1982 年版，第 56 页。

　　此型传说的禁忌母题演进至近代，伦理教化的作用继续得到大大强化。传说形态上一个明显的变化是老妪让位给了后生，自己则退隐到幕后，享受着后生的侍奉。传说往往用对比的手法，突出了后生敬老养老的优良品德及那众多虐待老人、摧残老人的忤逆之辈的恶劣品性，并以此作为天助后生劫处逢生和天谴忤逆之辈的理由。《洪泽湖的传说》这样讲述：天上观音变成一个老太卖馒头，发现人们都是买馒头给伢子吃，却没有买给老人吃的，她想："怪不得此地人要遭难，没有一个孝敬老人的。"到了年底，她把店门一关，门外来了个伢子，要买馒头给奶奶吃。她开了门，卖给他馒头，并告诉他洪水来临的信息及逃命的方法。《狮子眼红陷濠陵》的前半部分所述内容与此相似：传说很早以前，梁山以西10里有个城池叫濠陵，城市雄伟繁荣，人却不仁不义，上欺老下欺小，尔虞我诈，作恶多端。泰山老母化作一要饭的贫婆来濠陵察看。一个小学生可怜她，把她领到家里，给以饱暖。泰山老母得遇此等仁义慈善之人，便告诉他将要发生的事情。上面这一大段交代，就故事情节本身而言，实际是为禁忌母题的正式出台作了必要的铺垫；从教化的目的来说，又在传说原本就有的佛教因果报应思想的基础上，羼进了更为具体更为现实的儒家孝道的内容。

　　设禁的角色也发生了转换：古代异文中传报洪水信息及设禁者是巨鱼精或书生，晚近异文中则转换成为惩罚作恶者和不孝者的神仙（玉皇大帝、观音菩萨）。违禁者只能是一个，然而受惩罚的却是全城人。他是全城人的代表，其违禁行为是全城恶风陋习使然。唯有神仙才有这样敏锐的判断力，唯有神仙才有这样无比巨大的威力。这是传说的创造者们和传播者们在对现实作了反复的省思之后所作出的无奈的结论。把抑恶扬善、匡风正俗的希望寄托于超自然力，这毕竟给人虚幻之感。

　　然而，此型传说又可归为风物传说类，禁忌母题附丽于具体、直观的地方景点（诸如崇明岛、太湖、淀山湖、历湖、洪泽湖等），则平添了几份真实和可信。尤其是将毁灭性的自然灾害与人的善恶行为连接为直接的因果关系，使禁忌母题更具有振聋发聩的威慑效果。

（原载《民间文化》1999 年第 1 期）

论幻化母题与图腾崇拜的起源

吴晓东

翻开中外典籍，关于幻化的描写处处可见。晋干宝《搜神记》卷十二曰："江汉之域有（貙）人，其先廪君之苗裔也，能化为虎。"《汉书·武帝纪》载："禹治洪水，通轩辕山，化为熊，……涂山氏往，见禹化作熊，惭而去，至嵩高山下，化为石。"在少数民族民间文学中，幻化母题也比比皆是，格萨尔、玛纳斯都是极善幻化的英雄。许多传说也常用幻化的形式作为结尾，如阿诗玛化为石、刘三姐化为黄莺及梁山伯、祝英台的化为蝶。在这些幻化中，有的与图腾信仰关系紧密，属于图腾化身神话；而有的仅仅是一种形式、一种寄托或一种手段。那么，这一包括图腾化身在内的幻化母题，其渊源何在？与图腾崇拜又有什么样的关系？

一

各种文化的起源问题总是那么渺茫难稽，这一看似远离现实生活、极富幻想的幻化母题，其棘手程度则显得更为突出。但有一点，它与其他母题一样，归根到底还是应当来源于现实生活。在现实生活中，也有许多变化的事例，有的为渐变，如小树长成大树、春天过渡到夏天。这类变化缓慢之程度，显然不能构成幻化母题的生活源泉。有的为突变，如开水化为气，蛹化为蚕等，但这类变化仍不是幻化母题中所呈现出瞬间即逝的形式，而且它难以给人较深的印象，让人感到奇妙。它是有规律可循的，水只能结为冰或化为气，蛹只能变为蚕而不是别的。人们对此习以为常，难以引起注意。在生活中，唯一让人感到百思不得其解，让人感到奇妙无穷的，只有梦境中的角色幻化。它极有可能导致幻化母题的发生。

所谓梦境角色幻化，是指在梦境中，做梦者自己或其他人幻化为动植物的现象。简单地说，就是做梦人在梦中看见自己或别人变成了一只鸟或一只虎什么的。这种幻化，我们许多人都有过亲身感受，对诸如"昨晚我做梦变成了一只鹰"之类的说梦也并不感到陌生。也许，现代人的这类梦幻已大大减少了，但在原始的采集、狩猎时代，人们每天都与动植物打交道，在"日有所见，夜有所梦"规律的支配下，动植物出现在原始人梦境之中的情况要多得多。原始人渴望自己能像雄鹰一样高飞，渴望能像雄狮一样勇猛。所以，他们比现代人更容易梦见自己变成了一只雄鹰或雄狮。

有关梦境的角色变化，在我国的一些文献中常有记载。其中最著名的当为庄周化蝶之梦："昔者庄周为蝴蝶，栩栩然蝴蝶也，俄然觉，不知周之梦为蝴蝶与，蝴蝶之梦为周与。"① 《玉匣记·梦虎兆头》载："唐李胜美拜荆州太守，忽梦己首为虎首，次日闷坐不语，妻问曰：'相公敢是梦虎首？'李惊问曰：'夫人何以知之？'妻曰：'我昨夜梦梳妆时，对境（镜？）照见妾头是虎头，妾之欢也，古人云，君乃龙，臣为虎。必有封赠。'不旬日期，果为君相，妻赐诰命。"另外，《左传》记载，宋国的国君死后，大尹独揽大权，扣押六卿，自立王子启为国君。这时，王子得做了个奇特的梦。他梦见启头朝北睡在庐门之外，自己变为大乌鸦栖止在门上面，嘴搁在南门上，尾巴搁在北门。得认为这是个好梦，因为启的头朝北，必死。

现代有关梦的理论，已对这种角色的幻化原因作出了解释。弗洛姆德认为，在梦境中的许多部分之间没有逻辑关系，它没有"不过"、"因此"、"因为"、"假若"，只有以图画形象间的关系表达出那些逻辑关系。比如做梦也许会梦见一个人站起来并高举手臂，然后变成一只小鸡。在平常的语言里，这段梦的内在思维作用的意思乃是表示："他在外表上好像蛮强壮的样子，其实他根本是脆弱得像小鸡般的胆小。在显梦中，逻辑关系以两件事的连续性表现出来。"② 当然，原始时代的人们不会了解梦中的人为什么会变成小鸡或别的什么，但他们在一定的历史阶段一定会注意到这些角色幻化的现象，而且感到不可理解，他们会把这类梦境当作故事说给众人听，从而广为流传。

梦思维具有故事性的特点，这一特点为梦境角色幻化演变为许多幻化故事提供了可能性。人醒时思维是断断续续的，不构成一个个故事情节；而梦

---

① 《庄子·齐物记》。
② ［德］弗洛姆：《梦的精神分析》，叶须寿译，第50、51页。

思维就不一样了，它不受逻辑的约束，对时空的颠倒不闻不问，虽然梦境中的地点一会儿这，一会儿那；角色一会儿人，一会儿物，但做梦人对此毫无察觉。这使许多清醒时看似不连贯的情节在梦境中却是连贯的，它能构成一个完整的故事。这样，再加上梦境一般都较为离奇，人们都喜欢在醒来后讲述他们的"奇遇"故事。所以说，梦的故事性为幻化母题的形成与传播提供了可能性。

　　除了上文提到的对梦中角色幻化的直接记载外，另外许多神话传说中的幻化仍然带有来自梦幻的迹象。《太平广记》中有一则"人变鱼"的故事，说的是有一个叫薛伟的人生了一场大病，好些天没有醒，昏迷中，他进入了梦乡。在梦中，他变成了一条鱼，被别人钓住，并准备杀掉煮吃。另一则"人变虎"的故事是说，有一人累了，躺在一棵大树下睡着了，做了梦。在梦中，他化成了一只老虎，吃了人。醒来后他十分后悔，因为那梦中的一切都是真的，已经有人被他所变的老虎咬死了。这两则故事都把人们幻化为动物这一行为置于梦境的条件下，可见人们已经意识到，人与物的幻化，只有在梦境中才能实现。关于这一点，从澳洲土著的神话传说中我们可以看得更为清楚，澳洲土著人也意识到一切幻化都是来自梦中，他们与世界各民族一样，也有许多解释动植物来源的神话传说。但不同的是，这些神话传说把自然界的一切都说成是人在梦幻时代变化而成的。斯里顿·勃契克（Sreten Bozic）和阿兰·马歇尔（Alan Marshall）搜集编写了一本名为《澳洲神话与传说》的小册子，其中包括25个神话与传说，叙述了袋鼠、海豚、布谷鸟、野狗、鳄鱼、火等动植物或无生物是怎样在梦幻时代由人幻化而成的。这些神话与传说总要提起故事的发生时间是在梦幻时代。例如其中的《袋鼠和海豚》一开始便说："在动物都是人的梦幻时代，海豚本来是一位女人"；《美人鱼》是这样开头的："在动物、树木都还是人的梦幻时代，人鱼曾是一个漂亮的姑娘。"《蜥蜴与黑蛇》也说："在梦幻时代，蜥蜴人塔纳和黑蛇人温布利是近邻。"目前，中外学者对"梦幻时代"的解释不一，大多数人认为，所谓的梦幻时代，就是指混沌初开，世界和人类社会形成的时代；少数人则相信，梦幻时代是澳大利亚土著人的一种特殊观念，土著人认为世界和人类的形成是从一个人的一场梦开始的，那么，世界和人类形成的时代就是梦幻时代。① 笔者认为，前一种观点看似合理，却未能解释澳洲土著为什么那么热衷于运用"梦幻"一词，而且为什么要说万物皆为"人"

① ［英］斯里顿·勃契克、阿兰·马歇尔：《澳洲神话与传说》，第7页。

所变；后一种观点看似荒谬但接近事实，它指出了土著人意识到万物皆由人在梦中所变的"事实"。当然，土著人不会认为万物起源于某一个人的某一场梦，只是他们经常在梦中"看"到了自己或他人幻化成了各种各样的动植物或无生物，他们自然而然会认为万物是人在做梦的时候变成的。所谓的梦幻时代，应当就是"做梦的时候"。澳洲土著人留下的这些神话与传说，可以说是幻化母题来自于梦境中的角色幻化这一假说的最后例证。

幻化母题遍及整个世界的各民族，这与做梦为人类生理现象这一特点是相吻合的。在语言尚未产生之前，人类祖先已分散到世界各地，但只要有梦存在，就可能产生梦境的角色幻化，自然而然也就会导致幻化母题的产生。许多地处偏远、几乎与世隔绝的原始部落，同样具有含幻化母题的神话传说，这与其说是文化的传播，不如说是幻化母题源于梦境的角色幻化更能令人信服。

二

上文论证了幻化母题来自于梦境中的角色幻化现象，下面想进一步证明，图腾观念同样来源于此，早期的幻化神话当属于图腾化身神话的范畴。

要说明图腾观念发生的问题，必须先说明其发生的思维条件和社会基础。图腾观念是一种奇特的社会现象，我们必须弄清人为什么会与动植物认同，即思维条件是什么。

图腾观念的起源理论早已五彩纷呈，有几十种之多。这些理论大同小异，可综合为名目论、经济论、灵魂论、妊娠论、对立说、神化祖先说、转嫁论、象征论、"恋母情结"论、控制论等十种。[①] 而这些理论所阐述的思维基础，又可归纳为三种：第一种认为是灵魂的转移，第二种认为是误解，第三种认为是原逻辑思维的情感混同。

灵魂论与妊娠说都是以灵魂不灭为基础的。灵魂论认为死者的灵魂将附于某种动植物体内继续生存，这样，死者灵魂附入的动植物便与人们结下了血缘关系，成了人们的血缘亲属，即图腾。妊娠说则认为，早期的人们不了解性行为与妊娠的关系，他们相信生孩子是婴儿魂进入妇女体内之故，而婴儿魂进入妇女体内之时，即是妇女受到动植物的惊吓之时，因此人们便认为婴儿魂来自于这些动植物，便把它们当作图腾了。这两种以灵魂不灭为基础

---

① 何星亮：《图腾文化与人类诸文化的起源》，中国文联出版公司 1991 年版，第 165—194 页。

的理论受到的最大挑战就是灵魂后起论。这一理论认为，灵魂观念产生时间比较晚，比如在澳大利亚一些土著人当中，图腾文化已相当发达，但其灵魂观念却刚刚萌芽。苏联民族学家海通还认为，体外灵魂在澳洲土著人中是不存在的，但其图腾文化已相当发达。

　　名目论、象征论、神化祖先说都不同程度地把人为什么要与动植物认同这一关键问题归因为各种误解。名目论认为原始人存在一种给人取动植物绰号的习俗，因后代不理解其祖先名称的由来，错误地认为其祖先就是与绰号同名的动植物了。这一理论多不为人们所接受，因为以动植物名为人取绰号的习俗到今天仍很盛行，人们不会将绰号与动植物本身弄混。象征论与名目论相似，只不过它认为图腾观念源于图腾标志，一开始人们经某一种动植物作为本民族的标志，它仅仅是一种象征；后来，人们把民族与标志混为一体，发生误解，产生图腾观念。这一理论明显地颠倒了图腾血缘亲属与图腾标志的先后关系。图腾标志是后起的，并非所有的民族其图腾都具有标志的含义。神化祖先说把图腾的起源归于祈求祖先们保护的心理，人们为了使祖先具有更大的影响力，把他们说成是具有能够化身为动植物的能力。后来人们根据这些传说，便认为祖先是时而为人、时而为动植物的英雄，这就自然而然地把动植物当成了自己的祖先。很显然，不可能每个民族都一定会把祖先神化为具有幻化的能力，把全人类的一种具有共性的文化解释为某种偶然的误解，是难以令人信服的。

　　相对来说，转嫁论与对立说所指出的思维基础较为科学。它们认为原始人的思维是列维—布留尔所提出的"原逻辑思维"，这种思维的特点表现在主观与客观混同为一，幻想与现实不加区分。因此，"原始人不能区分人类社会与自然界，把人类社会群体与自然界的动物群体混同起来，……人可以与周围的某种动物结成友好联盟。而在当时条件下，原始人只可能把这种联盟的性质解释为血缘关系。"[①] 就这样，人与动植物进行了认同。笔者认为，这种热衷于贬低原始人类思维能力的做法同样存在缺陷，从动物学的大量材料可以证明，无论是何种低等的动物，都不会把其他物种混为同类。不仅如此，它们的领地，意识极为惊人。豹、狮、虎、狼等动物，其智力虽远低于人类，但都善于用自身的分泌物，如尿液、粪便或唾液来划分它们的领地，连同类的其他群体都不能侵犯。区分领地，就是区分自身与他人，这些智力比人类低级得多的动物尚且如此，人类（无论其处于什么发展阶段）又怎

---

① 何星亮：《图腾文化与人类诸文化的起源》，中国文联出版公司1991年版，第165—194页。

可能把自己与其他物种混为一谈呢？也就是说，只要处于正常的清醒状态，无论是现代人还是原始人，都不会不具备区分自身与自然界差别的能力。不会将主客观混为一体。

能导致人与动植物进行认同的，只能是非清醒状态下的梦思维。上文已经讨论过，梦思维具有不受逻辑约束的特点，它只是以一些图像来表达逻辑关系，因此，梦境就会经常出现人与动植物互化的现象。这一现象不仅是幻化母题的根源，同时也是人与动植物认亲的思维基础。原始人在梦中"看"到了人与动植物的相互幻化，他们不可能仅仅只停留在把它当成故事来讲，他们同时也对此进行思考，考虑这种幻化是出于一种什么原因。这样，自然就很容易得出"人是由动植物变的"或"动植物是由人变的"这种结论，这样，人与动植物进行认同就是很自然的事了。

还有一个问题我们必须解决，那就是原始人注意到梦境中的角色幻化，他们是否会真的相信那是真实的，为什么不像现代人一样，认为那仅仅是一场梦而已，与现实无关，这就是图腾观念发生的社会基础问题。大量材料已经表明，人类曾经历了一个信梦、崇梦的历史阶段，原始人曾相信梦也是现实，是可信的。列维—布留尔曾写道："他们（指原始人）首先把梦看成是一种实在的知觉，这知觉是如此确实可靠，竟与清醒时的知觉一样。……他们完全相信他们在梦里见到的那一切的实在性。"① 这种信仰，无论是中外，都曾存在过。"契洛基人若梦见自己被蛇咬了，就会受到真正被蛇咬时所施行的那种治疗，他们相信。要不然他的身上会起一种普通咬伤后所出现的浮肿和溃疡，即使这只是在几年以后才有的事。"② 在我国古代，梦即是现实的信仰也十分普及，《左传》中"穆子梦竖牛"的记载就说明了这一点：鲁国穆子在国外曾与一个私下里给他食物的女人野合。回国后他梦见天塌下来压着自己，天太沉了，快顶不住了。这时，他看见一人，黑皮肤，肩膀向前弯，深凹的眼睛，猪嘴巴。于是便叫他帮忙，把天顶住了。天亮后，穆子到处找梦中的人，后来发现那人竟是他与女人野合的私生子。无论这一事件的可信度如何，但它已毫无疑问地显示出古人梦即现实的信仰：穆子梦醒后竟去寻找他梦中所见到的人。正是因为人类普遍经历过这样一个以梦为真的历史阶段，原始人才会相信梦境中的角色幻化也是真实可信的。这样，当一个原始人梦见自己幻化成了一只老虎，那么，他就会完全相信自己就是老虎。

---

① ［法］列维—布留尔：《原始思维》，商务印书馆 1985 年版，第 48、70 页。
② "Myth of the Cherokee", E. B. Rept., xix. p. 295.

这种信仰，就是图腾观念发生的社会基础。波罗罗人以金钢鹦哥为图腾，他们相信自己活着的时候就已经是真正的金钢鹦哥了。①

　　不错，图腾的最主要含义是"血缘亲属"和"祖先"。但笔者认为，这不是最早的含义，最早的含义是"人的另一种存在形式"。图腾观念发生的开始，人们相信人即图腾，图腾即人，人与图腾可以互化。图腾具有"亲缘亲属"或"祖先"这样的含义，是由图腾的继承所决定的。具体来说，一个人在梦中梦见自己幻化为一只鹰，那么，他便相信自己就是鹰了，鹰是他的个人图腾，这时的含义是"图腾即人，人即图腾"。而对于这个人的子孙后代来说，鹰自然就成了他们的"父亲"、"祖父"或"祖先"，这样，图腾自然具有了"血缘亲属"或"祖先"的含义了。从世界各民族对图腾的称呼来看，这种演变较为明显。图腾在中非的班布蒂人各民族中称为"祖父"或"父亲"②；在澳大利亚南部和东部诸部落通常被称为"我的朋友"或"我的兄长"、"我的父亲"，有时又称为"我的骨肉"③；在大洋洲的北婆罗洲的加焦人中，图腾又称为"祖父"或"大哥"④。这些称呼有很大差异，而这些差异正好说明了图腾继承的来源是不一样的。有的群体是从"祖父"那儿继承的，而有的是从"大哥"那儿继承的。称"祖父"的，是后代对祖父的个人图腾的称呼；称"大哥"的，是弟弟对大哥的个人图腾的称呼。当然，随着时间的推移，这些称呼会慢慢固定下来，成为一种称呼祖先的形式，不再具有具体的意义。至于哪种称呼会被使用，恐怕与个人在社会中的地位不无关系，只有当一个人在集体中具有一定的影响力时，他的个人图腾才会被继承下来。

　　从上文可以看出：第一，梦思维的非逻辑性决定了梦境具有人与物互化的现象，这是人与物进行认同的思维基础。第二，人类经历了一个以梦为现实的历史阶段，这又构成了人与动植物进行认同的客观社会条件。所以，梦境中的角色幻化现象不仅成了幻化母题的直接来源，同时也成了图腾崇拜发生的根源。

---

　　①　[法]列维—布留尔：《原始思维》，商务印书馆1985年版，第48、70页。

　　②　托卡列夫：《世界各民族历史上的宗教》，魏庆征译，中国社会科学出版社1985年版，第47、153页。

　　③　同上。

　　④　何星亮：《图腾文化与人类诸文化的起源》，中国文联出版公司1991年版，第165—194页。

三

有人认为幻化母题当来源于图腾化身信仰，这是不确切的。从上文的分析看，幻化母题直接来源于梦境的角色幻化现象，它无须任何信仰作为条件。梦境具有故事性、情节性的特点，这为幻化母题的形成和传播提供了可能性。图腾观念的发生除了以上条件外，还须有"梦即现实"这一信仰作为基础。由于图腾观念发生的时间已难确定，所以我们说，早期的幻化故事可能仅仅是不带任何宗教性质的普通故事，当它融入图腾观念时，这类故事就演变成了图腾化身神话。这类神话由于带有浓厚的宗教色彩，得到了广泛的流传，现今在世界各民族中仍有大量的此类神话。印第安摩其人流行一种传说，他们的第一个祖先是由图腾动物和无生物化身的。[①] 鄂吉布瓦鹤氏族以鹤为图腾，他们传说其始祖父和始祖母是由一对鹤变的。[②] 我国纳西族虎氏族以虎为图腾，他们传说人和虎能互相变化，《滇南杂志》卷二十二还记载了关于一位丽江纳西族人"卧于磐石之上，须臾变为虎，咆哮而去"的传说。

幻化母题与图腾观念的融合，成了独特的图腾化身神话，而法术观念的渗入，则产生了许多"化身骗术"的故事。印度民间文学中这类故事很多，史诗《罗摩衍那》就讲述了一个以化身相欺骗的故事：一位圣者以一个化身充当湿婆天的妻子，让罗伐肇带她去了楞伽，而湿婆天的真正的妻子则留在了他身边。佛教传入中国后，中国的这类故事得到了发展，《西游记》中孙悟空的七十二般变化，给人们留下了深刻的印象。

（原载《民族文学研究》1997 年第 4 期）

---

① ［德］马克思：《摩尔根〈古代社会〉一书摘要》，人民出版社 1978 年版，第 144 页。
② ［美］摩尔根：《古代社会》上册，商务印书馆 1997 年版，第 174 页。

蒙古英雄史诗《罕哈冉惠传》
中母题研究举隅

赵文工

　　母题研究是解读蒙古史诗的基础性工作之一，具有不可替代的重要意义。只有在正确理解各母题的前提下，才能全面而深刻地把握史诗的内容，进一步涉足史诗研究的各领域。不仅如此，在某些情况下，读懂蒙古史诗的某些母题，对解读汉文古代典籍中的某些疑难问题也很重要。

　　在蒙古史诗母题研究方面，前辈学者曾作出过重要贡献。例如，我国仁钦道尔吉先生和已故德国蒙古学学者海西希先生，对蒙古史诗中的情节母题的表现形式和数量进行了归纳和总结，[1] 为人们研究蒙古史诗母题提供了极为宝贵的基础性材料。然而，研究蒙古史诗叙事母题，仅从表现形式和数量上进行归纳总结是远远不够的，摆在史诗学界后人面前的艰巨任务，是进一步挖掘蒙古史诗诸多母题中所蕴藏的文化内容。目前，学界的这项工作尚十分薄弱。本文的目的，就是以史诗《罕哈冉惠传》为切入点，拟对普遍存在于蒙古史诗中的某些叙事母题的文化蕴含做初步探索，以期使之成为这一研究领域的引玉之砖。

---

　　① 中国社科院少数民族文学研究所：《民族文学译丛》（第二册），中国社会科学少数民族文学所出版 1984 年版。

一　关于英雄人物出自单方登上
"约定的宝日陶拉盖山头"

正面人物——多数是英雄，自己或经别人指点，或在坐骑的引领下，登上"约定的宝日陶拉盖山头"（Boljootin bor tolgoo）时，获取了重要信息，或发现了来犯的敌人，或见到了久寻不见的亲友，或是后来要结交的朋友、盟友等。这是蒙古史诗中习见的一个母题，中篇以上的史诗中几乎都会出现。笔者由于阅读范围所限，到目前为止仅读到过两条对此母题进行解读的释文，其一，霍尔查先生在翻译《江格尔》时写道："蒙古族史诗中，经常出现'约会的紫色山冈'（即'约定的宝日陶拉盖山头'的不同译法——笔者）一词，但此处并无'约会'的意思，只是为了压（押）头韵而用。"① 仁钦道尔吉等人译注史诗《那仁汗胡布恩》时，对此解释道："这是史诗里象征吉利的山头名称。"② 这两种解释都缺乏起码的论证，实难令人信服。

先谈"约定"一词。"约定"如果出自双方或多方之口，则非常容易理解。例如《蒙古秘史》108 节中就曾出现过铁木真、王罕、扎合敢布的"相会之处"（孛勒扎勒）。而如果出自一方之口，则比较令人费解，因为这个"约定"是无从说起的。《罕哈冉惠传》中，出自单方登上"宝日陶拉盖山头"的人有两个，一个是牧驼老人，一个是罕哈冉惠。牧驼老人受陶丽高娃公主的差遣和指点，去寻找公主的未婚夫哈冉惠，当他登上此山头时，发现了哈冉惠的住所，进而找到他，向他传达了公主的口信。哈冉惠也经公主指点，不止一次适时登上此山头，看到了来犯的对手。陶丽高娃公主能"述说十二年前的往事，能预知未来十二年的吉凶"。其中，"述说往事"应该是常人所具有的能力，而"预知未来"的能力却绝非世间常人所具有，应理解为"悟得天意"的能力。学者们普遍认为，陶丽高娃为"仙女"形象。由此，我们自然会想起史诗《江格尔》中"能述说九十九年前的往事，能预知未来九十九年的吉凶"的阿拉坦策吉这一人物。若按宗教范畴划分，这两个人物均应属于萨满教型文学人物形象，或直接称之为"萨满"，即上苍与常人之间沟通的"桥梁"。这样看来，史诗中的"约定"一词中所呈现

① 霍尔查译：《江格尔》，新疆人民出版社 1988 年版，第 116 页。
② 仁钦道尔吉等编译：《那仁汗胡布恩》，民族出版社 2007 年版，第 13 页。

出的"双方"的意思就理应是"天与人"。

在其他蒙古史诗中,"约定"一词也反映了同样的文化内容。

在中篇蒙古英雄史诗《祖乐阿拉达尔罕传》中,两个主人公英雄人物波日罕·哈日·巴托、布和·宝日·芒乃,在征战的旅途中,没有得到如陶丽高娃、阿拉坦策吉这样的人物的指点,但也出自单方适时地登上了"约定的宝日陶拉盖山头",也获得了重要信息,见到了来犯的敌人或亲朋。这一母题又该如何理解呢?我们在《祖乐阿拉达尔罕传》的开始部分看到,波日罕与布和这对双胞胎兄弟出生后,他们的父汗祖乐便向世人征询,谁能为孩子剃去胎发,谁能给孩子起个贵名。此时,一位须发花白的老人从天上飘然而至。这位上天的使者——萨满,给孩子剃去胎发、起了贵名后,告诉兄弟俩各自的坐骑是哪群马中的哪一匹,预言他们会遇到的敌人究竟在何处等等。[1] 面对一部神话思维特征十分明显的文学作品,我们不难理解,这位"圣明的老人"就是上苍与两位主人公之间沟通的使者,老人向兄弟俩传达的是"天意"。兄弟俩在独立征战旅途中,感到困惑茫然的时候,能单方登上"宝日陶拉盖山头",是否是"圣明的老人"在为两兄弟剃胎发、起贵名后就将"悟得天意"的能力赋予了他俩?是否是圣明老人在关键时刻行使了天意,伸出了无形的手,将兄弟俩神奇地推向了"约定的宝日陶拉盖山头"?面对一部神话思维特征十分明显的文学作品中从天而降的"圣明老人",笔者认为是肯定的。

再看史诗《江格尔》。这部史诗较多地出现了"约定的宝日陶拉盖山头"。其中重要的一次是,雄狮洪古尔所骑乘的宝驹菊花青驮载着主人冲上此山头,获得了重要信息。菊花青宝马能慷慨以赴,与主人一道出生入死,力战群雄,和主人形成了生死与共的战友关系。尤其应引起我们注意的是,马比主人更具有先知先觉的能力,常为主人在关键时刻指点迷津,使主人获得宝贵信息后,或转危为安,或战胜对手。稍熟悉蒙古史诗内容的人都会知道,史诗中对马的这种描写是屡见不鲜的。问题是,马何以具有这种先知先觉?叶舒宪先生指出:"战马在英雄史诗中充当了神意的代表,其功能十分近似于荷马史诗中的神,尽管从表面上看它是主人公骑乘的工具。"[2] 在蒙古英雄史诗中,马是上天赋予英雄的坐骑,马这一文学形象不仅深深植根于蒙古人民的现实生活的沃土,而且还反映出史诗神话思维的特征及蒙古族先

① 赵文工、丹巴译注:《祖乐阿拉达尔罕传》,内蒙古人民出版社 2002 年版,第 22—31 页。
② 叶舒宪:《英雄与太阳》,陕西人民出版社 2005 年版,第 29 页。

民的宗教理念。

　　研究蒙古史诗中马的先知先觉的特征时，我们也应该关注汉族及北方其他东胡系民族典籍和文学作品中的类似描写。史书记载了有关慕容鲜卑族著名民歌《阿干之歌》产生的背景。这是一则传说，说的是辽东鲜卑族首领奕洛韩有两个儿子，长子叫吐谷浑，次子叫若洛。吐谷浑为庶出，而若洛是嫡子。弟继承了王位，兄弟二人"异部牧马"。春季马群发情，兄弟二人的马群中的儿马相斗致伤。为此，若洛斥责了吐谷浑，导致吐谷浑携带自己的 700 户属民"拥马西行"。吐谷浑走后，若洛深悔，派长史乙那楼及旧长老追上了吐谷浑，劝他回归故乡。经双方商定，将吐谷浑的马群向东驱赶，马群如果东归，则吐谷浑携属下返回故乡；否则，吐谷浑部将继续西行。大家知道，按"马识途"的常理马群应顺理成章地向东归返，但马群只向东行不足 300 步，便突然发出悲鸣，向西奔跑而去。于是双方都认为，马的这种反常行为是天意使然，即"殆天所启"。① 看来，对马的这种能"领悟天意"的描写不仅见于蒙古史诗，而且在先于蒙古登上历史舞台的古蒙古人的传说中便已有之。这对于我们正确理解"约定"一词，或许起到了旁证的作用。

　　通过比较分析，我们得出的初步结论是：形式上单方登上"约定的宝日陶拉盖山头"的，实际上也是双方，另一方是天。双方是"天与人"或"天与马"。其中"马"属于直接地领悟天意，而"人"是直接或间接地领悟天意。

　　再谈"陶拉盖"一词。据《说文》："天，颠也。"清代语言文字学家段玉裁注文云："颠者，人之顶也。"笔者认为，蒙古语"陶拉盖"，无疑也同样具有"人之顶"的意思。阿尔丁夫教授指出，"天"在蒙古语族远古先民心目中，指的绝非形似穹庐的蓝天，而是指高山上部和鹿角的顶端及其上空。突厥语族对"登里"或"腾里"的认识也是如此。他还指出："这种情况在中原民族即汉族远古先民和欧洲先民中也是司空见惯的。《山海经》中许多天神如西王母、白帝少昊、蓐收、夸父、烛龙等天神无不居住在山上；欧洲古希腊神话中的宙斯等也是居住在奥林匹斯山上。中外资料都证明：高山之巅及其上空，在远古人类心目中便是'天'。"② 如果蒙古语的"陶拉盖"确含"巅"之义，那么它在蒙古先民的心目中，也是天神所居的地方。既然是"天神"所居，对出自单方而登上此处的人来说，应该就是"悟得天意"之后与"天、神"相会。弄清了"陶拉盖"一词的意思，再来解读

---

① 《宋书·卷九十六·吐谷浑传》，中华书局标点本 1974 年版。
② 阿尔丁夫：《"腾格里"探源》，《内蒙古大学学报》2005 年第 3 期。

"约定"一词，可能就更容易一些了。

二 关于"金胸银臀"所反映出的文化蕴含

蒙古史诗《罕哈冉惠传》中，描写乌兰岱和索龙嘎的儿子时用了"金胸银臀"（Altan cheejteimongon bugstei）这一词语。这种对人物的身体描写，是普遍存在于蒙古史诗中的一个母题。关于此母题的文化蕴含，笔者曾请教过某些史诗学人，有的学者做出过这样的解释：用"金"、"银"描写英雄强健的体魄，喻示英雄有着极强悍的征战和抵御外来侵害的能力。笔者对此看法不敢苟同。

可以看到，这一母题也多见于蒙古民间故事中。例如，卫拉特民间故事《藏布勒赞丁汗》[①] 里出现了"金胸银臀"的双胞胎兄妹，哥哥是"金胸"，妹妹是"银臀"。从整体故事情节中可以看出，"金胸"是"智慧"的写照；"银臀"则是"貌美"的代名词。故事写道，藏布勒赞丁汗的小妃生"金胸银臀"兄妹，汗王大妃出于嫉妒，将双胞兄妹丢弃，双胞兄妹被一对老人捡回到家里后，"在破黑帐篷的上空就出现了日夜闪光的金银色彩虹"，而且老人称孩子为"红脸人"。当描写到女孩子时，说她"长得如日月般美丽"。这些描写，即在暗示"金胸银臀"的兄妹是日月的后代。"金胸"是太阳所赋予；"银臀"是月亮所赋予。

在蒙古族先民意识中，人是日月结合的产物。《罕哈冉惠传》中在描写主人公罕哈冉惠和陶丽高娃的婚礼时，称这一婚姻为十字（Jagalmai）大婚礼。其中的"十字"所表示的是合男女之好。这来自合阴阳（月日）之好，合阴阳的"十"字表示了长生天。[②] 那么，"长生天"和"日月"之间又是怎样的一种关系呢？阿尔丁夫教授的看法令人信服："人类从最初崇拜日、月、星等，演进到崇拜有人格的天即天神，比起包括自然崇拜、图腾崇拜和祖先崇拜来得晚得多，一旦发展到崇拜天即天神的地步，表明已从较低级的原始宗教进步到了较高级的原始宗教。"[③] 这样看来，"日月"与"长生天"的文化蕴含是一脉相承的。前者是具象崇拜，后者是理念崇拜。

在布里亚特蒙古人的萨满祭辞中，多见古代蒙古人将太阳和月亮称为自

---

① 王清、关巴编译：《蒙古民间故事》，新疆人民出版社 1987 年版，第 206—216 页。
② 布仁巴图：《"成吉思"汗号名意考释》，《内蒙古大学学报》（蒙古文）2003 年第 3 期。
③ 阿尔丁夫：《论骏马"特殊魔力"的由来》，《西北民族学院学报》1993 年第 1 期。

己祖先的现象。"太阳和月亮在布里亚特人中是作为夫妻来崇拜的,他们认为日月这对夫妻,不仅创造了人类,而且创造了万物。有时也将其称为'创造神'。""蒙古民族中它的父亲是金色的月亮,它的母亲是灿烂的太阳,太阳是认为自己是日月民族的蒙古人的古老图腾。"① 较容易理解的是,以日称母、以月称父,带有母系社会的遗痕;而以日称父、以月称母,则带有父系社会的遗痕。

　　叶舒宪先生将世界史诗中的英雄分为"战马英雄"和"太阳英雄"。他指出:"原始神话中的神人关系在游牧文明的史诗作品中置换为马与主人的关系。"② 我们必须注意的是,既然是"置换",那么被置换物(日、月或天)应看作是"源",而置换物"马"应看作是"流"。换言之,"日、月"当为"马"之滥觞,二者之间存在着传承和发展的关系,而绝不是互无关联的割裂关系。"太阳英雄"正是"金胸银臀"所反映出的文化内容,但从《罕哈冉惠传》整体故事情节来看,史诗中的英雄已属于"战马英雄"。

　　搞清了"金胸银臀"的文化内涵,不妨顺便解读一下本史诗中出现的另一个母题"两眼冒火,脸上发光"。这也是史诗中经常出现的描写男性青年英雄人物面部神态的母题。不仅如此,《蒙古秘史》62 节中也出现了这样的描写,为说明问题,这里只征引权威学者现代汉语的译文:"德·薛禅说:'也速该亲家上谁那里去?'也速该·把阿秃儿说:'要到我这个儿子的母舅家,斡勒忽讷兀惕人那里,去求一个女儿来。'德·薛禅说:'你这儿是个眼中有火,脸上有光的孩子啊!'"③ 其中的"火"、"光"喻示的应是日月。加尔达诺娃指出:"留心比较民族学材料可以看出,在阿尔泰史诗中保留了关于日月光线的迷信,产生人和动物的种子就是沿此光线而下到地上的。"④ 其中的"火",则源自古代蒙古族信奉的灶神,是巫觋所崇奉的"敖特罕腾格尔"(火神天)。而"火"其实也来自对太阳的崇拜。在有关祭灶的文献中,经常见到"敖特罕嘎利罕额和"一词。从此词中可窥见母系社会的遗痕。学界普遍认为,"敖特"是突厥语,其义为"火","嘎利"是蒙古语,其义亦为"火","罕"是表示雌性的词缀,"额和"是蒙

---

① 加尔达诺娃:《喇嘛教前的布里亚特宗教信仰》,宋长宏译,转引自吕大吉、何耀华总主编《中国各民族原始宗教资料集成·蒙古族卷》,中国社会科学出版社 1999 年版,第 601 页。

② 叶舒宪:《英雄与太阳》,陕西人民出版社 2005 年版,第 34 页。

③ 札奇斯钦:《蒙古秘史新译与注释》,联经出版事业公司 1979 年版。

④ 加尔达诺娃:《喇嘛教前的布里亚特宗教信仰》,宋长宏译,转引自吕大吉、何耀华总主编《中国各民族原始宗教资料集成·蒙古族卷》,中国社会科学出版社 1999 年版,第 601 页。

古语，其义为母亲。这说明古代蒙古人视火为雌性，并以母亲的化身来理解火，① 这同布里亚特蒙古神话和萨满祭词中将太阳视作女性是一致的。可见，脸上的"光"、眼中的"火"，都是表明英雄是天神、火神的后代。

结束本节，得出的初步结论是，"金胸银臀"和"脸上放光，两眼冒火"的母题都反映了蒙古史诗神话思维的特征，而神话思维的根基是蒙古先民对日、月、火的崇拜意识和萨满教的理念。

三 《左传》中的"骈胁"和史诗中的"肋骨无缝"

《左传·僖公二十三年》载："晋公子重耳曹共公闻其骈胁，浴，薄而视之。"对其中"骈胁"一词，朱东润先生的解释是"腋下肋骨连成一片"；② 杨伯峻先生的解释是"肋骨比迫若一骨然"。③ 显然，两位学者的解释，根据的都是晋杜预的《左传注》。④

学者们对"骈胁"一词词义的理解略有不同。有的认为是左右两片肋骨连在了一起；有的认为是每片肋骨上的根根条骨连在了一起。但笔者以为这种分歧无关宏旨，两种情况都有可能，也可能并存，且都与"骈，并也"的解释不相矛盾。关键问题是，就晋公子重耳的身体而言，"骈胁"是事实如此，还是文学描写？即或是文学描写，它又表达了什么意思？为此，笔者曾查阅了不少资料，可至今未见到对这一内容具体合理的解释。也曾请教过不少古汉语专家和专门从事《左传》研究的学者，他们几乎众口一词地认为："骈胁"当属文学描写，而不是据实叙写。当问到它表达什么意思时，却只有少数人作了解答。实事求是地说，尚无一说令人信服。

在校注、翻译史诗《罕哈冉惠传》时，再次遇到了普遍存在于蒙古史诗中的一个母题，即在描写主人公英雄哈冉惠的神体时，用了"肋骨无缝，椎骨无节"这一词语。其中的"肋骨无缝"（Habirgan daa javsargui），以笔者的理解，与《左传》中的"骈胁"在意思上基本相同，即"肋骨比迫若一骨然"。比起《左传》中对"骈胁"的意思的解说，史诗《罕哈冉惠传》对"肋骨无缝"的意思的交代，就清楚多了。首先，我们可以确定这一母

---

① 赛音吉日嘎拉：《蒙古族祭祀》，赵文工译，内蒙古大学出版社 2008 年版，第 391 页。
② 朱东润：《中国历代文学作品选》上编（第一分册），上海古籍出版社 1979 年版，第 69 页。
③ 杨伯峻：《春秋左传注（修订本）》（第一册），中华书局 1990 年版，第 407 页。
④ 《十三经注疏》，中华书局 1980 年版，第 1815 页。

题是因神话思维而产生的文学描写。史诗中，不仅主人公有着这样的体态，就连他的坐骑深棕宝马也是"肋骨无缝，椎骨无节"。如果说"肋骨无缝"还稍稍令人费解，那么"椎骨无节"就清楚地告诉了我们，这只能是一种文学描写；否则，"椎骨无节"会使人和马的躯体无法弯曲扭转，那是常人不可思议的。其次，史诗中还写道，哈冉惠和后来结交的盟友吉尔吉斯·赛音·贝托尔初遇时发生过一次争斗。当吉尔吉斯发现了哈冉惠后，"他先让勇士、呼啸齐/在一个地方隐蔽，/他施展法术，/将自己变成一只土蜂，/向着哈冉惠飞去，/想从鼻孔飞进他的躯体，/将哈冉惠螫咬致死。/英雄的肋骨无缝，椎骨无节，/土蜂螫咬无济于事，/无奈又飞了回去。/贝托尔告诉他的呼啸齐、勇士：/'罕哈冉惠，/肋骨无缝，/椎骨无节，/他是一条好汉，/如磐石一样强健。'"①

诗文非常清楚地告诉我们，"肋骨无缝"是英雄罕哈冉惠力量强大的艺术写照。如果说"义、勇、力、智"是蒙古英雄史诗的精神，那么"肋骨无缝"正是蒙古族先民崇尚"力"的审美意识的反映。学界普遍认为，就中国北方民族而言，史诗并非蒙古族所独有，阿尔泰语系诸民族很早便有史诗产生并流传，但具体是哪一民族创作的最早的史诗，现在多已无从考证。蒙古史诗应该是在阿尔泰语系诸族史诗的基础上产生并发展而来的。因此，蒙古史诗中的一些古老母题，大概也是阿尔泰语系诸多民族史诗中所共有的。

那么，晋公子重耳的"骈胁"和罕哈冉惠的"肋骨无缝"之间是否存在某种关系呢？要回答这个问题，很有必要对晋公子重耳的身世和经历进行了解。在周初时，晋国在汾河和浍水之间，是个方圆百里的小国。"晋居深山之中，戎狄之与邻，而远于王室。王灵不及，拜戎不暇。②"到了公元前7世纪中叶，晋国"景霍以为城，而汾、河、涑、浍以为渠，戎狄之民实环之"。③从这些记载来看，当时晋国居民和周王室的关系倒不如与戎狄的关系密切，而且据马长寿先生的意见，晋国居民"占多数的很可能不是华夏族而是戎狄部落"。④若果真如此，那么晋国的华夏族和戎狄族之间存在着文化交流与融合应该是不容置疑的。

就晋公子重耳本人而言，他的母亲是大戎狐姬，其舅为重要的历史人物

---

① 赵文工译注：《罕哈冉惠传》，内蒙古教育出版社2006年版，第107—108页。
② 见《左转·昭公十五年》。
③ 见《国语·晋语二》。
④ 马长寿：《北狄与匈奴》，广西师范大学出版社2006年版，第6页。

狐偃（狐犯）。狐氏本系狄姓，但到春秋时，狐氏已经华夏化并与晋国婚姻，所以史称"狐氏出自唐叔"。僖公四年十二月，重耳父晋献公因听信骊姬的谗言，逼太子申生自缢而死，献公的另外两个儿子重耳、夷吾也被迫出逃。重耳出奔于白狄。白狄攻破狄族之一咎如部，将咎如部的两个女子叔隗、季隗赠给了公子重耳，公子娶季隗为妻。

根据史料分析，重耳这一重要历史人物无论从其血统、语言还是经历来看，无疑都与狄人有着千丝万缕的关系。狄人的语言是蒙古语还是突厥语，目前学界尚无定论，但属于阿尔泰语系这一结论，大概已获多数学人的首肯。

前面讲过，"肋骨无缝"反映了史诗作品中对英雄人物的"力量"的敬仰与歌颂。从重耳的特殊经历来看，他在青年时代——17岁时，便命运舛塞，历经磨难，流落异乡，经过不懈的抗争和拼搏，最终返回故土，成了晋国之君主，后成为五霸之一。这与蒙古史诗中英雄的经历故事有着非常相似之处。狄人（也可能是受狄人影响的晋人）出于"族亲"与民族独特的审美意识等原因，将史诗中对英雄人物进行艺术描写时所用的"肋骨无缝"一词语，赋予了重耳这个绝非等闲之辈、具有非凡力量的重要历史人物。而"肋骨无缝"进入汉语后，又被意译成"骈胁"，这种可能性确实是非常大的。

值得我们关注的是，除杜预等权威学者外，还有一些汉文著作也对"骈胁"一词作出了种种解释。例如，有人竟把此词解释成为"胸大肌"，有的辞书（如《辞海·语词分册》及其他某些权威辞书）将出现在《左传》中的"骈胁"解释为"病态"的肋骨。如此等等，不一而足。为什么会出现这些错误甚至笑话呢？我们查诸汉文古籍不难发现，"骈胁"确实出现得较少，这或许是不少学者对此词语感到非常生疏的原因之一。为什么"少"？为什么"生疏"？是否正说明此词语来自他族？如果是来自他族，又会是哪一族？这或许是学界今后在探究"骈胁"一词的词义时应深入思考和研究的问题。

四　关于炒米母题的叙事情节

史诗《罕哈冉惠传》中有这样一则母题，索龙嘎的儿子向母亲询问父亲的下落时，母亲因孩子尚年幼，担心孩子去寻找被蟒古斯施法术而变成石人的父亲会遇到危险，便拒绝向孩子透露有关他父亲乌兰岱·莫日根的任何信息。于是，孩子让母亲为自己做炒米时，趁机抓住母亲的双手，并摁进滚

烫的炒米中,最终逼问出父亲的下落。① 为论述方便起见,我们简称这一情
节为"炒米"母题,下同。

我们看到,"炒米"母题也出现在其他蒙古英雄史诗和民间故事中。但
在民间故事的这一母题中,与史诗《罕哈冉惠传》不同的是,"炒米"变成
了"炒面"或"豆子"。②

显而易见,这是一则描写"智"的母题,即采用一种特殊方法获取信
息。值得我们思考的是,在蒙古史诗中,常会出现英雄与蟒古斯搏斗时使用
智慧——多见的是使用变身术,或进入蟒古斯领地,或哄骗蟒古斯道出实
情,从而获取信息。这样的母题,至少对现代人来说是较容易理解的。而这
则"炒米"母题,现代人读起来或许会感到困惑,因为母题中对母亲施暴
的情节明显带有"虐母"的成分。

蒙古族先民一直保持着敬母习俗。敬母习俗产生于蒙古族母系社会,但
进入父系社会甚至到了今天,这种人类美好的习俗仍没有被蒙古族丢掉。关
于敬母习俗,单在文学领域里就可以浩如烟海的作品为证。我们只从民歌和
其他歌曲中就可以聆听到,蒙古人从古至今一直在歌唱着伟大的母亲,讴歌
着神圣的母爱。

具有"虐母"成分的"炒米"母题和蒙古族古老的"敬母"习俗之间
存在着严重的抵牾。这不得不令人想到学者们所说的史诗母题中的"后期
成分"。所谓的"后期成分",说的是蒙古史诗在传承发展的过程中,吸收
融入了他族文化而形成的史诗内容成分,所以在多数情况下,"后期成分"
又被看作"外来成分"。前面提到的民间故事中的"炒面"和"豆子",与
《罕哈冉惠传》中的"炒米"相比,二者内容大同小异。在研究这则母题的
文化蕴含时,我们不仅应关注二者之间的"大同",这里恐怕更不能忽视其
中的"小异"。"炒米"是游牧民族的食物,而"炒面"、"豆子"应是农耕
民族的食物。这里,我们实难断定"炒米"与"炒面、豆子"孰先孰后,
因而也就难以断定是农耕文化影响了游牧文化,还是游牧文化影响了农耕文
化,但可以肯定的是,"虐母"绝对为蒙古族先民所不允。另外,"炒米"
(或"炒面、豆子")母题,到目前为止我们只见到出现在西部的蒙古史诗

---

① 赵文工译注:《罕哈冉惠传》,内蒙古教育出版社 2006 年版,第 150 页。
② 扎·仁钦道尔吉、丹不加甫:《伊犁、塔城蒙古民间故事》(蒙古文),内蒙古文化出版社
1988 年版,第 69—70 页;才布希格、莎仁格日乐:《青海蒙古民间故事集》(蒙古文),民族出版社
1986 年版,第 281 页。

和故事中。从"虐母"和"西部"这两点进行分析，这则母题极有可能是来自蒙古族西部（或西北部）的其他地区或国家的民族，极有可能是"后期成分"（外来成分）。

笔者曾在一篇文章中谈过，"义、勇、力、智"应看作蒙古史诗的精神，认为将史诗中的"智"母题不加区别地一律看作是"后期成分"（外来成分）是不正确的。至今我仍坚持这一主张。然而我还认为，判断史诗中的有关"智"的母题，究竟是蒙古族自身的本土文化还是蒙古族吸纳融入的外来文化，的确应采取非常审慎的态度。尤其是当某一"智"的母题所反映出的思想内容与蒙古族先民古老传统的崇拜意识、宗教意识、生活习俗、道德观念等发生严重抵牾的时候，就更应该深入研究，极谨慎地进行科学的判断，切忌片面、轻率地作出结论。

《罕哈冉惠传》中另有两个有关"智"的母题。其一，主人公罕哈冉惠和胞弟乌兰岱·莫日根通过上苍赋予的变身术，变成两个秃头小儿，进入阿克·博尔勒可汗的领地，从博尔勒可汗的一个牧驼老人的嘴里获取了有关对手额尔和木·哈日的信息，并设法接近了博尔勒可汗。其二，当维兰·索龙嘎的儿子分别拉开乌兰岱·莫日根、吉尔吉斯·音·贝托尔、罕哈冉惠三人的大弓时，直抒胸臆，表达了对"智慧"的敬仰与渴望。对这两个母题，我们还没有根据说它们是"外来成分"，不能将它们与"炒米"母题同等看待。变换角度来考察，蒙古史诗中的"智"母题是否也可以看作是"力"的另一种表现形式？"力"中固然包含着"武力、体力"，但是否也包含着"智力"？这个问题仍有待我们今后的进一步思考和研究。

（原载《中央民族大学学报》2009 年第 4 期）

回族异类婚配故事的母题类型研究

钟亚军

在世界各民族的民间故事中，异类婚配故事主要讲述了某神祇、动物或植物化身为人与异性结婚。这一故事具有广泛的世界性，遍及欧亚非和北美地区，在我国流传也很广。该故事类型有：天鹅处女型、丈夫寻妻型、龙女报恩型、乐人与龙王型、青蛙丈夫型、蛇郎型、蛇女型、田螺姑娘（白鸽仙女）型等。异类婚配故事广为流传的原因在于"异类故事的象征意义，在于把人引向神灵世界同时保持这神灵世界和现实的联系，故事还告诉人们，异类聪明友善，可以和人类生活在一个圈子里"。[①]

回族异类婚配故事在回族民间流传广泛，影响也很大，其故事类型几乎涵盖了我国所有的异类婚配故事的型式。本文以回族异类婚配故事的多种文本为考察重点，用比较方法揭示、探寻其母题类型的文化内涵。

一

较早关注到回族异类婚配故事研究的是俄国民间文艺学家李福清。在《回族民间故事情节的来源和分析》一文中，通过对回族民间故事《张大教打野鸡》进行研究，他发现这一故事包含了"救龙王儿子"、"水府请救命恩人做客赠送宝物"、"和隐藏在宝物中的姑娘（龙公主）结婚"、"和企图抢夺妻子的官吏比赛得胜"等母题，由此认为回族异类婚配故事在多民族文化的交流中受突厥民族的影响甚大，但亦逐渐呈现出回族文化特征。他还

---

① 董晓萍：《说话的文化》，中华书局 2004 年版，第 200 页。

发现"救龙王儿子"母题主要流传在西北地区，具有地域性特征。① 李福清从对回族民间故事中基本母题的分析入手，力图探寻多重文化对回族民间故事母题的影响。如果我们将回族异类婚配故事的所有型式——列举出来就会发现，与其他民族的同类型故事相比较，回族民间故事母题已发生了很大的变异，这些改变或是基于故事流传的时代久远，或是出于民族的接受心理，或是受阿拉伯、波斯文化及伊斯兰教的影响等因素，使异类婚配故事具有回族文化的特性。

回族异类婚配故事的母题类型丰富，流传的故事文本繁多，仅从已出版的回族民间故事集中就整理出近百篇，如《曼苏尔》、《天鹅与猎人》、《主麻的故事》、《青蛙儿子》、《春风姑娘》等，可以归纳出天鹅处女型（AT400D）、丈夫寻妻型（AT400）、龙女报恩型（AT738 + AT555）、乐人与龙王型（AT592A＊）、青蛙丈夫型（AT440A）、蛇郎型（AT433）和狗耕田型（AT465）七种母题类型。

（一）天鹅处女型（AT400D）

20 世纪 20 年代，钟敬文在《中国的天鹅处女型故事》一文中，详细地阐述了与人类通婚的天鹅、白鹤和仙女等既是动物（或仙女）又为"处女"的两栖形象，"动物或仙女"已部分改变其本来面目，他把这类故事统称为天鹅处女型故事②。回族民间故事《天鹅与猎人》③ 就属于此类型的故事，主要包括如下母题：

1. 缺乏：男主人公没有妻子。

2. 救助与报恩：天鹅得到男主人公的救助，于是主动来给男主人公做饭。

3. 缺乏终止：男主人公将天鹅的羽衣藏起来，天鹅嫁给了男主人公。

4. 难题：县官给男主人公提出 1 个或 3 个难题。

5. 破解难题：男主人公在天鹅的帮助下，和企图抢夺妻子的官吏或地主斗争。

6. 惩罚：官吏或地主受到惩罚。

---

① ［俄］李福清：《中国神话故事论集·自序》，中国民间文艺出版社 1988 年版。
② 钟敬文：《钟敬文学术论著自选集》，首都师范大学出版社 1994 年版，第 328 页。
③ 本文所引故事若非特别说明，皆引自宁夏《回族文学史》编写组、《宁夏大学回族文学研究所》编辑《回族民间故事集》，宁夏人民出版社 1988 年版。

（二）丈夫寻妻型（AT400）

该类型有《阿里和他的白鸽子》、《咪咪情》、《春风姑娘》、《白鸽子与阿里》[①] 等。主要母题有：

1. 缺乏：男主人公没有妻子。

2. 救助与赠送宝物：男主人公送给老妇人食物。老妇人为了报恩，送给男主人公一只鸽子（鸽子是神女变化的），或得到女主人公的爱慕（有时女主人公不是神女，而是凡人）。

3. 缺乏终止：女主人公化成人形给男主人公做饭时被发现，于是二人结婚。

4. 妻子失踪：女主人公被恶鹰、官吏或地主房掠走。（难题的变异）

5. 寻妻：男主人公克服种种艰难险阻寻找妻子，最后夫妻团圆。

6. 惩罚：恶鹰、官吏或地主被烧死。

丈夫寻妻型还有异文《咪咪情》，异文保留了婚配、妻子失踪与寻妻的母题以及发生变异的母题如女主人公并非异类，而是人类；女主人公被官吏抢走后，自杀殉情，死后化作牡丹花。

（三）感恩的龙公子或公主（AT738＋AT555）

该类型是回族异类婚配故事中最多的，大约有《曼苏尔》、《牛犊儿和白姑娘》、《猎人与牡丹》[②] 等30多篇，占回族异类婚配故事的三分之一。主要母题有：

1. 缺乏：男主人公没有妻子。

2. 救助与报恩：男主人公遇到黑、白或黑、青两蛇在缠斗，救下了白蛇或青蛇（白蛇或青蛇是龙公子或龙公主）。

3. 缺乏终止：龙王邀请男主人公做客，并赠送宝物（花儿或其他物件）。花儿或其他物件变成美丽的姑娘与男主人公结婚。

4. 难题：皇帝、官吏或财主贪慕龙女的美貌或财富，出了三个难题让男主人公破解。

5. 破解难题：在龙女的帮助下，男主人公破解了难题。

6. 惩罚：皇帝、官吏或财主受到惩罚。感恩的龙公子（龙公主）的异

---

① 李世锋等：《西吉民间故事》，宁夏人民出版社，1992年版，第364—367页。
② 李树江：《回族民间传说故事丛书·曼苏尔》，宁夏人民出版社2000年版，第72—79页。

文有很多。主要有：

异文一：蛇斗与救助、报恩与婚配、难题和破解难题、惩罚的母题，没有太大变化。但是，故事中的女主人公不是龙王之女，而是白蛇精或某种动物。男主人公也不是孤儿，他还有继母和异母兄弟，继母为了夺取女主人公，往往提出种种难题，如《主麻的故事》、《青龙报恩》① 和《豆皮与豆瓢》② 等。

异文二：保留了蛇斗与救助、报恩与婚配两个母题。该变体异文情节单一，结构简单，应属于单一故事，如《猎人与牡丹》。

（四）龙王与乐人（AT592A ＊）

该类型有《琴师哈桑》、《红葫芦》③ 等4篇。主要母题有：

1. 缺乏：男主人公没有妻子。

2. 龙王的邀请：男主人公的琴声打动了龙王，被邀请到龙宫。

3. 缺乏终止：男主人公帮助龙王降雨或教龙公主弹琴，最后得到龙王的花儿或红葫芦。它们是龙公主的化身，龙公主现出人形与之结婚。

4. 难题：有的故事难题出现两次：一次是龙王给男主人公出了三个难题，另一次是皇帝为夺取美貌的龙公主给男主人公出了三个难题。

5. 破解难题：在龙公主的帮助下，难题被一一破解。

6. 惩罚：皇帝被吓死，或皇帝穿上老鼠皮褂，龙公主命人将其打死。

（五）青蛙丈夫型

异文较多，有《青蛙儿子》、《蛤蟆儿子》、《癞呱呱的故事》④ 等十余篇。基本母题有：

1. 缺乏：一对老夫妇始终没有儿女。

2. 新的缺乏：青蛙或癞蛤蟆降生，老妇人手指或身上长的一个肿胞或瘊子、瘩子生出了一只青蛙或癞蛤蟆给老夫妇做儿子（缺乏子嗣终止后，又形成新的缺乏即缺乏妻子）。

3. 缺乏终止：青蛙或癞蛤蟆向某员外女儿求婚被拒绝，就用各种手段

---

① 固原民间文学集成办公室编：《固原民间故事》，1987 年印刷，第 283—291 页。

② 李世锋等：《西吉民间故事》，宁夏人民出版社 1992 年版，第 382—387 页。

③ 《中国民间故事集成·宁夏卷》编辑委员会：《中国民间故事集成·宁夏卷》，中国 ISBN 中心出版 1999 年版，第 262—264 页。

④ 同上书，第 338—340 页。

迫使某员外将女儿嫁给他。

4. 变成人形：妻子在青蛙或癞蛤蟆睡觉时烧掉了他的外皮，使他从此失去变形能力。

（六）蛇郎型（AT433D）

该母题类型有《五姐儿》、《卦卜儿与七妹妹》、《六姐七妹》① 等十余篇。主要母题有：

1. 缺乏：男主人公没有妻子。

2. 救助：女孩的父亲把劳动工具掉进山崖或蛇郎或男人家里，向蛇郎或男人求助，蛇郎或男人提出只有将其女儿嫁给自己才同意，父亲只好答应。

3. 缺乏终止：父亲与女儿们商议，大女儿们都嫌弃蛇郎或男人穷，只有小女儿答应出嫁。

4. 谋害与斗争：好吃懒做的大姐或其他姐姐嫉妒妹妹，设计害死了妹妹。妹妹的魂儿变成了一朵花，姐姐把花儿烧了，花儿又变成了树。

5. 惩罚：大姐或四姐受到惩罚。

（七）狗耕田型（AT503E + AT480F）

该故事是回族民间故事中比较独特的类型，故事的异文较少，目前只搜集到了《樱桃仙女》1 篇。②

1. 缺乏：男主人公没有妻子。分家时，兄嫂将家中所有家产都归自己，只分给弟弟一条狗。

2. 狗耕田和借种子：弟弟没有牛耕田，仙女告诉他用狗可以耕田。果然狗耕田和牛一样好。弟弟到哥哥家借种子，借来的是被炒过的种子，结果只长出一颗谷穗。第二年，弟弟依然用狗耕田，过路人不信，双方打赌，过路人输掉了一头犍牛。哥哥听说，把狗借去，狗不肯耕田，哥哥杀死了狗，弟弟把狗埋掉。

3. 惩罚：在狗埋的地方长出一棵小树，弟弟一碰树，就掉下许多银子。当哥哥摇树时，只掉下鸟屎，哥哥把树砍倒，弟弟很伤心。仙女告诉弟弟用树枝编成篮子，挂在屋檐下，过往的燕子都会往里面下蛋。哥哥听说也这样做，结

---

① 固原民间文学集成办公室编：《固原民间故事》，内部资料第 256—260 页。
② 李树江：《回族民间传说故事丛书·曼苏尔》，宁夏人民出版社 2009 年版，第 87—96 页。

果，篮子里只有鸟粪。哥哥一气之下烧了篮子。仙女变成大鸟，带弟弟去拾宝物，哥哥和嫂子听说，也去拾宝物。结果，他们贪心不足，被大火烧死。

4. 缺乏终止：仙女变成姑娘，与弟弟结婚。

与其他民族的异类婚配故事相比较，回族这七种类型既有与他民族交流、借鉴的痕迹，还有回族化的独有特质，这主要表现在：

第一，与其他民族的天鹅处女型故事相比较①，回族民间故事《天鹅与猎人》只保留了"天鹅的羽衣"，故事的核心要素之"天鹅"已失去了"神仙"的本性。天鹅的羽衣也完全成了由动物变形为人的象征性"工具"。天鹅向猎人主动"求婚"完全是出于报恩，并没有人类的强力逼迫。而羽衣的下落，故事中再没有交代，羽衣在故事中的作用完全被淡化了。故事的重心转向天鹅与县官的斗争，即县官提出三个难题让猎人破解，天鹅巧妙地化解难题，最后县官遭到了惩罚。由此可以看出，回族民间故事《天鹅与猎人》、《阿里和他的白鸽子》的母题已发生很大的变异，如果将其归入完全天鹅处女型故事中，显然不是十分妥帖的。但从其母题及形态来看，它们也不应该被排斥在天鹅处女型故事之外。那么该如何确定这一类故事呢？陈建宪在《论中国天鹅仙女故事的类型》中提出，天鹅仙女型故事最基本的形态是以禁忌主题为核心的。只是在以后的演变过程中，原故事因与"难题求婚型"故事、族源传说、动物报恩故事相混合，故事的重心后移。随着故事前半部分篇幅的逐渐缩小，禁忌主题被排挤甚至被遗弃掉了。② 所以，回族民间故事《天鹅与猎人》应该是"天鹅处女型"的亚型故事，也就是说回族天鹅处女型故事是在"天鹅处女型"故事的基础上衍生出的亚型故事，暂时给它确定为 AT400E 型故事。

第二，"蛇斗（AT738）"是感恩的龙公子（公主）故事中核心母题之一（某男主人公看见白蛇与黑蛇搏斗受伤，帮助白蛇，赶走了黑蛇）。李福清认为，蛇斗母题不是汉族和远东民族所特有的，它经常在突厥民族故事中出现，应是突厥民族故事固有的母题。其实，早在魏晋时期的志怪小说中就有蛇斗情节。据《续搜神记》（又称《搜神后记》）中《临海人》记载：

> 吴末，临海人入山射猎，为舍住。夜中，有一人长一丈，着黄衣白

---

① 天鹅处女型也称羽衣型故事，在我国的汉、藏、傣等许多民族中都有流传。据钟敬文研究，晋代典籍《搜神记》和《玄中记》之《毛衣女》是天鹅处女型故事较为初始的形态。

② 陈建宪：《论中国天鹅仙女故事的类型》，《民族文学研究》1994 年第 2 期。

带，来谓射人曰："我有仇，克明日当战，君可见助，当厚相报。"射人曰："自可助君耳，何用谢为。"答曰："明日食时，君可出溪边，敌从北来，我南往应。白带者我，黄带者彼。"射人许之。明出，果闻岸北有声，状如风雨，草木四靡，视南亦尔，唯见二大蛇，长十余丈，于溪中相遇，便相盘绕，白蛇势弱，射人因引弩射之，黄蛇即死。日将暮，复见昨人来辞谢，云："住此一年猎，明年以去，慎勿复来，来必有祸"。射人曰："善"。遂停一年猎，所获甚多，家至巨富数年后，忽忆先所获多，乃忘前言，复更往猎。见先白带人告曰："我语君勿复更来，不能见用，仇子已大，今必报君，非我所知。射人闻之，甚怖，便欲走，乃见三乌衣人，皆长八尺俱张口向之，射人即死。①

　　射人亲眼目睹了白蛇黄蛇之战，在白蛇的要求下，帮助它斗败了黄蛇，后被黄蛇之子杀死。魏晋时期的志怪小说《临海人》还不是最早的蛇斗故事，再往上追溯，据西汉刘向的《新序·杂事一》记：战国时期楚相孙叔敖儿时遇到两头蛇，杀而埋之，后官至相辅。至唐前期大型志怪传奇集《广异记》② 的《海州猎人》也有类似的蛇斗故事。其基本情节大致相仿，看来，唐朝时传奇小说深受魏晋志怪小说的影响。那么，"蛇斗"故事为什么会出现在突厥人和阿拉伯人的文学中呢？众所周知，唐朝是我国与突厥和阿拉伯国家往来最为密切的时代，也是与回族先民往来最频繁的时期。唐朝的传奇小说不仅为广大的我国各市民阶层所喜爱，很可能许多突厥人、阿拉伯人也十分喜欢它们。他们很可能把这些传奇故事带回了西域以及西亚等地。这些故事经过他们的加工改造，流传更加广泛了。《一千零一夜》里的《哈里发何鲁纳、拉施德和懒汉的故事》和《阿补顿拉述过两条狗的来历》故事都把"蛇斗"母题纳入其中。由此可以初步推断，回族异类婚配故事中的"蛇斗"母题很可能是受到了汉族同类型故事的影响，也可能是回族先民将阿拉伯人改造过的蛇斗故事又带回到中国，使之在我国西部流传下来，并影响到汉族异类婚配故事，这两种现象都有可能发生。丁乃通也持这种观点，他在《中西叙事文学比较研究》中提出："胡人不仅

---

　　① 《续搜神记》为东晋诗人陶潜撰，它延续了《搜神记》的体例，内容大多为《搜神记》所没有的，是魏晋南北朝的志怪小说中代表作之一。该书凡十卷，116 条，记有元嘉十四至十六年（437—439 年）事，陶潜已去世十年，所以该书有假托陶潜之名或以为经后人增益之嫌。见《搜神后记》浙江古籍出版社 1987 年版，第 56—57 页。

　　② 唐人戴孚著，谯郡（今安徽亳州）人，此书大抵作于大历（766—799）年间。其中《海州猎人》见《太平广记》卷 457 出自《广异记》。

对中国音乐和诗歌做出了重大贡献，而且对中国的民间文学也贡献突出……他们把自己的故土上的故事传播到中国，也将许多中国故事带回家乡，这是从无以数计的他们对神奇故事的了解中得知的。"①

第四，回族乐人与龙王故事比较独特，尽管它延续了人类与龙公主通婚的母题，但是它将通婚的原因作了另外一种注释——龙王及其龙公主对音乐的痴迷，乐人精湛的技艺引起了龙王与龙公主的好感，而且乐人还一一破解了龙王提出的难题，或者乐人的乐器还具有神奇的魔力，帮助龙王解除了旱情。由此看来，人与龙王之所以能缔结姻缘，是乐人经历了龙王的种种考验，这应该属于难题求婚型故事。难题求婚型是异类婚配故事比较早的故事型式，感恩得妻是难题求婚的变异形式。之所以会产生这样的变异，当然是与故事的变异母题有关联。因为故事"一旦形成又会生出新的情节，尽管它们脱胎于旧情节，仍是某种衍化、某种质变的结果"。②

第五，神蛙丈夫在回族异类婚配故事中是异文本较多的类型，该类型保留了神蛙丈夫的基本母题。从中可以看出，回族神蛙丈夫故事几乎照搬了汉族故事，只不过经过回族民间故事传承人的讲述，故事主人公换成了回族，并在故事中赋予了回族化元素。如《青蛙儿子》中使用了"苏热"、"主麻"、"尼卡哈"、"乃玛子"等具有伊斯兰教色彩的词语。

第六，在回族异类婚配中"蛇郎型"异文中，其母题出现如下特征：文本中没有蛇的形象，即使留有蛇的痕迹，也仅仅保留了蛇郎的名字，如蛇郎子、蛇郎哥等。男主人公完全没有了"蛇"的特性，彻彻底底成了一个"俗人"。

第七，在回族狗耕田故事中，不仅有俩兄弟分家、弟弟只分到的狗（狗是仙女送给弟弟的）、狗会犁田、狗被哥哥杀死、狗的墓地上长出一棵树、树结了许多银子、树被哥哥砍了、弟弟用树条编了一只筐放在房檐下，过往的燕子纷纷把蛋下在筐子里等母题，还有仙女变成大鸟帮助弟弟惩罚了哥哥以及仙女变成美丽的姑娘嫁给弟弟的母题。另外，还增添了两兄弟和鸟（T480F）故事类型的内容，仙女帮助弱势的弟弟，惩罚贪婪的哥哥，最后又嫁给弟弟。由此使回族狗耕田故事增添了浪漫主义的气息，它是回族民众乐天向上精神的写照。

---

① 丁乃通：《中西叙事文学比较研究》，华中师范大学出版社 2005 年版，第 183 页。
② ［俄］弗拉基米尔·普罗普：《故事形态学》，贾放译，中华书局 2006 年版，第 84 页。

二

　　大多数情况下，回族异类婚配故事主要有六个母题要素：缺乏、救助与报恩、缺乏终止、难题、难题被解答、惩罚。这六个母题素中缺乏和缺乏终止、难题和难题被解答构成了一一对应的关系。其中缺乏和缺乏终止是故事核心母题素，也是基本的母题素，其他母题素在故事中起到了延续、说明和强化的作用。我们将回族异类婚配故事按照 6 个母题素的顺序罗列出来。（有的故事没有相应的母题素，就用"—"表示空缺。）

故事类型 ＼ 母题素	缺乏	救助与报恩	缺乏终止	难题	破解难题	惩罚
天鹅处女型	男人未婚	男人曾救助过天鹅。	天鹅或鸽子给男主人公做饭，被发现后，与之结婚。	官吏欲霸占天鹅就出难题。	天鹅帮助猎人破解难题。	官吏受到惩罚。
丈夫寻妻型	男人未婚	男人救助一老妇，得到一只白鸽子。	白鸽子是仙女，与男子结婚。	妻子被官吏或地主抢走。	男子寻妻。救出妻子，团聚。	官吏、地主受到惩罚。
感恩的龙公子或公主型	男人未婚	男人帮助龙女或龙王儿子打败黑蛇（青色）。	男人得到龙王的花儿。花儿变成姑娘，男人与龙女结婚。	皇帝（官吏或地主）欲霸占龙女就出难题。	龙女帮助男人破解难题。	皇帝（官吏或地主）受到惩罚。
龙王与乐人型	男人未婚	（有的故事）乐人帮助龙王降雨。	龙王请乐人到龙宫送花儿或葫芦，它们变成姑娘做饭被乐人发现后，与之成婚。	难题出现两次：第一次是龙王提出的。第二次是皇帝提出的。	第一次难题在白胡子老人指点下破解难题。第二次难题在龙女的帮助下破解了。	皇帝被吓死了。
青蛙丈夫型	老夫妻没儿子，青蛙或蛤蟆没有妻子。	—	青蛙或癞蛤蟆看中某女子向其父求婚。其父不应，它使用神力迫使其同意。	—	—	—
蛇郎故事型	蛇郎或男人未婚	父亲的劳动工具掉进山崖或某地，向男主人公求助，并答应把女儿嫁给他。	父亲一般有三个女儿，只有小女儿同意嫁给蛇郎或男人。	—	—	大姐或二姐受到惩罚。
狗耕田故事型	男人未婚	—	仙女帮助弟弟得到财宝，并与之结婚。	—	—	哥哥或弟弟受到惩罚。

通过上表可以看出，回族异类婚配故事中来自人类的青年男子大都是家庭贫困或是孤儿，没有能力成家。这里的未婚是一种缺乏，家庭的贫困也是一种缺乏。如何终止缺乏？大多数故事安排了一个比较合理的契机，即偶然间青年男子救助了一条白蛇、天鹅或白鸽等。于是，他被邀请到被救者的家里做客。在神人或被救者本人的指点下，他拒绝了金银财物，只要了一朵花儿或某物。回到家，花儿或某物变成美丽的姑娘与之结婚。结婚使青年男子终止缺乏，物质生活的缺乏也随之得到了改善。穷困的男子能够娶到美貌的仙女，当然会引起富人、皇帝或继母的嫉妒。为了霸占仙女，富人、皇帝或继母设置了一个又一个难题，最后青年男子在妻子的帮助下破解了难题，恶人受到了惩罚。显然，回族异类婚配故事有比较稳定的母题序列结构，当然这种稳定性并不意味着个别的母题就不会发生变异，也不可能保证所有的故事都具有完整的结构母题要素。所以，当我们将这7个故事的母题排列或叠加起来，会发现4个故事的母题素都很完整，另外3个故事的母题并不完整，它们缺少救助与报恩、难题与难题被解答母题。显然，这三个母题在故事中的作用往往可以忽略，也可以说它们本身是无关紧要的，其作用就是延续故事的叙事手法。故事中即使缺少了这些母题素，也不会改变故事的主题意义。缺乏和缺乏终止、惩罚才是故事中不变的母题，是不能缺少的母题素，救助与报恩、难题和难题被解答在故事中是可变异的母题，是可以缺少的。

三

从回族各类异类婚配故事的比较中可以看出：男主人公要么是没有能力娶妻，要么年老的夫妇为没有子嗣而苦恼。后来的婚姻和子嗣的获得看似是主人公的偶然机缘，其实这也是一种必然。正如阿兰·邓迪斯对北美洲印第安人的民间故事类型结构分析时说："民间故事可能只是由叙述富足如何失去或匮乏如何消除而构成的。"① 回族异类婚配故事也是从匮乏状态开始，讲到匮乏终止。相对而言，匮乏与匮乏终止的结构模式进入回族异类婚配故事中，它不是单纯的模式移植，而是一种文化的对接，或者说是筛选。当然，传承人对叙述模式的筛选不是盲目、被动的，他们始终坚持两个信条：一是接受其他民族的民间故事，使之完全回族化。二是既坚持民间文化的教化与娱乐功能，但又不能违背伊斯兰教信仰。所以，他们在接受、筛选其他

---

① ［美］阿兰·邓迪斯：《民俗解析》，户晓辉译，广西师范大学出版社 2005 年版，第 16 页。

民族民间故事使之完全回族化的过程中，对民间故事的"再创造"主要体现在三个方面：首先，故事主人公要变成回族人；其次，故事要采用回族话语来讲述，如使用波斯阿拉伯语或伊斯兰教经文语汇（"主麻"、"特斯密"、"乜贴"等）；再次，保留伊斯兰教宗教文化的痕迹。

所以，在回族天鹅处女型故事和狗耕田故事中剔除了天鹅、樱桃仙女的"神仙"特征，这与伊斯兰教信仰有关。伊斯兰教认为，天仙是真主用光线创造的，遍布于天上人间，为人眼所不见。天仙们不分性别，长有翅膀，飞行神速，不饮不食不眠，是听命于真主的奴仆，执行各种不同的任务。"信天仙"是伊斯兰教六大信仰之一，天仙不能违背真主的意志，更不能与人类有婚配的可能，况且天仙是人的肉眼看不到的。显然，回族民众不接受天鹅的羽衣的"神性"是基于宗教信仰的。因此，天鹅的羽衣被彻底地"脱去神性"特征，变成了动物变形为人的象征，故事的重心自然而然地倾向于报恩、通婚、难题与破解难题和惩罚母题。在樱桃仙女故事中，樱桃仙女也经历了"仙女—大鸟—姑娘"的多次变形，才得以嫁给人类。这样就使回族异类婚配故事上升到宗教、道德以及伦理观念上，回族民间故事也就成了回族民间社会实施教化的利器。

同其他民族异类婚配故事一样，回族异类故事的象征意义就是要把人类生活中的现实世界与神奇的幻想世界联系起来，把异类视为可以与人类互相通婚、相互帮扶的对象，甚至在一些回族民间故事中，还可以忽略异类的身份，直接把它视为人类，这一点在"蛇郎型"故事中最为突出。所以，当异类们顺利地与人类完成了通婚，这就极大地满足了回族民众的精神愿望。而异类运用神力帮助人类解决了长期不能解决的缺乏，使回族民众的美好的社会理想得到了"短暂"实现，这种超浪漫主义理想弥漫在广大民间，得到回族民众的最热烈的回应。

（原载《民族文学研究》2010 年第 2 期）

藏族神话母题的文化解读

孙正国

藏族由于其特殊的生存环境与民族生命史历程，她的神话也就具有了民族学与神话学的重大价值。

有的学者以为藏族神话单一而简陋，也有学者认为藏族神话缺乏系统性、少有诗性的色泽。而更多的学者却以饱满的热情肯定和赞赏藏族神话的丰富与奇妙，钟敬文先生就曾欣喜地发现过极其珍贵的"民族志的新资料"[①] 的藏族神话《女娲娘娘补天》。借用原苏联学者托卡列夫在其主编的《澳大利亚和大洋洲各族人民》中观照澳大利亚神话的观点[②]，反义而用之，可以相当深入地对藏族神话作出宏观评述：既有简单的、肤浅的、甚至是孩子般的纯朴，也有希腊神话那种诗一样的美妙，也有古日耳曼神话那种冥幻阴沉的伟大，还有印第安人神话那种光怪陆离的缤纷画面。当我们较为全面地审视藏族神话，以神话母题方法考察其典型母题时，会有更多的惊叹与启迪，进而可以在比较神话学的框架内阐释这些母题的民族史与人类文化史意义。

一　藏族神话的母题形态

为了更为系统、更为科学地从神话学的角度认识藏族神话，本文对所搜集的 33 篇藏族神话（注：这并非藏族神话的全部，但从母题与内容看，具

---

① 钟敬文：《民间文学论集》，上海文艺出版社 1982 年版，第 162 页。
② ［苏］C. A. 托卡列夫等：《澳大利亚和大洋洲各族人民》（上），三联书店 1980 年版，第 320—321 页。

有代表性，而且比较全面地反映了藏族神话的风貌）作母题学考察。"神话母题（motif）是构成神话作品的基本元素。这些元素能在文化传统中独立存在，不断复制；它们的数量是有限的，但通过不同的排列组合，可以构成无数的作品，并能组合入各种文学体裁及其他文化形式之中；它们表现了一个人类共同体（氏族、民族、国家乃至全人类）的集体意识，其中一些母题由于悠久的历史性和高度的典型性而常常成为该群体的文化标识。"① 这一认识突出了母题研究的两大意义：一是神话母题对于其他文化母题的根源意义；一是神话母题对于一个人类共同体的文化象征意义。可以说，神话母题具有"神话之核"的本质内涵。

从神话母题的角度研究藏族神话，借鉴并超越了藏族神话传统研究法，它既可以较为科学地梳理出接近原始状态的神话结构，删除附着于神话中的非神话内容，又可以通过母题来源的分析，纵向研究神话的演化过程，还可以横向比较研究各民族的相同母题，了解神话的民族特点与文化差异。由此，我们参照美国著名学者斯蒂·汤普森（Stith Thompson，1885—1976）的神话母题分类标准，并依据吕微先生的功能性母题理论②，将藏族神话母题按其功能分为 5 类。

（一）　人类起源母题（A1200 – A1299）

这一母题也是世界各民族神话的重要母题。在斯蒂·汤普森的母题分类研究中，人类起源母题被列为 A1200 – A1299，其中 A 为神话母题代码，代码后的具体数字为神话母题的序列号。汤普森给人类起源母题分为 8 个亚型：A1210 人由造物主创造；A1220 人通过进化而产生；A1230 第一个人出现或下降在地球；A1240 人由矿物造成；A1250 人由植物造成；A1260 人由其他物质造成；A1270 原始的（最初的）人类夫妇；A1290 人的创造其他母题。而每个亚型也是开放的，可以灵活地补充或新增世界各民族相关神话母题的异文形态。可以看出，人类起源母题是非常丰富的。文章所涉及的 33篇藏族神话中《猕猴神话》③、《猕猴变人》、《藏族的起源》、《猕猴与罗刹女》、《猕猴与岩罗刹女繁衍人类》④、《人的由来》⑤ 等 6 篇含有人类起源母

① 陈建宪：《神话解读》，湖北教育出版社 1997 年版，第 23 页。
② 吕微：《神话何为——神圣叙事的传承与阐释》，社会科学文献出版社 2001 年版，第 1—43 页。
③ 斯农平措：《藏族神话认识原理》，《西南民族学院学报》（社科版）2000 年第 4 期。
④ 《中国民间故事集成西藏卷》，中国 ISBN 中心 2001 年版。
⑤ 谷德明：《中国少数民族神话》（下），中国民间文艺出版社 1987 年版，第 672 页。

题，都包含有 A1220 亚型，即通过进化创造人类，代表神话是《藏族的起源》，讲述一只神猴与女妖繁衍的猴群因为数量过大，导致了严重的食物短缺，它们求得神的帮助，耕种神所提供的粮食种子，猕猴在长期劳动中逐渐进化为人。这一母题具有明显的 A1220 亚型特征。但就整个神话的流变来看，猕猴变人神话母题最初应由造物主母题、女神造人母题等神话母题构合而成，只是在后来传承中这两个母题才逐渐失去原有神话色彩，并为后世的佛教信仰（造物主变成了佛祖或佛教体系下的神）与神怪思潮（女神变为女妖，这表明神话的最早时间应在母系氏族社会）所侵蚀，从而呈现出这类神话的母题单一化的结果。反之证明，藏族人类起源母题至少有 3 个亚型，即 A1210、A1220 和 A1290。

（二）宇宙起源母题（A600 - A669、A800 - A899）

对于宇宙起源的探寻与解释，是人类神话继对自身起源探寻之后的又一重要内容，并成为一个极其关键的神话母题。它不仅是人类各民族早期宇宙观的具体表现，而且还表明了特定民族起源时期的生存状态与智慧水平。汤普森的母题分类研究将这一母题列为 A600 - A669、A800 - A899：A610 宇宙由造物主创造；A620 宇宙自然地产生；A630 系列性的创造；A640 其他的宇宙创造形式；A650 宇宙作为一个整体；A660 上界的特点；A670 下界的特点；A690 其他的世界；A800 地球的创造；A810 原始之水；A830 造物主创造地球；A850 地球的变化；A870 地球的情况与特点。包含宇宙起源母题的藏族神话主要有：《世界形成歌》①、《斯巴宰牛歌》②、《珠穆朗玛女神》、《绷天绷地》、《大海变陆地》③、《法师创世》、《开天辟地》④、《龙母创世》⑤、《朗氏世系史》⑥ 等。除 A660、A690 外，其他母题均有涉及。代表性神话是《世界形成歌》（A610）、《大海变陆地》（A620）。前者说，一只巨大的神鸟鹏通过肢体化生的方式创造了世界。其异文则认为肢体化生的创世者是神牛（牦牛）或神龟。这与其他民族较为单一的肢体化生创世有重大差异，表明藏族起源具有多源性特征。这类宇宙起源母题也是藏族所有

① 佟锦华：《藏族传统文化概述》，中国藏学出版社 1990 年版。
② 中央民族学院编写组：《藏族文学史》，四川民族出版社 1985 年版，第 10—12 页。
③ 李学琴：《藏族神话的特点与认识价值》，《西藏民族学院学报》（社科版），1996 年第 3 期。
④ 佟锦华：《藏族民间文学》，西藏人民出版社 1991 年版。
⑤ 张慧：《藏族神话特征研究》，《西藏研究》1994 年第 4 期。
⑥ 绛曲坚赞：《朗氏世系史》，西藏人民出版社 1986 年版。

宇宙起源神话母题的主体。后者认为宇宙起源于自身的变化。整个世界起初是一片海洋，由于长期刮风，尘土被吹到海面，越积越多，久而久之形成了大地。其异文更为复杂地描述了世界的自然形成过程。最初只有风，风以光轮的形式旋转时出现了火，火的热气与带有凉意的风相接触，产生了露水，露珠上出现了微粒，这些微粒又被风吹落，久而久之堆积成了山（地）。这5种本原物质中又生出了1个发亮的呈牦牛形状的卵和1个黑色的呈锥形的卵，这些卵慢慢变成了天和海。这一母题具有典型的民族个性，它对藏族发源地的神话解释与当代科学对这一地区的考古史结论极其相近，而且对于世界本原物质的认识已经具有人类朴素哲学的特征。

（三）人类灾难母题（A1000 – A1099、A1335、A1336、A1337、A1341、A1342、A1375、A1377、A1485）

汤普森的母题研究中，收列了世界各地区、各民族神话所保存的人类灾难母题100多个，其中有99项反映世界性的灾难母题，主要有：A1000 突发性的世界灾难、A1010 洪水、A1030 世界之火、A1040 持续的寒冬毁灭人种、A1050 世界末日里地球上的骚乱、A1080 世界末日里的战争、A1090 世界灾难其他母题。需要说明的是，世界性灾难不仅表明其对人类发生影响的普遍性，而且这些灾难都来自于人类无法控制的大自然。另外一些则是源于人类自身的灾难母题，如：A1330 人类烦恼的开始、A1331 伊甸园的失落、A1333 语言的混乱、A1335 死亡的起源、A1336 谋杀的起源、A1337 疾病的起源、A1341 战争的起源、A1375 嫉妒和自私的起源、A1377 懒惰的起源、A1485 人类的仇恨的散布等[①]。具体而言，人类灾难母题还可分为自然灾难母题、战争灾难母题、伦理灾难母题、生态灾难母题、死亡灾难母题等 5 个亚型。蕴含人类灾难母题的藏族神话主要有《珠穆朗玛峰五仙女》[②]、《女娲娘娘补天》[③]、《格萨尔王传》、《藏族的起源》，涉及 A1010、A1090、A1341等。《女娲娘娘补天》讲述火神与水神之战撞坏了撑天神山不周山，天河漏水导致了洪水灾难，女娲在大虾鱼的帮助下重建擎天柱，并用五彩石补好苍穹。其中有两个灾难母题即战争灾难母题与洪水灾难母题。尤其值得关注的是灾难母题的救助方式，大虾鱼主动献出四足作擎天柱，所寓含的灾难意识

---

① 陈建宪：《神话解读》，湖北教育出版社 1997 年版。
② 张慧：《藏族神话特征研究》，《西藏研究》1994 年第 4 期。
③ 谈士杰：《〈格萨尔〉与藏族神话》，《青海社会科学》1999 年第 6 期。

与赈灾精神体现了藏族独特的民族个性。《格萨尔王传》讲述了格萨尔王出生于灾难深重的时代，饱受战争灾难与民族斗争的考验而成长起来，最后凭借神性与英雄气概消除了战争灾难与自然灾难，为藏族文化走向成熟创造了条件。换言之，灾难母题是英雄格萨尔成就丰功伟业的基本前提。《格萨尔》作为一种综合性的古代藏族说唱艺术，它充分吸收、熔铸了藏族古老的神话、传说、故事、歌谣、谚语等各种民间文学的长处，使自己的艺术手法得到丰富，文化意蕴也更为深厚。①《藏族的起源》中隐含了一个别具特色的生态灾难母题：人类始祖猕猴因过度繁殖而导致严重的食物短缺与生存环境的破坏。生态灾难母题是神话中较为隐蔽的一个母题，它大多融合在其他母题中，成为完整神话的重要组成部分。但是这一母题所揭示的严重灾难却是其他母题多有不及的，而且往往是本质性地决定着人类生存、繁衍的大灾难。我们可以从同一类型的印度神话中进一步认识灾难神话母题的特征。印度神话认为，由于大地上的生灵越来越多，无限制生殖达到了人满为患的地步，造成严重生态失衡，大地女神终于无法承受如此的灾难性重负，她向至上神梵天诉说了自己的痛苦。于是，梵天大怒，在他的怒火中产生了一位深色眼睛、头戴莲花花环、身穿深红色衣裙的女子，她就是死亡女神。女神的诞生，意味着人类死亡的出现。至此，我们可知生态灾难母题所预示的人类灾难具有终极意义②。

（四）女神母题（A120、A140、A170、A190）

女神母题大多与世界和人类起源母题融合在一起，表现出6个亚型功能性母题：大地女神、乱伦女神、救世女神、创世女神、先祖女神、一般女神等，它们多与洪水神话母题连接。汤普森母题研究中的女神母题及其相关母题有：A20 造物主的起源、A110 诸神的起源、A160 神的相互关系、A170神的行为、A190 神其他母题、A410 地方神、A420 水神、A490 地上其他神、A240 月神、A500 半人半神和文化英雄、A610 宇宙由造物主创造、A1010 洪水、A1020 从洪水中逃脱、A1090 世界灾难其他母题、A1210 人由造物主创造、A1270 原始的（最初的）人类夫妇、A1550 求爱与婚姻习俗的起源等。神灵构成上的女性化色彩，是藏族神话的一大特征。藏族神话中女性神灵的数量是惊人的。苯教《十万龙经》中的龙神多数为女性，其中一

---

① 谈士杰：《〈格萨尔〉与藏族神话》，《青海社会科学》1999 年第 6 期。
② 孙正国：《全球性与全球化：人类灾难神话的母题阐释》，《民族艺术》2003 年第 1 期。

级较大的神灵群体"基神",360 位全是女神,其地位均占据首位。① 藏族神话《纳木娜尼峰》、《龙母创世》、《藏族的起源》、《珠穆朗玛女神》、《雪古拉山女神》、《神湖羊卓雍的传说》、《美丽的哲古湖》②、《珠穆朗玛五仙女》③、《女娲娘娘补天》等均有典型的女神母题,涉及 A110、A1270、A1550、A160、A170、A190、A410、A420、A490。代表神话是《珠穆朗玛五仙女》和《龙母创世》。前者全面地反映了藏族女神的特点:喜马拉雅山脉以珠穆朗玛峰为首的 5 座山峰,是仙女五姐妹,称为"长寿五仙女"。最初,喜马拉雅山区,低处是汪洋大海,岸上是无边森林,林中奇花异草,一幅美丽、安详的图景。不幸的是,海里出现了一头巨大的五首毒龙,搅起万丈海浪,给人类和动物带来深重灾难。正在危难时刻,天上飘来 5 朵彩云。彩云变成 5 位仙女,降服了毒龙,救助了飞禽走兽和人类。经地上生物的再三请求,5 位仙女答应永远留下来护卫它们,从此便成了喜马拉雅山区的地方神。其中翠颜仙女是珠穆朗玛峰的主神,她掌管人间的"先知神通";吉寿仙女掌管人间的福寿;贞慧仙女执掌人间的农田耕作;施仁仙女执掌人间的畜牧生产;冠咏仙女掌管人间财宝。她们姐妹五人,关心黎民疾苦,万年不辞辛劳,博得人们的敬爱与景仰。这则神话,在 11 世纪的《米拉日巴道歌》中也有记述,只是各仙女的职司有所差异④。神话中女神是以救世神的身份出现的,又与青藏高原的巍峨群山密切联系在一起,最富雪山高原特色。它与汉族神话《神女峰》⑤ 极其相似。后者《龙母创世》是一则宇宙起源神话,其中蕴含有女神母题,龙母是一位创造宇宙的造物主女神。

就藏族神话中女神母题的整体来看,女神多与高山、河湖相关,而且有着很强的救世功能与生活色彩,直接反映了藏族人神湖神山的母体观念:藏历每月十五是藏族人转山转湖较为频繁的日子,他们祈求山神、湖神保佑、赐子、多福⑥。从而使女神成为藏族人祈求幸福、消灾祛病、达成理想的神圣、美丽而又亲切的文化象征。

---

① 佟锦华:《藏族民间文学》,西藏人民出版社 1991 年版。

② 林继富:《藏族的湖神信仰》,《西藏艺术研究》2002 年第 1 期。

③ 张慧:《藏族神话特征研究》,《西藏研究》1994 年第 4 期。

④ 同上。

⑤ 孙正国:《中华先祖英雄故事》,重庆出版社 2002 年版。

⑥ 林继富:《藏族的湖神信仰》,《西藏艺术研究》2002 年第 1 期。

（五）爱情母题（A150、A160）

人类神话中直接以爱情为表达对象的母题出现得很晚，展示了人类情感本性的自觉及其对生活与生命意义的认同。汤普森的母题分类中有 A150 神的日常生活、A160 神的相互关系、A170 神的行为等几个较少的形态与爱情母题相关。含有爱情母题的藏族神话非常多，且多是以山神、湖神为主的神话。由于产生较晚，又往往与人们生活密切相连，因此传说化程度相当高，有的甚至已经完全成为高山大湖的传说，不再有神话色彩。代表神话有藏族神话《纳木娜尼峰》、《神湖羊卓雍的传说》、《美丽的哲古湖》、《珠穆朗玛女神》等。《珠穆朗玛女神》讲述了一个女神与凡界男子的爱情悲剧：女神珠穆朗玛不小心将自己美丽的头饰泊西失落到人间，她就化成一位姑娘到人间来寻找。寻找途中遇到一位好心的小伙子，帮她在一片草地上找到了美丽的泊西，珠穆朗玛又要回到天上去了。可是，这时小伙子已经爱上了她，女神也喜欢上了这位小伙子，珠穆朗玛害怕自己的父母不同意，就留下泊西作为纪念，自己先回天上去说服父母再下凡来成亲。小伙子就答应了，他每天都拿着女神留下的泊西到草原上去等候，很久很久过去了，小伙子还是没有等到，女神留下的泊西化成了美丽的湖泊，小伙子也变成了湖边的一块大石头，日夜等候着女神下凡。这篇美丽哀婉的神话已经被传说化，但我们依稀可以见出女神的风采与个性。大量的藏族神山、神湖故事多与爱情母题相关，不过这些故事有的也是文明时代人们创作的美丽传说，这与人类神话中蕴含的爱情母题有着本质差异。

二 藏族神话母题的文化内核

人类在早期的发展史中，在自然面前往往显得软弱无力，来自大自然的影响与灾难迫使人类以最大限度的克制去顺应其规律、接受其支配。然而，随着生产力的不断进步，人类逐渐掌握了一些在特定条件下可以改变和控制自然的方法与能力。而且通过这种改变与控制，人类已经具有了大胆自立于自然之外的勇气和意识，具有了一种人类进化史上最为可贵的征服自然、改造自然的宏大理想。这不单是一种信心，更是一次人类思想史上人类生命精神从依附走向自立的神圣跨越。在这无数次跨越的历程中，不同的民族因为各自的生存环境与生命史轨迹的差异而产生了具有典型民族性的文化史现象：有的民族由于生产力水平较发达，生命史延续较顺利，与自然的对立和改造自然界的观念就显著一些，因此也就更注重人类本身的利益，强调对大自然及其相关事物的占有与征服；有的民族则因宗教精神浓厚、传统生产方式稳定和生存环境独特等要素，比较注重与其相处的自然界的和谐、融汇。前者容易产生文明中心论，过分强化人类的一元价值与目的本位。后者则多形成广泛的神灵信仰与自然崇拜，在物质文化缺失的层面上维护与拓展人类的精神之乡。就藏族神话母题的具体形态而言，我们可以看到藏族文化史具有后者的特点。而且从神话母题的总体形成来看，所有藏族神话母题的文化基点都体现为敬畏大自然的大生命崇拜。这并非藏族缺少自信自立的勇气与生命精神，而是他们以深沉而博大的虔诚试图获得更为永恒的生命自信。

藏族神话的人类起源母题中最有代表性的是猕猴进化为人的母题。这与许多民族的人类起源母题有着质的差异。在我们考察的 6 篇藏族起源神话中，都包含了猕猴进化为人的母题。可见，藏族神话的人类起源母题集中表现为"猕猴进化为人"的母题。那么，这一蕴含有人类文化史合理性的起源认识究竟意味着什么？有学者认为这是高原先民的智慧和对远古历史的记忆之结果。① 这虽然有一定的说服力，但并不能深刻揭示出藏族先民关于人类起源认识的秘密。事实上，必须追溯藏族先民的信仰才可能得到本质性的阐释。藏族先民生活在人类最为艰难的生存环境中，在这名之为"世界屋脊"的大自然里，尽管生存极其不易，生命变得十分渺小，但"由于人类的妥协显得更协和，也大大减轻了人与自然对立所带来的压力。……人们塑造了许许多多的神灵鬼怪，让他们来担负起沟通人与自然间的感情、增进了解、减少摩擦的责任，从而达到心灵上的安慰。……人们塑造了他们，然后又按照一定的仪轨和方式崇拜他们，人们也从对神灵的崇拜中找到信心与力量，找到自身的位置。"② 正是这种虔诚而普遍的神灵崇拜，这种将大自然泛化为绝对生命体的不朽的信仰，完成了藏族先民自身从有限生命向大自然无穷的生命力过渡的精神建构。一山，一湖，一个个无所不在的神灵，都与人类一样同是大自然的大生命体的子民，那些永生无悔的匍匐于神山圣坛的藏族先民扔掉的只是人类的有限性，只是禁锢在物质有限中的世俗愿望，但同时却获取了足以消除人类有限性的生命精神，以及直接与大生命互渗的近于参悟永恒的宇宙法则，因而也就易于获得符合大自然规律的人类起源认识。

---

① ［英］史蒂芬·霍金：《时间简史——从大爆炸到黑洞》，许明贤译，湖南科学技术出版社2002 年版，第 154 页。

② 张云：《青藏文化》，辽宁教育出版社 1998 年版，第 155—156 页。

　　在藏族神话的其他母题中也可以发现相同的大自然崇拜之源。我们在不断检视与解读这些母题的过程中，时时都在为一个深刻而永恒的命题所震撼：大生命的原欲与智慧，它们集中反映了藏族卓越、质朴、深沉、强健的生命精神。在这一命题中，大生命是寓含于人类生命之中而又囊括万物规律的大自然。其原欲显示了大生命之本来意义，而其智慧则是揭示了与顺应大生命时的精神创造。这不是藏族独有的个性，然而藏族却是表现这一精神极为典型的伟大民族，从中也凝练出了藏族顽强的民族品格。藏族丰富多彩的宇宙起源母题最能体现出藏族关于大生命的思索与崇拜。藏族神话关于宇宙起源的解释达十余种之多，这也是它体现其大生命精神的重要表现。其中最有代表性的是肢体化生说（A610）、大海变陆地说（A620）、卵生说（A625）、天地混合说（A625.2）、开天辟地说（A641）、绷天绷地说（A640）。如藏族古老的问答歌《斯巴形成歌》对宇宙形成作出了这样的解答：

问：最初世界形成时，　　　　答：最初斯巴形成时，
　　天地混合在一起，　　　　　　天地混合在一起，
　　请问谁把天地分？　　　　　　分开天地是大鹏，
　　最初世界形成时，　　　　　　分开天地形成时，
　　阴阳混合在一起，　　　　　　阴阳混合在一起，
　　请问谁把阴阳分？　　　　　　分开阴阳是太阳，

　　歌中的藏语"斯巴"一词，为"宇宙"、"世界"之义。大鹏鸟在藏族的传统观念形态中，是降伏龙魔的神鸟。另外，关于大地的形成，流传在西藏黑河地区的一则神话说：世界开始时是一片大海。后来，天空中升起了7个太阳。由于太阳的猛烈暴晒，山岩都崩裂了。崩裂的碎石、尘土与海水混合，经过风吹日晒又变成了石头。石头上积了土，慢慢长出了草和花。后来，又生长了五谷。这两篇神话都十分古朴、自然，少有文明时代的增删或附会，故而可以借此阐述其中蕴含的神话母题的文化内核。《斯巴形成歌》中的宇宙起源母题认为，宇宙的初始状态是混沌一体的，其中有两种基本元素即阴与阳，而混沌初开由神鸟大鹏完成，阴阳分离是由太阳所致。这个人类神话中常见的宇宙起源前状态"原始的混沌"母题，在波利尼西亚、日本、美洲印第安人、埃及、巴比伦、希腊、斯堪的纳维亚、犹太及其他地区

都有传承①。而表现藏族神话母题独特性的是创造宇宙的神鸟和太阳，在对宇宙混沌状态的普遍性认识中，已经折射了藏族先民对大自然/大生命的深刻理解，而将宇宙的开辟归因于神鸟和太阳则需要更为本质、更为宏大的生命智慧才能体悟与表达，这已远远逾越了人类自身的能力。可以说，如果藏族先民没有置身于生命极地虔诚地聆听大自然或大生命的原欲与智慧，是不会有令世界许多民族叹为观止的天才直觉与独特神话的。同样，另一篇神话中对于世界形成的表述也是在富于大生命的原欲与智慧精神的民族生命史历程中才不自觉地创造而成。因为神话是"要满足深切的宗教欲望、道德要求、社会的服务与表白，以及什么实用的条件而有的关于荒古的实体的复活的叙述"②，因而可以称作是"原始信仰与道德智慧上实用的特许证书"。③换言之，大生命的原欲与智慧可算是所有藏族神话母题的文化之核心，无一例外地贯穿于藏族先民艰辛而漫长的神话长河之中，蕴藏在藏族人神秘却现实的文化史深处，至今仍然闪烁着伟大的生命光芒。

三　结语：藏族神话母题的文化史意义

许多藏族神话母题所揭示的自然与生命现象都具有一定的科学史价值④。如宇宙起源、生态灾难，充分表现出藏族人基于大生命的原欲与智慧之上的宏大品格与天才直觉。藏族神话作为"通过人们的幻想用一种不自觉的艺术方式加工过的自然和社会形式本身"⑤，其中蕴藏的神奇不朽的神话母题不仅具有民族艺术和民族文化价值，也具有普遍的文化史意义。

1. 就整个流变来看，藏族神话母题的最初形态已有较大演化，许多神话母题的构合因历史的洗礼而复杂化、文明化，神话母题失去原有神话色彩，并为后世的佛教信仰与神怪思潮所侵蚀，从而呈现出神话母题单一化的结果。这对当今神话研究者思考文化史的源流问题具有重要意义。

　　① ［英］马林诺夫斯基：《文化论》，费孝通译，中国民间文艺出版社 1987 年版，第 230 页。

　　② ［苏］叶·莫·梅列金斯基：《神话的诗学》，魏庆征译，商务印书馆 1990 年版，第 73 页。

　　③ ［英］马林诺夫斯基：《巫术科学宗教与神话》，李安宅译，中国民间文艺出版社 1986 年版，第 86 页。

　　④ ［英］史蒂芬·霍金：《时间简史——从大爆炸到黑洞》，许明贤译，湖南科学技术出版社 2002 年版，第 154 页。

　　⑤ 《马克思恩格斯选集》（2），人民出版社 1972 年版，第 113 页。

2. 藏族神话中的女神母题具有独特性，其建构的故事化诠释体系，显示了藏族先民追忆与崇拜女神时代、确认世界与人类的起源同质、全面建构女神的人性特征等文化意义，有力证明了作为中华民族之一的藏族在文化传统上与中华母性文化的整体性与一致性。

3. 就神与人的关系而言，藏族作为一个拥有顽强的生命史历程的高原民族，其生存、繁衍的自然环境极其恶劣。因此，其先民将大自然和她所孕育的万物都不自觉地神话了，在他们的生活场景与生命时空里，神也就无所不在、无所不能了。藏族先民在神话中建构了良好的神与人的关系，对应而成现实世界中的人与大自然的和谐关系，这一关系最后本质地内化为藏族文化的一种基本品格——宏大的认同自然生命的民族品格。这种品格已不再只是远古先民的生存精神，也不只是那个遥远的神话时代中人与神的关系的反映，而成了藏族人的一种足以支撑其生命史延续的民族心理结构。在这个意义上，我们认为藏族神话对于人类文化史作出了独特的贡献。

（原载《中国藏学》2003 年第 3 期）

从生命延续方略探寻抗拒洪水母题

——重读中国洪水神话

林继富

肆虐的洪水冲毁了美丽的家园，撕碎了滚滚跃动的希望。与洪水抗争，征服洪魔，一直是炎黄儿女真诚的心愿。他们将这种心愿熔铸成篇篇动听的神话，以口承方式代代相续，以启迪后人。在抗洪保家的今天，重读这些神话，能引发出我们深深的思索。

一　绵绵不息的抗拒洪水母题

洪水神话广传于祖国的大江南北，虽然因地域、文化、历史等不同而发生了变异，但这种变异却是围绕几个"母题"在变，其中最为突出的母题就是与洪水搏斗，战胜洪水，延续生命。这个母题，早在原始人类起源神话中就已经出现。

俩兄妹心地善良，神向他们透露洪水即将到来的信息，兄妹在神的帮助下，躲过这场大洪水。洪水过后，世界无一物，兄妹二人互为夫妻，繁衍子孙。这类型神话在我国广为传播。其中河南的洪水遗民是伏羲女娲。伏羲女娲每天给石龟喂馍，神灵的石龟告诉兄妹洪水信息，使他俩逃过了洪水的劫难，繁衍了人类。

当滔滔洪水浩洋不息时，为拯救百姓于水火之中的治水英雄鲧诞生了。他在与洪魔抗争中丢掉了性命，但仍未制伏洪水。子承父业，大禹智勇兼备，征服了洪水，从此天下太平。

和州历阳沦为湖泊，乃以石狮眼中出血为洪水发生的奇兆。在这场抗拒洪水的斗争中，只有一老妪对书生"待之甚厚"才幸免于难，全城百姓被无情的洪水吞没。这类洪水故事已脱离了神话的母胎，带有宿命论的思想。

从上面三个类型的洪水神话来看，它代表着不同阶段的人们对抗拒洪水、战胜洪魔的朦胧记忆。从毁灭全人类、全世界的巨大洪水，到冲刷条条长江大河的巨浪，最后以淹没一个城镇作为抗拒洪水神话构造的背景，反映了华夏子孙对无穷无尽抗拒洪水恢宏场面的零星记载，也无形催化了抗拒洪水神话母题的代代相续，它从一个侧面折射出我们中华民族长期饱经洪水的磨难，也就是在这一场场与洪魔的抗争中，炼就了中华儿女钢铁般的意志、团结拼搏的巨大凝聚力。

二 破坏生态与洪水报复

在我国洪水神话中，对洪水的诱因有多种解释，其中诱发洪水的重要原因，就是对自然环境的破坏，以致山洪暴发，洪涝成灾。

开荒种地：在彝族曾流传一则洪水神话故事讲，兄妹三人开荒种地，白天犁过的地，晚上又复原了，他们觉得奇怪，决定晚上看个究竟，果然有位十分威严的老头，用拐杖一指，犁起的草皮又翻转过来。兄妹三人忙去问雷神老头，他说"莫要开荒，世上要发大洪水。"神话借神灵之口，将古时人们为了生存，大肆开荒种地、砍伐森林、破坏植被而诱发洪水的因果关系公之于世。

在侗族洪水神话中，洪水的诱因是因最小的兄弟，用锯子锯洪桐树，发出火来，酿造了火灾，触犯雷神而形成洪水。

苗族神话《阿培果本》讲，阿培果本得罪雷公，为了躲避雷公，就天天上山，砍伐树木，剥来很多梧桐树和构树皮，搭盖房子。雷公原本不想报复，当看到阿培果本大肆砍伐树木时，雷公大怒，为了惩罚他，雷公降下大雨，使陆地一片汪洋，洪涝成灾。

除此而外，在河南杞县流传的《杞人忧天》中，提到共工与祝融因吃天鹅蛋相斗，共工败走，头触西天山（不周山），天塌而引发洪水泛滥。

洪水神话中洪灾的发生多解释成自然灾祸、天帝惩罚人类邪恶等。尽管破坏生态而造成洪灾的神话所占份额不是很多，但是它给我们透露了一个信息，那就是谁乱砍滥伐、破坏植被，必定使生态环境恶化，洪水惩罚人类也就在所难免。

当然，我们必须看到，洪水神话的创作处于人类不自觉的艺术思维阶段。因此，洪水神话中对洪水诱因的解释是一种原始无意识的直观表现，并不是原始人已经科学地认识到破坏生态与洪水成因的辩证关系，但是它已经朦胧地提醒我们，保护生态环境，重视自然生态的调节作用，也就是保护我们的家园，保护我们的子孙万代。

三　植物保护与生命延续

面对滔滔洪水，我们的祖先绝非束手无策，而是积极与洪水抗争。在抗争中，求生的本能驱使我们的祖先想尽办法，避开洪水，寻找求生的避难所，尽管这是一种消极的抗争方式，但它延续了生命，保护了千秋基业不至于毁于一旦。在凶暴的洪水面前，人类付出得太多太多。在神话中，天神所发的洪水是为惩罚破坏自然、破坏社会秩序平衡的主凶，然而却殃及天下无辜的百姓，使千千万万的善良人们在一场场洪灾中丧失生命。面对这种残酷无情的现实，我们的祖先在洪水神话中表现出生命延续、繁衍子孙的强烈欲望。

为了抗拒洪魔，先祖们以消极躲避的方式免遭洪劫，主要表现为以下几种：

森林：以森林为掩护体，在洪水神话中多次出现。汉族神话《伏羲和女娲》讲到，当雷鸣电闪、狂风暴雨、山崩地裂，大地变成一片汪洋时，俩兄妹伏羲、女娲爬到了高高的杏树上，躲过灾难。等洪水退后，大地上只留下兄妹二人，从而延续了生命。

瓜：以瓜为避难所，在我国绝大部分洪水神话中都有存在。如侗族神话《龟婆孵蛋》中，丈良、丈美两兄妹在落雨时种下瓜种，这颗奇异的瓜种果然落地生根，寅时种，卯时生，很快长出了藤又结了瓜。兄妹二人还用扇子扇风，助它生长。瓜长到三间房屋那么大，此时天空啄木鸟用尖嘴在瓜上啄开一个洞，当大地洪水暴涨，丈良、丈美躲进瓜中，大瓜在滔滔洪水中漂浮，救出了人类延续的火种。

在洪水中延续人的生命、保护生命的火种除了以这些植物作为掩体外，还有石狮、石龟等。这些龟、狮在我们祖先那里是一种神灵之物，它歌颂的是神的力量，而以森林、竹子、瓜等植物在洪水中保护生命却具有非同一般的意义。它告诫人们，保护好植物，就是延续了生命。在特大洪水面前，我们看到一个又一个受灾群众，依靠这些植物掩体生存下来就是现实的明证。因此这一棵棵参天大树，就是生命之树。可见洪水神话给我们后人留下了多么宝贵的抗洪经验呀！

四　洪水遗民的治水方略

治理洪水、平息洪魔，是抗拒洪水母题的重要组成部分，引起了我们先祖的高度重视。人们对因河流泛滥引发的洪水横流的灾祸，不能不感到恐惧，因此人们时时在企盼战胜洪水的英雄，鲧、禹正是在这种文化心理驱动下出现的。鲧、禹父子肩负起我国上古治理洪水的艰难任务，也表现出二位在治理洪水中的雄韬伟略。他们经过长期治水的探索，创造了许多治水的方略。

其一填堵式：洪水来了，以土掩来抵挡，是鲧治水的主要方法。《书·洪范》有"鲧湮洪水"，《国语·鲁语上》有"鲧障洪水"等记载，说明"水来土掩"的填堵式治水方略已被鲧广泛利用。巨大的洪水以人工取土来填堵是多么的艰难，于是原始人就幻想鲧盗窃了天帝的息壤来平息洪水。《山海经》中记载："洪水滔天，鲧窃帝之息壤以湮洪水。"那么"息壤"是怎样的一种土壤呢？据《山海经·海内经》中说"息壤者，言土自长，故可湮水也。"自此以后，鲧就以这种息壤来与洪水抗争。后来鲧的儿子禹，继承父业治理洪水，在他开始治理洪水时，仍以"息壤"作为治水法宝。《诗·长发》："洪水茫茫，禹敷下土方。"《淮南子·地形篇》："禹乃以息土填洪水。"《淮南子·时则训》："（禹）以息壤湮洪水九州。""息壤"本无，只不过是原始人面对滔滔洪水无可奈何而幻想出的一种神奇土壤，以期使填塞式治水方略更符合百姓的一种愿望。然而这种"水来土掩"的填塞式治水固定不能战胜洪魔，鲧的治水失败就向后人证实了这一点。

其二疏导式：以填塞式方法治理洪水，鲧失败了，作为鲧的儿子，大禹一方面沿袭父亲治水的方法；另一方面他又及时总结经验教训，从父亲和自己的治水经验中，找到了一种行之有效的治水方略，那即是疏导式。《国语·周语下》："其后伯禹念前之非度……高高下下，疏川导滞。"《孟子·滕文公下》："禹掘地而注之海，驱蛇龙而放之范，水由地中行，江淮河汉是也。"对于这种疏导式的治水方法，先人们曾作过神奇的解释。《楚辞·天问》曾提到应龙助禹治水："应龙何画？河海何历？"王逸注："有神龙以尾画地，导水所注，当注者因而治之也。"朱熹注曰："禹治水，有应龙以尾划地，即水泉流通，禹因而治之也。"神话中加进"应龙"，使疏导方法获得一种神奇巨大的力量，从而能够顺利地挖掘沟壑，疏通河道，使这场肆虐了漫长时间的洪水平息了。

　　鲧禹治水神话向后人展示了两种不同的治水方略，两种不同的结果，它充分说明了人类在与洪水抗争过程中，不断地吸取失败的教训，在教训中总结方法，这才使我们能够看到"填塞式"和"疏导式"两种治水方略。

五　抗拒洪水母题中的民族精神

　　抗拒洪水母题产生和发展的现实基础是人与洪灾的抗争，在这无数次血雨腥风的抗争中，华夏民族那种战天斗地、前仆后继、不畏牺牲、顽强执着的团结作战精神表露得淋漓尽致。

　　鲧、禹为了平息洪水、战胜洪魔，他们不但藐视天条，偷息壤去治洪水，置个人安危于不顾；而且当鲧不幸被杀害以后，他抗拒洪水的英雄壮举远没有结束，他以身为孕，父子相承，把自己的心血和精魂化育为新的一代。禹在治理洪水过程中，不完全依靠父亲用生命换来的息壤，而是从过去的"湮"（填塞）发展到"疏"（疏导）和"湮"治水方法的并用，这种以实地考察为前提因势利导制定出的切实可行的方法，使之获得了治水的胜利。

　　我们看到，鲧禹在治理洪水中，并非一味地蛮干，而是不断地总结经验，寻找合理科学的治水方略，当鲧以填塞式治水时，找到了"息壤"；当息壤在治水中效果不明显，禹通过实地治水的考察，不断总结和探索治水策略，发明了疏导式的治水方法，这些方略的行之有效性，从一个侧面暗示了我们的先祖在与洪水抗争中崇尚科学、推崇智慧的民族精神。正是由于不断地总结经验、吸取教训，才使我们的治水方略逐渐丰富、完善而更趋科学合理，为我们治理洪水提供了可资借鉴的宝贵经验。

（原载《民间文化旅游杂志》1999 年第 1 期）

彝族"支嘎阿鲁"史诗母题探析

肖远平

在彝族异彩纷呈的民间文学宝库中，"支嘎阿鲁"史诗以其丰富的内涵、雄浑的气势、感人而富有传奇色彩的情节和生动的形象，放射着璀璨光芒。"支嘎阿鲁"，又称"支格阿龙"、"阿鲁举热"等，是彝族历史上一位有重大影响的传奇式神话般英雄人物，有关他的史诗、神话、传说及典故等民间文学作品流传在云、贵、川、桂等省区的广大彝族地区，家喻户晓。

在四川，"支嘎阿鲁"的伟大功勋是著名彝族创世史诗《勒俄特依》的主要内容，此外，还有彝文版史诗《支格阿龙》① 和汉文版史诗《支格阿龙》②；在云南，不仅彝族创世史诗《查姆》、《万物的起源》③ 中有着对英雄"支嘎阿鲁"神圣事业的叙述，还有史诗《阿鲁举热》④；在贵州，除了众多彝文古籍记载外，专门翻译出版有两部史诗《支嘎阿鲁王》⑤ 和《支嘎阿鲁传》⑥。新出版的《支嘎阿鲁传》洋洋 15 000 多行，是目前翻译出版的同类作品中最长最完整的一部民间叙事长诗，与荷马史诗《奥德赛》长度相当，被一些学者盛赞为"彝族的《格萨尔王传》"⑦。对不同民族史诗中类同母题的研究，既有利于揭示史诗古老的文化内涵，也有利于不同民族史诗的比较研究。对跨省传承的"支嘎阿鲁"史诗母题进行研究，可帮助我们进一步理解和揭示

---

① 卢占雄：《支格阿鲁》（彝文版），四川民族出版社1987年版。
② 沙马打各、阿牛木支：《支格阿龙》，四川民族出版 2008 年版。
③ 梁红：《万物的起源》，云南民族出版社 1998 年版。
④ 李力：《彝族文学史》，四川民族出版社 1988 年版。
⑤ 阿洛兴德：《支嘎阿鲁王》，贵州民族出版社 1994 年版。
⑥ 田明才：《支嘎阿鲁传》，贵州民族出版社 2006 年版。
⑦ 王明贵：《支嘎阿鲁及其故乡的神湖》，《毕节日报》2008 年 1 月 23 日。

彝族史诗的深层文化内涵。世界各地英雄史诗，一般包括英雄奇特诞生母题、孤儿母题、抢婚母题、英雄征战母题、英雄救母母题，等等。"支嘎阿鲁"史诗虽然在云、贵、川诸地流传并有不同异文，但其具有稳定结构模式并包含着深厚文化内涵的以下几个母题却是常常出现的。

一   英雄奇特诞生母题

美国民间文艺学家斯蒂·汤普森（Stith Thompson）认为，"母题"（motif）就是指民间故事、神话、叙事诗等叙事体裁的民间文学作品中反复出现的最小叙事单元，"一个母题是一个故事中最小的、能够持续存于传统中的成分。"[①] 郎樱也曾指出，民间文学中的母题，尤其是比较文学中的母题，具备在不同作品中重复出现、程式化、具有丰富的文化内涵和象征意义[②]这几个特点。母题在具体的作品中有不同的表现形式。

在世界各地的英雄史诗、神话、传说中，英雄一般都有奇特的诞生，英雄特异诞生母题具有浓郁的神话色彩，是史诗英雄人物一生创造伟业的基础。英雄史诗对于英雄特异诞生的描写，往往由多个母题构成。一般包括"祈子母题、特异怀孕母题、难产母题、英雄诞生特异标志母题、英雄神速生长母题等"。[③]

尽管各地流传的"支嘎阿鲁"史诗在主人公的出生细节叙述上有所不同，但都包括以下三个母题："支嘎阿鲁"母亲的奇特怀孕，"支嘎阿鲁"的奇特出生，"支嘎阿鲁"的奇特生长。各地"支嘎阿鲁"史诗中关于英雄奇特诞生的共性与区别如下表所示。

表1   各地"支嘎阿鲁"史诗中关于英雄奇特诞生的共性和比较

母题	贵州《支嘎阿鲁传》	贵州《支嘎阿鲁王》	四川《支格阿龙》	云南《阿鲁举热》	备注
英雄母亲的奇特怀孕	人与天女结婚，十三年孕育，在母腹中即可讲话	天郎恒扎祝与地女音阿媚三万年相亲，六万年相爱，九万年才生子	人间未婚少女与鹰血的结合	老鹰身上的三滴血滴在未婚少女身上而孕	英雄均为非人类的后代

① ［美］汤普森：《世界民间故事分类学》，郑海等译，上海文艺出版社 1991 年版，第 499页。

② 郎樱：《史诗的母题研究》，《民族文学研究》1999 年第 4 期。

③ 同上。

母题	贵州《支嘎阿鲁传》	贵州《支嘎阿鲁王》	四川《支格阿龙》	云南《阿鲁举热》	备注
英雄的奇特出生	虎年正月初一寅日寅时，在马桑树下由神人接生，由神人举行命名仪式并给予祝福	天地抖动三下，伴随着雷鸣闪电出生，出生后即成为孤儿	龙年龙月龙日生	属龙的日子出生	出生的时间奇特，刚出生或幼小时即有奇特的表现
英雄的奇特生长	生时即哭声如雷鸣，由神人喂	马桑露珠马桑白日哺乳，雄鹰夜里覆身	由龙奶、龙饭、龙衣养大	老鹰哺养长大	英雄均非人奶喂养长大

由表可见，"支嘎阿鲁"的诞生，有以下三个方面值得关注：

一是神奇的孕育。"支嘎阿鲁"的孕育，一般均为超过十月怀胎的孕期或者没有孕期，且在母腹中即能与母交谈。即使在同一地区流传的史诗中，其孕育也有所区别。比如同为贵州流传的"支嘎阿鲁"史诗，一为十三年孕育后分娩，一为没有孕期。"支嘎阿鲁"是伴随着支嘎（支嘎山，地名——笔者注）的第一枝马桑、第一声杜鹃、第一朵盛开的索玛而出生的。

英雄神奇的孕育，说明了古人对英雄及英雄史诗的理解和解释。英雄出身于天神，所以人们把英雄史诗看作神的颂歌，史诗演唱是一种特殊的祭祀祖先的仪式，因为其歌颂了祖先的丰功伟绩。这说明了英雄史诗在古人心目中的地位和人们对史诗的崇仰，这一点也正是英雄史诗得到迅速发展和流传的动力之一。

二是出生后即为孤儿。或者有母无父，或者婴儿自动与母亲切断了联系（拒绝吃母乳），或者父母均化为马桑与雄鹰而不抚育刚出生的婴儿。《支嘎阿鲁传》中的"支嘎阿鲁"出生后是"生时父离世，生时母昏厥，策戴母休克，戴姆的儿子，没有人照顾"。《支嘎阿鲁王》中"支嘎阿鲁"出生后，其父"恒扎祝用尽最后一丝力，化作矫健的雄鹰"，其母"菖阿媚吸进最后一口气，化作茂盛的马桑"。"孤儿没有名字，人们叫他巴若……巴若大难不死，白日有马桑哺乳，夜里有雄鹰覆身。"[①]　"支嘎阿鲁"是"马桑哺乳的巴若（意为弃儿——原书注），龙鹰抚大的斯若（有非凡手段的男人——原书注）"。

孤儿母题是一个世界范围内的故事母题，在少数民族民间故事中更是普

---

① 阿洛兴德：《支嘎阿鲁王》，贵州民族出版社 1994 年版。

遍，如贵州苗族地区有民间故事《孤儿与龙女》①，云南傈僳族有神话中的孤儿等②。大多数孤儿故事，孤儿都能成长为英雄，似乎越苦难的孤儿在以后的英雄业绩中越显得高大。刘守华先生认为，孤儿可怜的出生及其后来的幸福生活寄寓着人们对于现实生活中孤苦无依者的一种人道主义同情。孤儿母题广泛存在，并体现为各种文本变体。其中一种变体是英雄在少年时虽然不是孤儿，但是以"弱者"的身份生活，是一个有母无父、没有完整家庭庇佑的婴儿，这种变体在云南、四川的"支格阿鲁"史诗中表现明显。"支格阿鲁"出生时只知其母、不知其父，有学者认为这是彝族母系氏族社会只知其母不知其父的文化遗留。在贵州"支嘎阿鲁"史诗中，"支嘎阿鲁"不吃母乳，最后只得由马桑或者龙、鹰哺育长大。这种英雄的选择，显然有动、植物崇拜的原因，但我们是否亦可将其视为在英雄史诗产生的父系氏族社会初期，人们让英雄自动切断其与母系的信赖关系与紧密联系，也是在试图更加确立自己的男性权威。

　　三是生下后奇特之处立刻显现。在《支嘎阿鲁传》中，婴儿出生时母亲昏厥，婴儿的哭声奇特，如打雷、起台风，并由神仙以马桑露珠哺育，马桑树在西南少数民族的信仰中，乃是奇特的通天树；在《支嘎阿鲁王》中，"支嘎阿鲁"白日由马桑哺乳，夜晚有雄鹰覆盖，以麒麟当马骑，身跟虎豹当狗；在《支格阿龙》中，婴儿不肯吃母亲的奶，无论母亲如何哄逗喂养，婴儿都不依，结果引来塔博阿莫派使者抓走母子，阿龙被母亲丢弃在悬崖，由龙喂养长大。贵州流传的史诗中，"支嘎阿鲁"出生时的接生、出生后的命名礼都是由天神完成的。因此"支嘎阿鲁"不平凡的孕育、不平凡的出生从一开始就预示着他不平凡的经历。如其出生后的命名礼（取名仪式）即是一种预言：

　　　　摸三下头顶，边摸边评论："头顶悬日月。"摸三下耳朵："能听千里话。"摸三下眼睑："要观万里事。"摸三下嘴唇："要断事无误。"摸三下小手："管山川河流。"摸三下胸口："想就记，记就知，知就做。"摸三下腰部："造鲁补，订鲁旺。"摸三下小脚："测中央，清海底，修路过，收拾妖魔，与雄鹰为伍，斩杜瓦，要你去完成，为马桑之故，取

---

① 《贵州民间文学资料·苗族》，1959 年版。
② 李子贤：《云南少数民族神话选》，云南人民出版社 1990 年版。

支嘎阿鲁，天上有你位。"①

命名仪式上的这些预言，是英雄奇特能力和以后主要业绩的预显："支嘎阿鲁"有超凡的听力、视力与智慧，所以要完成测天地、斩妖魔的艰难任务。

二　与恶魔争斗和征服母题

史诗中的英雄除了有奇特的身世，其主要的功绩就在于英雄要不断去战斗。以下为云、贵、川地区四部"支嘎阿鲁"史诗英雄的主要业绩见表2。

表2　　　　　云、贵、川地区四部"支嘎阿鲁"史诗英雄的主要业绩

业绩	贵州《支嘎阿鲁传》	贵州《支嘎阿鲁王》	四川《支格阿龙》	云南《阿鲁举热》
1	巡海除寿博	驱散迷雾，治理洪水	阿龙定夺乾坤	
2	阿鲁射日月	阿鲁射日月	阿龙射日月	阿鲁射日月
3	智胜雕王 阿鲁驯野牛 阿鲁胜老虎	测天量地 智取雕王 战胜虎王	阿龙智取雕王 阿龙灭虎王 阿龙治食人马 阿龙治杀人牛 阿龙治魔孔雀	阿鲁用火制伏蟒蛇 打小石蚌
4	阿鲁灭哼妖 阿鲁斩杜瓦	灭撮阻艾（食人妖） 大业一统	阿龙捉雷公 阿龙征服巴哈阿支 阿龙治欧惹乌基	阿鲁治死日姆 （凶狠的头人）

从表可以看出，英雄的主要业绩在于测天地、斗雷公、射杀日月、斩杜瓦和哼妖（妖魔鬼怪）、战胜雕王等。虽然三地彝族地区流传的"支嘎阿鲁"史诗有繁简之别，但归纳起来都有以下几个共同点：

一是英雄"支嘎阿鲁"测量天地的业绩。在四川和贵州流传的史诗中，都有英雄测天量地情节。贵州文本中，"支嘎阿鲁"是受天君策举祖的委托而测天量地；在四川，支格阿龙则是自动承担起将天地秩序重新恢复的责任。

二是"支嘎阿鲁"射日月的业绩。三省彝族地区的英雄史诗中，都有"支嘎阿鲁"射杀日月的母题，只是四川彝族地区流传的史诗中，英雄是主动去射杀日月的："支格阿龙啊，有眼能见到，有耳能听到，要去射太阳，

① 田明才：《支嘎阿鲁传》，贵州民族出版社2006年版。

要去射月亮。"在经过了六次射杀不中后，最终求助智慧的天神圣舍，从地心鸠土木古地站在柏树上射中了六个太阳七个月亮；在贵州《支嘎阿鲁传》中，射杀日月乃是由于"支嘎阿鲁"的母亲被日月（天上的纪与洪两家）关押，为救母而用六枝银箭和六枝金箭射杀了六个太阳六个月亮；贵州《支嘎阿鲁王》中，"支嘎阿鲁"则是因为移山填海，用了山神鲁依岩的财产，山神的女儿阿颖爱上"支嘎阿鲁"并为帮助"支嘎阿鲁"完成治理洪水的大业而牺牲，山神为了报复天神和"支嘎阿鲁"，挖出举祖派人埋下的六个太阳、四个月亮，造成了灾难，"支嘎阿鲁"受举祖的分派，练好了箭术，将多余的日月都射了下来；云南《阿鲁举热》中的阿鲁，是因世间的不太平而决心为民除害，射下了六个太阳五个月亮。

三是"支嘎阿鲁"战胜各种动物的业绩。"支嘎阿鲁"史诗中，各种自然界的动物今日的特征，如外形、声音、生活习性等，都是"支嘎阿鲁"打败它们之后所形成的。如《支格阿龙》："支格阿龙啊，跳到牛背上，气愤把牛拴，拴成花脖子，所有水牛啊，拴得喉沙哑。以前花脖子，现在花脖子，都是阿龙留。所有水牛啊，以前喉沙哑，现在喉沙哑，都是阿龙治。"①在其他民族的英雄史诗中，战胜各种动物也属英雄的主要业绩之一，蒙古—突厥史诗里，英雄常常要驯服各种动物、征服超自然力并历经恶劣的自然环境，乌日古木勒将这一类母题统一为"蒙古—突厥史诗考验母题"，并将之视为蒙古—突厥族成年礼民俗模式，是反复重复男性成员成长的民俗模式。②"支嘎阿鲁"史诗中，主人公战胜各种自然界的动物，大约也带有彝族男子成年所必须具备的各种生存技能与技巧的考验意味。

四是"支嘎阿鲁"打败各种害人的神怪。《支嘎阿鲁传》中，"支嘎阿鲁"打败了各种食人妖，如斩杜瓦（吸食人畜）、灭哼妖（食人妖）、智胜雕王（啄食人类）；《支嘎阿鲁王》中，"支嘎阿鲁"灭撮阻艾（食人妖）；《支格阿龙》中的雷公劈人、劈树、劈石，支格阿龙捉住雷公后不但打得雷公承诺从今后不劈人，而且还问出了治各种病的方法。

在彝族史诗中，"支嘎阿鲁"所战胜和打败的都是直接威胁着人类生存与发展的自然灾害及妖魔鬼怪。"支嘎阿鲁"所要征服的这些恶魔并不直接与"支嘎阿鲁"为敌，"支嘎阿鲁"一开始也并没有成为人民的首领，只是一个孤独的英雄。正是在与这些人类敌人的斗争中，"支嘎阿鲁"成长为部

---

① 沙马打各、阿牛木支：《支格阿龙》，四川民族出版 2008 年版。
② 乌日古木勒：《蒙古突厥史诗人生仪礼原型》，民族出版社 2007 年版。

落的英雄、民族的领袖。"支嘎阿鲁"与妖魔鬼怪的斗争，常常并不只是仅凭着自己超凡的力量直接与妖怪打斗，有时也会借助神奇的武器，如神鞭、神剑等，但其最终战胜或者消灭对手所依靠的主要是智慧。这是彝族人民崇尚知识和智慧在史诗中的重要表现，一如彝族人民对于知识和智慧的代表——彝族毕摩的尊重。

"支嘎阿鲁"史诗中的恶魔争斗与征服母题大致可以分为两类：一是"支嘎阿鲁"受天命出战；二是"支嘎阿鲁"主动帮助受到恶魔伤害的人们。"支嘎阿鲁"受天命出战主要是测天量地、巡海除害，其他业绩则多是"支嘎阿鲁"在人间行走或者在寻找母亲的过程中遇到受苦受难的人们，为打抱不平而进行的艰苦努力。

四川流传的支格阿龙除害母题有着较为固定的文本内叙事模式，具体为支格阿龙寻找母亲来到某处——这一处的人民受苦，受到恶的侵害不得生存，哀哀哭泣——支格阿龙知晓后怒火中烧，决心为民除害——支格阿龙历经艰苦寻找恶者处所——支格阿龙心中害怕但不退缩——支格阿龙运用智慧征服恶者，使恶改变生活方式，或服务于人，或不再祸害人。这样的叙事更体现了史诗英雄的人性和伟大，神奇而又平凡的英雄更易成为彝族人民歌颂和崇拜的对象，成为民族精神的具体化身和人民力量的代表。英雄身上体现出的彝族人民平凡自然、坚强勇敢、无私无畏的民族性格，正是彝族先民在艰苦卓绝的斗争环境中铸造出来的。

三　英雄的神奇婚姻母题

英雄的婚姻是英雄史诗的重要组成部分，在蒙古族、突厥语诸民族史诗中，英雄的婚姻既是史诗的中心母题，且往往与一个民族的婚姻方式有着密切关系。大多数民族的英雄史诗中，婚姻既是英雄业绩开始的原因，也是英雄业绩完成的标志，主要情节常常是：为了救未婚妻或者向某部落的美女求婚而开始一系列的战争，通过一系列的考验，最终抱得美人归。仁钦道尔吉在《蒙古英雄史诗源流》一书中曾采用比母题大的情节单元，即以史诗母题系列（早期英雄史诗的情节框架）为单元，对蒙古英雄史诗的情节结构类型进行分类，把蒙古早期英雄史诗归为"勇士远征求婚型"和"勇士与恶魔斗争型"两类，并认为这两个系列是整个蒙古英雄史诗向前发展的单元，"在蒙古英雄史诗的基本情节里存在的数百种母题都是以这两种母题系列有机的组织在一起，以不同数量、以不同的组合方式滚动于各个史诗里。"① 可见，英雄的婚姻母题在史诗中占有重要位置，且大多数史诗也都会伴随着英雄成功的远征和与此相应的成功的婚姻。

　　然而，彝族"支嘎阿鲁"史诗却是一个例外。该史诗的英雄婚姻情况如表3。

表3　　　　　　　　　"支嘎阿鲁"史诗的英雄婚姻情况

婚恋要素	贵州《支嘎阿鲁传》	贵州《支嘎阿鲁王》	四川《支格阿龙》	云南《阿鲁举热》
婚恋对象	海龙女溢居诺尼	山神女儿阿颖	阿里阿乌两仙	女头人日姆的大小老婆
认识的方式	巡海的路上遇到等候引诱支嘎阿鲁的诺尼	为完成任务而主动结识	阿龙奉母命找长发，遇见被红公龙囚禁的仙女	两女本就属于日姆，是阿鲁对手的财产的一部分
婚恋方式	一夜夫妻	相恋，并得到女子的帮助	通过两仙女的猜谜考验，两女住在大海的两边，阿龙轮流住	阿鲁通过与日姆的斗争抢来，两女住在大海的两边，阿鲁轮流住
婚恋的结局	为支嘎阿鲁产下一子	阿颖为帮支嘎阿鲁而牺牲	因嫉妒而剪掉仙马翅膀，阿龙落海而亡	日姆小老婆剪掉飞马三层翅膀，阿鲁落海而亡

　　如前所述，蒙古—突厥英雄史诗的婚姻母题一般都有提领全诗的作用，它是英雄出征和战斗的原因，也是英雄最后胜利的奖赏。因此，英雄作为勇士，一般都会成功，也就顺理成章地获得了妻子。但是在所有的"支嘎阿鲁"史诗中，婚姻既不是"支嘎阿鲁"完成其英雄业绩的原因，也非"支嘎阿鲁"完成英雄业绩的奖赏。"支嘎阿鲁"的神奇婚姻母题与其他英雄史诗中的婚姻母题相区别的重要之处在于，婚姻非但不是"支嘎阿鲁"英雄业绩所获得的结果，相反的，"支嘎阿鲁"却因此而失去了生命，或者对方为"支嘎阿鲁"而牺牲了生命。就"支嘎阿鲁"婚姻的来历而言，所有"支嘎阿鲁"史诗异文中，"支嘎阿鲁"与情人（妻子）的相遇都是在进行别的英雄事业时的"意外收获"，如在《支嘎阿鲁传》中是阿鲁是在完成测天量地、收服海中寿博的路上与溢居诺尼相遇的；在《支嘎阿鲁王》中"支嘎阿鲁"是受人指点为完成治理洪水的任务而去主动结识甚至是勾引山神之女阿颖，以期得到她的帮助；在《支格阿龙》中是阿龙完成母亲交给的艰难任务时与阿里阿乌相遇，等等。从上表可以看到，无论是哪个"支

---

① 仁钦道尔吉：《蒙古英雄史诗源流》，内蒙古大学出版社2001年版。

嘎阿鲁"史诗文本，英雄都没有得到完美的婚姻。在《支格阿龙》与《阿鲁举热》中，主人公虽然都得到了两个妻子（情人），但也因为女人而失去了生命。在《支嘎阿鲁传》中，虽然"支嘎阿鲁"没有因为女人而死，但其婚姻仅只一夜，且从此以后似乎也没有再见面。作为一种补偿，这一夜婚姻为"支嘎阿鲁"留下了一个儿子，但儿子仍是孤儿，而"支嘎阿鲁"也并不知道诺尼生子。

"支嘎阿鲁"史诗的特殊婚姻母题，反映了多种婚姻家庭形式。史诗主人公在两个妻子之间轮流居住，"一家住十三天"，体现了母系社会婚制下的走婚习俗；《支嘎阿鲁传》中的一夜婚和山神之女阿颖为帮助"支嘎阿鲁"的自我牺牲，当是受后世婚姻家庭形式的影响，在这部民间文学流传和再创作中出现的，体现了有着漫长母系制的彝族社会对女性的一种崇敬。

"支嘎阿鲁"史诗的神奇婚姻母题丰富了英雄史诗的婚姻母题，使"英雄为未婚妻而出发—英雄历险征斗—英雄获胜得妻归来"的一般婚姻母题之外，另有一种母题模式。根据"支嘎阿鲁"史诗的几个异文，这一母题模式可简单概括如下：

> 英雄在完成任务途中遇到漂亮的女子—经过某种途径得女为妻—女子最终害死英雄（离开英雄）或为帮助英雄而牺牲

英雄史诗中如果有英雄的死亡，一般往往会伴有英雄的死而复生母题出现，如熊黎明归纳的柯尔克孜族英雄史诗"《玛纳斯》呈半圆形结构，即英雄在人间诞生—立功—牺牲—死而复生结构"①。云南、四川及贵州彝族地区流传的"支嘎阿鲁"史诗同样呈现出这样的半圆形叙事结构，但其结果却不同。云南、四川的"支嘎阿鲁"史诗讲述到英雄的牺牲就结束。《支嘎阿鲁传》的结尾是"支嘎阿鲁"告诉人们："这段时间里，共同来生活，有共同心愿，共同来创业，感情似海深。只不过，我受天庭派，天庭差我来，今天传令来，叫我回天庭，我不得不转，我不得不回，我走了。他起身离去，故事传人间。"②《支嘎阿鲁王》的结尾是："阿鲁历尽艰辛，完成一统能弥大业，能弥变成乐园。口渴时，记起水的源头，解馋时，想到果木好处。阿鲁上天去了，他的事迹，永远留在人们心中。……阿鲁的事迹，留给

---

① 熊黎明：《中国少数民族三大英雄史诗叙事结构比较》，《云南民族大学学报》2005 年第 2 期。
② 田明才：《支嘎阿鲁传》，贵州民族出版社 2006 年版。

后世子孙，阿鲁在天上盯着，子孙们的一举一动。那闪闪的星星，是支嘎阿鲁，敏锐的眼睛。"① 贵州两部史诗出现的是"人间诞生—立功—回天庭"的叙事结构。显然，这种区别与"支嘎阿鲁"史诗的婚姻母题大异于其他民族英雄史诗的婚姻母题相关，也与彝族独特的古代人学思想相联系。

杨树美在其博士论文《彝族古代人学思想研究》中谈道：

> 彝族人学思想的根本特点就是把人的存在区分为灵魂与肉体两个方面，并把灵魂作为人的根本……灵魂与肉体又有不同的归宿：肉体是暂时的、有限的，最终是要消逝的，人的肉体之消逝也就是人之死；而灵魂则是人的生命的本源，是人的本质，它可以离开肉体而单独存在，它是不死的、永恒的。
>
> ……彝族先民构拟了祖界及其理想生活，认为不死的灵魂最终最好的归宿就是回到祖界与先逝的祖先一起过着永恒而又幸福的生活。因此，终归祖界就成为彝族人的信仰和终极超越的目标。②

这也许就是死而复生这一世界性英雄史诗母题在"支嘎阿鲁"史诗中缺失的原因，也是对贵州两部史诗具有相同的英雄回归天庭结尾的最好诠释。

尽管"支嘎阿鲁"史诗歌颂的是一位男性英雄，甚至其中的天神系统也是以男性神为最高主宰，但仍有多处叙述中时时隐含并体现着母系氏族社会以女性为中心而形成的社会秩序，"支嘎阿鲁"的婚姻母题更是如此。如"支嘎阿鲁"被女子主动求婚、他答应女子的求婚、走婚于两位女性之间等，女性需要其遵从母系氏族社会的从妻居之俗，而"支嘎阿鲁"又要争取男性在婚姻和家庭中的决定权，男性争取父权与女性保持母权的矛盾不可避免地出现，史诗最终以婚姻的失败否定了从妻居的母系氏族社会残余下的习俗，并且不同程度地借婚姻来贬低女性的地位和作用，如将支嘎阿鲁的死亡归结于两个女子的嫉妒心或者女子为支嘎阿鲁的事业而必须牺牲自己的生命等。应该说，这是父系氏族社会初期父权与女性保持母权之争夺在史诗中的显现。

---

① 阿洛兴德：《支嘎阿鲁王》，贵州民族出版社 1994 年版。
② 杨树美：《彝族古代人学思想研究》，人民出版社 2008 年版。

四　英雄救母母题

各地流传的"支嘎阿鲁"史诗中，除了英雄与妖魔鬼怪的角斗母题外，还有英雄复仇母题。复仇母题主要是英雄的母亲或母亲的魂魄被恶势力抓走，英雄为了救母而与恶势力进行争斗。英雄救母的叙事程式可归结为以下序列：

英雄得知母亲的消息——英雄寻找母亲的途中不断与邪恶者斗争，经受考验救出母亲——英雄寻找救母亲的神奇之药

在贵州《支嘎阿鲁传》中，"支嘎阿鲁"寻找母亲乃是一个母题系列，主要包括以下母题：

寻找母题：英雄经过长途跋涉，问过了牧童、过路人、犁地人、赶集人、背水人、驮马人、石工、过河人、建房人、迎亲人等，都得不到父母的消息，又到举布偶家、野使家，终于得到上天庭询问的指点，并与笃勒策汝一起结伴上天庭向举策祖询问父母的消息。

考验母题一：英雄被天神设计考验其是否真心孝顺父母，通过测场坝、设置祭祀场、请布摩祭祀父母等，得到了天神的肯定，并得知母亲被抓的消息。

考验母题二：英雄为救母亲而射死关押母亲的纪与洪两家的作恶者（即射日月母题）并救出奄奄一息的母亲。

考验母题三：英雄为医治母亲而到米褚山上寻找奇特的恒单（药），终将母亲治好。

在四川《支格阿龙》中支格阿龙寻找母亲的系列母题包括：

寻找母题：阿龙想找父母，向大石头打听父母的消息，得知妮依为塔博阿莫所捉；阿龙找路费以找母亲，在寻找路费的途中，依次得到神猎狗阿各与神仙马。

考验母题一：（寻找途中与邪恶者的斗争）阿龙捉雷公—征服巴哈阿支（食人魔）—不食鹅而得鹅赠予的神剑—征服塔博阿莫救出母亲。

考验母题二：阿龙请毕摩为母亲招魂—阿龙为母亲寻找黑熊胆、冰柱、治欧惹乌基，终将母亲治好。

从以上"支嘎阿鲁"史诗的救母母题系列可以看出，在"支嘎阿鲁"

史诗中，该母题往往与英雄的征战母题交织在一起，救母是征战的原因。而在其他许多民族的英雄史诗里，救妻或者求娶妻子才是征战的原因，如《伊利亚特》、《江格尔》等，这也是彝族史诗与许多其他英雄史诗相区别的一个地方。母子关系的重要性在"支嘎阿鲁"史诗中远远比夫妻关系更重要。这一现象，与彝族对母亲、女性的尊重与崇拜有密切关系，是彝族母系氏族社会演化留下的重要文化遗迹在史诗中的表现，母子关系比婚姻关系更为重要。

乌日古木勒在对蒙古—突厥英雄史诗进行研究时，对口传史诗母题有以下认识：

1. 史诗母题是史诗故事情节中独立存在的最小的情节单元；

2. 史诗母题是世界性的；

3. 史诗母题不仅是一个独立的情节单元，而且也是具有丰富文化内涵的象征符号系统；

4. 史诗母题在漫长的传承过程中随着社会历史的变迁而发生变化。①

母题是通过比较得出的共性的归纳，显然它是比较文学的一部分。斯蒂·汤普森六卷本的《民间文学母题索引》，其功能是为了展示世界各地故事成分的同一性或相似性，而母题的文化内涵之研究又是为了挖掘同一表现方式下不同的文化历史内涵，这似乎是一种悖论：既要找共性，又要关注差异性。形成这一悖论的主要原因在于，母题的叙事与母题的提炼之间是具体与抽象的关系，即前者为形而下的表述（口头表演或书面表达），后者为形而上的总结（充分运用逻辑后的表述）。抽象程度越高，越接近人性的发现，而组成这些抽象叙述的文本本身，则是千差万别地代表着史诗、故事的演唱者与讲述者记忆的苦难和怀抱着的希望，代表着他们对生活的希冀，对人性的期许。因此，如何在共性母题的关照下有效地分析与阐释"支嘎阿鲁"史诗，就成为"支嘎阿鲁"母题研究的重要课题。而这有赖于更加细致的阅读与对"支嘎阿鲁"叙事语境的把握，充分运用民族学、民俗学、人类学乃至社会学等多学科的研究方法与研究视角也就成为了"支嘎阿鲁"史诗研究的重要支撑。

在"支嘎阿鲁"史诗中，英雄的神奇诞生母题、英雄与恶魔争斗和征服母题、英雄的神奇婚姻母题和英雄救母母题等共同构成"支嘎阿鲁"史诗的神奇世界。这充分说明了"支嘎阿鲁"史诗的英雄史诗特性，也反映

---

① 乌日古木勒：《蒙古突厥史诗人生仪礼原型》，民族出版社 2007 年版。

了彝族文学与世界英雄史诗的可交流性。此外，"支嘎阿鲁" 史诗的母题包含着丰富的文化意象，这也与史诗的重要传承人毕摩和彝族的宗教文化及各种日常生活仪式、礼仪等有密切关系。

普罗普在《神奇故事的历史根源》一书的结尾曾不无体会地指出："随着封建文化的产生，民间文学的因素成为统治阶级的财产，在这种民间文学的基础上创作出了一系列英雄传奇……民间文学，包括故事，不是只有千篇一律的一面，在具有同一性的同时它还是极其丰富多样的。对这种多样性的研究、对单个情节的研究，要比对情节结构相似性的研究困难得多。"① "支嘎阿鲁" 史诗中的其他母题所蕴含的一些文化意象也具有独特性，对这些母题中独特性的存在进行研究，是一项任重而道远的工作，这项工作才刚刚开始。

（原载《贵州民族学院学报》2010 年第 4 期）

---

① ［俄］弗拉基米尔·雅可夫列维奇·普罗普：《神奇故事的历史根源》，贾放译，中华书局 2006 年版，第 476 页。

裕固族与匈牙利民间故事母题比较

钟进文

　　裕固族民间故事内容庞杂、情节斑驳陆离，呈现出多文化特色，这与裕固族历史上的频繁迁徙、反复融合有着直接关系，但是这种不断吸收变异的民间故事的母题情节仍然以族源民族的传统文化为底层结构。

　　同样，匈牙利民间故事的历史也源远流长，早在匈牙利人来多瑙河定居之前，一些与东方文化有关的主题就已经出现在这些游牧部落的口传故事中①。从搜集整理的民间故事作品来看，匈牙利民间故事属于典型的欧亚混合型民间故事，其中不少成分来自东方史诗及古希腊传说，这是匈牙利人从先辈那儿继承而来的。匈牙利人的先辈起源问题目前仍无定论。基于此，如果将匈牙利民间故事和裕固族或突厥语民族乃至阿尔泰语系民族的民间故事进行比较研究，会发现它们之间有许多惊人的相同或相似之处。笔者在这方面曾做过一些探讨研究②，本文仅将匈牙利民间故事的某些母题情节抽取出来和裕固族民间故事进行比较。

　　在匈牙利民间广泛流传着这样一个民间故事：一对夫妻多年没生孩子，他们盼望有一个儿子。有一年家中的白马生了一个孩子，他吃了七年的母乳，能拔大树，听得懂禽言兽语，待在家里坐在灰上啥也不干。后结识了推山勇士和揉铁勇士，共同寻找并搭救被妖魔拐走的少女。见到一个长胡子的矮小老人，并且找到地狱之门。他孤身一人通过洞口进入地下，在地下杀死龙（三头、七头、十二头不等），营救被拐走的少女。推山勇士和揉铁勇士

　　①　《神秘的王后——匈牙利民间故事》前言，云南人民出版社 1986 年版。
　　②　见拙作《裕固族与匈牙利民间文学比较研究》，载《民族文学研究》1992 年第 4 期；《裕固族与匈牙利民间文学共性、特征形成的文化背景初探》，载《西北民族研究》1992 年第 2 期。

把少女用绳索接到阳世，把拔树勇士留在阴间。他在阴间和黑公山羊与白公山羊探险，后发现一鸟首狮身兽。在有鸟巢的大树梢上，拔树勇士去保护鸟巢中的小鸟，由此感动了小鸟的父母，鸟首狮身兽把拔树勇士带到人间，在飞往人间的途中，拔树勇士用肉和葡萄喂大鸟，把自己腿上的肉割下来给大鸟吃。拔树勇士回到人间，大鸟把英雄腿上的肉吐出来还给他，并从腋下拔下一根羽毛，用其体液使腿复原，最后英雄和公主结婚①。

据匈牙利民俗学家介绍，该故事在匈牙利各个地区都有流传，而且有30多种变体，有些地区称为"白马之子"，有些地区则称"白羊之子"，总之和动物有着密切的关系。

这一民间故事在突厥语民族和我国北方的其他一些游牧民族中也广为流传，其中从整体内容、结构而言，最为相似的是裕固族民间故事《树大石二马三哥》②。为了更好地进行比较，现将二者主要情节列表如下：

情节	白马之子	树大石二马三哥
祈子	一对夫妻无子，盼望儿子。	一对夫妻无子。
英雄为动物之子	一天，白马生一孩子。（细节不详）	夏天，马难产，生一肉球，切开从中蹦出一男孩。
外出闯世界	在一小老头指点下力大无比，成为拔树勇士，到世界碰运气。	小孩得知自己是白马所生，告别父母，背上弓箭，外出打猎。
和强者结伴	结识推山勇士，揉铁勇士，三人摔跤，决定排行。	从树中蹦出一个人，从石头中蹦出一个人，三人结为兄弟，树大石二马三哥。
安营扎寨	去找过往的三个公主，在三棵树底下生活，听说公主被一怪物带到地底下，他们去找洞口。	三人在一破屋里生活，每天中午回家，家中有三碗面。
轮流守业	第一天，推山勇士守家，来一长胡子的小老头把饭全吃光。第二天揉铁勇士守家也是如此。第三天，拔树勇士守家，他抓住长胡子老头，得知树根底下有洞口。	第一天，树大哥守家，没发现做饭人，第二天石二哥守家也如此，第三天，马三哥守家，发现三个白鸽子脱去鸽皮。变成三个姑娘，马三哥烧掉鸽皮，留她们做妻子。
降临灾难		鸽皮烧掉后，一蟒古斯来喝三个姑娘的血，马三哥与之大战，蟒古斯携带三个姑娘进入地底下。

① 《七十七个民间故事》，匈牙利布达佩斯出版，国内有《白马之子》中文手抄本。
② 笔者搜集翻译，刊在《民间文学》1988年第2期。

续表

情节	白马之子	树大石二马三哥
营救姑娘	拔山勇士和揉铁勇士不敢下去，拔树勇士下去。	树大石二害怕蟒古斯不敢下去，马三哥下去。
地底下	地下的世界要比地上美丽，长胡子老头告诉公主的藏处，前后三次救出公主。	地底下是一片辽阔的牧场，有牛、马、羊群。放羊娃告诉公主的藏处，马三哥吃了蟒古斯的大绵羊、花公牛，夺到宝剑后才把三个姑娘救上来。
英雄落难	拔树勇士被留在地底，找到一个大老鹰，老鹰要求路上吃 12 条公牛、12 桶酒和 12 条面包。	马三哥被留在地底下，一只孤雁帮他飞上人间，但要在路上吃 100 只鸟。
用肉喂鹰	离洞口一百里时，没吃的，拔树勇士从退下割下块肉喂鹰。	因马三哥自己吃掉一只鸟，离洞口一百里时，大雁要吃肉，马三哥从胳膊上割下一块肉喂大雁。
还肉成英雄	走出洞口，鹰吐出肉给拔树勇士，拔树勇士和公主结婚，有七倍力量。	走出洞口，知道原因后，孤雁把肉吐出来还给马三哥。马三哥和三姑娘结婚，有超人力量。

一　英雄与动物互变母题

此类母题的核心是英雄为动物之子，这一情节的变体是人与动物互变，尤其人在落难或危急关头，往往是人变动物脱险。这是二者许多情节的普遍主题。

在匈牙利民间故事《噢，我的》中，穷孩子在一矮人手下干活，矮人的女儿教会他怎样变成动物和物品。穷孩子回家时变成一只狗，又变成一匹有金毛的马，马变成鱼，鱼变成鸽子，矮子变成老鹰想吃鸽子，鸽子变成王子，并爱上从老鹰那儿解救他的公主，王子变成公主手指上的戒指，戒指又变成一颗小米，矮人变成红公鸡吃米粒，但剩下一粒，这粒小米又变成王子，与公主结婚。

在《王子和鹰的女儿》中，姑娘变成一匹马，让其心爱的丈夫骑上逃走，铁鼻女巫让自己的丈夫变成鹰去追，姑娘变成磨坊，丈夫变成磨工。第二次姑娘变成大麦，丈夫变成守麦人。第三次，姑娘变成湖，丈夫变成金鸭。最后他们成为了王子和公主。

在《飞堡》中，两个小孩子因不听老人劝告而变成动物。

在《布鲁茨克王子》中，小王子造了一匹又弱又难看的小马，此马死去，后又复活，小马帮助王子成为英雄。

……

在裕固族民间故事中也有相似的情节。

《猴媳妇的故事》中大头目的儿子娶一猴子为媳妇，丈夫烧掉猴皮后，媳妇被蟒古斯抢走，丈夫穿着铁鞋去找妻子，在蟒古斯的住地找到了自己的妻子。丈夫披一件麻雀皮和妻子飞走，蟒古斯变成鹞子来追。妻子变成牛粪，让丈夫变成拾粪人。一会儿鹞子又追来，妻子变成西瓜，让丈夫变成卖瓜人。第三次让丈夫变成一座房子，妻子变成谷穗挂在门头上，鹞子变成大公鸡吃谷穗，有一粒谷穗掉在门槛里，公鸡没看见，正好这粒谷穗是头目儿子的妻子。从此他们又过上了美满的生活。

英雄与动物互变母题应该是草原游牧文化的产物，而且具有悠久的历史，似乎和动物图腾崇拜有着密切关系。按照图腾标志（象征）的演变轨迹，在图腾文化早期，图腾标志或象征是全兽形的，即图腾图像为现实中的狩猎对象物。在旧石器时代，洞穴艺术中的许多具体、形象的动物画，如海豹、山羊、巨象、鱼、鸟、鹿、马、狼等，这些都是早期的图腾动物形象[①]。随着思维的发展，原始人认为自己与群体成员关系最为密切的是图腾。于是原始人误以为图腾不仅是亲属，而且是自己的始祖，这样便产生了图腾祖先观念。同时又由于当时实行同体化，人人都打扮成图腾模样，但这种打扮实际上只能做到半人半兽的地步。因而，原始人"便按自己的模样来拟想始祖，自己的模样既然是半人半兽，当然始祖也是半人半兽，这样由全兽型图腾蜕变成半人半兽型的始祖，可称为兽的拟人化"。[②] 人兽互变母题情节应和半人半兽的图腾崇拜观念相吻合。此类形象不仅在民间故事中有所反映，而且在考古遗存和史籍中也不少见。如甘肃甘谷县西坪出土的人面蜥蜴形象（此形象在匈牙利民间故事中也存在），古埃及的阿蒙神"人身羊首"，古希腊的特里同神为"半马半鱼"等。

在此值得细究的是"人兽互变"母题中的"白马之子"或"人马互变"情节为何如此突出？笔者认为，这是特殊的自然环境和游牧生活方式导致的。游牧民族一开始就对马有着特殊的依赖和深厚的感情。在突厥民族的英雄史诗中，往往把人与马的这种特殊感情加以艺术化的渲染，使马较之其他动物有更加突出的地位，使马不仅具有人格化的特征，而且被赋予了人的灵性。这种情感的思维意识进一步促使人兽同体化。众多的考古调查资料表明，中国古代各少数民族中至少有以下民族（或部族）曾以马或斑马为

①　岑家梧：《图腾艺术史》，商务印书馆 1937 年版，第 70—77 页。

②　闻一多：《从人首蛇身像谈龙与图腾》，载《人文科学学报》1942 年第 2 期。

图腾，这些民族是匈奴、突厥、羌、氐、契丹等①。

匈牙利民间故事中的英雄、王子等杰出的人物都有变成马或得到魔马帮助的经历。在匈牙利有一本著名的民间故事集，名叫《七十七个民间故事》，每一篇民间故事都涉及上述母题。同样的母题在突厥语民族的民间故事中也普遍存在，而且具有如下共同特点：（1）得到的宝马会说话、会飞翔，具备人的心态和情感，并能预知祸福。（2）普通人造的马神力魔法都不够，只有英雄或国王得到的马才具有魔力。在匈牙利的《英雄雅诺什》中，雅诺什去找他的妻子，他的三个姐夫给他三匹有魔力的宝马，但征战中马都不够强壮。最后他得到一匹有五条腿的魔马才战胜妖魔，找回了妻子。《布鲁茨克王子》中的小王子造了一匹又弱又难看的小马，马走不动而死去，当王子为它哭泣时，马又复活，而且能说话、会飞，还为英雄出主意。柯尔克孜史诗《玛纳斯》中的阿库拉（白马驹子）在未遇到玛纳斯之前"头长得像水烟袋一样"，"四肢瘦得像芨芨草"，当白神驹和玛纳斯相遇后，忽然全身光洁得像旱獭一样，伸长的脖子，像野鸽子的羽毛熠熠生光，明亮得闪闪烁烁，就像山岩上的羚羊……"

二　营救落难英雄母题

英雄落难是二者相同的又一重要母题，而且这种情节模式在其他突厥语民族中也相当普遍。据学者研究，这是再现古代关于成年礼考验的仪式过程。按照古老的社会风俗，青少年进入青春期之后要接受一定的考验才能够被承认是正式的社会成员。这种考验非常严酷，要通过一定的仪式来完成。成年礼仪往往在萨满教巫师的主持下进行。受礼者应该接受包括信仰在内的民族传统教育，还必须离开亲人过一段独居生活，经受从精神到肉体的折磨和摧残的考验，以此锻炼意志和体力②。

营救落难英雄是成年礼考验仪式的另一过程，这一行为一方面意味着考验成功，青年人开始步入社会角色；另一方面，反映了在成年礼考验中人们渴望借助神力魔法实现成功的种种心愿，而且这种神力崇拜也和氏族、部落的图腾、祖先崇拜观念相联系，这在民间故事中留下了明显的发展轨迹。

在匈牙利民间故事《玫瑰英雄》中小王子的魂发现巨人的城堡，巨人把他

---

① 何星亮：《图腾文化与人类诸文化的起源》，中国文联出版公司1991年版。

② 参考毕桪先生《哈萨克民间文学概论》一书观点。

切成碎块扔出窗外，美人首蛇用魔草和魔水救活了他。此事发生了三次，经过三次生死，王子变得很强壮，他杀死巨人，去找他的兄长。《高耸入云的树》中雅诺什因放走城堡里关着的一条七头凶龙，以致妻子被龙掠走，雅诺什带三双铁鞋和一星期吃的食物去找妻子，他必须经过三次考验，才能得到神马的帮助，找到妻子。《树之子彼得》中贫穷的老两口没有孩子，用木头做一孩子，复活。彼得找到两只有神力的公牛，离开家去闯荡。到一王国，与公主结婚。独自去迎战，被敌人杀死，在父亲和神牛的帮助下起死回生。《农夫少年和国王公主》中红头发马夫想害死农夫少年，少年变成一只金鹰，战胜红头发马夫，并依靠金鹰展翅高空的本领和那壮丽的羽毛，赢得公主的爱情。

在裕固族民间故事《鹰孩子》中，一对老夫妻将儿子推下山崖，这孩子掉进鹰巢，在鹰群中长大，会禽言兽语。在鹰的帮助下，孩子长大且本领无穷，能使病人起死回生，能使水草丰美。《贡尔建和央珂萨》中央珂萨把蟒古斯打死，蟒古斯的儿子又用刀把央珂萨剁碎，扔到大山后面。贡尔建把哥哥的碎尸用针缝好拿回家。贡尔建在一位会飞的白发奶奶帮助下学会征服各种禽兽的本领，并从种种禽兽口中夺回哥哥的各个内脏，使其复活。同样的情节模式在其他突厥语民族中也不少，如哈萨克族的《金髋骨》、《额尔托斯特克》等。

在这一母题情节中被营救的是落难英雄，这是非常明确的形象，其变体多为国王、王子。总之，都是部落的杰出人物，这是毋庸置疑的。但是营救者的形象却复杂多变，在不同的故事里呈现不同的面貌，其中最典型的特征是混合性动物的形象。这与英雄动物互变母题有直接联系，只是英雄落难不是变成动物而脱险，而是在动物的帮助下战胜灾难。这一母题显然是人兽互变母题的发展。

匈牙利民俗学家霍尔瓦特·伊沙贝拉认为，匈牙利及中亚各草原民族中有一特殊的造型艺术——鹰首狮身兽。它是一种仁慈的、令人尊敬的、超自然的存在物。具体特征是：①有耳之猛禽，常为双手；②四足鹰首狮身兽，半禽半兽，有翼之狮、虎；③人面狮身兽；④有喙之马，有翼或无翼[1]。

《白马之子》中营救落难英雄的是一只大鹰，这一情节模式在土耳其、哈萨克族、维吾尔族乃至整个阿尔泰语系各民族民间文学中普遍存在。匈牙利民间故事家 Berze Nagy 对匈牙利民间故事和民族资料研究后得出结论认

---

① 《鹰首狮身像从中亚到马尔喀阡山的旅程》，匈牙利科苏特大学出版物第66号（匈、英两种文字）。

为，在树梢上的猛禽在民间信仰及草原民族的宗教中象征着对天空的崇拜。这一结论与我国北方民族视鹰为萨满的化身、腾格里（天）的使者是相吻合的。同时这一母题中营救与被营救者之间开始发生一种由主客体彼此不分（即互变）到逐渐分离的变化，这种发展其实也是图腾文化（标志）产生演变的一种迹象。每个民族的图腾文化到晚期，都会产生图腾神的观念，其标志或象征也逐步演变为人兽相伴或人兽分离的局面。

在民间故事中，营救者不仅依靠其他魔力神法，而且本身就是魔力的载体，同时它又和被营救者相伴而生，共同对付其他妖魔力量。这种情节模式的结局往往是落难英雄成为国王或英雄，而他能得到营救，是因为营救者被英雄落难后的坚强意志所感动。

裕固族与匈牙利民间故事中还有如下共同母题：①祈子母题；②英雄结拜母题；③守业母题；④命根子母题；⑤鸟还人肉母题等。因本文篇幅所限，这些母题留待下次探讨。

仅此而言，匈牙利民间故事中的东方文化特色主要是受中亚及我国北方游牧民族文化的影响而形成的，很多资料都可证明这一点。匈牙利史书记载道："古代匈牙利人在 5 世纪时就已经居住在南俄罗斯平原，他们和迁徙到这儿的突厥人混杂在一起，突厥人的文化对他们影响很大，而且很多突厥人融入匈牙利人中。匈牙利有 Venger、Ungarn、Hungarian 等不同名称，这些名称都来自突厥部落 Onogur。古匈牙利人也自称'马扎尔'（Magyar），这一名称又起源于突厥 Ugrain 部落。"① 另有资料表明，在公元 10 世纪，有一支名叫马札尔人的游牧部落从中亚进入匈牙利平原，在那里形成独立的民族国家。因而，现在的匈牙利民族血统中，又有相当多的马札尔人的成分。② 尽管这些资料在时间前后、民族族源等问题上有不一致的地方，但历史上不断有突厥语民族迁往匈牙利大草原，这却是事实。正如匈牙利音乐家柯达伊在其《论匈牙利民间音乐》一书中所说："时间虽然可以模糊匈牙利人在容貌上所具有的东方特征，但在音乐产生的泉源——心灵的深处，却永远存在着一部分古老的东方因素，这使得匈牙利民族和东方民族间有所联系。"③ 裕固族与匈牙利民间故事中的共同情节模式正是上述资料所阐述的文化的产物。

---

① Bartha Antal "*Hungarian Society in the 9th and 10th Centuries*" Budapest，Akademiai kiad 1975 年。

② 《公共关系导报》（李赤文），1992 年 11 月 6 日。未作注的匈牙利民间故事均见《神秘的王后——匈牙利民间故事》、《裕固族与匈牙利民间文学比较研究》或张春风等译《匈牙利民间故事》，湖南教育出版社 1990 年版。

③ ［匈］Z. 柯达伊：《论匈牙利民间音乐》，廖乃雄译，音乐出版社 1964 年版，第 61 页。

蒙古族叙事民歌中的汉文化影响研究

——"风水宝地出英雄"母题探讨

包海青

内蒙古自治区东部科尔沁草原上世代流传着丰富多彩的民族民间歌曲，尤其是蒙古民间"叙事民歌"（又称史诗歌"tuu li daguu"）非常发达。自鸦片战争直至辛亥革命，这半个多世纪是蒙古族叙事民歌（以下简称叙事民歌）发展的黄金时期，各地出现了大量的具有鲜明地区特色和民族特色的曲目。"风水宝地出英雄"母题的叙事民歌与地名传说主要流传在近现代的科尔沁蒙古人中。歌颂民族英雄英勇事迹的长篇叙事民歌是蒙古民歌在20世纪不断获得现代性的复杂过程中形成的。在这个过程中，蒙古民歌本体以外的各种文化的、政治的、外来的、本土的、现实的、历史的力量都对蒙古民歌的现代性产生着影响。

叙事民歌中的科尔沁是钟灵毓秀的精灵出没之地，是宝龙吸水、金驹嬉戏、金凤鸣畴的风水宝地，叙事民歌中的众多英雄好汉就是在这块风水宝地上诞生的。破解乡土与英雄这一关系的神秘外延是挖掘蒙古族叙事民歌核心精神的一条重要线索。所以，风水宝地出英雄是民歌中表现的核心母题，在民歌中的表现形式也不拘一格，并且具有深刻的社会文化根源和历史根源。

一 叙事民歌之"风水宝地出英雄"母题的表现形式

叙事民歌中，英雄的诞生与其故土联系非常密切，风水宝地出英雄母题的描写在民歌中频繁出现。一般的叙事民歌在开篇部分都是先介绍生英雄、养英雄的神圣故土，以及英雄在这片神圣故土上的诞生，反映了英雄与其所生之地、所饮之水间具有的息息相关的血肉联系。

在叙事民歌《英雄陶克陶胡》中，民族英雄陶克陶胡出生在"五龙在天空嬉戏的塔虎城"、"白龙在苍穹嬉戏的锡伯城"。歌里唱的"五龙在天空嬉戏"、"白龙在苍穹嬉戏"的风水宝地虽被"五层宝塔"、"挺秀的高塔"镇压了500年，可期限一到，英雄陶克陶胡便以不屈不挠的生命力应运而生。《英雄陶克陶胡》的变体《陶克陶胡》① 的开篇部分也唱到，英雄陶克陶胡诞生在历史悠久、古老神奇的故乡，并且为捍卫养育他的这片故土奋起与日本侵略者作斗争。英雄留名青史，英雄的赞歌在科尔沁草原广为传唱。

在另一首科尔沁叙事民歌《巴拉吉尼玛》中这样描述风水宝地：

　　自古以来有名的古日古勒岱，
　　是金翅黄鹂鸟啼鸣的地方哟，
　　为镇压金翅黄鹂鸟啼鸣的风水，
　　十层铁塔就起在了双胡尔山上。

　　老早以来闻名的古日古勒岱，
　　是宝翅黄鹂鸣啭的地方哟，
　　为压住宝翅黄鹂鸣啭的风水，
　　九层铁塔就立在了双胡尔山上。

　　远古以来澄澈美丽的希日嘎湖，
　　是长尾金驹饮水的地方哟，
　　为镇住金驹饮水的风水，
　　诅咒的敖包就建在了前梁上。

　　上古以来景致优美的希日嘎湖，
　　是长须老龙吸水的地方哟，
　　为镇住长须老龙吸水的风水，
　　多灾的敖包就建在了南梁上。②

过去，在每年4月18日那天，黄鹂鸟聚落双胡尔山之阳东哈拉毛道森

---

① 斯琴高娃等：《科尔沁民歌》（蒙古文），内蒙古文化出版社1987年版，第69页。
② 文中"十层铁塔""九层铁塔"系原文如此。

林中，群起鸣啼。这鸟儿美妙的鸣声，不仅人畜要驻足欣赏，鸟雀也要凝神静听。因此人们把这地方叫作"古日古勒岱"，意思是有黄鹂的地方。据传，双胡尔山的风水移集古日古勒岱，所以，这里不是出可汗就是出王公，或者出大将军。这件事让诺恩十旗图什业图大王部衙门知道后，部衙门为镇压这个宝地的风水，在双胡尔山东南的大平川上堆起五座敖包，在双胡尔山上修了一座庙，立了一座十三层的宝塔①。虽然"堆起五座敖包"、"修一座庙"、"起了一座十三层宝塔"②，但还是未能镇住刚猛灵异之乡古日古勒岱的风水，勇武的英雄巴拉吉尼玛、扎那又在这里诞生。歌曲中"金翅黄鹂鸟鸣啭"的风水之地诞生了两位英雄巴拉吉尼玛和扎那的描述，突出了风水宝地出英雄的母题。

在另一首科尔沁叙事民歌《巴林塔拉》中唱道：

> 大音温都尔敖包是达尔罕旗的心窝，
> 大音温都尔敖包的风水出了七个有名的家伙。
> 哲尔根图敖包是达尔罕旗的边界，
> 哲尔根图敖包的风水出了七个有名的家伙。③

在这首民歌中，七个"有名的家伙"有戏谑之意，但它仍然是风水宝地出英雄母题的变体，即这一母题的另一种表现形式。

科尔沁民歌里也有很多风水宝地出美女的唱段。如在叙事民歌《高小姐》中就把在"金色凤鸟筑巢"、"金龙之子蛰伏"、"建起金楼龙宝殿"的风水之乡与美丽可爱的姑娘的诞生联系起来。

> 金色凤鸟筑巢的地方，
> 金龙之子蛰伏的地方哟，
> 建起了金楼龙宝殿，
> 是可爱的高小姐出生的地方哟。

---

① 斯琴高娃等：《科尔沁民歌》（蒙古文），内蒙古文化出版社1987年版，第129—130页、第115页。

② 蒙古族叙事民歌《巴拉吉尼玛扎那》，见《献给科尔沁的歌》（磁带），中国录音出版社1994年出版。

③ 斯琴高娃等：《科尔沁民歌》（蒙古文），内蒙古文化出版社1987年版，第67页。

　　　　宝物凤鸟做窝的地方，

　　　　宝龙之子蛰伏的地方哟，

　　　　盖起了宝楼龙宝殿，

　　　　是娇艳的高小姐出生的地方哟。①

　　在科尔沁民歌《万花》中唱的也是由于"江南河的风水"而生出了聪明漂亮的金柱儿姑娘。

　　很显然，这种对风水宝地出美女的描写是风水宝地出英雄母题的另一种表现形式，这是文化传承中文化元素（母题）发展变化的结果。英雄是阳刚之美的象征，美女是阴柔之美的隐喻，他们的形象是美的表现，在感性与理性、形式与内容上都得到了人们的欣赏和共鸣。因此，刚与柔这对审美范畴，非常巧妙地、辩证统一地表现在叙事民歌里。

二　叙事民歌"风水宝地出英雄"母题的历史文化根源

　　叙事民歌中的风水宝地出英雄母题脱胎于蒙古族英雄史诗的英雄神奇诞生母题，是蒙古族古老的地母信仰、故土风水民俗信仰以及英雄崇拜相结合的产物，是在近现代科尔沁特殊历史文化背景下，受外来文化的影响在叙事民歌中传承下来的。

（一）源于古代蒙古人的地母信仰

　　蒙古人从有记载的年代开始就崇拜女神爱土艮（etgen）②，她是大地之神。古代汉籍称，匈奴和突厥等古代北方民族都拜祭大地。据 13 世纪踏上蒙古草原的欧洲旅行家的记载，蒙古人在成吉思汗时期就把大地当作神灵，加以崇敬③。事实上，在遥远的过去，蒙古人"把天看作自然界的阳性根源，而把地看做是阴性根源。前者赋予生命，后者赋予形体。他们把前者叫作父，把后者叫作母"。④ 所以，蒙古人"天父地母"的观念自古有之。

　　从文学意象的表现和传承来看，地母是世界性的"一种典型的或重复

---

　　①　乌力吉昌、斯琴高娃：《科尔沁民歌》（蒙古文），内蒙古文化出版 1987 年版，第 187 页。

　　②　道尔吉·班札罗夫：《黑教或称蒙古人的萨满教》，民族研究所社会历史室内蒙古组，《蒙古史参考资料》（第 17 辑），民族研究所社会历史室，1965 年。

　　③　同上。

　　④　同上。

出现的意象"。① 地母作为一种原型，它必定要通过许多作品扩展成为文学整体的一种原型象征。集体无意识的各种原型表现于神话母题之中，这些神话母题以相同或类似的方式出现于各个时代的所有民族中，而且能够自发地——不带有任何自觉意识——在现代人的无意识中出现。

"在希腊神话中，女神该亚是大地的化身，她的名字在希腊语中是'地'的意思。在珀耳伽摩斯祭坛的檐壁上，用浮雕的形式表现这位大地母神手持丰裕之角（上盛水果之类）从大地冉冉'生'出"②。这里该亚就是地母的人格显现，她被认为是人类的始祖。"希腊人和日耳曼人也把大地当作人类母亲来崇拜。语言学家认为，Teutsch（即 Deutsch，德国人）这个字是从 Tud、Tit、Teut、Thiud、Theotisc 字演变来的，这些字本是'地之人'或'地生之人'之意"③。

罗马人像希腊人一样，也称大地为诸神的母亲④。古罗马哲学家卢克莱修在《物性论》中说："大地获得了/母亲这个称号，是完全恰当的/因为一切东西都从大地产生出来。"⑤ 他认为，大地能长出"子宫"，生养万物。可见人们并不是抽象地思考大地生人的"概念"，而是采用诗性智慧，具体地、拟人地描述这个过程。

据拉丁语言学家的研究发现，意大利最古老的一些号称"土人"（Indigenae）的民族声称自己是 Autoch thones，意思是"大地的子孙"。这个称号在希腊人和拉丁人当中都是指贵族们，在神话故事里很恰当地把"大地的子孙"称为巨人们，而把大地称为"巨人们的母亲"⑥。印第安人现在还把大地当做他们共同的母亲，他们相信自己是从大地怀中诞生出来的，他们自称是 Metoktheniake 人，即"大地所生之人"⑦。格陵兰人相信，起初有个格陵兰人从地里生长出来，后来得到一个女人，她就成了一切格陵兰人的始祖。⑧

地母成为世界多民族性的神话原型渊源于大地崇拜。显然，"人们还在很早的时候就常常想到，无所不覆的天和无所不生的地，就像全世界的父亲

---

① ［加］诺思洛普·弗莱：《批评的剖析》，百花文艺出版社 1998 年版，第 99 页。
② 户晓辉：《地母之歌：中国彩陶与岩画的生死母题》，上海文化出版社 2001 年版，第 93 页。
③ 同上书，第 95 页。
④ 同上。
⑤ ［古罗马］卢克莱修：《物性论》，方书春译，商务印书馆 1981 年版，第 312—313 页。
⑥ ［意］维柯：《新科学》朱光潜译，人民文学出版社 1986 年版，第 95 页。
⑦ 户晓辉：《地母之歌：中国彩陶与岩画的生死母题》，上海文化出版社 2001 年版，第 95 页。
⑧ 同上。

和母亲一样，而一切生物——人、动物和植物——就是他们的孩子。"① 原型实际上表现为无意识地、却合乎规律地决定着人的行为，而且不依赖于个人的经验。"（原型）作为一种先天的制约因素，为生物学上赋予一切生命以特殊性的'行为模式'提供了特殊的心理学例证。"② 在人形地母神形象出现以前，已经出现了关于她的无数意念象征，那是她尚未定型的意象。这些象征特别是来自自然界各个领域的自然象征，在某种意义上都是通过地母意象在仪式和神话中表现出来的。地母意象在蒙古族民间文学以及文献史料中也是反复出现。

在蒙古人的许多萨满祭词中，开篇即诵道："上有九十九尊腾格里天神，/下有七十七阶大地母亲……"③ 在鄂尔多斯地区的一篇蒙古祭火词里吟诵道："当高高的苍穹/只有蒙古包大的时候，/当大地母亲'埃土艮'/只有脚掌大的时候，/被创造出来的火神母亲哟，/我们用两手捧着脂肪献给你。/……"④

有悠久历史的《母马鲜乳酒祭经》里也载有："献给告知一切的长生天九个九的酒祭……献给以阿尔泰山为首的富有高原牧场的大地母亲满九的酒祭……"⑤

蒙古族《绵羊祭酒词》里吟诵道："权威的长生天，/和善的大地母亲……"⑥ 又一篇《绵羊酒祭词》里唱道："祖母一般慈祥的长生天，/无比宽厚的大地母亲，/……"⑦ 蒙古族还有一首《母马之驹祭酒词》如此吟诵道："……/尊敬的长生天，/善良的大地母亲，/……"⑧

《蒙古秘史》里记载："被有威势的苍天所眷顾，被大地母亲所顾及"⑨；"当大地还像土块那样大，江河还像小溪时"⑩；"地母宽厚，江河富

① ［英］爱德华·泰勒：《原始文化》，连树声译，谢继胜，尹虎彬，姜德顺校，广西师范大学出版社 2005 年版，第 264 页。

② ［德］埃利希·诺伊曼：《大母神——原型分析》，李以洪译，东方出版社 1998 年版，第 4 页。

③ 荣苏赫等：《蒙古族文学史》（1），辽宁民族出版社 1994 年版，第 87 页。

④ 《鄂尔多斯祭奠赞祝词选》（蒙古文），内蒙古人民出版社 1990 年版，第 119 页。

⑤ 策·达木丁苏荣：《蒙古古代文学一百篇》（1），内蒙古人民出版社 1999 年版，第 328 页。

⑥ 荣苏赫等：《蒙古族文学史》（1），辽宁民族出版社 1994 年版，第 157 页。

⑦ ［蒙古］散布拉登德布：《蒙古民俗民间文学》（西里尔蒙古文），（乌兰巴托）国家出版社 1987 年版，第 52 页。

⑧ 荣苏赫等：《蒙古族文学史》（1），辽宁民族出版社 1994 年版，第 159 页。

⑨ 巴雅尔：《蒙古秘史》（蒙古文），内蒙古人民出版社 1981 年版，第 325 页。

⑩ 同上书，第 1198 页。

有"①，等等。

地母信仰作为蒙古族文化的源流，不断滋润着它的支流。蒙古人地母信仰具体表现为对山、水（河、湖、泉水）、树木、森林、岩石等这些孕育英雄的故乡的具体物象的崇拜。随着人类思维能力的不断发展，地母崇拜形式也经历了由抽象到具体的变化过程。

故土崇拜是地母信仰具体化的表现形式之一，故乡崇拜源于蒙古族萨满教的地母崇拜传统。在蒙古族从传统的游牧向农业化转轨的过程中，定居村屯出现。随着半牧半农的发展，村屯的存在越来越普遍，乡土与人们的关系也越来越密切，蒙古族的恋乡情感也越来越深化。乡土与人的密切关系也作为社会、文化、地理的表象在民歌中凸显出来。叙事民歌风水宝地出英雄母题是故乡崇拜与英雄崇拜相结合的产物。

（二）蒙古族传统文化与汉族风水文化的相互交融

叙事民歌中的风水宝地都是通过山水神灵（nabdag sabdag）来显现，并且民歌中的"风水"以（nabdag sabdag）动物神等为载体体现出来。《蒙古语辞典》解释 nabdag sabdag 为："宗教经典所解释的山水神总称。源于藏语，其意为'水神、地神'。"② 也有人认为 sa - bdag 是藏语。《藏汉大辞典》对 sa - bdag 的解释为："地祇，土地神。"③ 从词源看，nabdag sabdag 还带有藏传佛教的印记。因为藏传佛教在蒙古地区及科尔沁地区的传播和影响也由来已久，并且与蒙古族本土文化有机地交融在一起。

叙事民歌中 nabdag sabdag 具体表现为"金翅凤凰"、"宝龙"、"金驹"等动物神。英雄的故土因出现了"宝龙吸水"、"金驹奔腾"、"金凤鸣啭"的景象而成为风水宝地，并且成为英雄诞生的前提条件。这一点有别于汉族传统的风水理论。蒙古人的"风水"观念不仅体现在叙事民歌上，而且在蒙古族很多地名传说中也有所体现。"蒙古先民所推崇的金马驹、独眼龙王、白海青（察罕升豁儿）、金豚、黄鹂等在科尔沁地名传说中以土地神以及 nabdag sabdag 的意象出现。"④ 蒙古族这种"每个地方都有土地神"的观念来自原始萨满教的观念。萨满教认为："整个世界都充满灵魂。山、湖、

---

① 巴雅尔：《蒙古秘史》（蒙古文），内蒙古人民出版社 1981 年版，第 1284 页。
② 《蒙古语辞典》编纂组：《蒙古语辞典》（蒙古文），内蒙古人民出版社 1997 年版，第 780 页。
③ 张怡荪主编：《藏汉大辞典》，民族出版社 1985 年版，第 2898 页。
④ 包·那逊：《哲里木地名传说》（蒙古文），内蒙古文化出版社 1993 年版，第 6 页。

河流都是有生命的东西。"① 这种信仰是原始时期万物有灵论（an im izm）的体现。可以说，蒙古族的风水宝地观念是古老萨满教观念经过汉化及佛教化之后的产物，是多民族文化相互交融的结晶。

叙事民歌中反复出现的风水宝地也受到了汉族风水文化的影响。"风水"一词，最早见于东晋郭璞的《葬书》。他认为："葬者，乘生气也……经曰：气乘风则散，界水则止，古人聚之使不散，行之使有止，故谓之风水。"② 这种说法历来被看做是对风水的经典性解释。从中可见，风水的基本原理是"聚气"，找到了生气结聚的地方就找到了风水宝地。风水对气的注重，显然与中国源远流长的气宇宙观、气生命观有着直接的联系。我国汉族和少数民族的一些创世神话都认为，天地万物、人的生命都是由混沌的气凝聚而成的。这种神话观念后来被哲学化，成为一代又一代哲学家、思想家阐释生命现象的基本观点。郭璞从气生命观出发，提出了死者获得的风水宝地的生气能感应生者进而福及生者的风水理论。

西汉刘向《淮南子》载："气者，生之冲也。"③ 认为气是生命的实体。《淮南子》中还按地域环境的不同把气分成了不同类别。这种划分直接成为了风水理论的根据，认为不同类别的气所形成的人在性别、体质、气质、性格、智力上都各有不同。"土地各以其类生人，是故山气多男，泽气多女，障气多暗，风气多聋，林气多癃，木气多伛。"④ 该书还认为："坚土人刚，弱土人脆（同"脆"），垆土人大，沙土人细，息土人美，耗土人丑。"⑤ 这一切都是因为不同的自然环境产生不同的气，不同的气对人有不同的影响。这就为依风水择地提供了依据。高友谦认为："风水文化的原型来自于胎儿的生活需要，风象征空气，象征呼吸；水象征胞血，象征羊水。风、水联合在一起，就象征生与再生……"⑥

由此可见，古代汉族自始至终都认为气是生命的本源、生命的力量，并涉及生命的各个方面。正是这种在中国有着旺盛生命力的气生命观孕育出了风水思想。

---

① ［土耳其］阿·伊南：《萨满教今昔资料与研究》，中国社会科学院民族研究所《萨满教研究》编写组 1979 年版。

② 高友谦：《中国风水文化》，团结出版社 2004 年版，第 29 页。

③ 杨坚：《淮南子》，岳麓书社 1989 年版，第 41 页。

④ 同上书，第 42 页。

⑤ 同上书，第 43 页。

⑥ 高友谦：《中国风水文化》，团结出版社 2004 年版，第 74 页。

内蒙古东部地区是蒙汉民族杂居之地,蒙汉民族文化交流源远流长,尤其是清政府于光绪二十八年(1902 年)在东北和内蒙古等地推行"新政",借"移民实边"的名义实行官垦以后。由此很多汉人涌入科尔沁地区,在带去农耕文化的同时也带去了汉族风水文化,使蒙汉文化有了更广阔的交流平台。在蒙汉两种风水文化的交流和融合中,叙事民歌中的风水宝地无疑受到了汉族风水理论的影响。一个民族借鉴或吸收另一个民族的文化,通常不是机械地去接受,新文化元素必须通过本民族文化系统的再创造而有机地吸收。因此,蒙古族文化一方面吸收汉族风水文化,另一方面又保持了蒙古族传统文化独有的特征,这是一种文化的类化性的表现。

从民间文学一般特征来看,民歌作品从萌发到定型,大多经历着比较缓慢的发展过程。在这一过程中,民歌作品不断吸收外来文化的营养而产生新的枝蔓,并且进行了一些脱胎换骨的改变。它按照其自身的发展规律,经受着流传的考验,在流传中发展,在流传中变异,在流传中获得人们的承认。因此,叙事民歌风水宝地出英雄母题的产生是蒙古族传统文化的传承以及多民族文化交融的产物。在文化传播过程中,不断在异文化中转录和复制文化信息,这是所有文化生存和发展必然经历的过程。可以说,英雄史诗里原始的英雄神奇诞生母题经过漫长的历史发展过程,在蒙汉民族杂居之地,即蒙汉文化交流之地,不断吸收汉族风水理论以及在藏传佛教理念熏陶之下,形成了别具一格的风水宝地出英雄母题。

三 对民族英雄的思念和歌唱

风水宝地出英雄母题的叙事民歌与地名传说主要流传在近现代的科尔沁蒙古人中。近现代科尔沁特殊的社会历史条件是该类型叙事民歌产生的社会历史根源。歌颂民族英雄英勇事迹的长篇叙事民歌塑造了一大批英雄形象,而乡土主题是民歌的主要内容和灵魂。因此,歌曲中乡土与英雄结下了不解之缘。乡土是英雄生命的根基、能力的源泉;英雄的英勇行为以及起义斗争都是为了保护故土和国家民族利益。英雄为了故土的完整、人民的幸福安宁,在危机时刻挺身而出,与强敌殊死交锋,杀身成仁,或被迫妻离子散,流落他乡。他们是蒙古族人民歌颂和崇拜的对象,是民族精神的具体化身,是人民力量的代表。在他们身上,体现着蒙古族人民坚强勇敢、无私无畏的民族性格。这种性格正是蒙古族先民在艰苦草绝的斗争环境中铸造形成的。这些英雄人物的人生就是一曲曲悲壮的赞歌,因而蒙古族叙事民歌也是一曲曲英雄赞歌。这些民歌又往往以介绍和赞颂养育英雄的故土开篇，充分表现了蒙古族人民对民族英雄的赞美和思念。

科尔沁蒙古族人民创作自己的叙事民歌，歌中充分体现着蒙古族的英雄主义精神。反映清末民初特殊历史时期社会生活的蒙古民歌，以其悲壮深沉的意境、叱咤风云的英雄气概塑造了许多为人民的土地而英勇斗争的民族英雄的高大形象。叙事民歌《嘎达梅林》、《陶格陶胡》、《宾图王之歌》、《巴林田野》、《反抗屯垦军之歌》、《大沁塔拉》、《麦拉苏将军》等全都反映了捍卫故土、民族生存的主题，揭露批判封建王公典当或出卖蒙古土地的罪恶行径，歌颂为保卫家乡而骁勇斗争的民族英雄的英勇事迹。

风水宝地出英雄母题不仅体现在蒙古族叙事民歌里，而且在蒙古族地名传说中也有广泛体现。蒙古族地名传说中的人物与故乡相互依存，并且有着风水宝地出英雄的叙述传统。在内蒙古东部地区，广泛流传的《双胡尔山传说》①、《古日古勒岱传说》②、《都古仍村的传说》③、《嘎亥图的传说》④、《卜和克什克先生故乡传说》⑤、《哈达图山传说》⑥、《青龙湖传说》⑦ 中都有风水宝地出英雄母题的显现，地区地名传说中都把英雄的故乡神力化、神奇化，使英雄与其故乡之间有了超自然的联系及感应关系。叙事民歌与地名传说中的风水宝地出英雄母题具有类同性，是同一母题在不同文类中的展现。在蒙古族民间思维模式中，英雄与其故土有着相互依赖的联系，故土孕育英雄，英雄热爱故土。当家乡被敌人侵犯时，英雄为家乡抛头颅、洒热血。在叙事民歌里，故土与英雄的关系在历史真实与巧妙想象的结合中合情合理地得到了体现。

叙事民歌中塑造的英雄形象来自于历史人物，在生活中确有其人，他们的事迹也确实存在。英雄的才能和英勇气概通过他热爱家乡、热爱人民而迸发出来，而不是他们具有某种神秘力量或所谓"只能意会不可言传"的技能。清末民初的特殊历史环境培育了这些英雄，从这点上来说，科尔沁民歌

---

① 包·那逊：《哲里本地名传说》（蒙古文），内蒙古文化出版社 1993 年版，第 109—113 页。

② 同上书，第 120 页。

③ 同上书，第 198 页。

④ 同上书，第 361 页。

⑤ 额尔德木图、宝音陶克陶胡：《卜和克什克及其蒙文学会》（蒙古文），内蒙古蒙古文化出版社 1992 年版，第 3 页。

⑥ 2004 年 8 月 16 日，内蒙古通辽市库伦旗库伦镇北元宝山嘎查农民布赫（男，小学文化，时年 78 岁）讲述，笔者记录。

⑦ 包·那逊：《哲里本地名传说》（蒙古文），内蒙古文化出版社 1993 年版，第 42 页。

中的英雄形象有别于古老的英雄史诗中的形象，从而更接近生活现实，贴近当时科尔沁社会生活的本来面貌。

叙事民歌塑造了众多有血有肉的英雄形象。这正如蒙古国学者普·霍尔罗所说："蒙古族叙事民歌的主人翁总是英姿勃发地反抗侵略、保卫乡土，使民众免遭外侮，并且是正义战争中领导军队冲锋陷阵的将军，其形象突出，因而被蒙古人称作'英雄'。"① 叙事民歌中塑造的嘎达梅林、陶克陶胡、巴拉吉尼玛和扎那等都是为自己的家园、民众的利益以及正义事业而英勇奋战的英雄，而叙事民歌则把历史的真实提升为艺术的真实。

文化发展史表明，特定时期的文化往往造就了特定的文化内容及其表现形式。确实，蒙古族具有区别于其他民族的自然环境、社会生活以及历史文化传统，这些因素决定着蒙古民歌的内容，也决定着它具有独特内容表象。蒙古族创造了自己特有的民歌，民歌的主要内容充分表现了蒙古民族的英雄主义精神。在近现代，内蒙古东部地区涌现出一大批具有鲜明反帝反封建内容的民歌，是对近现代科尔沁社会历史的真实写照，而蒙古族民歌中描绘的具体内容就是故土崇拜这一主题的具体表现。科尔沁叙事民歌中出现的风水宝地出英雄母题是科尔沁蒙古人民歌颂民族英雄的情感流露。英雄叙事民歌中，英雄的一生是个象征符号系统，英雄神奇诞生→英雄神速生长→英雄结婚→英雄建功立业等情节单元是具有表述意义的象征单元的组合。叙事民歌里英雄神奇诞生母题作为一种象征符号，针对英雄文化系统中的其他因素发挥着某种关键的作用。简言之，所谓英雄诞生母题之关键性，指的是它涉及文化意义系统的内在结构，而这一系统的功能则决定了英雄神奇诞生母题在特定文化中的表现形式。

综上所述，蒙古族叙事民歌风水宝地出英雄这一母题是蒙古族故土风水信仰与英雄崇拜相结合的产物。它源于蒙古族传统文化中的地母信仰与汉、藏民族文化之间的交流和融合，源于蒙古族英雄史诗中的英雄神奇诞生母题，是在具有史诗传统的科尔沁地区特殊历史文化以及社会环境中产生的新的象征。

（原载《内蒙古社会科学》（汉文版）2008 年第 5 期）

---

① ［蒙古］普·霍尔罗：《蒙古民歌歌词论》（蒙古文），内蒙古教育出版社 1989 年版，第 71—72 页。

浅析中国少数民族射日月
神话母题的流变

李　鹏

中国少数民族的文化传承历史悠久，在其中，神话又是最早传承原始先民记忆的一种重要艺术形式，它揭示了一个民族的智慧以及对客观世界的认知态度，蕴含着对世界与宇宙的文化体验，表达了对当时世界认识的主观感知，记忆了特定时期下的思维模式和生产生活方式。不同民族在文化延续发展的过程中，出现了影响与被影响、吸收与被吸收、主动发展与被动变化的多重关系，即体现在自身文化的"流"（流动传承）和客观影响的"变"（变化）。以"母题"视角作比较分析，可观察到众多神话的一级母题与二级母题的一致性与关联性较多，二级以下的母题则受各自文化因素的影响而发生变异①。笔者以目前所搜集到的千余篇神话文本作文化比较分析，选取了各民族神话中广为流传的射日月神话母题为对象进行浅析。

一　射日月神话的背景

射日月神话从宏观因素而言，是与旱灾、黑暗等重要的文化灾难母题相关的，且可与洪水、地震、天塌地陷、世界末日等视为同级母题而出现。但射日月神话又不同于文化灾难母题，它在各民族中所体现出的文化含义又不尽相同，射日月的过程中又牵涉了神或神性人物的行为、自然物的产生等诸多不同的重要母题，可以单独作为一类母题进行分析。

---

① 参见王宪昭《中国神话母题 W 编目》，中国社会科学出版社 2013 年版。

（一）射日月的文化背景

射日月神话从先民的思维认识上讲，大体可以分为两个阶段。首先，在第一个阶段体现出对太阳的畏惧与崇敬，日月悬于天空之上，照耀万物，只能是造物主或是英雄的杰作。像汉族、白族有盘古的左眼变成了太阳、右眼化为月亮；苗族是阳雀用石盘造出了九个太阳；满族是天神阿布凯恩都哩的徒弟造了九个太阳；哈萨克族的迦萨甘天神用自己的光热造了太阳；裕固族中太阳作为万物的母亲出现。其次，在第二个阶段展现了人们开始思考如何去征服和改造自然。射日月神话正是对此阶段先民思想的反映，同时也映射出人们思维认识的变化，由崇拜自然过渡到崇拜英雄，太阳的意象由温暖的、善的、高大的形象变成了炽热的、令人厌恶的、危害人间的对象，人们由对它的需要与畏惧，转变为对它的征服与斗争。但至于为什么要射日，恐怕这不只与"人定胜天"的思想有关联，或许还同当时的自然环境相关。有部分专家学者考证，在远古时期，整个中原地区或许正处在非常炎热的状态之中，甚至影响到了先民的生活，以致先民们的观念之中有种强烈希望，那就是消灭炙热的太阳，这便与旱灾母题联系起来，映射在神话中便成为射日月。而之后的请日月母题，可算是对太阳的二度创造，太阳再度在天空出现，一方面体现了人们能够抓住规律，利用自身的力量对抗自然，另一方面也体现出人们对日月天体现象自然存在的客观认同。像景颇族、布朗族就有类似的请太阳神话；彝族是三女找太阳；苗族、哈尼族有公鸡请太阳；侗族有救太阳；仡佬族有喊太阳。

（二）众多日月产生的时间

众多日月的产生是射日月母题存在的前提，也是该类神话母题需要探讨的背景。多日月的产生时间在各民族神话中各有不同，作为共同母题，在流变过程中由于受到当地文化的影响而发生了颇具地方与民族特色的变化。

在产生时间上，由于各民族的宇宙观和历史观的不同，其说法大体有四种：（1）混沌说：多日月是产生在宇宙混沌、天地未分之时，这与先民的宇宙卵的观念相关。如米林珞巴族讲的是混沌初开时天上就有九个太阳；有的则为混沌未分时，天地结婚后产下九个太阳，而"九日"的说法也与之后的珞巴族穷究底乌射日、多隆和都都兄弟射日相关联，因而有此一说。（2）远古说：大部分神话故事持此说，多为太古、远古这样久远的时间，如侗族、壮族、苗族、布依族等都有这样的说法。（3）灾难说：多为洪水之后发生日月泛滥的现象，如蒙古族的乌恩射日便是大洪水之后天上出现了十二个太阳，藏族、傈僳族也有此同样的例子。洪水后产生多日的母题是一个值得分析的问题，在洪水泛滥的时候，依靠烘干和蒸发水分的办法使洪水退却是颇为有见地性的想法。在洪水母题的背后，不仅是多日月和人类再生等一系列重要母题的产生，更体现了人类思维认识再提升的过程。（4）特定时代说：部分民族的神话交代了产生多日的时代，如毛南族神话中讲大禹时代有多日的说法，但即便是这样的时代也是神话中的时代，只是作为口传记忆中的时代而体现的。

二　射日月的原因分析

通过分析各个少数民族的神话，射日月的原因从最根本上讲就是日月给人间带来了灾害，所以要通过这种方式来消除灾害。但在该母题流传的过程中，其原因或多或少也发生了变化，甚至背离了初衷。大体情况可以分为五类：

第一，造成大地干旱，河流干枯，万物无法生存。此种情况是最为基本的原因，射日月多是因为多个日月的出现造成了大地的干旱、河流的干涸、万物的死亡，人们赖以生存的水源、庄稼等均受到威胁，基于此便有了这一类神话，如台湾的泰雅族、布农族都讲由于天气太热无法耕作，才开始征伐太阳。太阳造成了庄稼的死亡和无法耕种，是使人们无法生存而产生反抗心理的原因。在哈萨克族、阿昌族、黎族、藏族、彝族、苗族、蒙古族等民族神话中，均有太阳把大地晒焦、使河流干枯的情节出现。

第二，晒死万物，引起复仇。太阳晒死亲人，造成亲属对太阳的复仇是较有特色的原因，如珞巴族的一则神话讲住在天上的一个太阳兄弟把虫子穷究底乌的孩子晒死了，这引起了虫子的愤怒，拔出箭就射穿了太阳的眼睛，太阳就变成了月亮。台湾布农族也有一则神话说女人在田里干活，孩子被太阳晒死了，变成了蜥蜴，而父亲为了报仇开始射日。这一类原因映射出了先民的家庭观念，射日只是一种复仇行为。

第三，日月自身的行为遭到惩罚。众多日月的出现作为违背自然规律的主体，依靠自身的力量与万物相抗衡，最终得到了报应。如布朗族的神话中讲到宇宙中的七个太阳神要毁灭神主开创的天地，巡逻天地的猎神从神山中出来，消灭了作威作福的太阳神。这类神话是对第一种原因的演化，强调了日月的不安事事的做法必将受惩。

第四，出于自私的心理而射日月。部分少数民族神话中出现了因为个人原因而进行射日月的行为，如彝族的神话中天上出现七个太阳，阳光哺育万物，人们的日子过得甜蜜，喜欢黑夜的野猫精变成鹰嘴铁人，而将太阳射落。在东乡族神话中英雄米拉尕黑为了收获爱情、见到姑娘的容颜，而射月得月光宝镜。无论是恶行还是为了获得爱情，这一类神话都是基于自私的心理而从事射日月的行为。

第五，从自然科学视角对射日月的分析。以上四种原因均基于神话的文本视角进行阐释，现代学者也有人认为射日月的神话有着其自身的科学依据。如刘宗迪在解释后羿射日时提出了"古图将十日图像和射者图像融为一体只是为了表现表木兼具日晷和射臬之功能，而后世之述图者昧于古图原意，也不明先王造文之意，故望文生义，因见图中射者箭头指向十日，就误以射者所射为天上的十个太阳，并想当然地认为图中的射者就是传说中的神箭手羿。"[1]他从天文历法的视角对《山海经图》进行了解读，指出"十日"是时间的计量工具，古人在岁时节日举行庆典聚会时日晷是乡射比赛的靶子，故有射日一说。不过这对于解释在众多少数民族之中为什么同样存在形式不同的射日月神话，却是不能都涵盖的。

对于射日月的原因分析可以综合人类学、民族学、天文历法学等各种方法，但不可否认的是任何一种分析都要以神话文本为研究对象，神话中所透露与蕴含的信息需要抽丝剥茧，反映在各民族中的信息并不相同，却能得出相似的母题，因此采用不同的视角作神话学分析，将促进神话研究的发展。

三　射日月的行为承担者

射日月中较为重要的母题是射日（月）者，他是完成射日月行为的主体和关键，下面就射日（月）者的出现、分类和射日月行为的参与者进行探讨。

（一）射日（月）者的产生

射日（月）者多是拥有智慧和武力的角色，他们在神话中的出场大体上有五种分类：

1. 自然产生：这种类型最为常见，神话中并不交代英雄的由来是如何，

① 刘宗迪：《失落的天书：〈山海经〉与古代华夏世界观》，商务印书馆 2010 年版，第 115 页。

只凸显了他们有着为苍生造福的高尚情怀，自我请愿射日月。如畲族神话中讲天上的十一个太阳将大地晒干，不知从哪儿来了一对夫妻就跑到高山上去射太阳。诸如此类的还有苗族的挪亚、布朗族的猎神、纳西族的靴顶力士桑吉达布鲁等。

2. 遵命射日：在一些神话中有尊祖命、父母之命、妻命去完成射日的任务，如彝族神话中讲尼支呷洛依照妈妈的命令去射日月；苗族神话提到苗家四个祖先命年轻神箭手桑扎射日；赫哲族有莫日根领受父命去射天上的三日；瑶族有丈夫雅拉听从妻子尼娥命令，射掉毒热的月等。

3. 推荐射日：这类神话英雄多为在各民族中有着较高的知名度与影响力的人。如哈尼族讲天上有九个太阳，大家商量了好多办法，最终还是推荐请身材高大的俄普浦罗来射日；还有台湾泰雅族神话中有部落推选出三个年轻人去征伐太阳；壮族神话中侯野被推荐想办法射日，等等。

4. 造日月者射日月：一些民族的神话中造日月的人物同样也是承担着消灭日月的任务，如苗族的阳雀用石盘造日月，又因日月危害人间而将其射落；彝族的巨人尼支呷洛祈祷天神而出现了六个太阳、七个月亮，又因它们温度过高而将其射落。

5. 竞技射日：一些少数民族神话中有通过比赛的形式进行射日行为，如佤族神话中讲老年人让年轻人进行射日的竞技比赛。

（二）射日（月）者的类型

射日（月）者作为射日月神话母题的主体部分，其超群的武艺和过人的智慧不得不令人对其神秘的身份感到好奇，在神话中他们或为神灵，或为神性人物，或是动物和无生命物，他们有的流传下来了名字，没有名字的便以年龄、性别、职业来区分。在射日月的过程中，作为射日月的辅助者和参与者，他们的身份也同样值得探究。

1. 射日（月）者的类型。作为射日月的主要承担者，这一类大体可分为如下四类：

（1）神射日月：神话中的神有着造世和改变世界的能力，自然也有除掉日月的本事，他们有天神、神巨人、大力神、猎神、造日月的神、神子等，如阿昌族的创世神话讲天公遮帕麻为了重整混乱的天地而射下了魔王腊訇造的假太阳；布朗族有猎神射日、神巨人顾米亚射日月；黎族有大力神射七个日月；满族的神话中讲长白山神之子三音贝子套住七日等。

（2）神性人物射日月：神话中的神性人物并不如神灵一样神通广大，

但相对于人而言则具有超乎寻常的外形、独特的法力。这一类人物包括仙人、妖魔、宗教人物、神性巨人等,如水族的神话中提到地仙旺虽不忍心让人间变为一片火海而求得神箭射十二日;彝族有夜猫精变化为鹰嘴铁人射日;珞巴族神话中提到能上天入地的巫师纽布除掉太阳,等等。

(3) 人射日月:射日月的人也并非常人,通常有部落英雄、勇士、青年壮汉、猎人,有的民族中还有老人射日月。具体可作如下划分:第一,有名字的射日月的人。如布依族的勒戛、王姜、德金,侗族的姜良,哈尼族的俄普浦罗,苗族的挪亚、桑扎,蒙古族乌恩、额尔黑莫日根,纳西族的桑吉达布鲁,羌族的木哈木拉,水族的阿劳,瑶族的格怀、雅拉,壮族的特康、郎正,东乡族的米拉尕黑,鄂伦春族的达公(大公),等等。第二,没有名字的射日月的人。这一类通常按照能力、年龄、性别、职业等进行划分,如按能力划分,有羌族的能人射日,普米族有智慧的勇士射日,满族聪明的人射火焰托里①;如按年龄论,有仫佬族的老者者和老公公射日;如按性别而分,有傈僳族兄妹射日月,排湾族有女人用杵打落太阳;如按职业分,毛南族有猎人格父子射日;除此之外还有以勇士作称呼,如赫哲族有莫日根②射日。

(4) 动物或无生命物射日月:这类母题不为多见,但在其中可见动物图腾崇拜的存在对部落氏族中的影响力。如较为典型的是珞巴族的虫子穷究底乌射日,藏族的旱獭射日等,土家族中的青蛙吞日则是射日月神话的变体,神人张果老用十二日晒洪水淹过的地,青蛙见太阳多了,便一口一个吞掉太阳;无生命物也有射日神话的出现,如苗族的枉生(北斗星)射日便是其中一例。

2. 射日月的参与者。这类母题多体现在神或神性人物、动物对射日(月)者的辅助作用上,如满族的三音贝子套日,得到了巨蟒和土地神的帮助,拥有了水和口粮作为制伏太阳的准备条件,得到喜鹊和乌鸦的帮助制伏了第三个太阳;水族的地仙旺虽得到了仙王旺羕的帮助,获赠了十二支巨大的神箭用于射日;苗族的桑扎在友罗、鲍公老人的帮助下完成射日月;侗族有长腰蜂帮助射日的情节,等等。

———————

① 托里,满语,铜镜,是神话传说中的神器,变幻无穷。见满都呼主编《中国阿尔泰语系诸民族神话故事》,民族出版社 1996 年版,第 251 页。

② 莫日根,赫哲族对勇敢和力大青年人的称呼,意即"英雄青年"。见陶阳、钟秀编《中国神话》(上册),商务印书馆 2008 年版,第 289 页。

四　射日月的过程

射日月母题中射日月的过程问题是比较复杂的，而且值得深入研究。各民族所留存的射日月神话中多对此着墨较多，作为口头传承浓墨重彩的部分，它是射日月的精华所在，也是各民族根据各自的民族特色和文化特点而产生变化的重要过程。为了化繁为简，这里按照射日月这一过程的时间发展流程，仅就射日月的准备工作、工具选取问题、地点选择问题、具体情形进行论述。

（一）射日月的准备环节

射日（月）者选择消灭造物主所创造出的强大的日月，即使是神或神性人物也要采取准备措施，对于世间的英雄而言，如何成功做到射日月则是需要考验智慧与勇气，而做好准备工作对于完成这项重要任务也有特殊的意义。从众多的少数民族射日月神话中看已观察到大体有这样几类：（1）提高个人能力：这类神话多为一般英雄的成长，在射日月之前学习武艺，练习射箭技能，不断满足达到最终能射日月的需求，如蒙古族的乌恩射日之前，向老人学习了三年的武艺，箭法出奇，一箭就能射落天上的飞禽，这为射日奠定了基础。再如台湾少数民族流传着巴阿拉马射日的神话，他在射日前也在不断练习射箭，箭法得以一天比一天娴熟了，而且在狩猎鸟兽的过程中积累经验，都为射日做好了准备。（2）接受长辈指点：这类神话的主人公善于听取长辈的意见，从而获得射日月的秘技与诀窍，如在傈僳族中金鸟对射日的方法进行了指点，彝族神话中巨人尼支呷洛的妈妈教他射日月的方法。（3）改变体态特征：如彝族的神话中夜猫精变成了一个无比高大的鹰嘴铁人，然后以羽毛当箭来射日，这里的夜猫精通过变化而拥有射日的条件和能力。（4）获取必要的武器：如水族的地仙旺虽在射日前从仙王处获得巨大的神箭十二支。以上种种都是射日前做的主要准备，而在实际的流传过程中，这一类母题在各民族神话中都发生着变化。

（二）射日月的工具选择

射日工具的选取与民族的社会发展程度或多或少都有着一定的联系，较为原始的社会则存在赤手空拳对抗自然，在出现弓箭之后，狩猎成为可能，旧石器时代借助竹竿、凿子等工具进行对抗，而进入新石器时代以后铁器工具得以进一步发展，金箭、银箭、铜箭、钢箭、弓弩、犁铧、篾刀、铁棍、铁杵成为可能，因而在神话中也得以丰富。

1. 选取弓箭作为射日月的武器。弓箭是最为基本的手段，它的优势是既可以远距离进行攻击，也可以对上至天空下到谷底的任何生物进行射杀。各民族神话中的弓箭是有着过渡发展阶段的，从木制弓箭到金银铜钢各种弓箭的产生，到弩弓的应用，将弓箭的射程范围不断提高。如普米族用竹箭射日，瑶族的雅拉用虎筋弓、鹿角箭射月，苗族的桑扎用弓弩射日，独龙族的猎人用弩弓射日。这些工具的来源大体有两个方面：第一，来自于神或神性人物处，如水族的射日壮士是从创始者牙巫处获取铁弓与铜箭进行射日，蒙古族的乌恩获得了师傅赠送的铁臂神弓和穿云箭用来除妖治恶，傈僳族有借龙王的金弩银箭的神话；第二，来自于自我制造，如苗族的阳雀将麻秧树的树干制成弓、树枝做箭，傣族神话中巨人自制了十万斤重的大弓去射日。虽然第一种来源并不符合实际，但从神奇弓箭的获得可加以分析，或许这与同其他民族、部落进行武器制造的经验交流和弓箭的购买与转让有着一定的关系。

2. 选取其他武器或方式进行。最初的阶段有采取徒手的方式对付日月，如布依族的王姜是把十个太阳打落下来的，台湾的卑南族有壮汉与太阳打架而杀了六个太阳的神话。除了弓箭，其他日常生活可见的工具也成了武器，如仡佬族的阿鹰用竹竿打落日月，满族的三音贝子用绳索套日月，在壮族、台湾排湾族都有女人用杵打落太阳的神话。射日月在发展过程中，也产生了套日月、打日月、杵日月这样的变体，这与不同民族的思维习惯和生产生活的客观条件有着一定的关系。

（三）射日月的地点选择

射日（月）者选择的射日地点体现了英雄主人公的智慧。选取至高地和颇具神话色彩的位置，一方面有利于接近天空，以便完成射日月的任务，另一方面更彰显了射日月完成的艰难性不是一般人物可以完成的。选取山上和树顶作为射日的地点较具有普遍性。

1. 选取树上的位置射日月。这类神话较为普遍，在各民族的射日月母题中也具有共性，只是作选取对象的树有马桑树、太阳树、樟树、杉树、榕树等。马桑树是较为典型的形象，它在苗族、仡佬族、侗族、畲族、布依族等民族中都是射日月的地点。如苗族古歌中提到的桑扎射日月时，借鉴了科贵和饶仪在枫树上和山巅射日失败的经验，选取了在马桑树上射日月获得了成功；仡佬族的老者者和老公公在马桑树上射日月。神话中讲到的马桑树并不如现在的又矮又低，苗族说马桑树原本"树干粗大赛山冲，树梢高过高山峰"，故而成为射日的最佳选择。因为雷神害怕英雄将日月射光，才把马桑树踩踏矮了。

2. 选取山上的位置射日月：这类神话选取的位置多是高山之巅，它在壮族、傈僳族、赫哲族、傣族、苗族、独龙族等民族中都有体现。如彝族的支格阿鲁在蕨菜、松树、花木树上射日都失败了，最终在山顶上射日月取得了成功；壮族的侯野爬到最高的山顶上射日；布朗族的开天辟地的神巨人顾米亚也需要爬上山顶开弓射箭；傈僳族的兄妹为射日登上了最高的山峰。但也有特殊的情况，像踩在两山之间，如水族的地仙旺虽一只脚踏在月亮山上，另一只脚蹬住怒尤山顶来射日。

3. 选取颇具特色的位置。除了树上和山上，部分少数民族的神话中还体现出了颇具特色的想象。如水族的大力士阿劳爬到离天很近的高盖坡顶上射日；赫哲族的莫日根朝东方走，在东海边上的山顶上停下射日；侗族有登上天梯射日；台湾少数民族神话有射手在太阳出没的猎场射杀它；还有射日者向太阳升起的地方走去完成射日任务，等等。除此之外，还有的神话中主人公选择了在原地射日月，不凭借高地的优势，仅依靠自身的勇武，如鄂伦春族的大公吃饱喝足后便开弓射箭，蒙古族的额尔黑莫日根在太阳从天边升起时便射掉六日。

（四）射日月的具体情形

射日月神话过程中的具体情形在各民族中是有所不同的。这个过程大体上是由一个人完成，也有双人配合完成，有的是由三人或多人完成，有的射日月不是一次性完成而是分阶段去做，射日月的情形有射落、打落、套住等不同的形式，下面就结合具体神话进行分析。

1. 射日月的队伍配合。在多数的神话中射日月的任务是由神、神性人物、英雄或其他生命独立完成，但也不乏配合完成的情况。如傈僳族的射日月神话中，兄妹俩拿着龙弩和龙箭，哥哥拉弦，妹妹搭箭，一连射落了八个太阳。台湾少数民族神话中有三个青年背婴孩上路射日的情节，三个青年变老倒下，三个婴儿长大在太阳出没的山岔里一齐引箭，三支箭射中太阳的咽喉。泰雅族更有五人组成队伍射日，赛德克族有三代人组成的射日队伍，这些神话强调了征途的遥远。同样在众多的该类神话中，也体现了这样的思想，跋山涉水历经千难万险是达到最终射日地点的必经阶段。

2. 射日月的具体情形。在射日过程中，有的英雄射日遭受重重阻碍，如蒙古族的乌恩射日，天帝压下大山，乌恩把两座大山担在双肩上，继续射日。有的射日月过程并不是一次性完成的，如仡佬族的老者者和老公公先是射落了六个太阳，等到天黑又射落了六个月亮；瑶族的格怀射日，讲他坚持打了一年半，打落了三个太阳，再打了两年，又有五个太阳坠下了大海，可见部分民族神话的射日过程间隔也可以很长。而在射日月的过程中，采取的方式以射日月为基本方式，也有套日月、打日月的情节，如满族的三音贝子套日月，排湾族的女人杵日月，彝族神话有格滋天神凿日月，仡佬族有阿鹰竹竿打落日月，等等。

五　射日月的结局

射日月的结果大体符合人们的接受心理，人间恢复了正常的秩序，英雄功成身退获得万世敬仰，看似不必探讨的结局，实则在少数民族神话中又是至关重要的一环。很多母题因素并未因故事的终结而结束，相反蕴含其中的众多细节需要被提炼分析，比如说日月最终获得保留而未被全部射杀的原因、日月的躲藏问题、射日者的结局都与后来的找日月和救日月的母题有着紧密的联系，本节就此进行论述。

（一）日月得以保留的原因

以神话学视角来看日月保留的原因，它们的存在不仅是客观世界的事实，也同样蕴含着原始先民的独特思维和民族心理。大体上保留的主要原因有如下三种。

第一，自觉留下日月。一些民族的神话中射日月的英雄在面对最后的日月时，能够自觉停手，如傈僳族的兄妹射日后，太阳留下了最亮的，月亮留下了最明的；壮族的侯野射日最初就有留下一个太阳的想法，好让它使万物能够生长。这种观点反映了部分民族将日月的留存归因于本民族英雄有为苍生万物考虑的远见卓识，体现了一种民族心理认识。

第二，劝说留下日月。这类神话中神、神性人物、一般人充当了劝说的角色，如黎族的大力神射日时人们要求他留下日月各一个，以便于世间万物的生长和把黑暗的夜间照亮；畲族有妻子劝说丈夫留下一个太阳。甚至太阳自身也化身为劝说者，如蒙古族的乌恩在射落了十一个太阳之后，最后一个太阳主动央求说，要是把它射死，世界就要永远黑暗了，乌恩听进了劝说要往回走，但还是被天帝的大山压住。这类神话的观点在于并不是英雄无力去消灭日月，只是善于及时收手，不去违背部落人们的意愿和客观规律。

第三，日月自我保留。在射日神话中，很多日月都是因为看到前面的几个日月被射落而心有余悸，连忙躲了起来。这类神话出现的较多，如哈尼族的俄普浦罗射落八个太阳后，剩下的一个见势不妙便躲了起来；瑶族的格怀射日后，剩下的两个太阳迟迟不敢出来。这类神话强调了日月对英雄的畏惧，也表示了氏族部落的胜利，同时也为射日月之后的母题的存在奠定了基础。

（二）日月的结局和躲藏的问题

射日月神话中，日月被射落之后，剩下的日月选择了躲藏，这类神话是射日月过程的结果。但仍有两个问题，被英雄射掉的日月的结局是怎样的，剩余的日月躲在了什么位置。

第一，日月的结局。这里的日月指的是天空中多余的、被射者射中的日月，它们有的被射死落入了大海中，如土家族神话中讲英雄把日月射入了东海之中；瑶族的格怀所射落的太阳也坠入了大海之中；鄂伦春族的大公所射的十一个太阳则落在了地上，砸成了十一个大深坑。有的日月被射落后变成了动物，如珞巴族神话中虫子射日后，太阳兄弟睫毛落在大地上变成了鸡；畲族是射落的太阳变为鸡鸭；更有甚者，哈尼族神话中讲太阳被射落后化为了灰烬。而未被射死的日月则多数的情况是太阳被射残后变成了月亮。

第二，日月躲藏的位置。神话中日月被射者的勇武所惊吓到，大多躲进了深山、大海、云朵、天边、天宫之中。如哈尼族的俄普浦罗射日后，剩下的太阳躲进了山背后；赫哲族的莫日根射日后，第三个太阳躲在云里不敢出来。诸如深山、大海此类的意向，多是太阳出没和颇为遥远朦胧的地方，一方面为太阳的再生创造了神秘感，另一方面为射日母题的延续埋下了伏笔。

（三）射日（月）者的结局

神话中射日（月）者的结局是指此项任务完成后的结局，这类结局大体可归纳为以下几种类型：（1）英雄功成身退：这类神话的结局往往就是英雄完成任务之后就转身回家，如瑶族的格怀完成任务后便背起弓箭回家了，布依族的勒戛射日后也是转身就回来了。（2）英雄报复：射日月英雄在完成任务后得不到人们的嘉奖而产生了报复心理，如布依族的王姜射日后，百姓违背诺言没有给他任何报酬，结果他引得天降洪水，把天下的人都淹死了。（3）英雄受伤、死亡：这类神话中英雄往往有着不同的原因而获得伤害、遭受死亡，如蒙古族的乌恩射日后被压到了山底下；台湾少数民族神话中射日者或受伤，或被太阳的血溅到而烫死。而彝族作恶的夜猫精射日后，被人们用火烧死。彝族的吉智高卢射日后，娶了仙女妻子，因为妻子的嫉妒而被害，淹死在湖中。（4）英雄结局不明：如独龙族的猎人射日、羌族的能人射日等，都是对射日英雄的结局不甚明了。

六　射日月母题的延续

射日月所造成的结局在部分民族的神话中并未因此终结，反而有了延续和发展。作为射日月母题的一部分，找日月和救日月成为继射日月之后最为重要和关键的母题。

（一）有关找日月的母题

找日月是射日月行为之后的完善，作为射日神话母题的一个重要部分而存在，多是以日月受到惊吓为前提，为了弥补射日月者所造成的过失，使人间恢复光明的秩序，找日月成为最终要完成的一环。从神话学的视角考虑，神话本可以不必完整，也可不尽情尽理，它表达的是先民的民族心理和思维认识。但随着人们思维水平的提高和认识的不断深入，神话渐渐脱离了原初的目的而被渐渐故事化，这便有了故事结构的完整性、合理性。找日月母题固然有其合理存在的一面，但仍需辨认故事化了的射日月母题的构成。

在找日月的母题中，寻找和请出日月是关键部分，这其中有三类母题值得关注：（1）找日月：在这一类神话中，神、神性人物、人、动物成为找日月的主要群体，如彝族有三女在夜猫精被消灭后寻找到了第七个太阳，布朗族有顾米亚派燕子找到了日月隐藏的位置是在天地最边缘的大石洞内。（2）喊日月：此类神话多为动物喊出日月，公鸡是成功喊出太阳的动物，布朗族、哈尼族、傈僳族、布依族、瑶族、独龙族、仡佬族等民族都有公鸡喊太阳成功，如仡佬族的喊太阳讲，老者者和老公公射日月后派马、牛、大公鸡去喊太阳出来，结果只有大公鸡的歌声把太阳唱了出来。此外在不同的神话中，不同的动物与公鸡相比在喊日月上都失败了，如喜鹊、画眉、云雀等。（3）请日月：这类神话是与喊日月母题相对应的，它与喊日月有重叠的部分，但并不侧重用歌声或声音来使日月出来，而更为强调用语言和行动来完成"请"的动作，如纳西族有白犬请太阳出来，布朗族有顾米亚召集百鸟和百兽去请太阳等。

（二）有关救日月的母题

救日月也是与射日月相关联和延续的一类神话，它是以日月受到了伤害为前提的。根据目前所搜集到的文本进行分析，这类母题存在数量并不占多数，可从以下两方面进行分析。

第一，救日月的原因。造成这种母题产生的原因多是妖魔、凶神、恶者因为个人的私欲而困住了日月，它们多为射日月神话的变体。如侗族神话中讲吃人的恶魔商朱，他最怕见到阳光，阳光照在身上便走不动、看不见，所以他打造了一根足够粗长的大铁棍，趁着风势用尽全身力气打落了挂太阳的金钩，于是太阳落了下来。彝族的夜猫精也因为喜欢黑暗而怨恨太阳，变化为鹰嘴铁人射落了太阳，不断害死寻找太阳的人。壮族还有狐狸精把月亮关进了洞里，侗族有魔王变成的妖树挡住了月亮，等等。

第二，救日月的行为。为了消除妖魔所造成的天地昏暗的局面，神、神性人物或人出现，解救被困的日月，如侗族神话中兄妹广和挬，搓了足够长的麻绳，广和乡亲们拉起了太阳，并消灭了恶魔。侗族的救月神话讲，武士叟震落了魔王变成的妖树的枝叶，从而解救了月亮。壮族有刚都和玛霞夫妇消灭了狐狸精，拯救了月亮。对于救日月神话，它应被视为射日月神话的变体，它们多数已经传说化、故事化，情节较为曲折，但作为一类存在的母题，它确实在各民族中有着自身的衍变，应当在今后做单独的研究分析。

结　　语

射日月神话是与日月起源神话、文化英雄神话、灾难神话都有着密切关联的一类神话，在中国它的流传范围大，覆盖地域广。无论是北方的狩猎、渔猎民族，西北的游牧民族，还是南方的畜牧、农耕民族，南北方不同的民族中都有射日月母题的存在，如北方的蒙古族、满族、赫哲族、鄂伦春族、鄂温克族，西北的哈萨克族、东乡族、回族，西南的纳西族、彝族、藏族、怒族、羌族、景颇族、哈尼族、傈僳族、普米族、珞巴族、基诺族、土家族、独龙族、阿昌族、佤族、德昂族、布朗族，华南的壮族、侗族、布依族、傣族、黎族、毛南族、水族、仡佬族、仫佬族，中东南的苗族、瑶族、畲族、高山族①。在目前搜集到的文本资料中，以上 38 个民族中都有射日月母题的存在，但在不同民族中该类母题已经发生流变，甚至出现变异。如回族的射日月神话变为了小伙子的爷爷被晒死，他在长毛羊的帮助下，被载到了海边的高山上与太阳谈话，在太阳的指点下爷爷苏醒。这类神话与射日月母题的情节相仿，射日的原因、射日的准备、射日的方式、射日的结果都具备，只是在不同民族的流传中受到了不同文化的影响，在回族文化中摆道理代替了武力征伐。

纵观射日月神话内容和以上对该类神话的分析，其大体叙事结构可分为：（1）射日月的背景介绍：神话的开篇或是以日月的产生为背景，或交代了具体的时间和年代；（2）射日月原因的阐释：多日月的出现及它们对人类和万物所造成的伤害是产生射日月行为的诱因，如人类被晒死、庄稼枯萎、大地干涸等；（3）出现射日月的人：灾难产生后有英雄人物的出现，往往会交代射日（月）者的产生和他们的具体职业、性别、身份等，有时也对射日月的参与者进行说明；（4）射日月前的准备工作：这类环节包括提高自身修为，听取智者意见，选择射日月的工具，挑选射日月的最佳位置；（5）完成射日月的行为：有独立完成和队伍配合的情况，有分阶段完成射日月的情形，有采取不同的方式和手段进行射日月的行为；（6）射日月的结果：这包括了日月得以保留、日月躲藏起来、英雄射日月后的结局等情节；（7）射日月的延续：日月的躲藏引起了找日月、救日月母题的出现，在找日月母题中又有较为重要的喊太阳、请太阳，如公鸡喊太阳的母题在众多民族中较具普遍性；（8）天地秩序恢复。各民族在基本的叙事结构基础上发生了各种流变，将母题情节中的元素进行了替换，产生了新的情节，如彝族的夜猫精代替了英雄，射日的行为也变为了非正义的，但基本情节却与上文所列的大体一致。

总之，把握射日月母题的基本规律，通过比较分析的方法进行研究，对于分析各民族不同的神话资料，反映神话本体在流传和演变过程中的审美变化，挖掘口传资料和文本内部所蕴含的民族心理和文化信息，有着至关重要的作用。射日月神话的资料搜集仍有待深入。将其纳入相关神话母题的研究领域作比较研究，或使其进入世界性的该类母题研究的范畴之中，都有着深远意义。

---

①　这里的高山族是台湾少数民族的统称，其中泰雅族、布农族、鲁凯族、邹族、卑南族、赛德克族、排湾族、雅美族等民族中都有射日神话留存下来。具体参见［俄］李福清《神话与鬼话——台湾原住民神话故事比较研究》，社会科学文献出版社 2001 年版，第 123—151 页。